本书由浙江工商大学外国语学院英语语言文学重点学科资助出版

本书得到浙江工商大学比较文学与文化研究中心资助

本书为2013年浙江省社科联项目《叶芝戏剧叙事研究》（2013N187）的研究成果

从民族主义走向世界主义：

多维视野下的叶芝研究

胡则远 ◎ 著

中国社会科学出版社

图书在版编目(CIP)数据

从民族主义走向世界主义:多维视野下的叶芝研究/胡则远著.
—北京:中国社会科学出版社,2016.9
ISBN 978 - 7 - 5161 - 8272 - 7

Ⅰ.①从… Ⅱ.①胡… Ⅲ.①叶芝,F. D. (1865 - 1939)—人物研究
Ⅳ.①K835.625.6

中国版本图书馆 CIP 数据核字(2016)第 116744 号

出 版 人　赵剑英
选题策划　郭晓鸿
责任编辑　慈明亮
责任校对　闫　萃
责任印制　戴　宽

出　　　版　中国社会科学出版社
社　　　址　北京鼓楼西大街甲 158 号
邮　　　编　100720
网　　　址　http://www.csspw.cn
发 行 部　010 - 84083685
门 市 部　010 - 84029450
经　　　销　新华书店及其他书店

印　　　刷　北京君升印刷有限公司
装　　　订　廊坊市广阳区广增装订厂
版　　　次　2016 年 9 月第 1 版
印　　　次　2016 年 9 月第 1 次印刷

开　　　本　710×1000　1/16
印　　　张　17.5
插　　　页　2
字　　　数　263 千字
定　　　价　66.00 元

凡购买中国社会科学出版社图书,如有质量问题请与本社营销中心联系调换
电话:010 - 84083683

目　录

序

　　近十多年来，国内学界对后殖民理论的研究著述日渐增多，而相比之下从后殖民的理论视角研究文学，特别是早期的殖民地时期文学的著述则相对薄弱，而实际上这方面有很多可以开辟的方向和深入研究的课题。在后殖民文学的个案研究中，学者们总免不了要提及这样一些对当代后殖民主义理论思潮有所贡献的作家：吉卜林，康拉德，福斯特以及泰戈尔，却很少提到英语世界的另一些大作家。胡则远博士的这部专著《从民族主义走向世界主义：多维视野下的叶芝研究》则开辟了一个新的方向，专门聚焦英语世界的大诗人叶芝：他虽然是英语世界的诗人，但却来自爱尔兰这个小民族。他和这个民族的另一些大作家，如萧伯纳、乔伊斯、贝克特、希尼等，以其卓越的文学成就使得爱尔兰文学从边缘走向中心，不仅对英语文学的繁荣做出了重要的贡献，同时也使其自身在世界文学的版图上占据重要的地位。

　　我记得这本书稿的雏形是则远从我攻读博士学位时撰写的博士论文，当时的题目是《后殖民批评视野下的叶芝》。他在仔细阅读了叶芝的作品后觉得可以从后殖民理论的视角对之进行深入研究，我也认为聚焦叶芝可以谈出一些新的东西，便鼓励他以叶芝的后殖民性为题写成论文。虽然他的论文从初稿到最后答辩几经修改，但送审和答辩都比较顺利。答辩委员会一致认为，该选题新颖，在国内这方面研究尚不多见的情况下，具有一定的学术价值和理论意义。他的论文收集了国内外叶芝研究和后殖民研究的主要文献进行深入、全面的分析和研究，提出了不少自己的观点，特别是从叶芝的后殖民性、反殖民性和去殖民性以及生态批评等方面发前人所未发。就叶芝本身的研究而言，论文所体现出的新颖之处在于，作者运用后殖民理论对叶芝的诗歌和戏剧理论进行了新的阐释，并且运用文化翻译理论对叶芝的翻译实践进行了分析。尤其值得一提的是，作者在理论上糅合后殖民理论与女性主义理论、生态批评理论并运用时下最为前沿的世界主义理论对叶芝进行全新的阐释，受到答辩委员会的高度评价。同时答辩委员会也指出了论文的一些不足之处，主要是由于国内资料搜集上的限制，国外最新的研究成果掌握得不够全面，另外，在理论的把握方面尚欠功力。对此则远本人也有所认识，并表示在答辩后继续增补新的资料，努力将其修改扩充并完善。总之，在充分肯定他的论文的学术价值时，答辩委员们都希望他能很快将这篇博士论文修改、扩充成一部专著在国内出版，以便对国内的叶芝研究所有贡献。但是则远对自己要求严格，认为那篇博士论文并不成熟，不打算很快出版，需要反复修改、打磨直到自己满意为止。毫无疑问，在当下学术风气浮躁，学术著作和论文缺乏独创性的情况下，一位青年学者仍抱有这种严谨的治学精神和实事求是的态度确实难能可贵。在我的不断询问和敦促下，他又对论文作了较大的修改，充实了国外的研究资料，在框架结构上也大大地作了调整和扩充，并在叶芝与东方文化和世界主义视野方面作了新的阐发。现在放在我们面前的这部专著较之早先的博士论文可以说已经脱胎换骨了。

众所周知，英国与爱尔兰有着千丝万缕的联系，至今的北爱尔兰还作为英国的一部分，其后殖民特征是十分明显的。而叶芝作为一位有着强烈民族主义倾向的作家，毕生为了爱尔兰的民族独立和爱尔兰文学的繁荣而奋斗。叶芝的著述应该是我们从后殖民理论视角研究的不可忽视的一个重要个案。此外，作为一位中国的比较文学和世界文学学者，我们不仅要从中国的视角来考察世界文学，而且要从对世界文学的研究中得到启示，反过来丰富我们对中国文学的考察和研究。有鉴于此，则远认为，即使在当今的全球化时代，从后殖民理论、世界主义批评和比较文学的视角在中文语境中研究叶芝都有着重要的意义，具体体现在：（1）叶芝的去殖民化理论和创作实践对全球化时代中国文学创作的意义；（2）叶芝的文化民族主义策略对我们实施的中华民族的文化复兴的重要参考价值；（3）叶芝用英语创作的成功经验对中国文学创作和翻译进而走向世界并跻身世界文学主流的启迪。这些都是我们作为中国学者研究世界文学所必须具备的立场和观点。总之，在中国的语境下从事比较文学和世界文学研究应该有这种关切本民族文化和文学的情怀。

叶芝是一位多才多艺的大作家，他的文学成就不仅体现在诗歌创作上，同时也体现于戏剧创作。则远在过去的几年里，阅读了叶芝的所有作品，几乎穷尽了中、英文世界的叶芝研究文献，进而指出，叶芝的戏剧主要包括以爱尔兰古代神话为题材的戏剧、以圣经故事为题材的戏剧和以他自己的神秘哲学为题材的戏剧。从体裁上可以分为悲剧和喜剧。这些戏剧主要围绕爱尔兰的反殖民斗争、爱尔兰神话中的英雄形象、爱尔兰的文化等主题。另外，他又认为，叶芝在反殖民和去殖民的同时还致力于自己的建构，即在他后期的创作中已经有了拥抱世界主义的倾向。所有这些新观点都是他在仔细阅读文本并研究国内外已有成果的基础上得出的。因此，就这一点而言，他的这部专著的出版是很有必要的，至少对国内的叶芝研究提供了一些新的资料和研究视角，同时也对后殖民理论研究提供了一个极有价值的文学创作上的早期个案。我认为这应该是本书的学术价值。

但是，叶芝是一个思想上和创作道路十分复杂的作家，因此对他的研究不可能取单一的视角。在这方面则远也注意到了，并且力图从多个理论视角切入，全方位地考察研究这位来自小民族的大作家。正如则远在书中指出的，叶芝对殖民主义宗主国——英国的文学和文化既爱又恨，为了创立爱尔兰现代文学，叶芝务实地向英国浪漫主义文学学习，但不仅仅是模仿，而是取材爱尔兰本土题材并用英语写作，这实际上是一种后殖民的杂糅式写作，也是处于弱势国家（文化）的作家反抗强势国家（文化）不得已而采取的策略。叶芝的个案证明，借鉴殖民国（强势文化）的优秀文学传统，以宗主国语言（强势语言）写作、以本民族为题材的后殖民书写策略是卓有成效的。它一方面可以削弱殖民文化的霸权，另一方面又可以弘扬殖民地文化的精神。这应该是当今的后殖民理论家的一种策略。

从比较文学的立场出发，作者还就叶芝与包括中国文学在内的东方文化的关系作了探讨，认为叶芝对东方文化的认同也有着后殖民的含义，因为受英国殖民统治的爱尔兰文化和同样受到西方中心主义妖魔化的东方文化有着同病相怜的味道，而且，叶芝对东方文化的借鉴也使得他的诗作充满了异域风情和陌生化效果。叶芝成名后反过来对中国的国剧运动和一些诗人的创作也产生了一些影响。因此，就这一点而言，本书实际上将叶芝放在一个比较的视野下进行考察，总结出叶芝与东方和中国文学的双向关系：他本人对东方文化的兴趣以及他的创作对东方和中国文学的影响和启迪。这也说明，任何一位来自小民族的作家要想成为蜚声世界的大作家就必须有着广阔的世界文学视野，这样他就能有幸使自己的作品产生世界性的影响。叶芝就是这样一位来自小民族但却产生了世界性影响的大作家。我认为，对于一位致力于比较文学和世界文学研究的青年学者来说，能够做到这一点确实是很不容易的。因此，当则远希望我作为昔日的导师为他的专著作序时，我是难以推辞的。当然，由于作者学力有限，这本专著的一些局限和不足也是在所难免的。因此我也同时希望则远通过对叶芝这位世界文学大家的研究，努力提高自己的理论水平和学术研究能力，以适应今后更加繁重的教学和科研工作。

王 宁

2016 年 2 月于北京清华园

绪　论

叶芝（W. B. Yeats, 1865—1939）是爱尔兰乃至英语世界最伟大的诗人之一，1923 年获诺贝尔文学奖。艾略特（T. S. Eliot）称他为"我们时代最伟大的诗人"，曾说："叶芝代表着他的那个时代，没有他，就无法理解他所处的整个时代。"① 叶芝的创作上承浪漫主义，中汇象征主义、现代主义，下启意象主义，经历了爱尔兰的殖民时期和后殖民时期，文化追求上从反抗英国殖民统治的文化民族主义逐步发展为后殖民时代的世界主义。叶芝一生诗艺不断更新，几经变换，最终实现了诗艺的完美成熟。

第一节　西方叶芝研究

叶芝研究（Yeats Studies）在英美已成为专门学问，叶芝研究的资料更是汗牛充栋。英美叶芝研究历经百余年，不同时期学术界关注焦点不同。早期评论主要是印象式的，评论家对叶芝的神秘主义给予较多关注；20 世纪 40 年代以后相当一段时期，叶芝研究集中在其诗艺发展道路上；20 世纪 50、60 和 70 年代，批评家们开始重新思考叶芝与 19 世纪英国文学传统的联系；20 世纪 60、70 年代前，叶芝戏剧研究较少，之后出现了一系列专门研究叶芝戏剧的著作，并于 70 年代中期达到顶

---

① T. S. Eliot, *Yeats, On Poetry and Poets*, New York: Farrar, Straus and Giroux, 1957, p. 308.

峰；20 世纪 80 年代早期，叶芝的政治思想成为中心话题，随后一直到 21 世纪，批评家们将叶芝置于爱尔兰政治历史背景中、女权主义和后殖民主义视角下考察。

（一）早期评论

早在 1887 年，凯瑟琳·悌南（Katharine Tynan）发表了《三个年轻诗人》一文对叶芝的《莫萨德》（Mosada）进行评论，指出"可以预见叶芝作为一名诗人的未来一片光明，作为同宗同脉的我们尤其希望目睹他的辉煌事业"。文中，悌南高度评价叶芝的处女作，称其中充满了美，一种富有诗意。① 王尔德（Oscar Wilde）对叶芝的《爱尔兰和民间传说》予以高度评价，认为其"每一个故事都值得品读和思索一番"。② 詹姆斯·霍尔（James Hall）和马丁·斯坦恩曼（Martin Steinmann）的《永久的叶芝》（1950）收集了 20 世纪 30、40 年代克林思·布鲁克斯（Cleanth Brooks）、布莱克墨（R. P. Blackmur）、约翰·克劳·兰色姆（John Crowe Ransom）、艾伦·泰特（Allen Tate）和利维斯（F. R. Leavis）等人撰写的论文。③

理查德·埃尔曼（Richard Ellmann）不仅撰写了《叶芝：其人与其面具》，而且撰有《叶芝的身份》（1954），集中讨论叶芝诗歌主题和风格的发展历程。《叶芝的身份》一书与当时人们认为叶芝因与其早期浪漫诗风决裂而攀登诗艺高峰的观点相左，认为叶芝诗歌用词、意境、象征主义的不断变革中有一种连贯的思想和情绪模式。在埃尔曼看来，叶芝构建连贯艺术身份的方式不是通过表达一成不变的系统思想而是通过对一系列相连、未调和的冲突反复思量。④ 埃尔曼的两本著作让许多批评家相信诗人的神秘思想十分连贯而深刻，而不能简单地将其斥为"怪力乱神"。汤姆·亨恩（Tom Henn）的《孤独塔楼》（1950）支持埃尔曼的这种观点。该书将《幻象》与叶芝的其他作品放在西方哲学、神秘主义、文学和绘画

---

① David Pierce, *W. B. Yeats: Critical Assessments*, Helm Information Ltd., 2000, p. 122.
② Ibid., p. 124.
③ James Hall eds., *The Permanence of Yeats*, New York: Collier Books, 1961.
④ Richard Ellmann, *The Identity of Yeats*, New York: Oxford University Press, 1954, p. 2.

艺术传统中考察。亨恩作为一位爱尔兰人,亦强调叶芝对复活节起义及其影响的反应。① 托马斯·帕金森(Thomas Parkinson)则着重研究诗人创作和修改的过程。在《叶芝:自我批评》(1951)中,帕金森分析了叶芝对其早期诗作的修改,说明叶芝的戏剧活动对其抒情诗表现方式的影响。帕金森认为,戏剧创作使叶芝重视戏剧冲突,从而摆脱了诗人对云雾般幻想的痴迷。通过对《晚期诗作》(1964)中的写作过程、象征主义和作诗技巧的研究,帕金森亦强调了叶芝对戏剧化冲突的重视。②

艾略特在经典叶芝纪念演讲(1940)中认为,叶芝从创作具有"模糊而又迷人之美"诗歌的非个性艺人转化为具有活力的"中年诗人","从个人浓烈的经验中能表达出普遍真理"。③ 埃尔曼在《叶芝的身份》(1954)中强调其早期和晚期作品间的连续性,认为"他的主题和象征在青年时代已确定,随后越来越有活力,愈加直接,且不断更新";其创作语境不仅包括叶芝个人经历,且包含爱尔兰政治现实。④

1955年,休·肯纳(Hugh Kenner)的《艺术圣书》论述了叶芝诗集《塔楼》中诗歌主题和意象间的联系,认为它们构成独具匠心戏剧化过程。肯纳认为叶芝"不是在写诗,而是在写书"。⑤ 约翰·昂特瑞科(John Unterecher)在《叶芝读者指南》(1959)中运用肯纳的方法研究叶芝的《诗集》。⑥ 哈泽德·亚当斯(Hazard Adams)在《叶芝诗篇作为一本书》(1990)亦用此法。昂特瑞科为读者提供了逐诗的解读。亚当斯更富理论性和复杂性的分析将叶芝的《诗集》解读为叶芝企图构建自己人生故事的虚构版本。⑦

亚伦·R. 格罗斯曼(Allen R. Grossman)的《早期叶芝作品中的诗学

---

① T. R. Henn, *The Lonely Tower*, London: Methuen & Co. Ltd., 1950.

② Thomas Parkinson, *W. B. Yeats Self-Critic: A Study of his Early Verse*, Berkeley & Los Angeles: University of California Press, 1951.

③ T. S. Eliot, *On Poetry and Poets*, New York: Farrar, Straus and Giroux, 1957, p. 298.

④ Richard Ellmann, *The Identity of Yeats*, New York: Oxford University Press, 1954, p. 2.

⑤ Hugh Kenner, "The Sacred Book of the Arts", *Irish Writing*, 31, Summer 1955, pp. 24 – 35.

⑥ John Unerecker, *A Reader's Guide to the W. B. Yeats*, 1959; rptd. London: Thames and Hudson, 1975.

⑦ Hazard Adams, *The Book of Yeats's Poems*, Florida State University Press, 1990.

知识》（1969）详细讨论了《苇间风》中的神话结构。① 斯蒂文·普泽尔
（Steven Putzel）的《重构叶芝》（1986）研究了《苇间风》和《隐秘的
玫瑰》。② 达德雷·杨（Dudley Young）的《困镜》（1987）集中研究了
《塔楼》。③

（二）叶芝文本研究

在乔治·伯恩斯坦（George Bornstein）的论文《叶芝诗作文本是什
么》（1993）的基础上，大卫·霍尔德曼（David Holderman）的《许多辛
劳：叶芝第一批现代主义著作的文本和作者》（1997）考察了叶芝中年所
著著作的文本文字和版本，认为其中的现代主义、民族主义和性政治属性
由叶芝的修订及其与出版商的交往决定。④ 伯恩斯坦的《物质现代主义》
（2001）说明了许多现代主义作品的物质形式如何附有政治和其他方面的
隐含意义；其中关于叶芝的两章集中讨论了《当你老了》、《1913 年 9 月》
和《塔楼》。⑤

克蒂斯·布拉德福特（Curtis Bradford）的《创作中的叶芝》（1965）
继帕金森之后进一步研究叶芝创作的文本历史⑥，类似的还有琼·斯特沃
绥（Jon Stallworthy）的《字里行间：叶芝创作过程中的诗作》（1963）和
《叶芝〈最后的诗〉中的灵视和修订》（1969）⑦。康奈尔大学的叶芝文库
启动之前，不能直接接触诗人手稿的批评家们只能依靠这些著作了解诗人
的写作过程。1964 年，爱德华·恩格尔伯格（Edward Engelberg）在《巨

---

① Allan Richard Grossman, *Poetic Knowledge in the Early Yeats*：*A Study of "The Wind Among the Reeds"*, Charlottesville：University Press of Virginia, 1969.

② Stephen Putzel, *Reconstructing Yeats*：*"The Secret Rose" and "The Wind Among the Reeds"*, Dublin：Gill and Macmilan, 1986.

③ Dudley Young, *Troubled Mirror*：*A Study of Yeats's "The Tower"*, Iowa City：Iowa University Press, 1987.

④ David Holderman, *Much Labouring*：*The Texts and Authors of Yeats's First Modernist Books*, Ann Arbor：University of Michigan, 1997.

⑤ George Bornstein, *Material Modernism*：*The Politics of the Page*, Cambridge and New York：Cambridge University Press, 2001.

⑥ Curtis Bradford, *Yeats at Work*, Carbondale, IL：Southern Illinois University Press, 1965.

⑦ Jon Stallworthy, *Between the Lines*：*Yeats's Poetry in the Making*, Oxford：Clarendon Press, 1963; *Vision and Revision in Yeats's Last Poems*, Oxford：Clarendon Press, 1969.

型设计：叶芝美学中的图案》中，对诗人关于艺术和艺术家的著述进行分析，描绘其前后连贯的艺术理论发展的全过程。在他看来，该理论越来越强调对立因素的和谐统一，如抒情诗的宁静与戏剧化动作。①

1964 年托马斯·R. 怀特克尔（Thomas R. Whitaker）的《天鹅与影子：叶芝与历史的对话》认为"对叶芝来说，历史是一个神秘的对话者，有时是诗人自我的鲜明展现，有时是与自我相对的阴影力量"。拥有双重立场使叶芝既能从神的视角又能戏剧化地体验历史，因此与单一的立场相比，他能创造出更加丰满的自我形式与艺术。②

菲利普·马尔科斯（Phillip Marcus）的《叶芝与爱尔兰复兴的开端》（1970）详细描述了 19 世纪 90 年代诗人的活动及其同代人。③ 乔治·米尔斯·哈帕（George Mills Harper）的三本书（或著或编）《叶芝的金色黎明修道会》（1974）、《叶芝与神秘思想》（1976）、《叶芝〈幻象〉的制作：自动书写文本研究》（第 2 卷，1987）将叶芝神秘主义思想的研究置于比以往任何时期都更为坚实的学术基础之上。④《叶芝〈幻象〉的制作：自动书写文本研究》提供了叶芝与乔芝的灵视会谈日志及其阐释。詹姆斯·奥尔尼（James Olney）的《茎与花：永远的哲学——叶芝与荣格》（1980）将叶芝与卡尔·荣格的思想归于柏拉图传统和前苏格拉底哲学家，如毕达哥拉斯、帕梅尼德斯、赫拉克利特和恩培多格拉斯。

（三）叶芝与政治

叶芝的政治倾向很早便引起批评家的关注。乔治·艾略特（George Eliot）和奥登（W. H. Auden）对叶芝的法西斯倾向颇有微词。20 世纪 80

① Edward Engelberg, *The Vast Design：Patterns in W. B. Yeats's Aesthetic*, Toronto：University of Toronto Press, 1965.

② Thomas R. Whitaker, *Swan and Shadow：Yeats's Dialogue with History*, Chapel Hill：University of North Carolina Press, 1964.

③ Philip Marcus, *Yeats and the Beginning of the Irish Renaissance*, Ithaca, NY：Cornell University Press, 1970.

④ George Mills Harper, *Yeats's Golden Dawn：The Influence of the Hermetic Order of the Golden Dawn on the Life and Art of W. B. Yeats*, London：Macmillan, 1974；ed. , *Yeats and the Occult*, Toronto：Macmillan, 1975；*The Making of Yeats's "A Vision"：A Study of the Automatic Script*, Carbondale and Edwardsville, IL：Southern Illinois University Press, 1987.

年代早期，叶芝与政治的关系成为中心话题。此前，关于叶芝与爱尔兰历史和政治的两本最重要的研究成果是多纳德·T. 托奇亚纳（Donald T. Torchiana）的《叶芝和乔治时代的爱尔兰》（1976）和康纳·克鲁塞·欧布莱恩（Conor Cruise O'Brien）的论文《激情与谋略：论叶芝的政治》（1965）。托奇亚纳阐释了叶芝如何从对 19、20 世纪爱尔兰的幻灭逐渐形成对 18 世纪新教贵族的理想化过程。他研究了叶芝对格雷戈里夫人的依附和对斯威夫特、伯克、伯克莱和戈尔德斯密等人的仰慕。① 欧布莱恩对叶芝的政治观念认同较少，将叶芝对爱尔兰民族主义的真诚程度最小化，指责叶芝有阶级歧视、反天主教和彻头彻尾的法西斯主义倾向。欧布莱恩的文章首次发表于庆祝诗人百年诞辰之际，令叶芝研究的学者们大为震惊。②

但在后来的二十年中，随着对历史主义批评，新的质疑开始出现，将叶芝和现代主义、爱尔兰文化结合起来的讨论比政治问题本身更引人注目。20 世纪 80 年代出现了一系列讨论叶芝政治的批评家，如伊丽莎白·卡琳福特（Elizabeth Butler Cullingford）和保罗·斯哥特·斯坦费德（Paul Scott Stanfield）。卡琳福特的《叶芝、爱尔兰和法西斯主义》（1981）描绘了叶芝政治观的形成过程并强调其思想的复杂性，回应了欧布莱恩的批评。她着重阐述了约翰·欧李尔瑞（John O'Leary）的个人民族主义和威廉·莫里斯的社会主义对叶芝的影响，以及叶芝与蓝衫党接近的试探性，从而得出结论，认为叶芝基本上支持"一种既热爱个人自由又尊敬有机社会组织联系的贵族式自由主义"。③ 斯坦费尔德的《叶芝和 20 世纪 30 年代的政治》（1988）中揭示了一些关于叶芝最后十年的细节，并提供了一份关于叶芝对德·维来拉看法的富有启发性的解释。④

---

① Donale T. Trochiana, *W. B. Yeat and Georgian Ireland*, London：Oxford University Press, 1966.

② Conor Cruise O'Brein, Passion and Cunning：An Essay on the Politics of W. B. Yeats, in *Excited Reverie：A Centenary Tribute to William Butler Yeats 1865—1939*, eds., A. Norman Jeffares and K. G. W. Cross, London：Macmillan, 1965.

③ Elizabeth Butler Cullingford, *Yeats, Ireland and Fascism*, New York and London：New York University Press, 1981.

④ Paul Scott Stanfield, *Yeats and Politics in the 1930s*, London：Macmillan, 1988.

　　与此同时，还有些对政治感兴趣的批评家将叶芝置于现代主义和爱尔兰文学的修正主义历史语境中考察。凯恩斯·克拉格（Cairns Craig）的《叶芝、艾略特、庞德和诗歌的政治》（1981）认为三位诗人均视艺术与民主互不相容①，而迈克尔·诺思（Michael North）的《叶芝、艾略特和庞德的政治美学》（1991）平行考察了叶芝的"文化民族主义"、艾略特的"保守主义"和庞德的"法西斯主义"。② 诺思的著作回应了 20 世纪 70、80 年代爱尔兰批评家的批判，这些人由于与北爱尔兰暴力"麻烦"紧密联系而对诗人的反天主教和贵族化倾向极其反感，其中包括麦克柯马克（W. N. McCormack）、理查德·科尼（Richard Kearney）和迪克兰·基伯德（Declan Kiberd），尤其是西姆斯·迪恩（Seamus Deane）。麦克柯马克揭穿了叶芝对盎格鲁—爱尔兰贵族理想化的虚伪面目，科尼批评叶芝对流血牺牲的民族主义信仰不冷不热，基伯德则认为叶芝使现代爱尔兰陷入日益孱弱的怀旧情绪之中。以《凯尔特复兴》（1985）为代表的迪恩著作，则将叶芝和投身于爱尔兰文艺复兴的其他盎格鲁—爱尔兰人斥为"文学上的联邦主义者"，认为他们通过创作文本"将造成这个国家惨境的原因从贵族转嫁到天主教中产阶级或英国的天主教中产阶级身上"，从而保护其特权阶级的腐朽财富。③

　　爱德华·赛义德（Edward Said）1986 年在斯莱戈的叶芝暑期学校年会上作了题为《叶芝与去殖民化》的演讲后，丁恩和其他修正主义批评家的争论才开始有所缓解。该演讲稿后来收在《文化与帝国主义》（1993）一书中。赛义德使其听众意识到许多最近才摆脱殖民地身份的国家的作家视叶芝为一个反抗殖民压迫虽不完美但鼓舞人心的榜样。④ 受赛义德演讲

① Cairns Craig, *Yeats, Eliot, Pound and the Politics of Poetry: Richest to the Richest*, London: Croom Helm, 1981.

② Michael North, *The Political Aesthetic of Yeats, Eliot, and Pound*, Cambridge: Cambridge University Press, 1991.

③ Seamus Deane, *Celtic Revivals: Essays in Modern Irish Literature 1880—1980*, London and Boston: Faber and Faber, 1985.

④ Edward Said, *Nationalism, Colonialism and Imperialism: Yeats and Decolonization*, Derry: A Field Day Pamphlet, 15, 1988.

稿启发且最具影响力的著作是迪克兰·基伯德的《再造爱尔兰》（1995）。该书运用"后殖民理论"对叶芝和其他 19、20 世纪爱尔兰作家进行了细致入微的分析。① 然而，运用这一理论研究叶芝的合理性一直引起质疑，如加汗·拉马赞尼（Jahan Ramazani）的《叶芝是最后一位后殖民诗人吗》（1998）② 和德波拉·弗莱明（Deborah Fleming）编的题为《叶芝与后殖民》（2001）的论文集③。乔纳森·埃里森（Jonathan Allison）的《叶芝的政治身份》（1996）将欧布莱恩、卡琳福特、丁恩和其他批评家文章放在一起介绍早期修正主义争论，同时还提供了一份评注版参考文献，并介绍了关于叶芝政治的其他论文。④

（四）叶芝与女权主义

格罗利亚·C. 卡莱恩（Gloria C. Kline）的《最后的宫廷式情人》（1983）是第一部从女性主义角度研究叶芝的著作，该书论述了叶芝与几位女人的关系并考察了他对源于宫廷式爱情传统的女性原型的先入之见。⑤ 更有突破性研究的是伊丽莎白·卡琳福特的《叶芝爱情诗中性属和历史》（1993），带着怀疑和欣赏，卡林福特向我们说明了叶芝生活中的女人和叶芝所处时代的性政治是如何决定着他对情诗中性别习俗的适应。她强调了叶芝与几位女强人的关系和叶芝认同女性身份的趋向，并将这些传记逸事与女人的解放、爱尔兰的去殖民化和爱尔兰自治领中严厉的性别清教主义联系起来。⑥ 卡琳福特著作之后随即出现的是马乔里·豪斯（Marjorie Howes）的《叶芝的多重民族性：性属、阶级和爱尔兰性》（1996）和黛德丽·图梅（Deirdre Toomey）编辑的论文集《叶芝和女人》（1997）。

---

① Declan Kiberd, *Inventing Ireland: The Literature of the Modern Nation*, London: Jonathan Cape, 1995.

② Jahan Ramazani, *Is Yeats a Postcolonial Poet?*, Raritan, 17: 3, Winter 1998, pp. 64 – 89.

③ Deborah Felming ed., *W. B. Yeats and Postcolonialism*, West Cornwall, CT: Locut Hill Press, 2001.

④ Jonathan Allison ed., *Yeats's Political Identities*, Ann Arbor: University of Michigan Press, 1996.

⑤ Gloria C. Kline, *The Last Courtly Lover: Yeats and the Idea of Woman*, Ann Arbor: UMI Research Press, 1983.

⑥ Elizabeth Butler Cullingford, *Gender and History in Yeats's Love Poetry*, Cambridge: Cambridge University Press, 1993.

豪斯的著作运用女权主义和后殖民理论考察性属和阶级问题如何影响叶芝对爱尔兰性观念的不断变化。她选择了一些卡林福特曾讨论过的问题，但把注意力放在不同文本上，包括《女伯爵卡瑟琳》、"大房子"诗作如《祖宅》和《炼狱》。① 图梅论文集中的亮点是她关于叶芝与毛特·冈、叶芝与母亲关系的论文，还有詹姆斯·佩西卡关于格雷戈里夫人对诗人的物质支持及其在《凯瑟琳·尼·胡里汉》创作中作用的论文。② 维基·马哈非（Vicki Mahaffey）的《欲望之邦》（1998）亦值得注意，他认为王尔德、叶芝和乔伊斯所进行的语言形式实验意在瓦解对诸如民族性、阶级、性属和性别偏好的上层建筑的权威意识。③

（五）叶芝与英国文学传统

20 世纪 50—70 年代，批评家们开始重新思考叶芝与 19 世纪英国文学传统的联系。伴随着这种趋势的是对文学现代主义与浪漫主义作品关系更全面的重新审视。艾略特之后，新批评派与其同时代批评家将现代主义看作是对浪漫主义先驱的叛逆。现代主义的捍卫者们希望将叶芝也归入此类以支撑现代主义的地位。这样他们就低估了叶芝的浪漫主义特征，而高估法国象征主义的影响，而这一点也正是艾略特及其追随者们所强调的（艾伦·泰特代表着第一种倾向，而埃德蒙·威尔逊代表着第二种）。1947 年，诺思罗普·弗莱（Nothrop Frye）在《叶芝与象征主义语言》一文中探讨了叶芝对浪漫主义的继承。④ 不久，格拉汉姆·休（Graham Hough）出版了《最后的浪漫派》（1949），将叶芝与维多利亚诗人如约翰·拉斯金、D. G. 罗瑟蒂、威廉·莫里斯和沃尔特·佩特放在一起考察。⑤ 哈泽德·亚当斯在弗莱文章启发下发表了《布莱克和叶芝：对立灵视》（1955）一书。亚当斯

---

① Marjorie Howes, *Yeats's Nations: Gender, Class, and Irishness*, Cambridge: Cambridge University Press, 1996.

② Deirdre Toomey ed., *Yeats and Women: Yeats Annual*, 9, 2nd edition, London: Macmillan, 1997.

③ Vicki Mahaffey, *States of Desire: Wilde, Yeats, Joyce, and the Irish Experiment*, New York: Oxford University Press, 1998.

④ Northrop Frye, "Yeats and the Language of Symbolism," *University of Toronto Quarterly* 17: 1, October 1947, pp. 1 – 17.

⑤ Graham Hough, *The Last Romantics*, London: Duchworth, 1947.

讨论了布莱克对叶芝的影响，但更着重比较两位诗人。他认为对叶芝来说，要通过灵视的方法超脱堕落的世界比布莱克难，于是他的很多诗作通过戏剧化来处理疑惑和挫折，实现了艺术上的成功。① 叶芝对雪莱的接受在 1970 年出版的两本重要研究著作中得以重视，即哈罗德·布鲁姆（Harold Bloom）的《叶芝》和乔治·伯恩斯坦（George Bornstein）的《叶芝与雪莱》。布鲁姆运用了他后来在《影响的焦虑》（1973）中详细阐述的理论，富有启发性。他认为叶芝的全部作品是一系列对浪漫派作家，尤其是雪莱和布莱克的创造性"背离"。② 伯恩斯坦则详细地廓清了叶芝对雪莱的阅读和误读，在他看来，叶芝开始是浪漫派信徒，但 1903 年后他逐渐厌烦浪漫派，并开始反对（和夸大）雪莱诗风的缥缈。③ 伯恩斯坦的《叶芝、艾略特和斯蒂文斯的浪漫主义转变》（1976）将叶芝放在浪漫主义和现代主义语境中考察。④ 还有些评论家同休一样对叶芝所受的 19 世纪晚期文学影响颇感兴趣，包括弗兰克·克莫德（Frank Kermode）的《浪漫意象》（1957）和伊恩·弗莱切（Ian Fletcher）的《威廉·巴特勒·叶芝和他的同代人》（1987）。⑤

（六）叶芝戏剧研究

20 世纪 60、70 年代前，叶芝的戏剧受到的关注相对较少。威尔逊（F. A. C. Wilson）的《叶芝与传统》（1958）和海伦·温德勒（Helen Vendler）的《叶芝的"幻象"与其晚期剧作》（1963）详细考察了叶芝剧作，同时集中考察了叶芝在诗作中表达的对神秘主义的兴趣。⑥ 温德勒认为与其将《幻象》看成是诗人信仰的表达，不如将它看成是文学史和诗

---

① Hazard Adams, *Blake and Yeats: The Contrary Vision*, 1955; rptd. New York: Russel & Russel, 1968.

② Harold Bloom, *Yeats*, New York: Oxford University Press, 1970.

③ George Bornstein, *Yeats and Shelley*, Chicago and London: Chicago University Press, 1970.

④ George Bornstein, *Transformations of Romanticism in Yeats*, *Eliot and Stevens*, Chicago: Chicago University Press, 1976.

⑤ Frank Kermode, *Romantic Image*, New York: Macmillan, 1957; Ian Fletcher, *W. B. Yeats and His Contemporaries*, Brighton, Sussex: Harvester Press, 1987.

⑥ F. A. C. Wilson, *Yeats and Tradition*, London: Gollancz, 1958; Helen Vendler, *Yeats's "Vision" and the Later Plays*, Cambridge, MA: Harvard University Press, 1963.

学史的一次实践，这一点颇有启发性。大卫·R. 克拉克（David R. Clark）的《叶芝和荒芜现实的戏剧》（1965）更多地关注叶芝剧作独特的戏剧化因素。克拉克认为《黛德丽》、《骨颤》、《窗格上的字》、《炼狱》以顿悟时刻为中心。① 20 世纪 70 年代中期冒出了许多关于叶芝戏剧的论著，其中有两本由曾将叶芝戏剧搬上舞台的批评家所作。詹姆斯·W. 弗莱纳利（James W. Flannery）的《叶芝和戏剧观念》（1976）集中阐述了阿贝剧院时期叶芝戏剧理论的形成过程，以及将其理想的剧作实际演出的困难。该书也强调了叶芝所受到的比利时剧作家梅特林克和英国舞台设计师高登·克拉格的影响。② 利亚姆·米勒（Liam Miller）的《叶芝的贵族戏剧》（1977）以大量的事实解读叶芝的剧作，并配有许多插图。③ 这一时期有价值的著作还有理查德·泰勒（Richard Taylor）的《叶芝的戏剧：爱尔兰神话和日本能剧》（1976）④ 和卡瑟琳·沃斯（Katharine Worth）的《从叶芝到贝克特的欧洲爱尔兰戏剧》（1978）。沃斯的著作着重研究了叶芝对塞缪尔·贝克特和哈罗德·品特的影响。⑤ 有助于我们了解叶芝剧院事业的著作是阿德里安·弗雷泽（Adraian Frazier）的《幕后：叶芝、霍尼曼和为阿贝剧院的奋斗》（1990）。⑥

（七）叶芝与民间传说

关于诗人对民间传说的兴趣，最著名的研究是玛丽·海伦·休恩特（Mary Helen Thuente）的《叶芝和爱尔兰民间传说》（1980）⑦ 和弗兰克·基纳罕（Frank Kinahan）的《叶芝、民间传说和神秘主义》（1988）⑧。乔治

① David R. Clark, *W. B. Yeats and the Theatre of Desolate Reality*, Dublin: Dolmen, 1965.
② James W. Flannery, *W. B. Yeats and the Idea of a Theatre: The Early Abbey Theatre in Theory and Practice*, New Haven and London: Yale University Press, 1976.
③ Liam Miller ed., *The Noble Drama of W. B. Yeats*, Dublin: Dolmen, 1977.
④ Richard Taylor, *The Drama of W. B. Yeats: Irish Myth and the Japanese No*, London: Yale University Press, 1976.
⑤ Katharine Worth, *The Irish Drama of Europe from Yeats to Beckett*, London: The Athlone Press, 1978.
⑥ Adrian Frazier, *Behind the Scenes: Yeats, Horniman, and the Struggle for the Abbey Theatre*, Berkeley, CA: University of California Press, 1990.
⑦ Mary Helen Thuente, *W. B. Yeats and Irish Folklore*, Dublin: Gill and Macmillan, 1980.
⑧ Frank Kinahan, *Yeats, Folklore, and Occultism: Contexts of the Early Work and Thought*, Boston: Unwin Hyman, 1988.

奥·梅尔查理（Giorgio Melchiori）的《整个艺术的谜》（1960）追溯出叶芝诗作如《丽达与天鹅》的图画来源。① 伊丽莎白·伯格曼·罗伊奇克斯（Elizabeth Bergmann Loizeaux）的《叶芝与视觉艺术》（1986）将叶芝的艺术发展过程和他关于绘画和雕塑艺术思想形成过程联系起来考察。② 怀恩·K. 查普曼（Wayne K. Chapman）的《叶芝和英国文艺复兴文学》（1991）③ 和大卫·皮尔斯（David Pierce）的《叶芝的世界》（1995）④ 以不同的方式强调了英国的影响，后者对诗人的生活和作品提供了概述，并附有精美的图片，同时也考虑了爱尔兰背景。丹尼尔·T. 欧哈拉（Daniel T. O'Hara）的《悲剧知识》（1981）运用保罗·利科的文本阐释理论研究了叶芝的自传。⑤ 保罗·德·曼（Paul de Man）在《浪漫主义修辞》（1984）中示范了解构批评方法。⑥ 道格拉斯·阿基巴德（Douglas Archibald）的《叶芝》（1983）、菲利普·L. 马科斯（Philip L. Marcus）的《叶芝和艺术权力》（1992）、迈克尔·J. 锡德纳尔（Michael J. Sidnell）的《叶芝的诗与诗学》（1996）评论思路开阔、论述精辟。⑦ 最近几本著作，包括斯蒂芬·马修斯（Steven Matthews）的《作为先驱的叶芝》（1999）⑧ 研究了诗人对其他作家的影响，而该话题此前曾在特伦斯·迪格里（Terence Diggory）的《叶芝与美国诗歌》（1983）⑨ 中

① Giorgio Melchiori, *The Whole Mystery of Art: Pattern into Poetry in the Work of W. B. Yeats*, London: Routledge & Kegan Paul, 1960.

② Elizabeth Bergmann Loizeaux, *Yeats and the Visual Arts*, New Brunswick: Rutgers University Press, 1986.

③ Wayne K. Chapman, *Yeats and English Renaissance Literature*, New York: St. Martin's Press, 1991.

④ David Pierce, *Yeats's Worlds: Ireland, England, and the Poetic Imagination*, New Haven and London: Yale University Press, 1995.

⑤ Daniel T. O'Hara, *Tragic Knowledge: Yeats's Autobiography and Hermeneutics*, New York: Columbia University Press, 1981.

⑥ Paul de Man, *The Rhetoric of Romanticism*, New York: Columbia, 1984.

⑦ Douglas Archibald, *Yeats*, Syracus University Press, 1983; Philip Marcus, *Yeats and Artistic Power*, New York: New York University Press, 1992; Michael J. Sidnell, *Yeats's Poetry and Poetics*, London: Macmillan, 1996.

⑧ Steven Matthews, *Yeats as Precursor: Reading in Irish, British and American Poetry*, London: Macmillan Press Ltd., 2000.

⑨ Terence Diggory, *Yeats and American Poetry: The Tradtion of the Self*, Princeton: Princeton University Press, 1983.

讨论过。

比较全面的批评论集是理查德·J. 芬尼然（Richard J. Finneran）的《盎格鲁—爱尔兰文学：研究概述》（1976）和《关于盎格鲁—爱尔兰作家的最近研究》（1983）[①] 中的相关章节、大卫·皮尔斯（David Pierce）的《叶芝：穿越批评迷宫指南》（1989）和《叶芝：批评论集》（2000），还有《叶芝年刊》和《叶芝：批评与文本研究年刊》中的论文和书评。皮尔斯编撰的《叶芝：批评论集》罗列了自叶芝同时代到 2000 年西方所有的叶芝评论文章，并按照研究的主题分为：对叶芝的印象、对叶芝的回忆、讣告、叶芝与爱尔兰传统、叶芝与现代爱尔兰、叶芝与英国文化、叶芝与浪漫主义、叶芝与现代主义、叶芝与其他作家、叶芝的影响、叶芝与戏剧、叶芝诗作与故事的统一性、叶芝写作与修改过程、叶芝的散文、叶芝与自传、叶芝与政治、叶芝与性别、叶芝与哲学、叶芝与神秘主义，可谓体大虑周的西方叶芝批评之集成之作。[②] 马乔里·豪斯和约翰·克里（Marjorie Howes & John Kelly）编撰的《剑桥文学指南：叶芝》（2006）收集了叶芝与浪漫主义、叶芝与维多利亚时代、叶芝与现代主义、晚期诗作、叶芝与戏剧、叶芝与批评、叶芝与民间传说、叶芝与神秘主义、叶芝与性别、叶芝与政治、叶芝与后殖民等方面的代表性论文，对了解西方叶芝研究的前沿和方向有较好的参考作用。[③]

总之，英美叶芝研究主要集中在叶芝的神秘哲学、叶芝诗艺的发展过程、叶芝的作诗技巧、叶芝与政治、叶芝与英国文学传统、叶芝与民间传说、叶芝与戏剧等话题。批评家们分别运用了新批评、新历史主义、女权主义、后殖民主义、解构主义等理论对叶芝进行了研究。

---

① Richard Finneran ed. , *Anglo-Irish Literature*：*A Review of Research*, New York：Modern Language Association of America, 1976; *"W. B. Yeats" in Resent Research on Anglo-Irish Writers*, New York：Modern Language Association of America, 1983.

② David Pierce, *W. B. Yeats*：*Critical Assessments*, Helm Information Ltd. , 2000.

③ Marjorie Howes & John Kelly, eds. , *The Cambridge Companion to William Butler Yeats*, Cambridge University Press, 2006.

第二节　叶芝在中国的译介与研究

20 世纪 20 年代开始被译介到中国的近百年间①，叶芝作品在中国的译介不断深入和全面。中国文学界对叶芝的接受全过程可分为介绍、翻译和研究三个阶段。

最早介绍叶芝的是沈雁冰（茅盾）。他在《学生》第 6 卷上发表的《近代戏剧家传》中，就对叶芝作过简要介绍。1920 年，他又在《东方杂志》第 17 卷第 6 期（1920 年 3 月 10 日）上发表了他撰写的介绍爱尔兰文学的文章《近代文学的反流——爱尔兰的新文学》和自己翻译的叶芝象征主义戏剧《沙漏》。他对叶芝的评价是："夏脱是诗人，是梦想家，是预言家（poet, dreamer, seer）。他的著作，充满了神秘主义。他是提倡爱尔兰民族精神最力的人；他是爱尔兰文学独立的先锋队；他也是写实派——是理论上的写实派；他的剧本，全是爱尔兰民族思想感情表现的结晶；他并不注意描写当代爱尔兰人的表面上的生活；他注意描写的，是精神上的生活；他虽把古时的传说，古英雄的事迹，作为剧本的材料；但里面的精神，绝不是古代的，是当代的；他最特长的，最本色的，是讲到哲理而隐寓讽刺的剧本。"在文章中，茅盾详细评论了叶芝的剧作《影水》、《沙漏》、《星球里的一角兽》、《加丝伦尼霍立亨》等。②

1921 年，《小说月报》第 12 卷第 1 号（1921 年 1 月 10 日）发表了王剑三翻译的叶芝小品文《忍心》。同年的《文学旬刊》第 20 期（1921 年 11 月 21 日）上发表了滕固的介绍文章《爱尔兰诗人夏芝》（夏芝即叶芝）。《小说月报》第 14 卷第 12 号（1923 年 12 月 10 日）对叶芝进行了隆重的介绍。该期登有郑振铎写的《一九二三年得诺贝尔奖金者夏芝评

---

① 谢天振、查明建主编：《中国现代翻译文学史》，上海外语教育出版社 2004 年版，第 247—248 页。

② 沈雁冰：《近代文学的反流——爱尔兰的新文学》，《写实主义与浪漫主义》，商务印书馆 1923 年版，第 39 页。

传》以及署名"CM"和"记者"的《夏芝著作年表》和《夏芝的传记及关于他的批评论文》。1923 年、1924 年，《文学》第 97、99、104、105 期先后刊登了西谛（郑振铎）的《得 1923 年诺贝尔奖金者夏芝》、仲云的《夏芝和爱尔兰的文艺复兴运动》以及叶芝的诗歌《恋爱的悲哀》（仲云译）和《老妈妈的歌》（赵景深译）以及《夏芝小品》（王统照译）。

刘延陵、王统照也做了大量翻译、评论方面的工作。刘延陵在文章中介绍意象派诗运动领袖孟罗在《诗的杂志》中所引用叶芝的诗论：

> 旧诗中一切不自然的语句我们都厌倦了。我们不但要除去装饰堆砌的辞句，并要除去所谓"诗的用词"。我们要除去一切矫揉造作的东西，要叫诗的文字即如说话，且简单如最简单的散文，而成为心的呼声。[①]

文学研究会的王统照曾大力介绍叶芝的诗。1923 年《晨报》"五周年纪念增刊号"上刊登了王统照译的《无道德的梦境》。1923 年，《诗》第 2 卷第 2 号（1923 年 5 月 15 日）发表了王统照的专论《夏芝的诗》，详细介绍了长诗《奥厢的漂泊》（*Wanderings of Oisin*），说该诗"用伟大的精神，美丽的文句，几乎将人生的问题，完全包括了进去。而又处处带有丰富的象征色彩"。他称叶芝是世界上"伟大的诗人""终不失为一个新浪漫派文学的作者"。他在分析叶芝的审美倾向和诗歌特点时说："他是倾向于缥缈与虚幻之美的；而同时他也是要实现灵魂的调和到实际生活上面。所以他的作品：一方面对于祖国的传说与旧迹有强烈的爱恋，一方面对于虚灵的超脱，又竭力追求。"[②] 直至抗日战争爆发前，《文艺月刊》、《青年界》等刊物也都间或译载过叶芝的诗歌。

鲁迅先生也曾对爱尔兰文艺复兴运动和叶芝做过介绍。1927 年 11 月，鲁迅刚到上海才一个多月，就在内山书店买了一本日本学者野口米次郎的

---

① 孙玉石：《中国现代主义诗潮史论》，北京大学出版社 1999 年版，第 37 页。
② 同上书，第 33 页。

随笔集《爱尔兰情调》，该书集中评述爱尔兰文学。

　　1929 年 6 月，鲁迅从野口那本《爱尔兰情调》中选译了《爱尔兰文学之回顾》一文刊登在《奔流》二卷二期上，并在《编校后记》中特别指出：野口的文章"很简明扼要，于爱尔兰文学运动的来因去果，是说得了了分明的；中国前几年，于 Yeats, Synge 等人的事情和作品，曾经屡有绍介了，现在这一篇，也许更可以帮助一点理解罢"。野口这篇文章简要评介了爱尔兰文艺复兴运动的发展，评述到的人主要有叶芝、沁孤、萧伯纳、弗格森等著名作家，但没有提到乔伊斯。①

　　施蛰存长期从事创作和翻译工作，并且以超前意识和现代眼光搜寻世界文坛上具有先锋性的作家作品，他一直是走在时代前列的世纪文人。他1927 年开始翻译爱尔兰诗人叶芝的诗。1932 年《现代》创刊号（1932 年5 月）刊登了安簃（施蛰存）翻译的"夏芝诗抄"7 首。

　　新月派诗人叶公超对叶芝有较为全面的评价。他对叶芝诗歌的评价是"他的诗从个人美感的迷梦中走到极端意象的华丽、神话的象征化，但终于归到最朴素真率的情调与文学"（《牛津现代诗选 1892—1935》，原载《文学杂志》月刊第 1 卷第 2 期，后收入《新月忆旧》）。王辛笛在回忆文章中就提到从叶公超在北大开设《英美现代诗》课上接触到艾略特、叶芝、霍普金斯等人的诗作，卞之琳也说，叶公超"是第一个引起我对二三十年代艾略特、晚期叶芝、左倾奥顿等英美现代派诗风兴趣的人"。②

　　1934 年 9 月出版的肖石君编写的《世纪末英国新文艺运动》，介绍了世纪末英国文坛、英国文学的特色、叶芝与爱尔兰文艺复兴等方面的内容。③ 1937 年出版的《英国文学史纲》第 12 章第 12 节"爱尔兰文艺复兴

---

① 王锡荣：《鲁迅涉猎的爱尔兰文学和乔伊斯》，《文学报》2004 年 6 月 17 日。
② 步凡、柯树：《简论叶芝和中国现代诗的发展》，《北京科技大学学报》2006 年第 2 期。
③ 谢天振、查明建主编：《中国现代翻译文学史》，上海外语教育出版社 2004 年版，第255 页。

运动中的戏剧作家"中，作者金东雷用较大的篇幅介绍了叶芝的生平和戏剧创作上的成就。1941 年 5 月上海的《西洋文学》第 9 期由张芝联等编辑的叶芝特辑包括自传 1 篇、小传 1 篇、评论译文 2 篇、译诗 7 首。①

这一阶段基本是以介绍性为主的文字，故可称为介绍阶段。

1944 年 3 月 15 日，重庆出版的《时与潮文艺》第 3 卷第 1 期刊出了"W. B. Yeats 专辑"，发表了朱光潜、谢文通、杨宪益三人翻译的叶芝诗 15 首，以及陈麟瑞写的评价文章《叶芝的诗》。

20 世纪 40 年代，西南联大的教师燕卜荪、卞之琳对叶芝进行了介绍，穆旦（查良铮）、周珏良、王佐良、袁可嘉等青年学生接触到叶芝并深受其影响。1946 年袁可嘉的毕业论文便是用英文撰写的《论叶芝的诗》（An Essay on W. B. Yeats），这也是他的第一篇外国文学评论。

此时，中国文学界已经开始根据中国诗歌的需求主动吸收叶芝诗艺的有益成分，可称为借鉴阶段。

1949 年后至 20 世纪 70 年代末，中国大陆的叶芝译介基本终止。

> 20 世纪 50—70 年代，由于受到政治意识形态的影响，中国现代英国文学译介史上曾译介的英国名家，如布莱克、王尔德、康拉德、劳伦斯、叶芝、T. S. 艾略特、华兹华斯、乔伊斯、伍尔芙等，在很长一段时间内都被排斥在译介选择的范围之外。②

此时，台湾地区的叶芝译介正好填补了大陆地区叶芝译介的空白。译者则有梁实秋、余光中、高大鹏、周英雄等。

袁可嘉完成《毛泽东选集》的英译工作后调入中国社会科学院外国文学研究所，开始"重操旧业"，研究和翻译叶芝。1979 年翻译《驶向拜占庭》、《茵纳斯弗利岛》、《当你老了》等 6 首诗；在《外国名作家传》中

---

① 王建开：《五四以来我国英美文学作品译介史 1919—1949》，上海外语教育出版社 2003 年版，第 153 页。

② 谢天振、查明建主编：《中国现代翻译文学史》，上海外语教育出版社 2004 年版，第 258 页。

介绍叶芝；1983 年在《文学报》发表《叶芝的道路》，对叶芝的整个诗艺过程进行介绍。这都体现了那个时代外国文学研究的普遍特点，基本是介绍性的评述，缺乏的是研究性的创见。

进入 20 世纪 80 年代，全面系统而深入地研究、翻译和评论叶芝的是傅浩先生。傅浩先后发表的一系列叶芝研究论文、叶芝诗集翻译和专著，力图从原文和第一手资料入手，全面和客观地介绍和评论叶芝的诗艺和思想。其论文《叶芝诗中的东方因素》（《外国文学评论》1996 年第 3 期）、《叶芝的神秘哲学及其对文学创作的影响》（《外国文学评论》2000 年第 2 期）、《叶芝的象征主义》（《国外文学》1999 年第 3 期）、《叶芝的戏剧实验》（《外国文学》1999 年第 3 期）及《创造自我神话：叶芝作品中的互文》（《外国文学》2005 年第 3 期）分别从叶芝诗艺与思想的不同角度进行了全面深入的阐述，对国内研究者和读者深入、全面理解叶芝起到了重要作用。王家新编选的《叶芝文集》包括卷一《朝圣者的灵魂：抒情诗、诗剧》、卷二《镜中自画像：自传、日记、回忆录》、卷三《随时间而来的智慧：书信、随笔、文论》，相对以前单独介绍叶芝的诗作的集子更全面，如其中包括《诗歌的象征主义》、《语言、性格与结构》、《诗与传统》等重要的叶芝的文论文章。缺点是材料收集不全。裘小龙根据乔治·丹尼尔·波特·阿尔特与罗素·凯·阿尔斯帕赫合编的《集注版叶芝诗集》（麦克米伦 1959 年版）翻译的《丽达与天鹅》（漓江出版社 1987 年版），诗歌比较齐全。随着叶芝在中国的译介深入和全面，叶芝研究逐渐走向系统化和专门化，因此这一阶段可称为研究阶段。

百年来，我国的叶芝研究从早期的介绍阶段逐渐进入专业研究阶段，近 10 年来研究成果主要包括下列几个方面：

1. 运用西方文学理论对叶芝诗歌的解读，如傅浩的《"当你年老时"：五种读法》（《外国文学》2002 年第 5 期）、《创造自我神话：叶芝作品中的互文》（《外国文学》2005 年第 3 期）和王珏的《狂欢化语境中的道德对话——解读叶芝的〈疯珍妮组诗〉》（《外国文学》2011 年第 6 期）。

2. 对叶芝诗学（象征主义、神秘主义、戏剧理论）进行研究，如蒲度戎的《叶芝的象征主义与文学传统》（《外语与外语教学》2007 年第 7

期）、申富英的《论叶芝的 GYRE 理论及相关的艺术创作》（《四川外语学院学报》2005 年第 4 期）、许健的《叶芝：魔法与象征》（《外国文学研究》2002 年第 1 期）、傅浩的《叶芝的神秘哲学及其对文学创作的影响》（《外国文学评论》2000 年第 2 期）和《叶芝的象征主义》（《国外文学》1999 年第 3 期）、李静的《叶芝诗歌：灵魂之舞》（东方出版中心 2010 年版）；对叶芝戏剧的研究，如傅浩的《叶芝的戏剧实验》（《外国文学》1999 年第 3 期）、沈家乐的《面具、中间境遇与世界图景：叶芝戏剧研究》（2014）和马慧的《叶芝戏剧文学研究》（2014）从后殖民等理论角度对叶芝戏剧进行了解读，但涉及的戏剧没有包括叶芝的全部戏剧。

3. 与西方叶芝研究进行对话，如何宁的《叶芝的现代性》（《外国文学评论》2000 年第 3 期）、丁宏为的《叶芝："责任始于梦中"》（《外国文学评论》2005 年第 4 期）。

4. 运用伦理文学批评方法进行研究，如刘立辉的《叶芝象征主义戏剧的伦理理想》（《外国文学研究》2005 年第 2 期）。

5. 从比较文学视角研究，如肖小红的《叶芝〈当你老了〉和索德格朗〈爱〉之比较赏析》（《名作欣赏》2006 年第 23 期）和胡则远的《借鉴与创新：穆旦之于叶芝》（《世界文学评论》2007 年第 2 期）。

6. 从文学史角度进行研究，如万俊的《从〈犁与星〉演出骚乱看叶芝与奥凯西的文学关系》（《外国文学评论》2010 年第 1 期）。

7. 从文化研究的角度进行研究，如何林的《叶芝与爱尔兰文化身份的建构》（《当代文坛》2010 年第 4 期）。

8. 从叙事学的角度研究，如涂年根的《诗歌的戏剧化叙事初探——以叶芝诗歌为例》（《江西社会科学》2010 年第 11 期）。

9. 研究综述，如傅浩的《叶芝在中国：译介与研究》（《外国文学》2012 年第 4 期）、王珏的《中国叶芝译介与研究述评》（《外国文学》2012 年第 4 期）。

总体上说，国内叶芝学者的焦点在细读叶芝作品、研读英美叶芝研究资料的基础上厚积薄发、勤奋思考、不断创新，取得了可喜的成绩。但国内学者主要集中在叶芝的诗歌研究和翻译上，对其戏剧、自传、散文和书信的研究和翻译还大有可为。

第三节　后殖民主义和世界主义批评综述

后殖民理论的先驱包括法侬和马克思，旨在对帝国主义的殖民进行批判。随后经过萨义德的系统阐述，在全世界影响广大而深远。斯皮瓦克的解构式和女权主义的发挥，后殖民理论得以深化。霍米·巴巴的马克思主义和后结构主义糅合，后殖民理论达到顶峰。随后，罗伯特·杨对后殖民理论进行阐释和介绍，使后殖民理论更加普及和为人们所理解和认识。国内后殖民理论研究已经有近 30 年历史，相关文献综述已较多，这里不作赘述。

近期国内研究和介绍后殖民理论的著作主要有赵稀方的《后殖民理论》、生安锋的《霍米·巴巴的后殖民理论研究》、王宁等的《又见东方》等。

后殖民理论兴起于 20 世纪 80 年代，已经过去了 30 多年，为何一直在世界政治、经济和文化领域影响巨大并依然不散呢？笔者认为后殖民理论的核心便是对这种国家—民族力量的不平衡在国际和族际关系中的一种认识，并有意识地批判因为这种不平衡关系造成的种种弊端，是一种面对非正义而发出的正义反拨，充满了解构精神。从哲学基础上与女性主义和生态批评相通，都是一种对中心的解构和颠覆。后殖民主义颠覆中心的是帝国和欧洲，女性主义颠覆的中心是男权和父权制，生态批评颠覆的中心是人类中心主义。而进入 21 世纪的第二个十年的今天，这种发达国家和发展中国家、强势文化和弱势文化、男性和女性、人类和环境之间的不平等关系和由此产生的非正义和不公平依然存在。

因此，后殖民主义依然存在有效的理论解释力和鲜活的理论生命。然而，以前赤裸裸的军事殖民随着世界形势的变化已经变得不现实，代之为更加隐蔽的经济殖民、文化侵略和生态掠夺。

随着人类社会的发展，世界各民族正朝着平等共存、和谐相处、实现"世界大同"的方向努力。关于"世界主义"的理论思想是后殖民思想的进一步发展，旨在超越民族主义走向帝国主义的宿命，后殖民主义是帮助处于被殖民境地的民族在赢得民族独立之后如何在经济、政治和文化领域继续反抗殖民真正赢得独立的策略，一旦这一任务完成之后，国家—民族是否必然地要走向咄咄逼人的帝国主义呢？否也。"世界主义"为这一阶段做好了规划。而且，"世界主义"对目前处于各种发展状态中的世界各国各民族追求普遍价值有着指导作用。政治理论家如佛克（Richard Falk）和施特劳斯（Andrew Strauss）设想建立"全球人民集会"（Global People's Assembly）。卡尔霍恩（C. Calhoun）、哈贝马斯（J. Habermas）主张国际组织的民主化，如联合国和欧盟。桑德斯（Sands）主张强化国际法的约束力。沃勒斯坦（Immanuel Wallerstein）提出"反体制化运动"，建立世界社会论坛（World Social Forum）。在罗伯特·杨（2001）和斯宾塞（Robert Spencer）看来，世界主义是"二战"后反殖民和社会主义运动追求政治和经济整合努力失败之后一种新的尝试。斯宾塞认为，要与强大的帝国主义的对抗首先要在民族国家的层面上进行，而最终是否能取得胜利取决于建国后体制和民众拥护的培育。后殖民文学所主张的存在方式有着世界主义倾向。

世界主义批评（cosmopolitan criticism）即用世界主义视角对后殖民文学重新审视，以超越民族主义/帝国主义的二元模式，对殖民暴力和后殖民的发展方向进行考察。民族主义在殖民时期是用来对抗帝国主义的有效武器，然而帝国主义是民族主义的最高发展形势，民族主义最终会走向帝国主义，民族主义和帝国主义是同质的。世界主义文学批评旨在批判狭隘的民族主义，对自我民族的劣根性和丑恶习性进行无情解剖和嘲讽，从而使普遍价值得以张扬。显然，后殖民和全球化的今天，追求一种普遍价值的世界主义将代表积极的发展方向。

国外相关研究主要有斯宾塞（Robert Spencer）的《世界主义批评和后殖民文学》，该专著结合叶芝、拉什迪等人的作品对世界主义批评理论和后殖民文学的关系进行了阐述。国内世界主义研究尚处于起始阶段。王宁（2012）认为世界主义是一种理论话语，尚未变成现实，其基本意思为：所有的人类种族群体，不管其政治隶属关系如何，都属于某个大的单一社群，他们彼此分享一种基本的跨越了民族和国家界限的共同伦理道德和权利义务。

世界主义为文学批评提供了一种超越民族特殊性的普世美学标准，世界主义文学批评即从文学作品中挖掘它的世界主义思想，研究世界文学因而成为世界文学的世界性因素与民族性的结合方式。文学家往往具有超越时代的预见性，20世纪20年代，叶芝在晚期诗作中已经预见了民族主义的狭隘性和文化多元化的趋势。建立爱尔兰自由邦之后，叶芝对爱尔兰社会的批判和他对狭隘的民族主义的超越使我们看到了他对一种普遍性的世界主义真理的追求。① 叶芝的世界主义至少作为超越民族主义、追求道德正义、消解中心意识、主张多元文化认同、艺术和审美追求的世界主义。因此，在全球化时代已经到来的今天，世界主义的批评视角无疑能使我们对叶芝的晚期作品有着更深入的认识和阐释。

综上所述，叶芝研究虽然已经比较成熟，在下列几个方面依然有研究空间：①叶芝如何通过自己的文学活动使爱尔兰文学成为世界文学的主流；②叶芝如何在面对英国强势文化的压迫之下采取文化反殖民策略，使爱尔兰文化从边缘向中心运动；③叶芝曾对我国的戏剧和诗歌都产生过重要影响，时至今日，叶芝引领的弱势文化对抗强势文化对我国文化走出去有着重要借鉴意义。在全球化的今天，从后殖民理论、世界主义批评和比较文学视角在中文语境中研究叶芝具有以下意义：①叶芝的去殖民化文艺理论和创作实践对全球化时代我国的文艺创作有一定参考价值；②叶芝的文化民族主义策略对我国正在实施的中华民族文化复兴有重要参考价值；③叶芝用英语创作的成功经验对我国文学作品创作和翻译、走向英语世界和世界文学主流提供借鉴。

---

① Robert Spencer, *Cosmopolitan Criticism and Postcolonial Literature*, Palgrave Macmillan, 2011, p. 6.

第一章　爱尔兰和叶芝的后殖民性

第一节　爱尔兰的后殖民性

一　后殖民的定义

罗伯特·杨在《牛津简史：后殖民主义》中指出，后殖民主义主张地球上所有人有权拥有同等物质和文化福祉。[①] 而现实是今天的世界依然是一个不平等的世界，差异的相当部分来自于西方和非西方之间的巨大差距。这种西方和非西方之间的差距主要产生于 19 世纪欧洲帝国扩张，是地球十分之九的陆地被欧洲或来自欧洲的强权控制的结果。殖民和帝国统治使人种优劣理论合法化，这些理论日益将殖民地人民描述为低劣、幼稚、女里女气、缺乏自我管理能力（尽管他们已经很完美地自我管理了几千年）、需要西方对它们本属于自己的最佳利益进行父权式管理（今天它们被认为要求"发展"）。[②]

后殖民理论的核心是对过去处于帝国中心的欧洲在经济、政治和文化等领域中心地位的解构和以前处于被殖民或半殖民的国家和民族从边缘向中心运动的抗争。在全球化时代，这种不平等的经济、政治和文化关系依然存在，因此，后殖民理论并没有过时，并且经过理论家的发展，日益和

---

① Robert Young, *Postcolonialism: A Very Short Introduction*, Oxford: Oxford University Press, 2003, p. 1.

② Ibid.

全球化理论、世界主义理论结合，发挥出新的理论批判力和影响。

广义上说，后殖民主义研究是在历史进程与殖民、去殖民和全球化的背景之下考察政治文化。历史进程包括不同民族间文化杂交和文化交流及其间不平等、通常是粗暴的权力关系。后殖民学者从许多理论源泉，如马克思主义、女权主义、后结构主义和心理分析中得出其理论框架和研究方法。同时运用各种本土知识，或回溯历史本源，如宗教、神秘主义、民间传说和流行文化。他们通常以文学系为基础，但他们的著作通常在某种程度上是跨学科的，跨越文学、文化研究、历史、政治、经济、人类学及其他领域。后殖民研究包括：分析殖民主义、考察民族主义和其他形式的反殖民抵抗，恢复非主流文化实践、经验和历史。

后殖民研究学者一直使用"后殖民"这一术语。他们不断讨论许多不同的定义，提出正反面的证据，但何为后殖民至今尚无定义。目前所使用的每一个定义均有优势和局限。造成这一现象的一个原因是不同学者从不同角度来进行定义。对后殖民的地理位置、历史时期和表现形式等，学者们各有侧重。首先有必要对几个术语进行梳理：后殖民主义、后殖民性、后殖民。

后殖民研究认为殖民化和去殖民化对文学和文化生成产生影响。那么对哪些文学和文化？后殖民文学研究者认为包括所有文学和文化。他们将后殖民界定为全球范围内所有文学，认为我们应重读一切，包括西方文学、都市文学、帝国文学，以挖掘殖民主义及其产生背景。他们将后殖民界定在西方不再将自己视为世界不可置疑的中心时期，并认为西方哲学、历史和文学的基本概念——如理性、进步、人性、崇高、美——完全隐含甚至依赖于帝国主义。[1] 其他学者则认为世界上有些地方是后殖民的，而其他地方却不是。还有些学者用"后殖民"指"第三世界"。[2] "第三世界"最初在冷战时期产生，指全球第一世界（美国及其盟国）或第二世

① C. L. Innes, *The Cambridge Introduction to Postcolonial Literatures in English*, New York: Cambridge University Press, 2007, p. 1.

② Marjorie Howes & John Kelly, eds., *The Cambridge Companion to William Butler Yeats*, New York: Cambridge University Press, 2006, p. 209.

界（苏联同盟）之外的国家。这一定义实际上包括了所有的非西方国家：西方通过殖民征服或其他手段如经济手段控制的国家。后殖民的另一种定义依赖于殖民事实，任何曾经被别国控制的国家均被称为后殖民。但依这种定义，美国这个目前以许多方式控制其他国家的国家，也被认为是一个后殖民国家，这明显违背了一些学者对后殖民定义的理解。

一些国家，如印度，不管我们用何种定义，显然应该归入后殖民，但爱尔兰则有所不同。就文化、宗教、社会结构、生活条件而言，20世纪的爱尔兰归入西方或第一世界更合情合理，况且19世纪的爱尔兰或其部分地区成为建立和维持大英帝国的帮凶。许多爱尔兰人，包括许多新教徒，成为英国士兵或殖民统治者。相当多的爱尔兰天主教徒热诚地支持了基督教项目，而这是欧洲帝国主义意识形态和行为的重要组成部分。但是，如果我们强调殖民事实，爱尔兰则显得更为"后殖民"，爱尔兰长期以来为争取摆脱英国的殖民控制而抗争。许多（虽然不是所有）参与或受该斗争影响的人将其著作看作反殖民斗争的一部分。英国对爱尔兰的控制完全符合殖民控制：本族人所信仰的宗教区别于统治阶层所信仰的宗教，因此，爱尔兰人的公民权被剥夺；殖民当局试图消除本族语爱尔兰语（盖尔语）；区别于英国文化的本土文化（凯尔特文化）成为民族主义者的凝聚力。因此，我们可以认为爱尔兰既是英帝国主义的帮凶，又是其殖民统治的受害者。只要我们综合考虑后殖民的几种定义而不是选择其中之一，爱尔兰与殖民化和去殖民化的历史联系会变得复杂。解释爱尔兰与后殖民世界关系的最佳方式是将这几个不同的定义综合考虑。

二　英国对爱尔兰的妖魔化

阿诺德在《论凯尔特文学研究》（1867）中首次提出英国是由撒克逊人和凯尔特人等不同种族综合而成的观点，两者分别代表着光明与黑暗、教化与原始、文化与市侩。雷南（Ernst Renan）在其名篇《凯尔特民族的诗歌》中首先是一段"充满了一种模糊的悲伤"的对凯尔特风景的描述，其次把凯尔特人描写为"一个怯弱而保守、有着浓重的宗教天性的民族"，最后对凯尔特文学的辉煌进行了详细分析。① 阿诺德借用了雷南对凯尔特人特征的许多刻画，尤其是他们在情感方面的天分："没有一个民族能像他们那样深入地进入内心。"② 雷南将这种潜在的性属特征明确说明："如果我们可以向对个人那样赋予国家以性别，我们不得不毫不迟疑地说凯尔特人本质是一个上女性化的种族。"他们"首先是一个喜欢宅在家里的种族"，主要因"想象力"闻名于世。但这也是他们的缺陷：凯尔特人"在用梦想代替现实、不断追寻宏伟幻象中耗尽了自己的能量"。③ 因此，他们的特点是：女性化、耽于想象和缺乏行动力量。雷南认为正是这些导致凯尔特人缺乏政治决断力和效率。

　　19 世纪 60 年代在英国，对爱尔兰的偏见依然很盛行。阿诺德冒着一定的风险用自己的影响力在牛津大学设凯尔特研究系主任一席。对阿诺德来说，这一席位的作用是重新寻觅被殖民民族的踪迹以便改变殖民者的病态文化，同时向爱尔兰传达一种和平的信息。不过，作为英国人，阿诺德认同雷南的看法，认为"劣等民族"应该消失和彻底灭绝。因此，他很高兴看到盖尔语作为"这个被打败民族的象征"彻底灭绝。但在《论凯尔特文学的研究》中他表示并不希望消灭凯尔特语，相反，他希望凯尔特语成为学术研究对象、一种已经灭绝的文化遗物。在阿诺德看来，凯尔特文化或多或少地已经不再是一种积极、有生命力的力量。自称有着世界主义情怀的阿诺德不赞成当时要求振兴盖尔文化的政治诉求，原因是他所主张的国家和民族历史发展进程是所有这些岛屿（爱尔兰、英格兰、苏格兰）居民逐渐融合为一个同质、讲英语、摧毁各自特色、合并各个独立地方种族的整体民族。因此，阿诺德坚持认为凯尔特文化必须被吸收进英国文化而不是与之对抗。尽管盖尔语是印欧语言，先前的种族理论一直认为凯尔特人是非白种人（non-Caucasian），是非法的入侵者。种族文化偏见依然存在。把爱尔兰人看成类人猿或黑人依然大有人在。广为引用的金斯利

---

① Ernest Renan, *The Poetry of the Celtic Races*, New York: Collier, 1910, p. 1.

② Matthew Arnold, *On the Study of Celtic Literature and on Translating Homer*, New York: The Macmillan Company, 1924, p. 13.

③ Ibid., p. 8.

（Kingsley）对斯莱戈居民的描述来自于 1860 年，把他们称作"可怕的"、"白色的猩猩"。直到 1885 年，贝多（Beddoe）在《英国种族》中还将爱尔兰人描述为"非洲人种"（Africanoid）。而诺克斯（Knox）否认爱尔兰的悲惨现状是由英国的不当统治造成的，相反，他认为：

> 所有的邪恶均来自这个种族，爱尔兰的凯尔特种族。看看威尔士，看看卡利多尼亚，都是一样。应该强迫这个种族从这块土地上离开。如果可能，使用合理的手段。总之，他们必须离开。①

爱尔兰的凯尔特人被刻画成贫穷、繁育过多，他们的脸上显现出黑人特征。在英国文学经典中，爱尔兰人被定格为负面的小丑形象。如莎士比亚戏剧《亨利五世》中的爱尔兰人麦克摩里斯上尉被刻画成一位爱说大话、愚蠢无知、民族自尊心过于强烈、敏感易怒和睚眦必报的人物。

威尔士上尉弗鲁爱林对同是英国殖民地出身的爱尔兰上尉麦克摩里斯的评价是"拿耶稣起誓，他是一头驴，是世界上最大的一头蠢驴——我要当他的面说明这一点。你要知道，他对正宗的兵法，也就是罗马兵法，并不比一条小狗懂得更多"。② 对弗鲁爱林来说，最"正宗的兵法"是曾经的帝国"罗马"的兵法，来自英国殖民地的麦克摩里斯的兵法知识和作战能力是他所鄙夷的。麦克摩里斯是一个夸夸其谈而实际上愚蠢无能的军官，他指责道："基督在上，嘿！活儿干得不好。工事放弃了，喇叭已吹过了收兵号。凭我这只手和我父亲的灵魂起誓，活儿干得不好，已经放弃了。我本来可以，基督保佑我，在一个小时之内把这座城市炸掉。唉，干得不好，干得不好。凭我这只手起誓，干得不好！"③ 当弗鲁爱林要和他"用辩驳和友好交流的方式，谈谈关于兵法、关于罗马人作战的问题"的时候，他又表现出胆怯，到处找借口，还装出一副很勇敢的样子，"基督

---

① Robert Young, *White Mythologies*, Routledge, 2005, pp. 68 – 69.
② 莎士比亚：《亨利五世》，《莎士比亚全集》第四卷，孙法理、刘炳善译，译林出版社 2007 年版，第 278 页。
③ 同上书，第 249 页。

保佑，这可不是说闲话的时候：天太热了，气候不好，又打仗，还有国王、各位公爵——这可不是说闲话的时候——正在围攻城市。喇叭在召唤我们往缺口冲锋，我们却在这里说话，基督作证，啥也不干。这是我们大家的耻辱。上帝保佑，站在这里手脚不动，真是耻辱。凭我这只手起誓，这是耻辱。还要去杀敌，还有事情要干，可什么事都没有做，基督保佑吧，嘿！"① 当弗鲁爱林要议论爱尔兰民族时，麦克摩里斯表现得异常敏感、易怒。而这也正是英国观众所习惯的面对爱尔兰的"审丑"式娱乐。

> 弗鲁爱林：麦克摩里斯上尉，我想，你瞧，倘若你不见怪的话，你这个民族里并没有出多少——
>
> 麦克摩里斯：我们这个民族！我们这个民族又怎么啦？真是恶棍、杂种、奴才、流氓。我们这个民族又怎么啦？谁敢对我们的民族说三道四？②

他对弗鲁爱林反唇相讥，"我可不晓得你是跟我一样的好汉"，并扬言"我要砍掉你的脑袋"。

在很长的一段历史中，爱尔兰人都是英国文化产品挖苦和嘲笑的对象。萧伯纳作为一位来自爱尔兰的剧作家对爱尔兰人这种形象也颇有认识，不过他巧妙地利用这种形象写就的喜剧《英国佬的另一个岛》对英国人也进行了深刻的挖苦。叶芝和格雷戈里夫人领导的戏剧运动则试图重新树立爱尔兰人的正面形象。

第二节　叶芝的后殖民性

叶芝的后殖民性在西方学术界一直存在着争议。西莫斯·迪恩（Sea-

---

① 莎士比亚：《亨利五世》，《莎士比亚全集》第四卷，孙法理、刘炳善译，译林出版社2007年版，第249页。

② 同上。

mus Deane）认为叶芝"几乎是殖民者意识形态的完美代表"。① 与之相反，赛义德（Edward Said）认为我们可以"在叶芝身上准确看到土著民族被激怒的典型"。② 本土主义是民族主义的一种形式，它反对帝国主义，但却衍生于帝国主义思想，如帝国主义一样。它坚持区分殖民者与被殖民者，但它赞美被殖民者，而不是贬低他们。赛义德承认叶芝受到帝国主义的影响，但仍然对他"在去殖民化方面的巨大成就"表示赞赏。如果我们研究叶芝的不同文本、其创作的不同时期或我们采取不同的分析手段，我们会发现叶芝对帝国主义进行了无情的批判。同时也会发现他也是一位帝国主义者，爱尔兰殖民统治阶级的致歉者，第一个后殖民爱尔兰政府的成员，该政府政策及其狭隘民族主义身份的坚决反对者。他致力于爱尔兰文化民族主义，从而对民族解放形成强大的精神凝聚力。作为一位爱尔兰新教徒，他通过重新挖掘爱尔兰文化以消解新教徒和天主教徒之间的分歧。他对爱尔兰民间传说、乡村传奇和神秘主义的兴趣其实是其恢复爱尔兰文化的努力和对殖民者的文化抵抗。同时作为一种东方主义的形式，叶芝对"他者"，如亚洲文化异域特征着迷。

当阅读叶芝的作品时，读者总能深深感受到叶芝的文化反殖民性。叶芝似乎总是在追求永恒的真理、美或冲突，兼顾东西方的古代文化。在1900 年论雪莱的文章中，叶芝列出了智性美的"服务精灵"：东方的德维斯、中世纪欧洲的元素精灵、古爱尔兰的风神西德赫（Sidhe）。他在 1902年对马修·阿诺德的《论凯尔特文学的研究》提出批评，认为阿诺德所列出的凯尔特人特有的特征原来属于所有古代的"原始"人。在自传中，他认为东亚的哲学思想在基督教中变成生活、传记和戏剧，并问："薄伽梵歌（Bhagavad Gita）是先知们制造的场景吗？"③ 其晚期诗作暗示着帝国的沉浮，无论东方还是西方，古代还是现代，都在《幻象》中勾画的循环历

---

① Seamus Deane, "Yeats and the idea of revolution," in *Celtic Revivals*: *Essays in Modern Irish Literature 1880—1980*, London and Boston: Faber and Faber, 1985, p. 49.

② Edward Said, "Yeats and Decolonization," in *Nationalism, Colonialism, and Literature*, ed. Seamus Deane, Minneapolis: University of Minnesota Press, 1990, p. 81.

③ W. B. Yeats, *Autobiographies*, Ed. William H. O'Donnell and Douglas N. Archibald, New York: Scribner, 1999, p. 346.

史过程中。在《幻象》中，叶芝摒弃西方哲学中的欧洲中心主义，说道：
"黑格尔将亚洲定义为自然，把文明的全过程看作是逃避自然，这部分地
由希腊实现，后来全由基督教实现。"① 然而，叶芝的系统排斥了黑格尔
关于"进步"的理论，认为人类文明由东西方交替控制。文明不会线性地
"发展"，它只会进行循环变化，所有阶段均有同样价值："历史学家认为
希腊是波斯之上的进步，罗马在某些方面是希腊的进步。我认为所有文明
在其最辉煌时期是相同的。"②

　　然而爱尔兰始终是欧洲或西方的一部分，而西方则与世界其他部分对
立。浸染于西方文化的叶芝同样难免受西方中心主义的影响，确信西方的
优越性，坚持将爱尔兰归入其中。叶芝将雪莱、布莱克、莎士比亚、但
丁、巴尔扎克作为形成其文思的影响，不断追踪自己作品，说明其中所描
绘的爱尔兰文明均来源于西方传统，如欧洲文艺复兴和古希腊。在《致一
位曾承诺再次捐赠给都柏林市艺术馆的富人》中，说话者认为意大利文艺
复兴的艺术灵感来自希腊的遗产并在文化贵族的支持下繁荣。《致年轻美
女》中说话者认为艺术家艰苦生活的一个回报便是可以"在旅途的结尾／
和兰多、多恩一起进餐"。叶芝对印度的关注明显地受东方主义的影响。
对早期和晚期叶芝的诗作来说，印度都是西方文化中所缺少的统一和智慧
的象征，但它亦具有女性化、幼稚甚至攻击性。《幻象》中认为亚洲文明
只是具有与西方文明同等潜在的价值，但没有充分发展。叶芝认为西方或
希腊化文明高于东方或亚洲文明。叶芝将"亚洲"与"野蛮"等同。并
描述了几乎八、九、十世纪的"一个亚洲似的和无政府的欧洲"。同样，
晚期诗作《雕塑》将欧洲文化和军事力量联合起来，赞美欧洲在萨拉米
（Salamis）战争中对"整个亚洲"的胜利。更重要的是，该胜利的获得是
通过希腊雕塑式的智力和计算。有时叶芝也攻击这种欧洲中心主义，因为
其中暗示着帝国主义暴力。1925 年时他反对爱尔兰自由邦禁止所有爱尔兰
公民（天主教徒和新教徒）离婚的法案，将这种使天主教徒的社会教条变

---

① W. B. Yeats, *A Vision*, London：Macmillan, 1962, p. 202.
② Marjorie Howes & John Kelly, eds., *The Cambridge Companion to William Butler Yeats*, Cambridge University Press, 2006, p. 134.

成法律的努力比作帝国主义传教士和西班牙宗教法庭的野蛮行径。

另外，从叶芝身上我们也可看出爱尔兰所受的英国殖民统治与其他被殖民国家的共同之处。叶芝年轻的时候就在民族主义者圈子中活动，尤其是受了约翰·欧李尔瑞和毛特·冈的影响，加入了爱尔兰共和兄弟会。埃德蒙·斯宾塞是早期对叶芝思想形成有过影响，曾担任过一段时期爱尔兰殖民官。他 1902 年撰写的《论英国诗人埃德蒙·斯宾塞》一文认为斯宾塞的艺术和智慧局限来自于其对伊丽莎白的效忠。斯宾塞以"官员"身份而不是"诗人"身份体验爱尔兰、书写爱尔兰。因此，他"从未理解过与他一起生活的人民"。在爱尔兰他除了看到"无序之外什么也看不到"，无法理解爱尔兰风景和民间想象的丰富和创造潜力。叶芝对殖民主义意识形态中的错误"逻辑"进行了尖锐的讽刺："除了伊丽莎白的权利和法律之外别无所有，所有反对女王的均是反对上帝、反对文明、反对传统的智慧和礼仪，应处以极刑。"[①] 他的评论也预示着后殖民学者如弗兰兹·法农的著作，暗示殖民主义不仅可导致被殖民者精神变态也可导致殖民者精神失常。

一　叶芝对英国殖民统治的批判

《1916 年复活节》是一首后殖民诗歌。它以时间概念界定后殖民，将一个事件作为一个转变标志。诗人在诗中断言，复活节起义代表着这一转变时刻，"一切变了，彻底变了"。同时，他又焦虑地不敢确定这一转变意味着什么。诗人的两种态度之间产生了一种张力。如大卫·劳埃德所言，该诗所"构成的问题是一个国家建立或组建那一刻和它所创建的公民未来历史间的关系"。[②] 说话者站在后殖民的边缘，试图朝前方的黑暗探索。如叶芝的许多诗，《1916 年复活节》不是从不确定走向确定，而是从某种不确定走向更多的不确定。说话者开始承认他必须改变自己先前对反叛者

---

① W. B. Yeats, *Essays and Introductions*, London and New York: Macmillan, 1961, p. 361.

② David Lloyd, The Poetics of Politics: Yeats and the Founding of the New State, Anomalous States, *Irish Writing and the Post-Colonial Moment*, Durham, NC: Duke University Press, 1993, p. 71.

的态度，不管他们现在是什么，政治烈士、悲剧性受害者还是愚蠢的孩子（诗歌在某一点所表达的所有观点），反正他们已不再是以前说话者心中的形象：各个阶级的精英分子、表面上表示礼貌而背后嘲讽的对象。这种对先前殖民状态的抛弃是该诗得出结论或立场的最佳途径。然而，"可怕的美"是一种难以调和的矛盾。说话者对反叛者起义和其所造成的人员牺牲的态度依然暧昧不清。

　　第一节中，这种不确定性在增加。说话者对目前一刻和未来的结果和判断之间的关系提出了一系列问题并一一作答。"何时才算够"、"这最后会不会是不必要的牺牲"、"如果过多的爱使他们迷惑不清，直到死去，那该如何"。随后的宣言"我以诗写出"听起来肯定而确定，实际上标志着此刻他已放弃对反叛者应如何评价和未来如何提出问题或得出结论。然而，他仅列出这些名字：

> 麦克多纳和麦克布莱德，
> 康纳利和皮尔斯之辈，
> 无论是现在还是将来，
> 只要有地方佩戴绿色，
> 他们都会变，变得彻底：
> 一种可怕的美产生了。①

　　该诗的开头似乎具有革命性和启示性。然而到了尾声，使读者印象深刻的却是诗人对暴力革命和流血冲突的矛盾修辞。与《爱尔兰 1921—1931》相比，这里绿色代表着民族主义和一种缅怀反叛者的方式。这使说话者不自然，因为其中有些不真诚、伤感或修辞性的东西。诗的最后一行实际上是《1916 年 9 月 25 日》强调说话者在历史中的确切位置。当时他沉浸在可能产生的变化之中而不是事后的反观和清晰视角。诗歌暗示了一种发现，它发现革命或去殖民时刻，从殖民向后殖民短暂转换的主张相对

---

① 叶芝：《叶芝诗集》，傅浩译，河北教育出版社 2003 年版，第 435—436 页。

空洞。它发现处于后殖民研究中心位置的关于后殖民何时产生和意义为何的问题。如地理方法一样，时间方法难以给出后殖民充足的意义，需要其他方法加以补充。

叶芝晚期诗歌《罗杰·凯斯门特的鬼魂》中对英帝国的殖民暴力进行了辛辣的批判。罗杰·凯斯门特生于爱尔兰，在英国外交部任职。1911 年曾因揭露比利时的刚果地区和秘鲁的普图马约地区的帝国暴行被授予骑士勋章。他 1913 年参加爱尔兰民族主义运动，试图在"一战"期间利用德国的支持策划一次爱尔兰起义，并安排运送德国武器给爱尔兰叛军。1916 年他被英国逮捕并以叛国罪处以绞刑。这首诗中，凯斯门特的鬼魂将爱尔兰民族主义志向和反抗非洲与南美洲的帝国主义殖民统治结合起来，亦对英国在印度的帝国主义统治进行了控诉。

> 约翰牛去了印度，
> 所有人都必须对他注重，
> 因为有历史证明
> 没有一个别的品种
> 曾有过类似的遗传，
> 或像他一样吃过那么多奶，
> 一座房屋周围不会有好运，
> 假如它缺乏诚实。①

该诗讽刺性地回顾了《致富人》并对英国人声称的自己受优等文明哺育进行了嘲笑。它指出，这样的说法是企图通过撰写"历史"证明被殖民者是需要文明教化的野蛮人，从而使帝国主义殖民统治合法化。

后殖民研究对这些作品进行批评以找出解读方式。被处以极刑的凯斯门特在这里起到了两个作用：一是揭示英国的残暴和不诚实；二是唤醒英国殖民者极力要抹去的民族意识、叙事和记忆。其中的顿呼，"罗杰·凯

---

① 叶芝：《叶芝诗集》，傅浩译，河北教育出版社 2003 年版，第 749 页。

斯门特的鬼魂／正在敲打着地板"暗示着这些鬼魂的复活启示着帝国的崩溃，每一节均以某种方式预示着帝国的衰落与崩溃。

殖民化、去殖民化、欧洲中心主义和文化相对主义的全球化作为历史现实，为叶芝提供了许多不同知识和修辞可能性，它们为他提供了许多思考和谈论爱尔兰的方式。这些方式有时自相矛盾：爱尔兰是否属于后殖民？这既是政治判断又是学术判断。正如拉马赞尼说的那样："叶芝是否具有后殖民性取决于后殖民性的定义，这个问题在学术研究中很难廓清。"①

受中世纪比较人类学的启发，"凯尔特"民族的种族类型已在如雷南的《凯尔特民族的诗歌》（1854）和马修·阿诺德的《论凯尔特文学的研究》（1867）这些著作中非常普遍。阿诺德的文章提供了一个关于凯尔特人的典型边缘化形象：很主观的一个种族、缺乏英国人具有的"强烈理性"和男子气概与"天赋"。阿诺德将凯尔特人描绘成本质上"女性化"或孩子气，将凯尔特人的典型特征描述为"伤感"、"感性"和"快速获得印象"，但缺少"稳定性、耐心和圣洁"，因此既不能在实际事务中成功，也不能形成伟大的艺术。带着他们的"过度与夸张"和与"自然和生命"的契合感，凯尔特人有一些"浪漫和吸引人的"东西，但依然"无纪律感、无政府主义"，"总是准备否定客观事实"。阿诺德的文章作于 1867 年芬尼亚爆炸活动的阴影之下，隐含了一种英国因同化爱尔兰人失败后而感到的焦虑。

叶芝将民间传说定义为爱尔兰身份的来源。他之所以收集民间故事和传说，其目的"只是试图带回一些古代美好的浪漫故事来到这个巨大机器的世纪"。② 他对爱尔兰民间传说、农民阶层和神秘主义的兴趣都可看成建设民族文化、抵抗殖民的行为，或是一种东方主义。③

叶芝用历史悠久的爱尔兰民间文化反抗所谓"时代精神"，最终颠覆英国关于爱尔兰的成见并将自己定型为一位凯尔特灵视者。直到 1898 年

---

① Marjorie Howes & John Kelly, eds., *The Cambridge Companion to William Butler Yeats*, Cambridge University Press, 2006, p. 213.

② Ibid., p. 134.

③ Ibid., p. 207.

叶芝尚未发表任何对阿诺德的反驳文章。在《文学中的凯尔特因素》中，他巧妙地通过颠倒阿诺德所暗示的等级关系而不是直接反驳的方法颠覆了阿诺德对凯尔特人的刻板化描写。叶芝声称英国工业已经"忘记了古代宗教"，因此，如果文学不是不断地充盈着古代的激情和信念，充满着激情的沉思，它就会降格为情境的流水账或无激情的幻想。因而，叶芝把当时英国小说和戏剧中盛行的现实主义称为想象力的破产。文章最后，他指出在所有欧洲民族中，只有"凯尔特人"保持着文学灵感的"主流"。①

二 叶芝对后殖民时期爱尔兰的批判

1922 年爱尔兰自治领成立后，英国势力继续在北部地区存在。作为 1922—1928 年的参议员，叶芝参加了爱尔兰自治领建设。在这期间他对爱尔兰应成为一个后殖民国家的看法感兴趣，同时也鲜明地意识到这种看法在爱尔兰公众意识中颇为流行。1925 年的一篇文章中，关于爱尔兰学校的现状，他表达了对后殖民潜力和创造力的展望："爱尔兰已交到我们手中，我们可以造就她，我在今天的爱尔兰找到了一种全新的丰富生活。"② 在《爱尔兰 1921—1931》中叶芝对自治领的头十年一系列后殖民转变进行了评估，他写道：

> 几年前我沿着都柏林码头南部散步，看到都柏林一些蒸汽船的烟囱，某种难以置信的事情发生了。尽管它们被爱国人士漆成绿色，我并没有厌恶它们。这种深深的橄榄绿似乎很漂亮。我匆忙走到帕内尔纪念碑前，看那竖琴，是的，它也变了，它是一个最美丽的象征。它已超越了伤感、不诚实的修辞、群氓情绪……我们的政府并没有害怕统治，这已经改变了这些象征。③

① W. B. Yeats, *Essays and Introductions*, New York: Macmillan, 1961, p. 174.

② W. B. Yeats, *Uncollected Prose*, John P. Frayne and Colton Johnson, eds., London: Macmillan, 1975, Vol. ii., p. 455.

③ W. B. Yeats, *Uncollected Prose by W. B. Yeats*, John P. Frayne and Colton Johnson, eds., London: Macmillan, 1975, pp. 486 – 487.

　　叶芝追溯名义上的后殖民到真正的后殖民，乃至新起点的变化过程，经历了民族主义象征的意义变化过程。因为新国家证明其自身可以统治，绿色和竖琴不再具有不真诚和伤感的民族主义意义。爱尔兰不再面临抵抗英国统治的压力，其民族情感亦进入一个新的更自由阶段。叶芝此处所探讨的问题是后殖民研究中的一个重要议题：狭隘的民族主义是反殖民斗争中的一个必经阶段吗？这一阶段在独立后被更自由、更具有后殖民概念的民族统一和文化代替。叶芝的回答是肯定的，并强调突然的、"难以置信的"和近乎神奇的变化本质。他亦注意到在个人层面，"摆脱对民族主义的迷恋给我带来了类似宗教转变一样的变化"。

　　20 世纪 20 年代之后，特别是 30 年代，叶芝是这个新国家的严厉批评者。他的批评通常否认他在《爱尔兰 1921—1931》中所作出的评价，却认为后殖民的爱尔兰继续存在殖民时期的不义。在 1937 年所作的《伟大的日子》中诗的标题嘲讽爱尔兰摆脱殖民压迫进入后殖民解放的那天或转换时刻。

> 为革命欢呼，更多大炮轰击；
> 骑马的乞丐鞭打走路的乞丐；
> 革命的欢呼和大炮再次到来，
> 乞丐们换了位置，鞭打却仍继续。[①]

　　这里，后殖民成了殖民的重复，只不过换了主体。该诗结构基于重复和平行，亦包含着殖民时期对后殖民时期的影响是毁灭式的。《帕内尔》和《教堂与国家》中有着类似的批评。

　　后殖民研究中的文化主义是优先把文化而不是把经济或军事力量作为一种殖民工具和反抗手段。对大多数后殖民学者来说，文化并不是描述或反映事件发生的内部动因。文化本身是一个政治和历史载体。文化可以使事情发生。在当代后殖民研究中文化主义亦是争论的话题。许多被殖民的

---

① 叶芝：《叶芝诗集》，傅浩译，河北教育出版社 2003 年版，第 761 页。

人民没有传统的途径获得参政、表达政治诉求或获得政治权力如政治结社、武器或金钱。因此，文化主义——从文学研究到日常信仰和惯例——使学者研究被殖民者表达其遭遇、抵抗和反叙事的途径。另外，现在许多学者把文化主义看成一个问题、一种思维方式，想当然地夸大形成权力关系和历史进程中文化的重要性。这样做的过程将受压迫者的生活浪漫化，而它本来则是要将受压迫者的斗争揭示出来。

在叶芝身上，我们既发现有对文化主义的倾心，又发现其对文化原则的一系列焦虑。对叶芝而言，英国在爱尔兰的统治从传统意义上说是物质的，包括"清除式战争"和"迫害"。同时，这种统治也是文化的。殖民主义者通过压制本土传统、进口英国低俗大众文化到爱尔兰、迫使爱尔兰艺术为民族主义宣传服务而不是个体艺术家表达视野的方式来摧毁爱尔兰文化。叶芝经常把戴维斯说教式民族主义诗歌的大为流行看作这些文化殖民的结果之一，这是一种不幸的殖民后果。这使他鄙视戴维斯诗歌但又对其引发的民族主义情感着迷和同情。如 1910 年的散文《沁孤和当时的爱尔兰》中，叶芝声称戴维斯懂得一个没有自己国家机关的国家必须给其年轻人展示爱国的意象，哪怕是一些应该是或可能是如此的一些示意图。叶芝承认，虽然他批评他的平庸诗作，但"我已在体内感到了令我兴奋的情感"。[①]

这种妥协性是叶芝文化主义的中心。其区别于当代后殖民研究在于其致力于区分艺术和宣传。在其整个生涯中，叶芝不认同政治宣传，坚持认为爱尔兰艺术家不应取悦大众口味或在其作品中支持政治事业，不应有"政治宣传而应有好的艺术"。但他相信，至少有一段时间，好的艺术可以达到民族主义宣传最终寻求的目标——创造民族凝聚力、复兴民族精神并实现民族统一。1901 年他在《爱尔兰和艺术》中表示自己希望"重新创造古代艺术，为人们所理解并能感动整个民族的一种艺术"。[②] 叶芝在爱尔兰文艺复兴时的文化民族主义致力于创造一种感动整个民族的艺术，如

---

① W. B. Yeats, *Essays and Introductions*, New York：Macmillan, 1961, p. 318.

② Ibid.，p. 206.

戴维斯诗歌,但要创造这样的艺术,只能表达艺术家的个人视野和艺术原则。艺术之所以是艺术因为它不是政治宣传。但从宏观意义上说,它又是一种政治宣传,因为在公共功能上,伟大艺术比普通的政治宣传更为有效。这一理论的基础是叶芝非常相信民族统一和人类主观意识的非理性基础。在论沁孤的文章中他说道,"只有那些不说教、不劝导、不咄咄逼人、不故弄玄虚的东西是令人无法抗拒的"。①《致未来的爱尔兰》中叶芝发表了类似的看法,要求自己应列在"戴维斯、蒙根和弗格森"的民族主义兄弟会中,尽管"我的韵律比他们的意义更丰富",暗示自己有着更伟大的美学技巧和神秘主义兴趣。

但好的艺术的巨大公共效果往往超出艺术家的意图,这一点对叶芝来说却始料未及,令他不安。爱尔兰民众拒绝接受他所喜爱的戏剧。叶芝在对沁孤戏剧演出时"歇斯底里的所谓爱国分子"和"暴民"的评论中说,艺术创造的民族情感不同于民族的非理性激情。文化主义的重要成分实际上违背了他的本意。

《在阿贝剧院》中叶芝抱怨观众如希腊海神普罗提斯一样难以控制和多变。《渔夫》表达了诗人对构成其观众的民族主义分子的幻灭,直面"为我自己的观众写作的希望"和"现实间的差距"。该诗创建了另一种观众,与现实观众形成对照:一位孤独、充满想象力和智慧的渔夫。《我门前的路》中叶芝对诗人和实干家进行了比较,记录了说话者对内战双方士兵的"羡慕"。他对文化的公共、凝聚和转变功能的信念既是一种他团结爱尔兰人民的创造性方式,又是他最终与爱尔兰民族主义者的不同之所在。

叶芝一次又一次指控天主教民族主义者反对他,但对英帝国的价值观和文化却有着奴隶般的顺从。在1908年《萨温节》(Samhain)中他为有世界主义理想同时又继承民族传统的爱尔兰剧院辩解道"英国的地方主义通过爱尔兰爱国分子之口大声嚷嚷,这些人对其他国家一无所知因而没有

---

① W. B. Yeats, *Essays and Introductions*, New York: Macmillan, 1961, p.341.

比较标准"①，并声称"英国的影响渗透到人民的爱国主义阅读中未被人们察觉因为它无所不在"②。

三 叶芝的文化杂糅策略

后殖民还可通过文化杂糅的概念进行界定。后殖民研究把殖民统治视为政治控制和文化霸权，学者们通常追溯不同文化互动并结合产生新的杂糅文化形式的方式。在后殖民研究中，杂糅通常被看作一种对文化接触的恰当反应，尤其对于被殖民者来说。这体验起来既是痛苦的，又是有益的。对叶芝来说显然如此。叶芝的一生都在追求将英国和爱尔兰诗歌形式进行文化杂糅。很早开始，他有意识地寻求利用和修订英国语言和英国文学传统的方式，在其中糅入爱尔兰的传统、形式和采用美妙的韵律。1901年他将此称为一种"不会成为英国风格，而是音乐性且充满色彩的"英语写作方式。③ 当他在《我的作品总序》中回顾其创作生涯时，他不断回到构成他生活和作品的许多杂糅处。该文记录了他追求写诗的方式，既有"激情散文"的个人节奏，又保留着展现"民歌"集体韵律的"魔鬼般的声音"。他说："盖尔语是我的民族语言，但不是我的母语。"他时常想起爱尔兰所受的"殖民迫害"，对英格兰的仇恨，"没有哪个民族像我们一样恨，过去历历在目，有时仇恨毒害着我的生活。我责怪自己无用，因为我还未充分表达出这种恨"。④ 但作为一个文化杂糅的殖民子民，叶芝也爱着英格兰：

> 那时我提醒自己尽管我的婚姻是我所知道的直系亲属中第一个与英国人的婚姻，我家人的名字都是英国的，在灵魂上我欠着莎士比亚、斯宾塞、布莱克或者威廉·莫里斯的债。英语是我用来思考、说话和写作的语言，我所爱的一切都是通过英语来到我身边，我的恨夹

---

① W. B. Yeats, *Explorations*, Selected by Mrs. W. B. Yeats, London: Macmillan, 1962, p. 232.
② Ibid., p. 243.
③ Ibid.
④ Ibid.

杂着爱折磨着我，我的爱又夹杂着恨折磨着我。①

《茵尼斯弗利岛》中把说话人真实的所在"灰色的人行道"和茵尼斯道上的"平静"和美丽对比。该诗由伦敦一家橱窗上的喷泉所启发，思乡的爱尔兰诗人在想象中回到了理想中的爱尔兰。文本通过表达意志的断言式词组"我要……"和"我将……"强调说话人对想象地点的创造。诗中说话人并没有真正去茵尼斯弗利湖岛，而只是在心灵中去了那里。诗结束时他依然在"人行道"上听着他"内心深处"的湖水轻舐湖畔的声音。诗是关于说话人逃离伦敦并建立一个想象的爱尔兰的欲望。该诗与圣经中"浪子回头"（*Prodigal Son*, *Luke* 15：18）故事和美国作家梭罗互文。如休·肯纳（Huge Kenner）所指出，词汇"wattle"本来是外国人用来描述粗鲁的爱尔兰土著人造房子的词汇，表现的是英国人对爱尔兰事物的一种居高临下的姿态。叶芝本人或许知道也或许不知道这一词源，但他无疑意识到诗中说话人所热爱的理想化爱尔兰世界只有从他所憎恨的英语世界的材料和知识中来获取。②

四 小结

综上所述，叶芝经历了爱尔兰的殖民时期和后殖民时期，其作品具有反殖民性和后殖民性。叶芝作品的反殖民性和后殖民性体现在其对英国文化和政治殖民的批判和其文化杂糅策略。叶芝通过反驳阿诺德等人对凯尔特人种的刻板化描写，树立爱尔兰人的正面形象。叶芝通过诗歌对英国殖民者进行了无情的讽刺和批判。从叶芝的作品细读中我们能感受到叶芝面对英国政治殖民和文化优势的焦虑，叶芝的选择是文化民族主义和文化杂糅策略，叶芝试图借助文化反殖民统一因宗教分裂的爱尔兰民众。

---

① W. B. Yeats, *Essays and Introductions*, London and New York：Macmillan, 1961, p. 519.

② Marjorie Howes, *Yeats and the Postcolonial*, Marjorie Howes and John Kelly, eds., *Cambridge Companion to William Butler Yeats*, Cambridge University Press, 2006, p. 223.

第二章 以文化统一民族:去殖民化的诗学

第一节 叶芝与爱尔兰文艺复兴

叶芝曾说自己有三大兴趣:民族、文学和哲学。这三种兴趣相互促进、相互呼应。民族题材有利于叶芝的文学创作,可以使他获得文学创作上的独创性;文学是他表达民族情感和实现民族主义的有效途径;哲学则为叶芝的文学创作提供了形而上学的特色。这三大兴趣的中心是文学。这就决定了叶芝的民族主义是文学的,而非政治和暴力的。叶芝对爱尔兰的现实认识得非常清楚。爱尔兰民众由新教徒和天主教徒组成,其中天主教徒占大部分。这两股势力由于信仰不同相互猜忌。另外,新教徒中有一部分属于优势阶层(Ascendency),他们曾经是英国在爱尔兰的统治代理人。爱尔兰社会的阶级差别也很大,特别是大饥荒之后,地主和佃农之间的矛盾日益加深。爱尔兰普通民众受教育的程度极低。整个爱尔兰在英国长期的殖民统治和文化压迫之下,宗教、政治、经济和文化都分崩离析,犹如一盘散沙。更为不幸的是,用来凝聚民族精神的古老爱尔兰神话和爱尔兰语言都在英国的文化殖民之下消失殆尽。因此,叶芝立志首先在文化上统一爱尔兰,形成一种区别于英国文化的爱尔兰文化,将新教徒和天主教徒、优势阶层和普通爱尔兰民众紧密地联合起来,形成一种有爱尔兰性的民族意识。对于毛特·冈所从事的政治民族主义活动,叶芝认为意义不大,特别是他从爱尔兰独立运动领导人帕内尔的垮台看出,爱尔兰要想实现政治独立，首先要在文化上统一。实现文化统一和文化独立是实现政治统一和独立的重要前提条件。那么如何实现文化民族主义呢？叶芝的文化民族主义实践主要有三个方面：振兴爱尔兰古代传说、收集爱尔兰民间故事和积极领导爱尔兰民族戏剧运动。

诸多被殖民的民族文化振兴都有一个共同特征，那就是寻根，追寻被殖民前的文化根源。爱尔兰文艺复兴便是从爱尔兰古代传奇的重新挖掘开始，特别是英国殖民爱尔兰前流行于爱尔兰的经典传说和英雄故事。其中最为重要的便是艾尔斯特序列故事（Ulster Cycle）及关于库胡林的故事《夺牛记》。格雷戈里夫人将此故事翻译为英语，叶芝大为赞赏，并依据它进行了大量的诗歌和戏剧创作。

另外，叶芝还重视后来斯皮瓦克所谓的"底层研究"，他从民间收集童话故事，其中许多从今天的科学看来有些迷信的故事。这些故事有些是关于鬼怪、精灵的故事。爱尔兰农民对这些故事深信不疑。叶芝认为这恰恰是未受到英国文化掠夺的宝贵的凯尔特文化资源，证明了凯尔特文化与欧洲所有其他民族文化的起源一样，如圣经、古希腊罗马神话，是对自然的想象，富于想象力和创造性，未受到现代所谓理性和科学的清洗。

在早期资料积累基础上，叶芝通过出版书籍和诗歌创作不遗余力地推广爱尔兰文化。然而，结合爱尔兰的文化现状，他认识到，戏剧是一个很有效地推广爱尔兰文化的渠道。许多爱尔兰人未受多少教育，具有阅读能力的人并不多，但他们"也许愿意听"。而戏剧是一个能直接与大众接触的平台。因此，叶芝积极创办爱尔兰民族剧院，并运用爱尔兰的题材创作了许多剧本。

一 叶芝与爱尔兰古代传说与民间故事

霍米·巴巴在《民族和叙述》的导言中指出："民族就如同叙事，在时间的神话中失去了它们的源头，只有在心灵的目光中才能全然意识到自己的视野。这样一种民族或者叙事的形象似乎显得极为罗曼蒂克并且具有过多的隐喻性，但正是从政治思想和文学语言的那些传统中，西方才出现了作为一种强力的历史性观念的民族。"① 民族本身便是一种叙事建构。而要建构民族性,就必须回到最初能确定民族身份的叙事题材。因此,这就是为什么那些民族身份被殖民统治解构的民族总是要"寻根",寻找最初的先民传说。

爱尔兰,这个被英国殖民 800 多年的国家,文化和语言几乎被完全消灭。然而幸运的是,它有着丰富的古代传说。叶芝清楚地看到了这一点。叶芝对恢复所谓爱尔兰身份象征的爱尔兰语并不抱有希望,但却很明智和务实地看到了爱尔兰古代传说在构建爱尔兰民族身份过程中的重要性。很早的时候,叶芝便着手于爱尔兰古代传说的整理和编辑工作。直至出版《诗集》(1895),叶芝早期的文学成就主要在于他作为一位民俗学家的成绩。到 1894 年为止,他撰写或编辑的十卷书中就有三本民间传说作品:《爱尔兰农民童话和民间传说》(1888)、《爱尔兰童话故事》(1892)和《凯尔特的薄雾》(1893);另外两本书,《卡勒顿故事集》(1889)和《爱尔兰代表性故事》(1891),包含了大量的人类学和民间传说材料。1886 年,在评论弗格森诗歌的两篇文章中,他充满信心地宣称"伟大的传说是各民族的母亲",爱尔兰传奇题材"为治愈我们民族提供了活水"。对致力于复兴爱尔兰文化的青年爱尔兰协会他充满了兴致。到了 1889 年,他关于充满生命力的文学传统对确立民族身份的信念已经成为宣言"没有文学便没有好的民族性,没有民族性便没有好的文学"②。

1889 年,叶芝 24 岁时,就给一位年轻女诗人提供父亲般的忠告:"你将会发现以爱尔兰传奇和地方素材作诗是一件很好的事情。这有助于创新,并且使我们的诗歌真诚,也没那么多竞争对手。况且,一位诗人应该最喜爱与自己生活联系最紧密的东西。"这里他所指的竞争对手是英国诗人布朗宁、斯文伯恩、丁尼生、罗塞蒂和莫里斯。况且,只和自己同胞竞争的爱尔兰诗人也很容易为自己赢得名声。佛格森、艾林汉姆、曼根和

---

① 王宁、生安锋、赵建红:《又见东方——后殖民主义理论与思潮》,重庆大学出版社 2011 年版,第 167 页。

② George Bornstein and Hugh Witemeyer, eds. , *Letters to the New Island*, London and New York: Macmillan, 1989, p. 12.

戴维斯为爱尔兰文学做了许多努力，很显然，还远远不够。

直到二十岁的时候叶芝才开始选择爱尔兰题材。"我以前更喜欢阿卡迪亚和浪漫时代的印度题材，但现在我确信……除了我自己的国家，我不应该到别的国家寻找诗歌的景观。"很多研究者认为，这一题材的转变是受到爱尔兰独立运动领导人奥李尔瑞（O'Leary）的影响。奥李尔瑞 1885 年被英国流放，20 年后回到都柏林，很快身边聚集了一群爱尔兰作家。他鼓励自己的门徒，包括叶芝、凯瑟琳·悌南、道格拉斯·海德等，借阅自己收藏的关于爱尔兰的书籍，并向他们讲述了 50 年前青年爱尔兰组织的革命诗人事迹。奥李尔瑞和这些人曾交往甚密。1888 年他资助友人出版了一本《青年爱尔兰诗歌和歌谣》。同时，他还主编文学周刊《盖尔人》（Gael）。叶芝编辑爱尔兰书籍的时候，如 1888 年的《爱尔兰农民神话和民间传说》、1889 年的《卡勒顿故事集》和 1890 年《爱尔兰代表性故事》，奥李尔瑞给了他许多有用的建议，比如应该收藏哪些内容。

然而叶芝和奥李尔瑞的观点并不完全相同。他从奥李尔瑞那里学到了自己所想学的东西。奥李尔瑞认为诗人主要是爱国主义的：出生在爱尔兰的诗人应该是爱尔兰诗人，应有助于形成青年爱尔兰作家称作"民族精神"的东西。叶芝也很爱国并认可诗歌可以完成此大任的看法，但却不喜欢伤感的民族主义。"所有的诗歌应该尽可能地有本土特色。我们应该更具我们所热爱的熟悉景色作诗，而不是我们游荡的陌生景色。"当地的习俗、人物、歌曲和故事及表达方式使这些景色更加灿烂闪耀。

叶芝使用民族性题材的最终目的是要通过民族具体性揭示世界普遍性。1888 年 9 月 2 日他所写的一篇文章很明确地说明了这一点：

> 对更伟大的诗人来说，他们所看到的一切都和民族生活有关，并由此抵达普遍而又神圣的生活：没有什么是孤独的艺术瞬间。到处都有统一。一切事物都能完成某种自身之外的目的。冰雹是上帝的旅客。草叶在其尖部携带着宇宙。但要获得这一普遍真理，要看到无处不在的统一性，如果不是旅行者，你只能通过附近的东西，你的民族，或你的村庄和墙上的蜘蛛网。没有民族你就不会拥有最

伟大的诗歌，如同没有象征就没有宗教一样。一个人只能用戴着手套的手伸向宇宙——那手套即他的民族，他唯一知道的东西，即使所知不多。①

从 19 世纪 40 年代开始，凯尔特学者们开始热衷于翻译。凯尔特考古学会和乌辛学会成立，致力于将爱尔兰语的文本翻译成英语。奥卡里（O'Curry）和奥多诺万（O'Donovan）使不懂爱尔兰语的叶芝也可以阅读本民族文学。奥格拉迪（O'Grady）和塞缪尔·佛格森都曾用古代爱尔兰故事写作。这些都使叶芝认识到古代爱尔兰文学是可塑的，而叶芝可以像雨果为法国写作《世纪传奇》一样为爱尔兰做点什么。

叶芝在《诗歌与传统》中写道：

我一直努力建立一个理想的爱尔兰……这个想法一直萦绕于心。由于受别人的影响，主要是威廉·莫里斯的影响，我渴望增强爱尔兰的愤怒，知道我们能像莫里斯和拉斯金那样满怀爱国心地去恨……难道我们这个贫穷的民族没有古老的勇气、尚未变黑的土地和自我牺牲的秉性吗？……我们要在爱尔兰古老而又传统的铁砧上锻造崭新的刀剑，为最终恢复古老、自信和欢乐的世界去战斗。②

叶芝认为口传文化包含着未被破坏的古老传统，从中可以揭示真正的民族特征。在为《爱尔兰农民神话和民间传说》所做的序言中他热情洋溢地声称爱尔兰西海岸的凯尔特人依然没有被"时代精神"污染，那里的民间传说维系着人们与爱尔兰远古时代的练习，为现在"都市人民"提供失落的"灵视"知识。这种看法其实并非空穴来风。18 世纪末期浪漫主义运动主张情感高于理智。人们普遍认为民间故事中有着比人造文化和艺术更强烈和更真实的经验和情感。

---

① Richard Ellmann, *The Identity of Yeats*, New York: Oxford University Press, 1954, p. 16.
② W. B. Yeats, *Essays and Introductions*, New York: The Macmillan Company, 1961, p. 248.

二　叶芝的"底层研究"

叶芝和格雷戈里夫人一起下到爱尔兰西部的农村收集民间故事，编有《凯尔特的薄暮》。叶芝在自序中写道：

> 这个世界尽管残缺破损、笨拙不堪，却也不乏优美宜人、富有意义之事物。我像所有艺术家一样，希望用这些事物创造出一片小天地，通过幻象，向那些愿意顺着我指的方向看去的同胞，展示爱尔兰的一些特点。因此，我忠实、公正地记录下我所听到、看到的东西，除了发些感慨之外，并不妄添自己的想象。我的信仰其实与农人们相差无几，所以我所做的，无非只是容许我的这些男人和女人、鬼魂和仙人们各行其道，既不用我的任何观点挑剔他们，也不为他们辩解。人所听到、看到的事物，均为生命之线，倘能小心将之从混乱的记忆线轴上拉出，谁都可以用它来任意编织自己想要的信仰之袍。我和别人一样，也编织了我的袍子，我要尽力用它来温暖自己，倘若它能合身，我将不胜欣慰。希望和回忆育有一女，名唤艺术，她的居所远离人类用树杈高悬袍衫充当战旗的绝望之地。哦，希望和回忆的可爱女儿，请来到我身侧，倘徉片刻。①

从这一段序言中可以看出叶芝编这本故事集的目的、原则和希望。他的目的是用这些"优美宜人、富有意义"的事物向爱尔兰同胞"展示爱尔兰的一些特点"。那么这些特点是什么呢？我们有理由相信，这些特点便是叶芝在《文学中的凯尔特因素》中所强调的"富于想象力"的凯尔特特性。他的原则是"忠实、公正"，"不妄添自己的想象"，试图以"客观、忠实、公正"的方式呈现给世人真实的爱尔兰传说和故事，从而以第一手材料回击雷南和阿诺德对凯尔特人的歪曲和丑化。叶芝希望从这些故事中"编织自己想要的信仰之袍"，为自己的艺术创作提供灵感和素材。

① 叶芝：《凯尔特的薄暮》，殷杲译，江苏人民出版社2007年版，"自序"第1—2页。

第二节 去殖民化的诗歌理论与创作

叶芝的诗歌创作经历了一个逐渐成熟、推陈出新的过程。早期他的诗歌朦胧,颇受英国浪漫派和唯美派影响,后来受爱尔兰民族运动领袖欧李尔瑞的启发,将目光投向爱尔兰题材,具有一定的民族主义倾向。中期叶芝受到法国象征主义理论的影响,将爱尔兰题材和象征主义结合。后期经庞德的帮助,他接受日本俳句的影响,使自己的诗风更为硬朗,具有意象主义特征。叶芝的整个诗歌创作历程可以分为早期学徒期、中期摸索期和晚期成熟期。而在不同阶段,叶芝对自己的诗歌创作都进行了深刻的理性思考和理论阐述,形成了与诗歌创作相互呼应的诗歌理论。叶芝是一个巧妙地将自己的政治意图和艺术追求结合的诗人。纵观其整个创作历程,我们可以看出他或隐或现的反殖民政治意图。早期具有明显的民族主义和反殖民政治意图;中期象征主义和神秘主义诗歌理论则旨在建构独立于英国文化的爱尔兰诗歌传统和哲学传统,具有隐秘的反殖民政治意图;晚期诗歌综合东西方文化,有着世界主义倾向,其政治动机则是出于对爱尔兰独立后狭隘的民族主义和后殖民时期文化建设的忧思。

一 构建爱尔兰英语文学概念

1892年12月,道格拉斯·海德(Douglas Hyde)做演讲《去盎格鲁化爱尔兰的必要性》,号召爱尔兰人民通过复兴爱尔兰语言,恢复爱尔兰风俗、运动、礼仪和服装习惯,逆转英国的文化殖民过程。该演讲促成盖尔语联盟于1893年建立。该联盟倡导使用爱尔兰语言。然而叶芝并不会说爱尔兰语,许多想象灵感来自英国文学典范,因而对这种隐藏在海德的爱尔兰语言复兴项目中的文化分裂主义感到焦虑。因此叶芝提出要用英语创造爱尔兰文学,这种文学"有着难以定义的爱尔兰节奏和风格特点",应该基于英雄的爱尔兰叙事。叶芝早期大力提倡用英语创作的独特爱尔兰文学传统。

难道我们的人民没有去盎格鲁化的指望吗？我们能否建立一种民族传统，一种精神上是爱尔兰的、语言上是英语的民族文学？难道我们如果不按海德博士所主张而实际上又不可能实施的计划去做，如用英语翻译或复述那些有着难以定义的具有爱尔兰特色、韵律和风格的东西和所有古代文学中最好的部分，就不能继续民族生活吗？难道我们不能自己写或劝别人写关于过去从内萨之子①到欧文·罗欧②的伟大盖尔人历史和传奇，直到旧故事和新故事之间产生一座金色桥梁吗？③

八年之后，叶芝再次撰文对"爱尔兰英语文学"进行定义和解释。

必须与推广爱尔兰语和用爱尔兰语创作同时进行的是用英语表达爱尔兰情感和思想、用英语描写爱尔兰事物和人民。因为除非用一出生就学会并在其中成长的语言，没有人能写得好。如果一个人不受这种母语的影响，我想他也不能很好地成长。只要爱尔兰有闲阶层关心爱尔兰事物，描写爱尔兰的英语作品在未来很长一段时间会成为形成他们观念和情感的主要影响。通过对一些重要人物施加影响，这些作品越真诚、越高贵、越美，爱尔兰的普通生活就越受它影响而变得甜美。

我相信爱尔兰不会有彭斯或狄更斯，因为人民大众不再理解爱尔兰语，他们不再懂得任何诗歌，爱尔兰语只不过是他们想象的语言。中产阶级是更为流行的体裁——小说——的主要支持者和创作者，而我们没有中产阶级。但我相信我们或许可以有像华兹华斯、雪莱和济慈那样的诗人，像梅瑞迪斯、佩特和拉斯金那样的散文作家。所有阶

---

① 内萨之子是康丘霸（Conchubar），乌尔斯特系列爱尔兰故事中乌尔斯特国王的儿子。

② 欧文·罗欧（1590—1649）是 1642 年爱尔兰叛乱中爱尔兰军队的指挥官。他赢得了一系列抗击英军的辉煌胜利。但他和自己同盟的不和使他没有获得决定性的胜利。他的死去结束了克伦威尔统治爱尔兰时期的抵抗活动。

③ W. B. Yeats, *Yeats's Poetry, Drama, and Prose: Authoritative Texts, Contexts, Criticism*. New York: W. W. Norton, 2000, p. 261.

层中都会有少数人阅读这样的文学，但其余的人会阅读和聆听一些游吟诗人的歌谣或像海德博士这样的诗人作品。他自己有高雅文化，但他从自己身边找到思想和感情编写歌谣，从一门依然有用的语言且保持着诗性的生活环境中创作歌谣。否则他们就会满脑子充斥着英国庸俗的东西走向毁灭，直到有一天爱尔兰人只需要用自己的语言写作。①

为了说明这种以英语为载体的爱尔兰文学的可行性，叶芝引用美国文学为例。

美国，没有过去可言，国家中的一个"女暴发户"而已，正在创造民族文学，其最有特色的作品和英国文学的差别几乎和其与法国文学的差异一样大。仅列举几个例子，沃尔特·惠特曼、梭罗、哈特和凯布尔，非常美国化，然而美国也曾是英国殖民地。对于流着凯尔特血液的我们，天底下最不英国化的人群，创造这样的文学会更加容易。如果我们没有成功，那将不是因为我们缺乏材料，而是因为我们缺乏使用它们的能力。②

叶芝意识到这种本土性和世界性的相通之后，转向爱尔兰题材，诗歌形式则是爱尔兰传统诗歌形式，如民谣。

1895 年，叶芝出版了一本诗集《十字路口》（*Crossways*），其中大部分诗歌选自其第一本诗集《乌辛的漫游》。这本诗集之所以取名《十字路口》，是因为在这些诗歌中叶芝"尝试了许多道路"。这代表着早期叶芝在不断寻找适合自己的诗歌题材，力图找出一条适合自己的诗歌创作路子。

《十字路口》中的许多诗歌，那些关于印度主题或牧羊人和农牧神的诗歌，是我 20 岁之前所写，因为从我开始写作《乌辛的漫游》

① W. B. Yeats, *Yeats's Poetry, Drama, and Prose: Authoritative Texts, Contexts, Criticism.* New York: W. W. Norton, 2000, p. 269.

② Ibid., p. 261.

时开始，即我 20 岁时，我相信，我的主题变成爱尔兰的了。①

叶芝在《巴里香农的诗人》（1888）中写道："对于较伟大的诗人来说，他们看到的一切都与民族生活有联系，并通过民族生活与普遍和神圣的生活相关联……没有民族，你就不可能有较伟大的诗，犹如没有象征就没有宗教。一个人只能用戴着手套的手伸向宇宙，那手套便是他的民族，他唯一知道的东西，即使所知不多。"②

民间文学是保留民族性最完整的文学材料，对此叶芝有着清醒的认识。在《民间文学工作者的消息》中，叶芝从世界文学史的角度对民间文学的重要性进行阐释。

> 民间文学首先是圣经、39 章和大众祈祷之书。所有伟大的诗人都在其光泽之下生活过。荷马、埃斯库罗斯、索福克勒斯、莎士比亚，甚至但丁、歌德和济慈，都不过是有着音乐语言才能的民俗研究者而已。……每个民族最伟大的诗人都从这样的故事（《鬼魂世界》）中汲取象征和事件来表达最抒情和最主观的情绪。……莎士比亚和济慈有着他们自己时代的民间传说，雪莱只有神话。③

由此我们可以看出，这一时期叶芝的诗学从根本上来说是要建立一种以英语表达爱尔兰精神的爱尔兰民族文学。

二　凯尔特风格的象征主义诗歌理论

英国维多利亚时期的文化翘楚、诗人、批评家马修·阿诺德曾说"诗歌是对人生的批判"。这显然是一种实用主义诗学，即诗歌应该起到"匡

---

① A. Norman Jeffares, *A New Commentary on the Poems of W. B. Yeats*, Stanford University Press, 1984, p. 3.

② Richard Ellmann, *The Identity of Yeats*, Oxford University, 1954, p. 16.

③ W. B. Yeats, *Yeats's Poetry, Drama, and Prose: Authoritative Texts, Contexts, Criticism.* New York: W. W. Norton, 2000, p. 262.

时济世"的作用，能对人生进行批判性指导。然而，叶芝认为"诗歌是其目的本身，它与思想、哲学、生活无关，除了音韵的音乐性和词组的优美之外它与任何事物都无关。这是文学的新理论"①。而诗歌的本质因素是"美"。艺术家（诗人）的责任就是创造美。

> 三类人造就了所有美的东西。贵族造就了美的作派，因为他们在世间的地位使他们超乎生活的恐惧之上；乡民造就了美的故事和信仰，因为他们无可丧失，故无所畏惧；艺术家造就了其余的一切，因为天意使他们充满无畏的精神。这些人都回顾悠久的传统，因为他们都无所畏惧，故能坚持他们所喜欢的东西。其他的人由于总是忧心忡忡，结果极少拥有本身美好的东西，且总是不断更换东西，因为他们所做或所有的一切都必须是达到别的什么目的的手段；他们不大相信有什么东西本身就可能是目的。所以他们不懂你所说的"一切最有价值的东西都是无用的"。②

叶芝反对将诗异化为别的事物。他认为上述三类人之外的人相信"绘画和诗歌之所以存在，是因为它们含有教育意义；情爱之所以存在，是为了生儿育女；剧院则是让忙人们休息的，这些人忙得假日里可能也要加班加点。任何时候，对那些本身有价值的事物，他们都心怀恐惧"③。正是因为有着这样的文艺思想，叶芝对当时爱尔兰中产阶级的唯利是图现象颇感忧虑，借用马修·阿诺德批判英国中产阶级的词汇"非利士人"（philistine）描述爱尔兰国家图书馆的读者，他写道：

> 这间图书馆里没有人在进行着非功利的阅读，没有人是为了文字

---

① Yeats W. B., *Yeats's Poetry, Drama, and Prose*: *Authoritative Texts, Contexts, Criticism*. New York: W. W. Norton, 2000, p. 258.
② 傅浩：《叶芝评传》，浙江文艺出版社 1999 年版，第 110 页。
③ 叶芝著，王家新编选：《随时间而来的智慧：书信·随笔·文论》，东方出版社 1996 年版，第 181 页。

之美、思想之辉而全神贯注地读书，所有人都是为了通过考试而读书。……马修·阿诺德曾如是评价牛津："她正献身于许多事业，虽不是我的事业，但从来都不是非利士人的事业。"哎，当我们说起我们爱尔兰的大学时，我们可以将这几句话倒过来，"从来不属于任何事业，但总是属于非利士人的事业"。①

在叶芝的诗作中，"sin"（罪恶），"argumentative"（好争辩的），"utilitarianism"（功利主义），"reason"（理性），"efficiency"（效率），"vulgar"（低俗的），"success"（成功），"commonplace"（平庸的），"the mob"（暴民），"puritan"（清教徒），"merchant"（商人），这些词汇都是用来批判现代商业和世俗爱尔兰的词汇。诗作《亚当所受的诅咒》中将非利士人列举为"聒噪的银行家、教师和牧师之流/以及被殉道士们称为俗人之辈"；《在戈尔韦赛马会上》中"商人和职员"呼出"怯懦的气息"；诗作《1913 年 9 月》（September 1913）讽刺爱尔兰的中产阶级为"那些在油腻的抽屉里摸索的人"；叶芝在《诗与传统》中将这个由"小店主、职员们"组成的阶级描述成"他们总是乐于屈服于别人的权力，他们不愿学文明的生活，更不用说提高自身的修养了，而且，由于贫困、无知、迷信，他们慑服于种种莫名的恐惧。直接的成功、直接的效用，对他们来说就成了一切"。②

为了构建与英国诗学传统不同的诗学，叶芝把目光投向了欧洲大陆。1889 年叶芝好友亚瑟·西蒙斯（Arthur Symons）将一本名为《法国象征主义文学运动》的书题献给叶芝。评论界对叶芝象征主义理论的来源颇有争议。一种观点认为叶芝通过其好友、评论家西蒙斯受了法国象征主义的影响，持此观点的有威尔逊（Edmund Wilson）与赫恩（John Hone）；另一种观点认为叶芝的象征主义是其神秘主义实验，并未受到法国象征主义的影响，持此观点的有埃尔曼（Richard Ellmann）、廷代尔（W. Y. Tin-

---

① Marjorie Howes & John Kelly, eds., *The Cambridge Companion to William Butler Yeats*, Cambridge University Press, 2006, pp. 44 – 45.

② 叶芝著，王家新编选：《随时间而来的智慧：书信·随笔·文论》，东方出版社 1996 年版，第 188 页。

dall）和傅浩等。笔者倾向于认为叶芝的象征主义实践开始于其象征主义诗学自觉之前，而其象征主义诗学自觉意识的形成无疑受到法国象征主义的启发，因为西蒙斯与叶芝经常在一起谈诗。象征主义和神秘主义实验的一个重要共同点都是通过象征暗示精神世界。

　　学术界一般从美学角度来看叶芝的象征主义诗歌理论。然而，叶芝的象征主义诗歌理论却是针对当时盛行的科学理性主义和实用主义诗学的。叶芝在《诗歌的象征主义》指出："这个科学的运动带来的文学作品，总是倾向沉湎于各种客观外在，见地，雄辩，形象的手法，生动的描述，或西蒙斯先生所谓的尝试'用砖头和泥巴在一本书的封面内进行建造'。而现在，作家们已经着手研究再现和暗示的元素，研究我们所谓的伟大作家中的象征主义。"[①]

　　可见，叶芝的象征主义理论试图寻找一条不同于"科学"只研究"外在"的路子，即通过象征进入"内在"的精神世界。

　　在《诗歌的象征主义》中叶芝首先肯定了"新作家"对"一种象征主义的诗歌哲学"的探索，认为这种艺术哲学或批评的作用在于"唤起"所有作家、艺术家"最惊人的灵感"。其次又列举彭斯的诗句"白色的月亮正在白浪后沉落，/而时光正和我一起沉落，啊！"来说明象征的作用是"唤起由任何其他色彩、声音和形状的组合所不能唤起的情感"。[②] 象征与隐喻的区别在于后者"不能感人至深"，而象征"最为精巧、最为完美"。

　　叶芝将象征分为情感象征和智力象征。

　　象征可以唤起情感，情感依赖象征存在并不断增强。"所有声音、所有色彩、所有形状，无论因为它们注定的感染力还是因为它们久长的心理联系，将唤起难以定义然而又清晰不过的情感。"[③] "而当声音、色彩和形状间具有一种和谐的联系，相互间一种优美的联系，它们仿佛变成一个色彩，一个声音，一个形状，从而唤起一种由它们互不相同的魅力构成的情感，合一

──────────

　　① 叶芝著，王家新编选：《随时间而来的智慧：书信·随笔·文论》，东方出版社 1996 年版，第 149 页。
　　② 同上书，第 150 页。
　　③ 同上书，第 151 页。

的情感。"情感的作用是化腐朽为神奇，"所有那些似乎有益或强大的事物，武器，转动的车轮，建筑式样，政治形态，理性思考，将是寻常的，如果某种思想未曾像一个女人献身于她的情人那样献身于某种情感"。象征便是一种和谐的联系，情感存在于其中。"声音，或色彩，或形状，或所有这些，如果未曾建立成一种和谐的联系，他们的情感将只能在其他的思想中存在。"① 这种存在于象征中的情感可以不断增强，并聚集起其他情感。

叶芝说，除了情感象征，还有智力象征，那唯独唤起理念的象征，或与情感交加的理念。叶芝举例说，十字架或荆冠使我们想到贞洁和军权。情感象征和智力象征的区别是"假若象征仅仅是情感的，他（读者）将从世界的偶然和命运中注视；但假若象征也是理智的，他将使自己成为纯粹智力的一部分"。②

叶芝的象征主义有唯美主义特征。同时，叶芝将象征主义系统和自己的神秘哲学系统对应起来，具有"反科学"的特征，这样就形成了与英国的实用主义、现实主义诗学和科学理性的对抗。

三 叶芝诗歌中的反殖民主题和形式

（一）歌颂爱尔兰，树立爱尔兰形象

为了树立爱尔兰形象，确立自己的文化身份，叶芝在诗歌中大力歌颂爱尔兰的事物和人物，主要从三个方面入手：歌颂爱尔兰古代神话传说中的人物、歌颂爱尔兰当代著名的政治人物、歌颂爱尔兰美丽的自然风光。

《致未来的爱尔兰》中叶芝明确地宣称自己的诗作要歌颂爱尔兰民族之美，因而，此诗是一首爱国主义诗篇。这首诗是叶芝对爱尔兰独立斗争中文学应该扮演的角色进行的解释。他宣称自己的爱国主义将会被后人看作不亚于青年爱尔兰组织成员和过去的爱尔兰作家们。

　　　知道吧，我愿被视为

---

① 叶芝著，王家新编选：《随时间而来的智慧：书信·随笔·文论》，东方出版社1996年版，第152页。
② 同上书，第154页。

一个群体中的真兄弟,

为减轻爱尔兰的创痛,

大伙把谣曲民歌唱诵;

而不愿比他们差毫分,

因为她那红玫瑰镶边的长裙

拖曳过每一页文字:

她的历史早已开始

在上帝创造天使的家族之前。

在时光开始喧嚣忿怒的时候,

她的如飞舞步的律动

使爱尔兰的心脏开始跳动;

时光吩咐他所有的蜡烛

闪耀,处处照亮一个舞步:

愿关于爱尔兰的思想

停在一片律动的宁静之上。①

这一段明确宣告自己的民族身份、文学道路、文学形式,以爱尔兰的悠久历史为骄傲。

但愿我也不被看得不如

戴维斯、曼根、佛格森,

因为,对于善于深思者,

我的诗句比他们的韵文更多地

道出海洋深处发现的东西,

在那里静卧长眠的唯有尸体。

因为自然元素的创造物

在我桌子周围来来去去,

---

① 叶芝:《叶芝诗集》,傅浩译,河北教育出版社 2003 年版,第 106—107 页。

它们从混乱的脑海急急冲出

去洪水和大风中喧闹忿怒；

而那按着韵律跳舞踏步者

必定会以凝视换得凝视。

人类永远与它们一道前进，

追随着那红玫瑰镶边的长裙。

啊，在明月下舞蹈的仙女，

一个巫者的国土，巫者的乐曲！①

　　诗中提到几个人，戴维斯（Thomas Osborne Davis）（1814—1845）于 1814 年创办《民族》杂志（The Nation），是青年爱尔兰组织的领袖。曼根（James Clarence Mangan）是一位爱尔兰浪漫诗人和散文家，为许多杂志和期刊撰写政治文章，有时翻译或改编爱尔兰和德意志的一些故事。弗格森（1810—1886）是一位爱尔兰律师、诗人，翻译盖尔语传奇，比叶芝的风格更加接近原作，更为硬朗。这一段宣告自己将继承爱尔兰文学传统，但要革新文学风格，即会以更加清新的诗风写作，并运用巫师的曲调，希望超越民族性，反映普适性。

只要还能够，我就为你抒写

我所体验的爱，我所知道的梦。

从我们出生，到我们死亡，

不过是一眨眼的时光；

而我们、我们的歌唱和爱情、

度量者"时光"在上方点亮的东西

和在我桌子周围来来去去，

在黑夜里赶路的万物，

都在不断流逝到那在真理

---

① 叶芝：《叶芝诗集》，傅浩译，河北教育出版社 2003 年版，第 107 页。

渐衰的狂喜中全然不会

有爱情和梦想容身之处的地方;

因为上帝走过,留下白色足音。

我把我的心铸入我的诗,

好让你,在渺茫的未来岁月里,

会了解我的心是如何曾与它们

一道追随那红玫瑰镶边的长裙。①

《1916 年复活节》对参加复活节起义的烈士进行了不朽的歌颂。

我要在诗中写道——

麦克唐纳和麦克布拉德,

康诺利和皮尔斯,

今天和未来的日子,

凡悬挂绿色标帜之城,

他们都变了,彻底变了;

一种可怖的美已经诞生。②

　　1916 年复活节起义的爆发催生了爱尔兰独立斗争的最后阶段。一场流血暴力事件使叶芝不得不改变《1913 年 9 月》中对爱尔兰的判断。诗中叶芝哀叹:"浪漫的爱尔兰已经死去/随着奥李尔瑞一起进入了坟墓。"然而,从这次事件中惊醒过来的叶芝觉得《1913 年 9 月》已经过时。复活节起义后第 18 天,叶芝给格雷戈里夫人的信中写道:"我正在试着为那些被绞死的人写一首诗——'可怕的美再次诞生'","不知道还有什么事件如此深深地感动了我。"③ 然而,叶芝对这次起义的态度是暧昧的。诗中

---

① 叶芝:《叶芝诗集》,傅浩译,河北教育出版社 2003 年版,第 108 页。

② 叶芝:《叶芝诗选》第 I 卷,袁可嘉译,湖南文艺出版社 2012 年版,第 228 页。

③ W. B. Yeats, *The Letters of W. B. Yeats*, Edited by Allen Wade, New York: Macmillan Company, 1955, p. 613.

重复的顿呼与毛特·冈对起义英雄们的评价呼应："他们再次将爱尔兰的独立事业提升到一种悲剧性尊严的位置。"①

《怀念埃娃·郭尔·布斯和康·马凯维奇》歌颂的是两位女性：埃娃·郭尔·布斯（1870—1926），爱尔兰诗人；康·马凯维奇（1868—1927），爱尔兰革命家，因参加复活节起义，被处死刑，后改无期徒刑，1917 年 6 月遇大赦出狱，仍活跃于政坛。叶芝自 1894 年起与这对姐妹相识。②

> 利萨代尔，黄昏的灯光，
>
> 开着的大窗子向阳，
>
> 两个姑娘身穿丝绸和服，
>
> 都很美，一个像羚羊。
>
> 但一个暴怒的秋天，
>
> 把夏日花篮的花朵裁剪；
>
> 大的被判处死刑，
>
> 得大赦，过着寂寞的岁月，
>
> 在愚民中间煽动人心。
>
> 那小的，我不知道她梦想什么——
>
> 某些朦胧的乌托邦——她好像
>
> 如今衰老了，骨瘦如柴，
>
> 就是这种政治的形象。
>
> 许多次我想去把
>
> 这个或那个找来谈谈，
>
> 古老的乔治式大屋，
>
> 交混心中的图片，追念
>
> 那张桌子和青春的言谈，

---

① W. B. Yeats and Maud Gonne, *The Gonne-Yeats Letters* 1893—1938, Edited by Anna MacBride White and A. Norman Jeffares, Syracuse, N. Y.：Syracuse University Press, 1994, p. 372.

② 叶芝：《叶芝诗选》第Ⅱ卷，袁可嘉译，湖南文艺出版社 2012 年版，第 65 页。

　　那身穿丝绸和服的两位姑娘

　　都很美，一个像羚羊。①

　　《死亡》纪念爱尔兰自由邦司法部兼外交部部长凯文·欧希金斯（1892—1927），他被恐怖分子刺杀。

　　一个伟大的人物

　　壮年面对杀人者，

　　把轻蔑投向

　　呼吸的交替；

　　他深知死亡——

　　人类创造了死。②

　　《欧拉希利头领》赞颂的欧拉希利头领（1875—1916）是欧拉希利族的首领，在复活节起义中英勇牺牲。

　　作于1931年的《七贤》将爱尔兰历史上重要事迹以第一人称对话的形式赞颂。其中赞颂的人包括亨利·格拉坦（Henry Grattan，1746—1820，爱尔兰爱国者、演说家）、埃德蒙·柏克（Edmund Burke，1729—1797）、乔治·贝克利（George Berkeley，1685—1753）、乔纳森·斯威夫特（Jonathan Swift，1667—1745）、奥利佛·哥尔斯密（Oliver Goldsmith，1728—1774）、埃丝特·约翰逊（Esther Johnson，1681—1728）和汤姆·欧·拉夫利（Tom O'Roughley）等7人。诗的第二节七贤每人一句对英帝国主义进行讽刺：

　　第七位：现在人人都是辉格党，

　　但是我们老年人团结了起来反对这世界。

①　叶芝：《叶芝诗选》第Ⅱ卷，袁可嘉译，湖南文艺出版社2012年版，第66页。
②　叶芝：《叶芝诗集》，傅浩译，河北教育出版社2003年版，第562页。

第一位：美洲殖民地、爱尔兰、法兰西和印度
频频骚扰，柏克的伟大旋律也反对它。
第二位：奥利佛·哥尔斯密歌唱他亲眼所见：
充满乞丐的道路，田野里的牛群，
却从未看见过沾染血迹的三叶草，
那些田野高举起来反对它的复仇之叶。①

作于 1933 年的《三支进行曲》对爱尔兰的反殖民英雄们进行了纪念。

牢记所有那些著名的世世代代，
他们抛下身躯喂肥豺狼，
他们抛下家居喂肥狐狸，
逃往遥远的国度，或躲藏
在山洞、裂谷或岩穴里，
把爱尔兰的灵魂捍卫。
……
牢记所有那些著名的世世代代，
牢记所有沉没在他们的鲜血中的人，
牢记所有死在断头台上的人，
牢记所有逃走的人，站着的人，
站着，把死亡当作一首
古老手鼓上的曲调来接受。
……
失败，那段历史变成了垃圾，
那伟大的往昔全变成了傻瓜的胡闹；
后来的人将会把欧丹内尔嘲笑，
把对两个欧尼尔的回忆嘲笑，

---

① 叶芝：《叶芝诗集》，傅浩译，河北教育出版社 2003 年版，第 583 页。

嘲笑埃梅特，嘲笑帕内尔，

嘲笑所有倒下的著名人士。

……

强盗们抢走了他的古老的手鼓，

他却摘下月亮

奏出一支曲子咚咚响；

强盗们抢走了他的古老的手鼓。

……

"金钱好，姑娘也许更好，

无论发生什么无论谁被打倒，

惟有一个强大的好事业——"①

　　诗中出现了几位爱尔兰反抗者。欧·丹内尔（1571—1602）曾在起义中抗击英国人，后以金塞尔战役（1601—1602）告终。欧·丹尼尔（1550—1616）曾率领爱尔兰起义军抗英，后逃离爱尔兰，其侄儿指挥基尔肯尼联盟，在 1646 年 6 月的本布伯战役中击败苏格兰人。埃梅特（1778—1803）为爱尔兰爱国者，于 1803 年策动一次起义，未遂。帕内尔（1846—1891，袁可嘉译为巴纳尔）为爱尔兰民族党和议会党领导人，曾任大不列颠地方自治联盟主席，号称"爱尔兰的无冕之王"，在爱尔兰民族自治运动中起过重要作用，由于与下属基蒂·欧什阿太太的私通，遭到众议，被开除党籍、免去职务。而实际上，与其私通的欧什阿太太早就和丈夫分居。然而这依然是爱尔兰天主教影响下的爱尔兰人所无法容忍的丑闻。有历史学家认为，帕内尔倒台后，爱尔兰的独立运动至少倒退了 20 年。

　　（二）直接或间接地谴责英国殖民者

　　《克伦威尔的祸害》作于 1936 年 11 月—1937 年 1 月，是叶芝少有的直接谴责英国殖民者的诗作。1649—1650 年，英国护国主奥利弗·克伦威尔（1599—1658）曾率兵征伐爱尔兰。他的军队洗劫了德罗赫达和韦克斯

---

① 叶芝：《叶芝诗集》，傅浩译，河北教育出版社 2003 年版，第 812—817 页。

福德，军事统治持续到 1658 年。按照 1652 年的《继承法案》和 1653 年的《撤离法案》，仅将克莱尔和康诺特留给爱尔兰地主，其余共两千万英亩中的约一千一百万英亩土地被英国没收。

叶芝 1937 年 1 月 8 日写信给韦勒斯利"此刻我通过写奥利弗·克伦威尔表达对知识界的愤怒，他是当时的列宁——我通过一些爱尔兰流浪的农民诗人之口表达出来"。诗的第一节如下：

> 你问我发现了什么，我去了四面八方，
> 我只见克伦威尔的房子和克伦威尔杀人帮，
> 情人们、舞蹈者都被打入了土壤，
> 高人、剑客和骑士，他们又在何方？
> 有个老乞丐骄傲地漫游——
> 基督死前，他父辈曾为他们的父辈侍候。①

这首诗第一节是对克伦威尔残暴的殖民侵略和统治的描写，并回忆了基督教传入爱尔兰之前乞丐的祖先和爱尔兰本土的贵族之间的融洽关系。殖民者的到来破坏了这里原来贵族和农民之间的和谐关系，并将爱尔兰的民族精英都残杀殆尽，舞蹈、剑术和骑术等艺术形式自然也随之消亡。

第二节面对现实，"一切邻居间心平气和的谈话都已成为过去"，人们变得自私、世故、尔虞我诈。为了金钱不断争吵，为了高升，踩在邻居的身上。而艺术如诗歌则"什么也算不上"，教育也很空洞，"怎会知道我们这些知道死亡时辰的人所知道的事"，对来自实践的知识漠然无知。这里暗指爱尔兰在独立后，人民在英国的功利主义和商业主义的影响下已经变得世故和堕落。世风日下、礼崩乐坏。

第三节颇有怀旧气息和感伤情怀。流浪的乞丐依然保留着过去的知识和情怀，借用宁可被狐狸咬死也不愿让人搜身定罪的斯巴达少年的寓言，表示自己保留伟大艺术的决心，自己依然是诗歌、音乐等艺术的仆

---

① 叶芝：《叶芝诗选》第Ⅱ卷，袁可嘉译，湖南文艺出版社 2012 年版，第 158 页。

人。这里其实是诗人在乱世中希望诗歌、音乐等艺术能保留民族精神中高贵品质。

因此,这首诗已经从对殖民的批判走向了对后殖民时代爱尔兰文化的批判。

《罗杰·凯斯门特(马罗尼博士著〈伪造的凯斯门特日记〉读后)》对英国当局的卑劣行径进行了谴责和嘲讽。罗杰·凯斯门特(1864—1916),1895—1913 年曾任英国领事官员,1914 年参加新芬运动,去德国寻求武力支持,1916 年乘潜艇回国,在爱尔兰西南部被捕,在伦敦受审并被判叛国罪,处绞刑。在受审期间谣传他有描写同性恋的日记。英国当局企图对其进行丑化和污蔑。具有讽刺意味的是,凯门斯特曾在英国政府任职,与著名作家康拉德是好友。美籍爱尔兰作家威廉·马罗尼(1881—1952)在《伪造的凯斯门特日记》(1936)一书中声称日记是英国人伪造的。当年英国驻美大使密西尔·斯普林·莱斯爵士等曾伙同传播谣言。

> 我说罗杰·凯斯门特
> 做了他必须做的事,
> 他死在绞刑架上,
> 但这不是什么新鲜事。
>
> 生怕他们会在时光的
> 法庭前面被击败,
> 他们诉诸作伪的伎俩,
> 给他的好名声抹黑。①

叶芝另一首诗《罗杰·凯斯门特的鬼魂》是对《罗杰·凯斯门特》的补充。叶芝在给威勒斯莉的信中写道:"在这两首歌谣中,我在为了我一生中都在为之战斗的东西斗争,尽管它和这个或那个国家没有任何关

①　叶芝:《叶芝诗集》,傅浩译,河北教育出版社 2003 年版,第 746—747 页。

系，这是我们爱尔兰的斗争。萧伯纳也为了同样的目标而斗争。当某些人谈论正义之时，谁知正义却是伴随着秘密的伪造。"①

（三）反殖民的诗歌形式

海伦·温德勒（Helen Vendler）在《我们的秘密学问：叶芝与抒情诗形式》中对叶芝的诗歌形式与爱尔兰反殖民斗争联系起来研究，将叶芝诗歌的形式分为序列长诗、魔幻诗、民谣、十四行诗、三音步四行体、四音步诗和无韵诗。以十四行诗为例，叶芝整个写作生涯都在创作十四行诗，如《在阿贝剧院》、《丽达与天鹅》和《须弥山》等。十四行诗来自欧洲宫廷诗传统。始于意大利，怀亚特爵士和塞莱伯爵将其引进英国并发扬光大。英国的著名诗人斯宾塞、莎士比亚、华兹华斯和济慈等都写过十四行诗。所谓十四行诗，是指一首短小的抒情诗，共十四行，脚韵安排在意大利原型为 abbaabba cdecde（最后六行也可以是 cdcdcd），即一诗分成八行与六行两组，可以用来陈述一事的两个方面，或前面陈述，后面发问。怀亚特的部分十四行诗对此作了变动，即前八行按照意大利式，后六行以互韵的两行结尾。经过塞莱的运用，又经斯宾塞和莎士比亚的改进，发展成为一种英国型的十四行诗，每行有诗歌轻重相间的音节，脚韵安排为 abab cdcd efef gg，这样就有三段的陈述与引申，最后两行压住韵脚。②

然而，正是因为十四行体在英国文学中的中心地位使叶芝产生了对它进行诗体实验并使之爱尔兰化的文化动机。叶芝接触了两种形式的十四行诗体，一种是包含两部分的皮特拉克式（八行加六行），另一种是四部分的莎士比亚式。叶芝 19 岁的时候写了一首皮特拉克式（Petrarchan）十四行诗，21 岁时发表了一首，直到 47 岁时，他才写了第一首莎士比亚式的十四行诗《在阿贝剧院》。他之所以拖了这么久才按照莎士比亚模式写十四行诗，按照温德勒的推测，是有一种民族主义愿望，摆脱对英国文学形式的依赖，尤其是伊丽莎白时代的宫廷诗体，因为正是在那时，英国殖民者对爱尔兰进行了土地耕种，本土爱尔兰文化也开始消亡。

---

① David A. Ross, *Critical Companion to William Butler Yeats: a Literary Reference to His Life and Work*, New York: Facts On File, 2009, p. 104.

② 王佐良：《英国诗史》，译林出版社 1997 年版，第 57 页。

叶芝对十四行诗的形式进行了实验,如《丽达与天鹅》前八行的尾韵格式 (abab cdcd) 是莎士比亚式的,后六行的尾韵格式 (efg efg) 又是皮特拉克式的。

叶芝通过神话、用典使自己的十四行诗"爱尔兰化",通过对结构和韵律的实验使十四行诗体"杂糅化"。正如他对英国读者所说的,"我写的不是你们所熟悉的英语十四行诗。虽然我比你们更熟悉这一诗体,它对我来说是一块试验场,而对你们来说是一块文化记忆场"。由于他特意将爱尔兰主题输入十四行诗体形式中,从茵格斯神到马拉奇的金领、从阿贝剧院到库勒庄园、从毛特·冈到道格拉斯·海德,很明显他至少是要使这些诗歌读起来更有"爱尔兰味儿",而不是"英国味儿"。

第三节 去殖民化的戏剧理论与创作

一 反殖民戏剧诗学

戏剧在民族文化的发展中占有举足轻重的地位,而在后殖民研究中关注得不多。戏剧表演中涉及后殖民文化中许多重要问题,如身份、语言、神话和历史、可翻译性、声音和观众、戏剧制作、设施和审查等。在 1965 年版《地球上受难的人》中,法侬认为在反殖民斗争中唤醒人们反抗意识的最佳手段是戏剧而不是诗歌或小说。在那些仅一小群精英群体有读书识字能力、有源于殖民前传统口传文化的民族中,戏剧和表演是一种可以利用他们喜闻乐见的形式和习俗接触到更广泛土著观众的手段。①

叶芝非常重视戏剧在民族主义斗争中的重要作用。他在《自传》(1926) 中说:"我们人民中的一大部分习惯了冗长的修辞性演讲,却很少阅读,因此一开始我们便觉得我们必须有一家自己的剧院。"②

这样,1897 年,叶芝、格雷戈里夫人和爱德华·马丁 (Edward Martyn) 便着手创办爱尔兰文学剧院。使用"文学"一词是为了强调它不会

① C. L. Innes, *The Cambridge Introduction to Postcolonial Literatures in English*, New York: Cambridge University Press, 2007, p. 19.

② W. B. Yeats, *Autobiographies*, Dublin: Gill and Macmillan, 1955, p. 560.

迎合纯商业趣味。他们声明他们的目的是：

> 我们计划每年春天在都柏林上演一些凯尔特和爱尔兰剧本，无论
> 优秀程度如何，它们应立志于建立一个戏剧文学的凯尔特和爱尔兰流
> 派。我们希望在爱尔兰找到一个对辩论有激情、未被腐蚀且充满想象
> 力的观众群。相信我们要给舞台带来对爱尔兰更深的思想和情感的雄
> 心能使我们获得更多的宽容以及在英国剧院所找不到的实验自由。没
> 有这种自由，任何艺术或文学新运动都不能成功。
>
> 我们将以不同于过去常出现的那种形象展示爱尔兰。它不再是插
> 科打诨和轻易感伤的家园，而是古老的理想主义家园。爱尔兰人民已
> 经厌恶了被错误地呈现。我们深信所有爱尔兰人民都会支持我们从事
> 这项置身政治之外的工作。①

由此我们可以看出叶芝等人的文学剧院主要目的有三：培育一个有
着文学品味的观众群体；创造自由实验的剧院氛围；改变爱尔兰的国家
形象。

叶芝在戏剧实践中逐渐摸索出自己的一套戏剧理论，即民族性与文学
性相结合的戏剧理论，以创造戏剧的"凯尔特和爱尔兰流派"，以超越英
国的现实主义戏剧流派，"更接近欧洲艺术传统主流"，如希腊戏剧超越罗
马戏剧一样，实现戏剧上的"反殖民"。

（一）民族主义戏剧理论

叶芝 1897 年首先宣布文学剧院的成立。1899 年发表散文《爱尔兰
文学剧院》以吸引和培养观众。很明显，在这篇具有广告性质的散文
中，叶芝对爱尔兰文学剧院的题材和目的进行了界定，即爱尔兰题材和
民族主义。

> 我们将每年春天上演一两部基于某种爱尔兰主题的戏剧。相信一

---

① Lady Augusta Gregory, *Our Irish Theatre*, New York: Capricon Books, 1965, pp. 8 - 9.

般的戏剧观众不会厌恶我们，尤其不会像其他国家的戏剧观众厌恶那些在做类似尝试的人一样，相反，他们很快就会喜欢我们，因为即使他们不理解我们呈现给他们的戏剧有着更真诚的精神而不是极力取悦民众，他们也会明白我们在写他们所居住的国家，重新讲述那些古老的英雄故事，而这些都是祖国最重要的珍宝。我们也相信，那些只阅读而不去剧院的人们理解其他国家建立文学剧院的尝试，也会逐渐理解我们。他们将要来看我们的戏剧，甚至会为了它们在镇上待得更久一些。除了宗教情感之外，不会有感情可以如民族情感那样如此强烈地感动人们。今天这种民族情感比本世纪任何时代都更广泛地在爱尔兰中产阶级中传播，因此我们充满希望。①

从这一段文字中，我们可以看出叶芝隐隐约约对爱尔兰观众是否会喜欢自己创作的戏剧有些担忧，因为这种民族主义题材戏剧在欧洲一些国家曾引起观众的厌弃。然而叶芝强调真诚写作的精神和本土意识，并将这种本土古代题材与民族情感联系在一起。面对爱尔兰人民在文化上的一盘散沙、四分五裂，叶芝力图从爱尔兰古代英雄故事中挖掘承载爱尔兰民族精神和记忆的题材，从而将爱尔兰在精神上和文化上统一起来，形成一种有着整体感的民族意识。另外，爱尔兰因为长期受英国殖民统治，只存在富人和穷人两个阶级，却没有喜欢阅读的中产阶级。穷人阶层往往教育程度低，没有阅读能力。叶芝曾说自己热衷于戏剧的一个重要原因是为了让这些农民、流浪汉等穷人也能接触到自己的戏剧，"他们不愿意读，或许愿意听"。而针对那些具有阅读能力的爱尔兰优渥阶层，叶芝也希望用自己的戏剧将他们吸引过来。这样就将所有爱尔兰人变成了自己的观众和听众，尽最大可能地将受着政治、宗教和阶级分割的爱尔兰社会联合起来。为了让自己的戏剧超越宗教和阶级将爱尔兰人团结起来，叶芝诗中强调的是"民族情感"，即"民族性"或"爱尔兰性"。为了说明问题，叶芝放

① W. B. Yeats, *Yeats's Poetry, Drama, and Prose: Authoritative Texts, Contexts, Criticism*, New York: W. W. Norton, 2000, p. 267.

眼世界文学，认为民族性是所有文学和艺术的共性：

> 所有文学和艺术都是民族的。东方诗人、荷马和希腊戏剧家们、冰岛传奇作家们、但丁、《李尔王》和历史剧的作者莎士比亚、《浮士德》的作者歌德和属于几乎所有时代的易卜生，都曾写过自己国家的历史和传奇。①

结合爱尔兰文学传统，叶芝探讨了个性对于民族性的重要性。

> 1892 年，在我创立国家文学剧院开始走向建立爱尔兰戏剧流派的运动之时，我们使用了"青年爱尔兰"的歌曲和民谣作为例子证明 A. E.，约翰逊，悌南和我个人的爱尔兰艺术其实是非爱尔兰的东西。然而，那些歌曲和民谣，除了少数部分地模仿盖尔模式的歌谣之外，有一些，几乎所有曼根的歌谣，有着个人化的风格，是对彭斯、麦考雷和司各特诗歌的模仿之作。所有国家的文学都衍生自模仿，往往模仿自外国文学作品。仅仅个性化因素就可赋予作品完美的民族性，作者的民族性。在一个努力形成自觉意识的民族获得个性之前，它最好只拥有本土的模式，如原始时代，因为获得个性之前它既不能同化也不能排斥。恰恰在这个消极的时刻，接近个性的取得但个性尚未到来，爱尔兰的心灵向英格兰投降了，或者向英格兰最短命的东西投降了（这里暗指英国流行的现实主义文学）。爱尔兰爱国主义满足于名字和观点是爱尔兰的，结果上当了，还心满意足。一而再，再而三地强调民族性存在于那些远离分析的事物之中这一点总是必要的。我们通过品味发现它们，如同发现咸味和甜味一样。文学便是品味的培养。②

---

① W. B. Yeats, *Yeats's Poetry, Drama, and Prose: Authoritative Texts, Contexts, Criticism*, New York: W. W. Norton, 2000, p. 268.

② Ibid., p. 300.

1906 年，叶芝拟出一份《向阿贝剧院投稿剧作者须知》传单，规定：

> 适于艾贝剧院（阿贝剧院）上演的剧本应含有基于作者经验或个人观察对生活的批判，或对生活的想象，最好是关于爱尔兰生活的，并具有突出的美和风格；这种知性品质对于悲剧和最欢快的喜剧一样都是必要的。我们不欢迎宣传性的剧本，也不欢迎主要为了某种明显的说教目的服务而写的剧本：因为艺术很少关心那些可以用争论为之辩护的兴趣或意见，而是关心生动地显现于想象之中时就变得不证自明的情感和性格的现实。①

1923 年，经过 20 多年的戏剧运动实践，经历了《女伯爵凯瑟琳》和《凯瑟琳·尼·胡里汉》的演出成功，也经历了辛额（J. M. Synge）戏剧《西部浪子》的演出引发的骚乱和争议，叶芝认识到，爱尔兰戏剧运动取得了一个比民族题材更重要的成绩，那就是爱尔兰英语。

> 如果我们的阿贝剧院走到了尽头，或我们的剧本不再上演，我们将会被人们记住，因为我们首次给说英语的爱尔兰带来一种文艺风格，将这里的方言一直用来实现喜剧目的转变成实现美感目的。如果我是你们的文学教授，不得不为爱尔兰语阅读书籍选择精美散文的例子，我会从斯威夫特作品中挑选一些篇章，从伯克作品中也挑选一些，或许从米歇尔作品中选取一篇，从那开始便没有可媲美的篇章了，直到《监狱之门》和《悲伤的黛德丽》。然后我会让我的学生明白这种陌生的英语，诞生于乡村农舍，是一种真正的口语，它的历史和莎士比亚的英语一样古老，它的词汇来自都铎时期英格兰，句子结构来自盖尔语。②

---

① 傅浩：《叶芝评传》，浙江文艺出版社 1999 年版，第 111 页。

② Colton Johnson, ed., *W. B. Yeats: Later Articles and Reviews*, New York: Scribner, 2000, pp. 159 – 160.

关于爱尔兰英语尴尬的地位，这里不再赘述。然而，爱尔兰英语却是一种不得已而为之的语言政治行为。叶芝认为，要改变英国戏剧中操着爱尔兰口音英语的爱尔兰人小丑形象，首先要让这种"爱尔兰英语"所传载的是一种美感，而不是一种丑感。要对殖民者英国的英语进行杂糅式、拿来主义和巴西食人族风格的"创造"，只有依靠爱尔兰人自己。而叶芝正是有这种意识并付诸实践的第一人。叶芝对爱尔兰戏剧的成绩充满了自信，在《我的戏剧介绍中》自豪地宣称：与英格兰相比，莎士比亚舞台上有节奏的语言在爱尔兰保存得更完整、更长久。言下之意，莎士比亚舞台上有节奏的英语语言在英国已经残缺不全，而爱尔兰戏剧却完整保存了这一点，甚至可以说爱尔兰英语成为英语真正的源泉。

（二）小剧场理论

如上所述，叶芝创办爱尔兰文学剧院的目的之一是强调爱尔兰戏剧流派的"文学性"、民族性和实验的自由性。在叶芝看来，凯尔特戏剧或爱尔兰戏剧区别于英国戏剧的最大优势是前者的"文学性""艺术性"和实验的自由性。正如希腊戏剧在艺术上的成就超越其殖民者罗马，爱尔兰戏剧在艺术上也要超越英国戏剧。而维多利亚时代以来的英国戏剧在叶芝看来是代表着庸俗商业价值的戏剧，是易卜生式现实主义粗俗的复制品。而叶芝为了创立这种爱尔兰戏剧流派，在理论上走向了一种"极简主义"的小剧场理论，这是一种极度自由的艺术实验，具有超脱世俗观众的审美取向。《鹰井旁》上演后，叶芝激动地写道："我发明了一种戏剧形式，卓越、间接、富有象征性，并且无须暴民或新闻界买单——一种贵族的形式。"① 该剧首演的上午，叶芝在给约翰·奎因的信中进一步阐述了这一客厅剧的理论："我希望创造一种戏剧形式可以给我们时代的最佳心灵带来愉悦，更有甚者，它无须其他人（即公共的观众）来支付其花费。当该剧被完美地上演时，巴尔福、萨尔根特、里克特、摩尔、奥古斯丁·约翰和首相及几个美丽的女士会过来观赏，那样我就获得了令索福

---

① W. B. Yeats, *The Collected Letters of W. B. Yeats*, New York: Oxford University Press, 1986, p. 610.

克勒斯都高兴的成功。没有新闻媒体，没有报纸上的照片，没有人群。
我会比索福克勒斯更加高兴。我会和日本幕府时代将军府里的戏剧诗人
一样幸运。"①

叶芝在《我的戏剧介绍》开篇坦言:

> 我讨厌现存的戏剧惯例，不是因为这些惯例是错误的，而是因为
> 独白和演员们被太多糟糕的戏剧混合而令人难以忍受，这些演员必须
> 面对观众，说话时必须分开站着——这被称为"装饰舞台"。②

1903 年，叶芝在为推广爱尔兰文学剧院和爱尔兰戏剧新作的年刊
《萨温节》(Samhain) 中正式系统地阐述了自己的戏剧改革理论:

> 我认为剧院必须改革其剧本、语言、表演和场景。也就是说，我
> 认为目前剧院没什么好的。
> 第一，我们不得不创作或找到剧本使剧院成为知性兴奋的场所，
> 一个心灵得以解放，就像当年希腊、英国和法国在其历史的某个伟大
> 时刻和当今斯堪的那维亚的戏剧解放心灵。如果我们要这么做，我们
> 必须认识到美和真永久存在，创造它们比那些在民族主义事业中看似
> 重要的服务中折衷两者的创作对我们国家是更伟大的服务。"剧本应
> 创造美和真。"
> 第二，"必须使语言比舞台上的手势更加重要"。
> 第三，"必须简化表演"，"必须去除所有令人不安的东西、所有
> 使观众注意力偏离声音或集中表达的几个瞬间，无论是通过声音还是
> 手势"。
> 第四，正如有必要简化手势使其与语言并行而不可成为其竞争者

---

① W. B. Yeats, *The Collected Letters of W. B. Yeats*, New York: Oxford University Press, 1986, p. 610.

② W. B. Yeats, *Yeats's Poetry, Drama, and Prose: Authoritative Texts, Contexts, Criticism.* New York: W. W. Norton, 2000, p. 277.

一样，亦有必要简化场景和服装的形式和颜色。①

显然，叶芝的小剧场理论是象征主义的精英戏剧理论，区别于英国占主导地位的现实主义戏剧。

二 叶芝的反殖民戏剧

叶芝的戏剧主要包括以爱尔兰古代神话为题材的戏剧、以圣经故事为题材的戏剧和以他自己的神秘哲学为题材的戏剧。从体裁上可以分为悲剧和喜剧。这些戏剧主要围绕爱尔兰的反殖民斗争、爱尔兰神话中的英雄形象、爱尔兰的文化等主题。

（一）爱尔兰民族形象的建构

1.《女伯爵凯瑟琳》（1892）：一部浮士德式的爱尔兰女救世主戏剧

该剧是爱尔兰文学剧院建成后上演的第一部剧，因此被视为爱尔兰文学运动的先声。此剧讲述的是一场浮士德式交易，一个村庄的农民们在大饥荒时为了食物将灵魂出卖给两个魔鬼商人，而仁慈的女伯爵凯瑟琳为了赎回他们的灵魂把自己的灵魂交出。克拉克（David R. Clark）认为剧中叶芝将爱尔兰异教、传统基督教和神秘象征主义融为一体，试图将艺术、爱情、爱国主义和信仰等联系起来，形成对抗物质主义的联合战线。②

该剧不仅具有高度的文学性，而且和该剧关于爱尔兰大饥荒（1845—1847）的神话、信仰和口头传统相背离。叶芝把地主阶层的一位人物描写为出卖灵魂给魔鬼来救快要饿死的农民，因而冒犯了爱尔兰天主教所深信的精神救赎高于一切的教义，同时也违背了地主作为爱尔兰穷人的剥削者和掠夺者而不是救命者的历史事实。

该剧的故事来源于爱尔兰作家约翰·奥古斯特斯·欧西亚（John Augustus O'Shea）于1867年10月6日发表在关于爱尔兰历史、文学和艺术

---

① W. B. Yeats, *Yeats's Poetry, Drama, and Prose: Authoritative Texts, Contexts, Criticism.* New York: W. W. Norton, 2000, p. 277.

② David A. Ross, *Critical Companion to William Butler Yeats: a Literary Reference to His Life and Work*, New York: Facts On File, 2009, p. 317.

的周刊《三叶草》（*Shamrock*）上的一篇文章。叶芝在《爱尔兰农民神话和民间传说》（1888）中再版了该故事，并断言这是本土的爱尔兰民间传说，但他也承认无从考证其最初的来源。1892 年 9 月叶芝的剧本出版后，欧西亚在给伦敦一家报纸的信中披露，他的故事不过是一个场景设在爱尔兰的法国故事（*Les Marchands D'ames*）。

叶芝 1889 年遇见毛特·冈后不久开始创作该剧。毛特·冈正在寻找一个"她可以在都柏林演出的剧本"，而此时叶芝极力地想取悦她。尽管和毛特·冈一起创作的提议未能实现，叶芝还是将该剧献给毛特·冈，"由于她的建议，该剧得以于 3 年前构思并开始创作"。叶芝回忆自己给毛特·冈首次念完剧本后曾告知她自己"逐渐将这个为了一群挨饿的人民出卖自己灵魂的女人理解为所有失去精神的安宁、优雅或美丽的灵魂的象征，但主要象征着毛特·冈似乎无法平静的灵魂"。在《马戏团动物的摒弃》中叶芝再次将女伯爵和毛特·冈联系在一起。该诗中叶芝将该剧描写为圣女般的毛特·冈的一个梦境。女伯爵的英雄形象和她与农民阶层的紧密关系都从毛特·冈身上可以找到。而凯瑟琳温柔地拒绝失恋诗人艾里尔（Aleel）则明显有自传特色。剧中一个耐人寻味的细节是，凯瑟琳对两人情感陷入僵局的解释是"不是你/而是我，空空如水罐"。这里似乎暗示叶芝和毛特·冈情感的状态。

叶芝将此剧看作与三年前发表的《乌辛的漫游》在思想上相互对照。叶芝在《女伯爵凯瑟琳和其他传奇和抒情诗》（1892）的序言中说："该剧试图将个人思想和情感与基督教的爱尔兰的信仰和习俗糅合起来，而我更早的一本书中最长的那首诗（即《乌辛的漫游》）则努力说明基督教之前的传说对我的想象力的影响。基督教系列传说主要关注各种竞争的情绪和道德动机，因而我想需要戏剧载体。而英雄主义的异教系列传说是关于宏大而缥缈的活动和伟大的非个人化的情感，因而需要自然的表达——因此我想——以史诗和史诗抒情诗的节奏表达出来。"①

---

① David A. Ross, *Critical Companion to William Butler Yeats: a Literary Reference to His Life and Work*, New York: Facts On File, 2009, p. 318.

在《自传》中，叶芝写道："该剧结构糟糕、对话偏颇，我希望经过许多次修改，每一次修改都能接受表演的考验，它与今天的样子不同。它到现在都不过是一块织锦。女伯爵出卖灵魂，但没有变形。如果我现在重新构思这个场景的话，她会在签字的那一刻突然大笑，嘲笑所有她曾认为神圣的一切，把那些沉迷于诱惑中的农民们都吓倒。除了弗洛伦斯·法尔（Florence Farr）扮演艾里尔的表演之外没什么让我满意的。"①

剧中挨饿的农民为了食物出卖灵魂的情节在观众中引起了轩然大波，其中既有宗教原因，也有民族主义情绪。赞助人马丁是个天主教徒，甚至考虑撤出资助。争议主要由奥唐纳尔（Frank Hugh O'Donnell）挑起。他曾是议员，现任编辑，执笔写了一份言辞夸张的题为《以灵魂换金子！都柏林的伪凯尔特戏剧》的宣传单，以抵制该剧。"叶芝先生的新凯尔特式奇思妙想的爱尔兰是多么地让人鄙视！""为了在魔鬼的厨房吃饱肚子，一百个伯爵中不会有一个爱尔兰男人或女人更喜欢信仰和荣誉。"红衣主教迈克尔·罗格（Michael Logue），在叶芝眼里是个"乏味而虔诚的老头子"，给《民族日报》（Daily Nation）写了一封信，承认自己没读过剧本，但也讽刺道："可以耐下心来看完这样一部戏的爱尔兰天主教徒一定在宗教和爱国主义两方面都悲哀地堕落了"。对主教连剧本都没读过就大为抨击的"草率的愤怒"，叶芝则回击道："爱尔兰的老一代人在知识讨论中总是表现出这种漫不经心和漠不关心。"②

叶芝担心引起骚乱，只好在开场的当晚叫来警察维持秩序，但直到终场，只出现了干扰和嘘声。第二天《自由人杂志》对当晚的情形进行了描述："400 至 500 名观众聚集一起亲眼目睹了《女伯爵凯瑟琳》的演出。一小群不到12人的流氓，很明显错误地理解了该剧的道德意义，对其中的魔鬼发出嘘声以嘲笑，以为这样就是对诗人本人发出嘘声。但那些受过教育的都柏林观众，看完演出后极为振奋，一次又一次地为演员和作者大声欢呼。"叶芝在《自传》中也写道："每一次干扰都被欢呼声淹没。亚

---

① David A. Ross, *Critical Companion to William Butler Yeats: a Literary Reference to His Life and Work*, New York: Facts On File, 2009, p. 318.

② Ibid.

瑟·格瑞费斯（Arthur Griffith），即后来诽谤莱恩和辛额的那个人，新芬运动的创立者、爱尔兰自由邦的首任总统，那时是个狂热的反神权分子。他声称从码头带了许多人，并令他们对教堂不喜欢的每一件事鼓掌欢呼。我不想我的戏剧变成反教会示威。第一场中邪恶的农民践踏天主教神龛引起骚乱，这部分是我自己的过错。在使用我认为传统象征的时候我忘记了在爱尔兰他们不是象征而是现实。但对戏剧主要内容的攻击，就像对辛额和欧凯西的攻击一样，来自公众对文学手法的无知。"① 乔伊斯观看了该剧的首场演出，并在《青年艺术家画像》中生动地再现了场面：

> 他孤零零地一个人坐在楼座上，以厌倦的眼光瞧着正厅前座的都柏林文化界，瞧着笼罩在耀眼的舞台灯光中的幕布和玩具娃娃般的人儿。一个魁伟壮实的警察在他后面大汗淋漓，似乎准备随时动手。散坐在剧场各处的同学发出一阵阵粗鲁的嘘声、嗯哨声和喝倒彩声。
> ——对爱尔兰的毁谤！
> ——这是在德国炮制的！
> ——简直是亵渎！
> ——我们决不出卖我们的信仰！
> ——没一个爱尔兰妇女会那么做。
> ——我们不需要乳臭未干的佛教徒。②

据埃尔曼记载，乔伊斯的几个都柏林大学朋友草拟了一份拟寄往《自由人报》的抗议信，第二天置于学院的一张桌上，所有愿意签名的人可以在上面签名。有人请乔伊斯签名，他拒绝签字。③

该事件反映了文化与宗教的对立。辛额创作于1903年的《格兰的阴影下》和1907年的《西部浪子》进一步显示了与政治脱钩的唯美主义和

① David A. Ross, *Critical Companion to William Butler Yeats: a Literary Reference to His Life and Work*, New York: Facts On File, 2009, p. 318.
② 乔伊斯:《青年艺术家画像》，朱世达译，上海译文出版社2011年版，第286页。
③ Richard Ellmann, *James Joyce*, London and New York: Oxford University Press, 1984, p. 67.

与政治紧密相连的天主教民族主义之间最基本的分歧。

从戏剧中的情节看农妇玛丽，虽然面临着饥荒，宁愿饿死，也不愿意出卖自己的灵魂，并极力劝阻丈夫和儿子不要出卖灵魂，对信仰始终忠贞不渝。当儿子诅咒上帝时，玛丽立即劝阻道：你会因为亵渎而给你父亲、你自己和我带来厄运。她诅咒富人："上帝怜悯那些富人们！……所有一切结束后，就是那针眼。""针眼"的典故来自圣经，耶稣曾说富人如果为富不仁，死后要上天堂如同骆驼穿过针眼一样难。面对前来购买灵魂的魔鬼商人，玛丽慧眼识破，无奈儿子泰格和丈夫舍姆斯很快将自己的灵魂出卖并甘当两个魔鬼商人的走狗，她勇敢地正面谴责两个魔鬼商人："灵魂的毁灭者们哪，上帝很快就会毁灭你们。你们最终将会像干枯的树叶一样干枯，像钉在上帝的门上的害虫一样悬挂着。"并告诉他们："上帝无所不能。"

该剧主角凯瑟琳是一位象征着救世主的女伯爵。凯瑟琳为了拯救农夫们的灵魂将自己的灵魂出卖，并用那只圣经中彼得拒绝承认认识耶稣时打鸣的公鸡的羽毛所做的笔和第二个魔鬼商人签订了合同。此处有着深刻的宗教寓意。耶稣为了拯救人类，替人类赎罪而献出了自己的生命。同样，凯瑟琳为了拯救爱尔兰农夫们而献出自己的灵魂和生命。扮演着牺牲自我的救世主角色。

两个魔鬼商人来自东边，暗指英格兰，因为英格兰在爱尔兰的东边。魔鬼商人象征着英格兰的功利主义商业文化和道德的沦丧。

一个女伯爵为了拯救农民阶层而出卖自己的灵魂。该剧曾经引起过强烈的争议。因为女伯爵往往是剥削农民阶级的，怎么会为了农民阶层而牺牲自己呢？这就是叶芝的阶级思想，因为在他看来，有能力领导爱尔兰独立运动的是爱尔兰的贵族阶层。

2.《凯瑟琳·尼·胡里汉》（1902）：一部爱尔兰政治隐喻戏剧

叶芝和格雷戈里夫人因为他们创作的民族主义戏剧《凯瑟琳·尼·胡里汉》（1902）而受到欢呼。该剧取材于民间传说和神话，将爱尔兰形象化为一位可怜的老妇人，借以煽动民族主义情绪。这位老妇人因为许多年轻人愿意为她而战而重获青春和美貌，象征着被殖民的爱尔兰召唤着人们为摆脱英国殖民统治而战斗，预言爱尔兰必将振兴为强国。该剧获得了热烈响应。当时的一位年轻观众，史提芬·葛温（Stephen Gwynn）后来写道：

> 《凯瑟琳·尼·胡里汉》对我的影响是我回到家后反复问自己，该剧是否应该上演，除非准备人们上街开枪杀人或被杀。叶芝不是唯一应该负责任的人。毫无疑问，格雷戈里夫人帮他润色了农民的措辞才如此完美。但最重要的是冈小姐的表演，这对观众的鼓动效果之好我从未见过。①

该剧是叶芝最公开地宣称民族主义立场的剧本之一。该剧和《心愿之乡》一样，都是剧中人应某种召唤而离开家庭。《心愿之乡》中仙境的召唤使玛丽离开自己新婚燕尔的丈夫，《凯瑟琳·尼·胡里汉》中爱尔兰的召唤使即将要结婚的迈克尔离开自己的未婚妻。1903 年在《萨姆罕》（Samhain）中发表的一篇文章中，叶芝无法掩饰他对该剧是否跨越了艺术和宣传的分界线的担心，解释道："我是一位民族主义者，我的一些亲密朋友把爱尔兰政治当作他们的生活，这使我习惯了这些思想。有一个事件使这些思想燃烧，使我能够以戏剧的方式表达出来。一天晚上，我做了一个很生动的梦，基于这个梦我创作了《凯瑟琳·尼·胡里汉》。但如果某种外在的需要迫使我带着明显的爱国意图只写戏剧，而不是让我的作品自发产生于梦中不经意的冲动和日间所思，我或许会很快失去就任何主题写出感动人心的作品的能力。"②

叶芝否认《凯瑟琳·尼·胡里汉》是"一部宣传性的政治剧本"。他辩解道："我从人类生活中提取人们拥有的思想、为之牺牲的希望并把它放入我认为真诚的戏剧形式中。我从未写过一本戏剧来支持任何观点。我认为这种戏一定是糟糕的艺术，或至少是非常低级的艺术。同时，我感到

---

① C. L. Innes, *The Cambridge Introduction to Postcolonial Literature in English*, Cambridge University Press, 2007, p. 20.

② David A. Ross, *Critical Companion to William Butler Yeats: a Literary Reference to His Life and Work*, New York: Facts On File, 2009, p. 315.

自己没有权力为自己或别人将任何充满激情的戏剧材料排除在创作之外。"① 同时，叶芝有时也拿这部戏来获取自己在民族主义者中的支持。1907 年 2 月 4 日举行的关于辛额的《西部浪子》的公开辩论中，叶芝一开始就宣称"现在和你们说话的是《凯瑟琳·尼·胡里汉》的作者"，试图压制他的对手。玛丽·科拉姆（Mary Colum）回忆，观众"顿时忘记了自己的敌对情绪，叶芝获得喝彩"。作家斯蒂芬·葛温（Stephen Gwynn）看完该剧离开的时候不由自问道，"这样的戏剧是否应该演出，除非准备人们出去枪杀他人或被枪杀"。② 萧伯纳也有同样的反应，告诉格雷戈里夫人："当我观看此剧时，我感到它也许会使人干傻事。"③ 直到晚年，叶芝依然为此感到忧虑，在《人与回声》中问道："我的那部戏是否将／一些人送出去被英国人枪杀？"④

　　在《自传》中，叶芝断言该剧是第一部"不只为了喜剧效果而使用方言"的爱尔兰戏剧，并承认格雷戈里夫人帮他对乡村语言进行润色。格雷戈里夫人认为自己是该剧的主要作者并对自己的贡献未获得充分认可颇为不悦。她在 1925 年 7 月 18 日的日记中写道："我在叶芝剧本的清单中看到以前的《独角兽》和现在的《一锅肉汤》都写有'和格雷戈里夫人合著'。没有把我的名字放在《凯瑟琳·尼·胡里汉》中令我颇为难受，我写了该剧的全部和所有。"⑤ 福斯特（R. F. Foster）认为该剧"带有明显的格雷戈里夫人所写的剧本的标记。它表述直白，相当辛辣，依赖可预测的戏剧性次要情节，因为其所有机械性结构，有着非常强烈的戏剧效果。该剧也是直接宣传性的，宣传她一年前在《玉米山》中发表的文章《我

　　① David A. Ross, *Critical Companion to William Butler Yeats: a Literary Reference to His Life and Work*, New York: Facts On File, 2009, p. 315.

　　② Stephen Gwynn, *Irish Literature and Drama*, London and New York: Thomas Nelson and Sons, 1974, p. 159.

　　③ Augusta Gregory, *Seventy Years: Being the Autobiography of Lady Gregory*, Gerrards Cross, England: Colin Smythe, 1974, p. 444.

　　④ David A. Ross, *Critical Companion to William Butler Yeats: a Literary Reference to His Life and Work*, New York: Facts On File, 2009, p. 315.

　　⑤ Augusta Gregory, *Lady Gregory's Journals*, Vol. 2, Edited by Daniel J. Murphy, New York: Oxford University Press, 1987, p. 28.

们土地的重罪犯》中的句子"。①

　　由于其中煽情的爱国主题和通俗易懂的语言，《凯瑟琳·尼·胡里汉》注定大受欢迎。开场后三天连着演出之后，叶芝写信告诉格雷戈里夫人该剧获得"不断的喝彩"，"每个晚上都有观众买不到票"。1923 年，叶芝去斯德哥尔摩领取诺贝尔文学奖的时候，欢迎他的戏剧表演便是《凯瑟琳·尼·胡里汉》。② 该剧首场演出中，毛特·冈扮演凯瑟琳，被叶芝称赞其表演"有奇异的力量"。1908 年他回忆道："毛特·冈表演得非常完美。她高大的身材使凯瑟琳看上去像一位仙女落入我们病弱的俗世之中。"③ 叶芝难免有溢美之词，但葛温也说："她的表演在观众中引起的反响我从未见过。"威廉·费伊（William Fay）一起导演了该剧并在剧中扮演彼得·吉伦（Peter Gillane）。他认为毛特·冈简直是"凯瑟琳的化身"。叶芝极想让毛特·冈扮演凯瑟琳，这个角色的创造也有来自她的灵感。但据毛特·冈在自传中回忆，为了不从政治工作中分心，她已经下决心不演戏了。最后他俩达成妥协：毛特·冈同意表演，条件是该剧应该在"爱尔兰之女"组织的主持下排演。这是个民族主义的妇女组织，由毛特·冈于 1900 年创办。当该剧开场时，"爱尔兰之女"的旗帜在蓝色背景中，被四射的金色阳光环绕着出现了。

　　该剧的时代背景设在 1798 年战乱，暗指 1798 年 8 月 22 日洪堡将军带领一支法国远征军在马约北部基拉拉的一个海边小村登陆。法国人招募了约 3000 名本地志愿者，在卡斯尔巴尔击败政府军，但于 9 月 8 日被迫投降。英国政府接受法国人投降，但屠杀了队伍中 2000 名爱尔兰志愿者。叶芝在《1913 年 9 月》中也提到这一事件。

　　该剧的场景设在 1798 年基拉拉附近的一间农舍。妇人布里奇特打开一个包裹，农夫彼特和 12 岁的男孩帕特里克在火边休息。远处有一阵欢

　　① David A. Ross, *Critical Companion to William Butler Yeats: a Literary Reference to His Life and Work*, New York: Facts On File, 2009, p. 315.

　　② W. B. Yeats, *Autobiography*, Edited by William H. O'Donnell and Douglas N. Archibald, New York: Scribner, 1999, pp. 407 - 408.

　　③ David A. Ross, *Critical Companion to William Butler Yeats: a Literary Reference to His Life and Work*, New York: Facts On File, 2009, p. 315.

呼。这一家人以为那里有一场爱尔兰曲棍球比赛。包裹打开，彼特和布里奇特对儿子迈克尔结婚时衣服的精致感叹：这一家子已经过上了好日子。帕特里克注意到有一个老妇人正沿着路走来，走向附近的一户人家。他想起一句谣言：只要有战争或麻烦临近，就有一位奇怪的妇人走过乡间。迈克尔回到农舍，带着未婚妻迪莉娅的嫁妆100镑。彼得计划用这笔钱扩建农场。这一家子为这一场美好的婚姻庆祝。迪莉娅漂亮，出身较好，而且没有索要任何彩礼。他们又听到了神秘的欢呼，于是派帕特里克去看个究竟。迈克尔看到了同一个妇人走向自家房子。她进来并告诉他们自己已经走了很远的路。这一家人问她什么使她四处奔走。她答道，因为她的房子被陌生人占了，并把她的"四块美丽的绿色土地"给偷走了。这里暗指爱尔兰被英国殖民占领，爱尔兰有四个省，而国家的象征颜色是绿色。

老妇人唱着关于黄头发多诺的歌曲，多诺曾为了爱她而走上断头台。她说，许多人已经为她而死，而且"明天还有很多人会死"。布里奇特很紧张，怀疑她来自"另外一个世界"，催促彼特给她"几便士或一先令"，让她上路。彼特不情愿地给了她一先令，但老妇人想要的不仅仅是银币。"如果要给我帮助，他必须把自己交给我，他必须给我他的全部"，她说。"好朋友们"正在聚会帮她重新夺回她的房子和土地。她必须去迎接他们。迈克尔提出去送送她，但布里奇特担心第二天的婚礼，批评他忘记了他的责任。老妇人说明自己的身份是"凯瑟琳，胡里汉的女儿"。这个名字彼特曾在一首歌曲中听到过。迈克尔问自己能做什么。老妇人警告说，那些帮助她的人可能会失去健康和家园，甚至是生命，尽管他们都认为值得。老妇人又唱起了：那些帮助她的人都将永远被记住。迈克尔被迷住了。布里奇特说他"有点像着魔了"，并提醒他注意婚礼上的服装。迈尔克却问道：你说的是什么婚礼？迪莉娅、帕特里克和邻居们都聚集在小屋。帕特里克兴奋地宣布法国船只已经到达了海港，镇上的男孩们都冲向山边加入军队。迪莉娅乞求迈克尔不要离开，但他听到外面老妇人的召唤，冲出了小屋。彼特问帕特里克是否看到一个老妇人走过，帕特里克说他只看到"一位年轻的女士，走起路来像女王"。

该剧有着强烈的民族主义色彩。剧中老妇人象征着爱尔兰。布里奇特问老妇人：是什么使你四处奔走？老妇人答：房子里有太多的陌生人。老妇人的房子暗指爱尔兰，而这里的陌生人指外来侵略者，即英国殖民者。布里奇特又问：是什么使你麻烦缠身？老妇人答：我的土地被人夺走。彼特问：他们夺走了您很多土地吗？老妇人答：我四块美丽的绿土地。很显然，这里四块美丽的绿土地指爱尔兰的四个省区。后来，迈克尔问老妇人：你一直抱有什么希望？老妇人答：重新夺回我美丽土地的希望。将陌生人赶出我房子的希望。这里便表达了爱尔兰人一直怀有的反殖民梦想。许多爱尔兰人为了对爱尔兰的反殖民事业献出了生命，而剧末，象征着被殖民的爱尔兰的老妇人因为有许多爱尔兰人的献身而重获青春，变成了一位"走起路来像女王的年轻女士"。剧中帮助老妇人夺回土地的"许多朋友"指的是法国。

该剧的重要性体现在两个方面：（一）民族主义立场。虽然叶芝否认该剧的政治性，但我们必须看其中鲜明的民族主义立场。叶芝作为一位主张建立唯美剧院的作家，始终致力于在文学和政治之间寻找一个恰当的支点，使文学不至于成为政治宣传的工具而保持着文学本身的美学特征和价值，同时，作为一位处于英国殖民统治爱尔兰政治现实之下的作家，叶芝又不得不面对这样的现实，那么如果能将充满戏剧效果的现实融入自己的戏剧实践中，岂不是两全其美吗？文学和政治得到了最佳的结合。（二）民族身份的重新确立。朱迪斯·巴特勒的述行性理论（perfor-mativity）认为语言具有确定说话人身份的意义。① 作为第一部"方言不只为了喜剧效果而使用"的爱尔兰戏剧，该剧改变了过去爱尔兰人说着自己的方言充任插科打诨的丑角形象，如《亨利五世》中的爱尔兰人麦克摩里斯上尉。重新确立了爱尔兰人的正面形象，展示爱尔兰民族的正面特征，如英勇、无私、牺牲、理性和崇高。

3. 《贝尔海滨》（1904）：爱尔兰神话英雄库胡林

该剧是阿贝剧院落成后的首演剧目，讲的是爱尔兰传奇英雄库胡林杀

① 朱迪斯·巴特勒：《身体之重：论"性别"的话语界限》，李钧鹏译，上海三联书店 2011年版，第 3 页。

死了一位年轻的勇士，后来发现杀死的竟是自己一直想念的儿子。库胡林悲痛至极，几近疯狂，冲向大海，猛击海浪。该剧尤其适合在阿贝剧院首场演出，因为叶芝一直认为民族戏剧应该回到古代神话和传奇，应该利用"时代积累下来的美感"，如德国的瓦格纳和挪威的易卜生所做的那样。该剧也是叶芝所写的最有成就和最完美的剧本之一。该剧与格雷戈里夫人的《传播消息》（*Spreading the News*）和叶芝的《凯瑟琳·尼·胡里汉》一起上演。霍洛维（Joseph Holloway）回忆道："三场戏剧都取得了成功，观众们都高高兴兴地散去，阿贝剧院的第一个晚上一定要作为成功记下来。"应观众强烈要求，戏剧落幕后叶芝在幕布前做了个演讲。据《自由人报》（*Freeman's Journal*）记载，叶芝"没有掩盖戏剧大受欢迎给他带来的喜悦"并表达了对观众和对安妮·霍尼曼的谢意，正是因为后者的精神和慷慨使爱尔兰文学协会有了新家。他说，作家们应该自由选择自己的道路，但在他们向美和真理朝圣的路上，他们需要伙伴。主演是弗兰克·费伊（Frank Fay），扮演库胡林，威廉·费伊扮演傻子。在《论热水锅》（*On the Boiler*）中，叶芝回忆道，他比任何其他现代讲英语的戏剧家都要幸运，因为他以"悲剧性快感"为追求目标，偶尔从自己和朋友的作品中看到这一点得以表演出来。1906 年，"由于他在表演傻子时所表演出来的美丽的幻想"叶芝将该剧题献给费伊。①

该剧故事情节主要基于格雷戈里夫人的《缪尔特姆尼的库胡林》（*Cuchulain of Muirthemne*）（1902）中的一章《奥芙的独子》，关于这一古代英雄的生活和冒险的广为流行、颇有影响的一个版本。叶芝曾为之写过介绍——《库胡林传奇的解读》。《贝尔海滨》是叶芝所创作的关于库胡林的六个剧本中的第一个。按照叙事顺序，这一系列剧本包括《鹰井旁》、《绿头盔》、《贝尔海滨》、《艾玛的唯一妒忌》（重写为《战海浪》）和《库胡林之死》。霍洛伟的关于阿贝剧院的日记中记载着和叶芝的一次谈话，叶芝提到他写《贝尔海滨》时心里想着帕内尔。"为爱尔兰做任何事

---

① David A. Ross, *Critical Companion to William Butler Yeats: a Literary Reference to His Life and Work*, New York: Facts On File, 2009, p. 355.

的人最后都要和海浪搏斗。"① 叶芝典型的人物表征中，库胡林和帕内尔都是悲剧式英雄人物的典型，他们强烈的激情往往招来的是普通人的不信任和怨恨。这一思想从《致一个幽魂》可看出。

致一个幽魂
如果你曾经重游故城，瘦鬼，
不论是为了看看你的纪念碑
（不知工匠是否拿到了报酬）
还是日暮时更快乐地想着
来啜饮那来自海上的咸涩的气息，
当人声阒然惟见灰色的海鸥飞舞，
荒凉的屋脊披上晚霞的庄严之时：
就让这些使你满足然后重新逝去；
因为他们仍在玩弄故伎。
一个男子
像你那样热心为公，曾双手满捧——
但愿他们知道——拿出的那些东西，
给予了他们的子孙更为美好的感情，
更为高尚的思想，有如温和的血液
作用于他们的血脉里，却被逐出此地，
他的辛苦换来了成堆的污蔑，
他的慷慨换来了成堆的羞耻；
你的敌人，一张老臭嘴，唆使了群狗
去撕咬他。
去吧，不安的游魂，
用格拉斯内文的被单裹住你的头，

① Joseph Holloway, *Joseph Holloway's Abbey Theatre: A Selection from His Unpublished Journal Impressions of a Dublin Playgoer*, Edited by Robert hogan and Michael J. O'Neill, Carbondale and Edwardsville: Southern Illinois University Press, 1967, p. 58.

直到尘土封住你的耳轮，

你品尝那咸腥的海风，在僻静处

倾听的时刻还没有到来呢；

你生前已有过足够的忧伤悲苦——

去吧，去吧！你在墓中更安全些。

1913.9.29①

　　剧中首先出场的是瞎子和傻子，在一间海边小屋。瞎子摸到了国王宝座椅子的腿，猜到那位强有力的大王康丘霸已经来到这里。瞎子偷来的鸡在炖着，他告诉傻子自己曾偷听到三个受伤哨兵说的话。一个红头发的年轻人上了岸，并拒绝说出自己的名字。这个年轻人杀死了一个哨兵，释放了另外三个。瞎子曾在苏格兰待过，认出这个年轻人是奥伊芙的儿子。奥伊芙是残暴的苏格兰女王，"库胡林在北方降服的伟大的女战士"。据傻子回忆，她在自己的屋子里训练一位红头发的男孩以打败库胡林。瞎子知道这男孩的父亲就是库胡林，但不愿意说出真相。

　　瞎子和傻子离场。国王们出场。康丘霸要求库胡林发出效忠的誓言。库胡林拒绝仅仅因为"一个来自奥伊芙国家的年轻人/发现海岸防卫不严"发誓做康丘霸的"奴才"。长期以来，他有效地保卫了康丘霸的宝座。他问康丘霸是否现在一定要发誓服从国王，好像国王是某位养着牲口需要牲口们顺从的主人一样。康丘霸答道，他的孩子们担心当他们继承了王位之后他们将靠着"一位无人能收买、命令或约束的"人的怜悯过日子。库胡林指责国王的孩子骨头缺乏"骨髓"，即勇气，而康丘霸认为，这是因为库胡林自己没有孩子而产生妒忌。库胡林说没有孩子是自己的运气，因为没有"一个苍白无力的鬼影或拙劣的摹本玷污自己的大堂"。但康丘霸知道实情，他曾听到库胡林在梦中大喊"我没有儿子"。库胡林既不愿把宫殿也不愿把名字留给一个不能在战场上和自己面对面的儿子。康丘霸斥责库胡林如此挑剔，认为只有奥伊芙——"营垒中最狂暴的女人"配给他生

---

　　① 叶芝：《叶芝诗集》，傅浩译，河北教育出版社 2003 年版，第 256—257 页。

儿子。库胡林对康丘霸的温和讽刺大为恼火，赞美奥伊芙狂野的美和力量。叶芝似乎自比库胡林，而奥伊芙是毛特·冈，有着一种狂野的美。尽管她没有孩子，但她却是生出王者的适合人选。康丘霸提醒他，她和这个王国对抗并日益壮大。库胡林说，这并不奇怪，因为爱不过是"对立面之间暂时的和解"。王爷们、舞者们、音乐家们和女人们都在门外等着会议的结果。库胡林完成了谈判并号召大家在林中跳舞。王爷们一致催他发誓效忠国王。库胡林意识到这些王爷们已经变得温顺了，而自己依然狂野。满怀沮丧，他同意宣誓效忠，并遵守一个火与歌的仪式。

随着仪式达到高潮，年轻人入场。他来自奥伊芙的国家，是来挑战库胡林的。尽管出身高贵，他拒绝说出自己的名字。库胡林对他印象深刻，同意和他比武。他注意到年轻人和奥伊芙长得很像，于是决定和他为伴。王爷们想接受挑战，但库胡林宣布没有人可以去接自己拒绝的挑战，谁要是和这位年轻人比武，首先要和自己比武。库胡林说，他将像"从碗中泼水一样"驱散他的敌人。康丘霸大叫他不会容忍这样的友谊（即库胡林和这个年轻人），并说库胡林中了魔法、发了疯。库胡林抓住康丘霸，突然又停手了，相信自己中了魔法。他转向年轻人，叫道："出去，出去！我说，现在，让我们剑对剑！"

三个引导仪式的女人走在一起。其中一个在一碗水中看到库胡林死亡的预兆。她们哀号着出场去目睹"伟人的殒命"。傻子拉着瞎子，抱怨他吃了整只鸡。库胡林入场，得意洋洋地说没有他不能破除的魔法，并拭去剑上的血迹。瞎子问他是否杀死了那位年轻人。库胡林说只不过是那个年轻人"想用魔法救自己"。傻子急忙说瞎子在苏格兰认识他，他被训练来打败库胡林。库胡林问他母亲的名字。瞎子不敢说，但傻子交代他是奥伊芙的儿子。库胡林追问其父是谁。瞎子拒绝回答，但傻子曾听到瞎子说她唯一的情人是曾经在战斗中打败过她的那个男人。库胡林听后猛然发抖。瞎子说："他杀了自己的儿子。"库胡林想起这一切都是由康丘霸造成的，追问他逃到哪里去了。傻子看着门，描述道：库胡林向康丘霸走去，但随后冲向大海并和海浪搏斗。在每一个海浪上，瞎子说，他都看到康丘霸的王冠。傻子说人们都从屋子里跑出来看，这些海浪已经征服库胡林了。瞎子带着傻子去抢那些没人的屋子里的东西。

4.《绿头盔》（1910）：一部歌颂爱尔兰古代英雄的喜剧

库胡林在面临一系列背叛和纷争时，依然能保持高贵的品格，自我牺牲，最后终于赢得代表最高荣誉的绿头盔。绿头盔最开始引起了爱尔兰国家的纷争。各路国王互相争斗，各位国王的妻子也互相争斗，夸口自己的丈夫为天下最英勇的男人。最后库胡林识破迷局，绿头盔就是用来引起纷争的。

该剧的象征意义和教育意义显而易见。爱尔兰当时国内各派势力互相猜忌，互相排挤，天主教派和新教势力、地主和农民等，面对英国的殖民统治，爱尔兰人民如一盘散沙。库胡林是公元1世纪爱尔兰的民族英雄，代表着古老的爱尔兰民族精神。爱尔兰当时急切需要这种忍辱负重、我不入地狱谁入地狱的精神领袖，形成一股精神上统一的力量，把叶芝看作"暴民"的一群人统一起来。这出戏剧教育了爱尔兰各股势力。借用远古的爱尔兰英雄传奇，在文化上实现民族主义，以对抗英国殖民统治。

（二）爱尔兰文化建构

叶芝往往从爱尔兰古代历史和传说中挖掘题材，试图从英国对爱尔兰殖民开始之前的文化中寻找活水的源头，建构一种纯粹的爱尔兰文化传统。下列几部戏剧便是代表。

1.《王宫门槛》（1904）：对受英国商业文明侵蚀的爱尔兰文化的忧思

在古代爱尔兰，作为文化的创造者和传承人，诗人享有至高无上的社会地位。然而，随着英国商业文明对爱尔兰本土文化的侵蚀和压榨，爱尔兰本土文化逐渐式微，诗人的地位也逐渐边缘化。叶芝对此深感忧思。叶芝于是挖掘出爱尔兰首席诗人沙那罕的传说，以期警示爱尔兰人民不要忽视诗人的重要性。

从大约公元前325年开始，凯尔特移民分批抵达爱尔兰，这些移民文化不同、语言各异，盖尔人很快就脱颖而出。

在这个等级制度森严的社会里，一个人的社会地位完全取决于其出身，取决于是否有封地，在这种背景下，记录历史和宗谱就成了头等大事。然而,当时的语言还没有文字形式(事实上,根据尤利乌斯·凯撒大帝记载,书写当时是一种禁忌)。直到公元 4 世纪,一种新的贵族阶级——宫廷诗人出现,奇怪而繁琐的欧甘文字才有所发展,即便如此,也只是用作碑文镌刻在石头上。宫廷诗人的主要工作就是记录古老的传说和历史,作为官方诗人,他们还要为当时的统治者书写历史……。宫廷诗人共分七个级别:最低级别的是吟游诗人,只需要 7 年的教育与背诵,最高级别的是奥拉姆,需要历经 12 年的学习,其间,他要记忆成百上千的英雄传奇和数不胜数的诗歌要素,根据《巴利莫特之书》记载,当时的奥拉姆获得特权可以穿着绯红羽毛做成的斗篷,携带权杖,而且作为首席诗人其座位紧挨着国王的宝座。①

奥拉姆便是首席诗人。王尔德夫人的《诗人沙那罕和猫族人之王》中对该传说的描述如下:

> 乌辛传统中有一个有趣的传说,关于爱尔兰首席诗人沙那罕和住在克隆马克诺伊塞(Clonmacnoise)附近的一个山洞中的猫族人之王之间的对抗。
> 在古代爱尔兰有学问的人比其他任何阶层都更受人尊敬。所有教授和诗人享有最高的社会地位,比贵族地位还要高,仅次于王室。他们中的领袖奢侈地生活在大诗人别墅(Bardic House)。……所有有学问的人和教授,来自音乐、诗歌、口才、艺术和科学各门类,组成诗人协会,选出他们自己的会长担任全爱尔兰首席诗人。同时也选出各省的首席诗人。②

《王宫门槛》剧讲的是诗人沙那罕的故事。他被剥夺了在国家政务会上的席位,于是绝食以恢复诗人古老的特权。该剧可以看作对诗人地

---

① 约翰·唐麦迪:《都柏林文学地图》,上海交通大学出版社 2011 年版,第 3、4 页。
② A. Norman Jeffares and A. S. Knowland, *A Commentary on the Collected Plays of W. B. Yeats*, Stanford: Stanford University Press, 1975, p. 43.

位日益边缘化的抗议。雪莱在《为诗一辩》中抱怨"诗人已经被迫将王冠交给理性主义者和商人们"。叶芝在1906年给该剧写的注释中暗示该剧是这种冲突的现代爱尔兰版本："该剧作于我们的协会（即爱尔兰国家戏剧协会）为了纯艺术能在一个一半被生活的实际事务埋没、另一半在被爱国口号淹没的社会里寻求认可而进行艰苦斗争之际。"叶芝在给《散文和诗歌戏剧》（1922）写的注释中写道："我给该剧设计了悲剧结尾。"

2.《黛德丽》（1907）：堪比希腊神话的爱尔兰神话

故事发生在被敌人包围的小木屋里，周围是树林。该剧表现的是肉体和精神困境，代表性意象是捉住纳爱西（Naoise）的网。该剧实践了叶芝的悲剧理论："一些法国人说闹剧是与一个荒谬的目标抗争，喜剧是与一个可移动的目标抗争，悲剧是与一个不可移动的目标抗争。因为悲剧中的意志或能量最强大，悲剧更加高尚，但我补充一点，'意志或能量是永恒的快乐'，当它到达极限时，它或许会变成一种纯粹的、无目的的快乐，尽管那人、那魂依然哀悼失去的目标。"① 黛德丽最后的话："现在敲击乐弦，吟唱一会儿/明白一切皆是乐事……"，便是这种"纯粹、无目的的快乐"的例证。这与康德的无目的的合目的性美学思想有一定契合。康德的无目的的合目的性用来解释审美活动，而叶芝的"无目的的快乐"则是用来界定悲剧美感。

叶芝认为该剧的表演"最强有力、甚至有轰动效应"。1907年11月在阿贝剧院首演后，叶芝告诉悌南他认为这是自己最好的剧本，令他得意的是："戏剧的后半部和《凯瑟琳·尼·胡里汉》一样吸引观众。"

剧中年轻美人黛德丽和情人纳爱西私奔，结果被引诱到被她拒绝的求爱者、年老的康丘霸国王的控制之中。表面上看起来她的背叛已经得到国王的原谅。1906年给该剧的注解中，叶芝将黛德丽描述为"爱尔兰的海伦，纳爱西是她的帕雷斯，康丘霸则是他的门纳罗斯。按照诗人年表故事

① W. B. Yeats, *Later Essays*, Edited by William H. O'Donnell. Vol. 5, *The Collected Works of W. B. Yeats*. New York: Charles Scribner's Sons, 1994, p. 247.

发生的时间大约是基督诞生的时候"。叶芝于 1906 年 11 月 24 日在《箭》中对该剧本的来源做了说明:

> 《黛德丽》所来源的传奇或许是所有爱尔兰传奇中最著名的一个。最佳版本是格雷戈里夫人的《穆尔塞姆尼的库胡林》(*Cuchulain of Muirthemne*),由超过 12 个古老文本组成。所有这些文本或多或少地有区别,有时在一些关键情节上都有不同。将这些故事整理为一出独幕剧时,我不得不丢弃许多细节。我挑出这些故事的一些有特色和戏剧性的因素。黛德丽是爱尔兰的海伦,纳爱西(Naoise)是她的帕雷斯(Paris),康丘霸是她的门纳罗斯(Menelaus)。按照传统游吟诗人的时间计算,故事发生在基督诞生的时候。康丘霸是埃尔斯特(Ulster)的国王,纳爱西是其中一个小国家的国王。剧本场景设在康丘霸王宫所在的阿美加(Armagh)附近树林中的一间旅店中。
>
> 弗格斯在旧诗中是骑士精神和愚昧的结合体,在康丘霸之前任国王,但被设计退位。①

叶芝有意将这个剧本故事与古希腊神话故事进行类比,以说明爱尔兰文化在欧洲文化历史中的地位。

3. 《鹰井旁》(1917):凯尔特戏剧流派的实验

该独幕剧讲的是青年库胡林追寻不朽的故事。该剧在以下几方面值得重视:这是叶芝第一次使用面具作为戏剧中心道具的实验(面具将使我可以用雕刻师精美的发明来代替那些普通演员的脸,或者演员按照自己低俗的想象重新画的脸);是他第一次彻底地学习日本能剧;中年向贵族传统和仪式理想转向的同时第一次练习为贵族客厅的表演而创作的剧本。在介绍庞德从美国东方学学者费诺罗萨(Fenollosa,1853—1908)笔记翻译过来的日本能剧的《某些日本贵族剧本》中,叶芝宣告《鹰井旁》的突破:

---

① A. Norman Jeffares and A. S. Knowland, *A Commentary on the Collected Plays of W. B. Yeats*, Stanford: Stanford University Press, 1975, p. 75.

"我写了一本小剧本，可以用如此少的钱在小房间上演，以至于四十或五十个诗歌的读者就可以支付成本。没有场景，因为我希望三个音乐师可以描述地点和天气，有时描述动作，伴之以鼓、锣或笛子和洋琴，看上去被太阳晒黑的脸暗示他们在我们梦想的某个国家从一个村庄游荡到另外一个村庄。演员们不是带着一种不适合客厅的狂暴激情表演，形式和嗓音的美感都以一种哑剧舞蹈达到高潮。"叶芝激动地吹嘘道："我发明了一种戏剧形式，卓越、间接、富有象征性，并且无须暴民或新闻界买单———一种贵族的形式。"该剧首演的上午，叶芝在给约翰·奎因的信中进一步阐述了这一客厅剧的理论："我希望创造一种戏剧形式可以给我们时代的最佳心灵带来愉悦，更有甚者，它无须其他人（即公共的观众）来支付其花费。当该剧完美上演时，巴尔福、萨尔根特、里克特、摩尔、奥古斯丁·约翰和首相及几个美丽的女士会过来观赏，那样我就获得了令索福克勒斯都高兴的成功。没有新闻媒体，没有报纸上的照片，没有人群。我会比索福克勒斯更加高兴。我会和日本幕府时代将军府里的戏剧诗人一样幸运。"①

按照叶芝新创立的原则，《鹰井旁》首先于 1916 年 4 月 2 日在伦敦凯文帝施广场 20 号艾美尔拉德·康纳德（Emerald Cunard）女士的家中上演。两天后，在切斯特菲尔德花园 8 号伊斯灵顿女士家中再次上演，以奖励妇女和女孩联合会，该组织为工厂女工和军火工人提供了餐饮。这次表演的观众包括亚历山大王后、维多利亚公主、俄罗斯乔治大公爵夫人、摩纳哥公主、沙捞越王遗孀、西班牙大使、玛戈特·阿斯奎斯、马尔伯勒公爵夫人和伦道夫·丘吉尔女士，还有艾略特和庞德。表演中的音乐由竹笛、筝、鼓和锣演奏，由艺术家埃德蒙·杜拉克（Edmund Dulac，1882—1953）作曲，他本人用鼓和锣参加表演。多才多艺的杜拉克也创造了简单的舞台道具和面具。在《某些日本贵族戏剧》中，叶芝把杜拉克为库胡林做的面具称作"高贵、一半希腊、一半亚洲面孔"，使其佩戴者像"一些俄尔普斯的崇拜者在回忆中看到的一个意象"②。在给奎因的信中，他将

① W. B. Yeats, *The Letters of W. B. Yeats*, Edited by Allen Wade, New York: Macmillan Company, 1955, p. 610.

② W. B. Yeats, *Essays and Introductions*, New York: Macmillan Company, 1961, p. 221.

这面具和"一个古代希腊雕塑"比较。使该剧更有现代主义异国情调的是日本舞者伊藤道郎（1893—1961）的表演。康纳德小姐把他作为伦敦客厅的两点介绍给叶芝并引起叶芝的注意，扮演剧中井的守护者。伊藤曾在巴黎和德国学习舞蹈，是"尼金斯基和俄罗斯芭蕾的门徒"。所以，其实伊藤和庞德、叶芝一样离真正的能剧还有一段距离。詹姆斯·龙根巴奇评论道："伊藤不是把真正的对能剧的理解带给庞德和叶芝，而是证实了他们自己来自西方的期待，这使叶芝的《鹰井旁》得以上演。"①

《鹰井旁》、《梦见骨骸》、《艾玛的唯一嫉妒》和《卡尔弗里》都是受日本能剧影响的剧本，1921 年编为一册《四部舞剧》出版。

该剧探索人类追求一些超越对房子、壁炉、奶牛、狗和孩子所代表的舒坦日子的欲望必须付出的代价。出于年幼无知和狂妄，库胡林选择自我折磨的道路，成为一种超验的追求者，因此遭受《弗格斯和德鲁伊德》中的弗格斯、《梦见仙境的人》中的漫游者、《他想起了他过去的伟大》中的蒙根和《所有灵魂的夜晚》中的梅瑟斯的诅咒。库胡林是一个行动的人，不会和自己或世界失去接触，但由于曾注视过女神施亚（Sidhe）的"不湿润的眼睛"，他只知道自然的满足。毛特·冈告诉叶芝有关施亚的传说，只要看一眼就会给整个人生带来苦恼。叶芝 1916 年送来该剧的概要后，毛特·冈就猜到自己和老鹰的关联："当你告诉我那只鹰的影响时我一点也不觉得惊讶——我总是模糊地知道你和我通过一只鹰联系着。它曾是我在某个神秘作业中为自己设计的象征——我想它曾在我们共同看到的几个幻景中出现过。"② 剧中老鹰保护的山的形状受本·布尔本的启发。该山位于斯莱戈的北部，"因为老鹰而出名"。

戏剧场景设在爱尔兰英雄时代。光秃秃的舞台，后面是有图案的屏幕，其后是锣和筝。通过唱歌，他们给"心灵之眼"召唤"一个人正在爬一个地方／咸咸的海风吹过来"。井的守护者，一个女孩，入场，蹲在一块代表井的蓝布边上。音乐师一边折起黑布，一边在歌曲和演讲的交替中

---

① James Longenbach, *Stone Cottage*: *Pound*, *Yeats*, *and Modernism*, New York: Oxford University Press, 1988, p. 200.

② David A. Ross, *Critical Companion to W. B. Yeats*, Facts On File, Inc., 2009, p. 308.

描述大风横扫、一片萧条、暮色沉沉的山边。守护者疲惫地打扫着井旁的树叶。这时来了一位驼背的老人。他责备守护者的沉默，抱怨说施亚或许已经派了另外一个更友善的守护者。对守护者的沉默他有些吃惊，并注意到她有着和上次一样"呆滞的眼神"。库胡林穿着金色的衣服入场。他来自"海边古老的宅子"，寻找一口据说使人长生不老的水井。老人指着那口井，但库胡林看不到水。老人嘲笑道："你以为如此伟大的礼物/仅仅靠扬起帆、爬一座陡峭的山就能找到？"他已经等了50年，就为了一个"神秘时刻"。只有"神圣的魂灵才知道这一时刻何时到来"，他们在荒山上跳舞，那时让人长生不老的水才会短暂地显现。库胡林认为自己在所有事情上都很幸运，发誓要等到这一刻。老人命令他离开，坚持说这个地方只属于他自己、守护者和"欺骗人类的"施亚。老人对那些舞者的敌意让库胡林感到惊讶，因为那些舞者是"所有其他人都祝福赞美的"。老人告诉他，这些舞者曾经骗过他。他有三次从突然到来的睡眠中醒来后发现石头是湿漉漉的。

守护者发出老鹰的叫声。库胡林扫视天空，寻找那只曾经在他爬向这口井时攻击过自己的"巨大的灰鹰"。老人说，那叫声不是来自老鹰，而是施亚这个女人。她乃"山巫、永不满足的影子"，总是在这山边飞舞、引诱或毁灭。凡是注视过她那"不湿润的眼睛"的人都被诅咒：情场失败或孩子夭折，或发疯后杀死自己的孩子。《贝尔海滨》中有过类似情节。守护女郎又发出一声鹰叫。老人意识到施亚进入了她的身体。她的抖动意味着水的到来。担心库胡林会取走他的那份水，他命令库胡林走开。争吵过后，他们同意分享圣水。库胡林犯了个错误，看了守护女郎一眼并引起她的注意。她站起来，扔掉自己的斗篷。她的衣服象征着老鹰的羽毛。老人遮住自己的头，避开她的那双"不属于这个世界"的眼睛。但库胡林，毫不畏惧，扬言要坐在井旁指导自己向她那样长生不老。守护者开始跳起鹰舞。老人渐渐沉睡。库胡林在舞蹈的魔咒下倒下。他发疯了，脚步蹒跚，嘲讽地骂道："灰鸟，滚到你想去的地方去，你将在我的手腕上栖息。"第一个音乐师听到水喷溅的声音。库胡林漠然地看着守护女郎，跟着她一起离开舞台。老人匍匐到水井旁，结果发现石头湿漉漉的，但井底没水。库胡林回来,已经恢复神智。老人绝望地哭喊道,库胡林已经在关键的时刻被引诱开了,错过了井水喷出的时刻。他提醒库胡林女神施亚已经召集战斗女王奥伊芙和她的军队来取他的性命。满怀着英雄精神,年轻的库胡林前往迎战。乐师们打开又折上布料,一边赞美着家庭生活,与之对应的是"战争的混乱"和非自然的灵感所带来的"艰苦生活"。

4.《炼狱》:根除文化劣根性

《炼狱》中的老人弑父杀子的情节象征着爱尔兰,从根本上消除民族劣根性。《炼狱》中的"老人"象征着理想的爱尔兰,他的父亲象征着英国,母亲则象征着殖民时期的爱尔兰,而他的儿子则象征着后殖民时期的爱尔兰。为了摆脱英国的殖民统治,"老人"将其父亲杀死,以获得独立。然而却使得"受污染的血"得以流传。这便是受英国商业主义唯利是图的劣根性污染。受到英国同化的爱尔兰中产阶级代表着庸俗的非利士。为了清除这种"污染","老人"只好将自己的儿子杀死,以免"污血"继续下去。通过这个剧本,叶芝暗示爱尔兰文化发展的方向,即摆脱英国商业文明的影响,保留爱尔兰文化的优秀传统。

小 结

为了在文学上与英国对抗,叶芝试图建立一种爱尔兰英语文学。在诗歌上,以唯美主义诗学对抗实用主义诗学,以象征主义诗学对抗科学理性。叶芝的诗歌以艺术的形式对英国的殖民统治进行了谴责和反抗,同时歌颂了英勇抗击英国殖民的爱尔兰仁人志士。在诗歌形式上进行大胆的实验,使英语诗歌形式"爱尔兰化"。在戏剧上,叶芝早期通过对爱尔兰古代神话传说题材的挖掘和再利用,试图在舞台上重新树立英雄主义爱尔兰人物形象,从而摆脱长期以来舞台上爱尔兰人的丑角形象,确立文化身份。随着戏剧实践的深入,叶芝进一步从戏剧理论层次试图创立一个区别于英国以现实主义为主流的戏剧流派,即小剧场理论和爱尔兰题材相结合的凯尔特戏剧流派。

第三章　杂糅的爱尔兰英语写作:叶芝的反殖民语言策略

面对英国殖民者的语言、文学和文化,叶芝既爱又恨。而爱尔兰本土语言,叶芝又不会说。对爱尔兰本土文化,叶芝深感振兴之必要。综合这些因素,如霍米·巴巴所论,被殖民者在文化上只好创造出既不同于本土文化又区别于殖民者文化的"第三空间",一种杂糅的文化,其中糅合了殖民者和被殖民者的文化,从内部颠覆殖民文化,形成一种新的后殖民文化。① 爱尔兰—英语文学正是这样的典型。叶芝作品是爱尔兰英语文学的高峰。叶芝广泛地借鉴英国浪漫主义诗风,结合爱尔兰古代民间文化,用英语写作,创作了用殖民者语言写作又是极具爱尔兰特色的爱尔兰英语文学。

难道我们的人民没有去盎格鲁化的指望吗? 我们能否建立一种民族传统,在精神上是爱尔兰的、语言上是英语的一种民族文学?②

英语被殖民地作家解域化了,被剥离了殖民者使用的地理、政治和文化区域,被重新"挪来"和本土文化内容相结合,形成一种"模拟"的但本质上已经完全不同于宗主国的异质的"第三空间"。叶芝正是在这样

---

① 生安峰:《霍米·巴巴的后殖民理论研究》,北京大学出版社 2011 年版,第 79 页。

② W. B. Yeats, *Yeats's Poetry, Drama, and Prose*: *Authoritative Texts*, *Contexts*, *Criticism*. New York: W. W. Norton, 2000, p. 261.

的"第三空间"中找到了自己的创作自由,确定了自己的文化身份,即讲英语的爱尔兰新教徒。但是,在整个英语世界,爱尔兰英语文学又是一种"少数文学"。少数文学并非产生于少数族裔的语言。它是少数族裔在多数的语言内部建构的东西。少数族裔文学的三个特点是语言的解域化、个体与政治直观性的关联以及表述的集体组合。①

第一节　叶芝对英国浪漫主义文学传统的继承

叶芝在其诗作《1913年9月》和《库勒和巴利里,1931年》的两次宣言中使用了"浪漫主义"一词。两者都特色鲜明、具有纪念意义。一次在都柏林大罢工和1913年大封锁背景下纪念他的政治导师约翰·欧李尔瑞,另一次纪念其文学赞助人和合作伙伴格雷戈里夫人于1927年将库勒庄园的房产售给政府。第一次在《1913年9月》中以顿呼的形式出现:"浪漫的爱尔兰已死亡消逝,/与欧李尔瑞一起在坟墓中。"② 第二次在《库勒和巴利里,1931》的最后一节中的首句中:

> 我们是最后的浪漫主义者——曾选择
>
> 传统的圣洁和美好,诗人们
>
> 称之为人民之书中所写的
>
> 一切,最能祝福人类心灵
>
> 或提升一个诗韵的一切作为主题。③

此处"浪漫"有两个用法:一个是政治的,另一个是文学的,两者之间有什么联系?对于一辈子(虽然属于边缘性)倾向于浪漫主义的叶芝,文学和政治相互关联,即使有时他反对将文学降格为政治宣传,对他来

---

① 陈永国编:《什么是少数文学》,《游牧思想——吉尔德勒兹、费利克斯瓜塔里读本》,吉林人民出版社2011年版,第108—111页。

② 叶芝:《叶芝诗集》,傅浩译,河北教育出版社2003年版,第250页。

③ 同上书,第591页。

说，浪漫主义的爱尔兰意味着对当下经济或政治利益之外的一种情怀，一种曾担任其政治导师的约翰·欧李尔瑞身上体现的态度。欧李尔瑞教导叶芝"没有文学便没有好的民族性，反之亦然，没有民族性亦没有好的文学"①。如果说欧李尔瑞将叶芝变成了爱尔兰的，格利高里女士则使他关注爱尔兰民间传说。"诗人们所称的人民之书所写的一切"一方面指爱尔兰神秘传说（如关于库胡林的传说），这些传说在叶芝时代依然在爱尔兰的乡村中间广为传诵；另一方面是那些包括神话、社会抵抗故事和名人逸事的民间传说。将叶芝的政治观和文学观合二为一的是想象。在《库勒庄园和巴利里，1913 年》中称为"无论如何，大多数故事可以赐福人类的思想或提升韵脚"。无论叶芝的文化观和政治观如何转变，对想象的浪漫主义想法支配着他参加各种活动，使他朝向《幻象》中所称的"通过集中而不是分散"的方向进行。

叶芝的浪漫主义宣言在其散文中甚至比在其诗作中还要多。他在《自传》初稿第一页上写道："我是一个彻底的浪漫派。"②《自传》后文中，他在文学和政治混合的语境中进一步阐释了这一意思。承认自己"对联合主义爱尔兰"有一种盲目愤怒，部分因为用爱尔兰语或英语写作的爱尔兰文学的日渐衰微。叶芝于是转向他自己早期在议会和演讲中的策略。"我有一种大致上浪漫主义的激情宗教。"③ 这种激情宗教使他度过了其成年时期许多人生起伏：失去毛特·冈、帕内尔倒台后理想主义的民族主义的希望破碎、《西部世界花花公子》引起骚乱、都柏林大罢工、1913 年大封锁、市艺术馆莱恩捐画事件和内战暴行。

叶芝往往将文学上的浪漫主义等同于我们今天所公认的"六大诗人"：布莱克、华兹华斯、柯勒律治、拜伦、雪莱和济慈。另外，他也将浪漫主义看作一个从但丁和斯宾塞开始，经过弥尔顿和六大诗人一直到当前的诗

---

① George Bornstein and Hugh Witemeyer, eds., *Letters to the New Island*, London and New York: Macmillan, 1989, p. 12.

② W. B. Yeats, *Memoirs*, Transcribed and ed. Denis Donoghue, New York: Macmillan, 1972, p. 19.

③ Ibid., p. 84.

歌传统。从这种意义上，浪漫主义并不指某一特定的历史时期，而是一系列特质，它从更早些时候开始，在浪漫主义时期达到高潮，后来诗人如他自己依然具有这种品质。叶芝不断地强调浪漫主义对他自己时代的重要性。例如，在威廉·莫里斯的画展上艺术作品评论中他振聋发聩地宣称："我们这一世纪的文学和艺术界，在某种意义上甚至思想界，最有特色的运动是浪漫主义。"①

这种观点一直持续到 20 世纪，叶芝喜欢以"最后的浪漫派"身份出现，同时在诗歌、散文以及具有争议的《牛津现代诗选》中推行浪漫主义的现代主义。在这种意义上，他颇似其他现代主义者，如华莱士·斯蒂文斯或迪兰·汤玛斯，这两人皆置自己于艾略特或庞德反浪漫主义诗学观的对立面。但作为似乎无数最后浪漫派诗人之一并不意味着简单的重复或模仿。相反，浪漫主义冲动引发一种近乎庞德式的冲动，"使它全新"。华莱士·斯蒂文斯在一封附有其诗《午餐后航行》的信中给出了"新浪漫派"的定义："当人们说到浪漫主义时，他们如法国人那样称为轻蔑主义"，斯蒂文斯写道："但是诗歌本质上是浪漫的，具有诗歌中浪漫部分必须不断更新，因此，与其所称为浪漫的正好相反。"② 没有这种新浪漫，一个人不会有所成就。

叶芝寻求的是原始浪漫派的再现：他穿着一件类似雪莱的衬衫，以拜伦的方式系领带。他的诗歌也体现着他们的策略和价值观。孤独、激情万丈的拜伦式英雄在叶芝 19 世纪 80、90 年代的戏剧和诗作中闪烁。此时他诗中的词汇既非来自当时，也非来自爱尔兰文学，而是来自 19 世纪早期诗人。随后，叶芝对浪漫主义的再挖掘更进一步。他逐渐珍惜雪莱所宣扬的智性美，并试图以自己的诗作暗示。雪莱在其名篇《诗辩》中所表达的富有想象力的信念使叶芝在自帕内尔事件到《花花世界》骚乱等争议中找到现实支持。他自己非常需要文学理念，该理念可以超乎党派政治和"观

① W. B. Yeats, *Letters to the New Island*, ed. George Bornstein and Hugh Witemeyer, London and New York: Macmillan, 1989, p. 108.

② W. B. Yeats, *Letters of Wallace Stevens*, ed. Holly Stevens, Oxford and New York: Alfred A. Knopf, 1970, p. 277.

念"的偏执，"观念"一词几乎总是成为叶芝眼中的贬义词。雪莱写的
《诗辩》，正可以为叶芝的诗一辩，发现诉诸想象比仅仅宣扬正确观点能更
好地服务于国家和人性。早期，叶芝从布莱克那里学到了更多关于想象的
思想，包括想象力对抗自然的能力。在布莱克那里他亦学会将诗作看作统
一整体概念。不仅包括措辞，亦包括诗篇的安排模式、诗篇的附图和诗集
的整体布局。

　　比较叶芝与他最喜爱的浪漫诗人雪莱和布莱克，我们可以看出叶芝19
世纪80年代和90年代的早期浪漫主义倾向和在20世纪前二十年对浪漫
主义的偏离。他认为雪莱对其生活和艺术影响更深。雪莱"与我们有着同
样的好奇心，同样的政治问题，同样的信念，即爱是足够的，尽管也有着
相反的经验；不像布莱克，被任意的象征主义孤立，他似乎归纳了英国诗
歌中所有的形而上学东西"。"中年时期我回顾过去，我发现是他，而不是
布莱克，决定了我的生活，虽然我曾研究并更认同布莱克。"① 雪莱的影
响促成了叶芝对世界主义情怀的向往、对毛特·冈理想化的痴迷爱恋和对
神秘智慧的痴迷追求。

　　所有这三大领域——政治、爱情和神秘主义——给叶芝的第一篇也是
最重要的一篇关于先驱的论文《雪莱诗歌中的哲学》（1900）提供了启
示。在这篇论文中，叶芝考察了雪莱对柏拉图式概念即智性美的痴迷，
认为它是雪莱哲学的关键所在，并决定其对文学和生活的态度。雪莱的
爱好者们因此成为理想主义的爱好者，他的门生叶芝则住在塔楼里成为
理想神秘智慧的献身者。他最终选择将塔楼作为暑期居住地。该文亦用
生动诗篇呈现这些思想。叶芝跟随雪莱使用象征主义重现模式，如河
流、塔楼、太阳、月亮，最重要的是傍晚的星星。毫不令人惊奇的是他
在自己的诗中编了一个类似的意象网，包括树、面具、太阳、月亮等，
尤其是塔楼。

　　研究雪莱对叶芝早期诗作影响的最佳证据是叶芝的《玫瑰》群诗。在
叶芝的注释中，他反复将玫瑰定义为智性美的标志，并将它和雪莱的"玫

---

① W. B. Yeats, *Essays and Introductions*, London and New York: Macmillan, 1961, p. 424.

瑰"比较、对照,并细心地注意到"玫瑰不同于雪莱和斯宾塞的智性美,在于我将它想象为与人的痛苦,而不是追求的和从远处看到的某种东西"。①另外,玫瑰反映了雪莱的智性美。叶芝担心的是他如何同时成为玫瑰和爱尔兰民族主义的献身者。

这种担心明显地在《玫瑰》诗组中的首诗和尾诗中出现。在第一首诗《致时光十字架上的玫瑰》中,说话人寻求永恒美的名单中不仅包括他身边的自然而且明确地包括爱尔兰传说,如关于弗格森和库胡林的传说。在最后一首诗《致未来的爱尔兰》中,诗人寻求"被称为/一群人的真兄弟/歌唱,使爱尔兰的厄运甜美",并公开地要求"被归入/戴维斯、蒙根和弗格森中的一员"。"当时间开始狂吼、发怒/她飞驰的步伐/使爱尔兰的心开始跳动"②,因此在歌唱智性美时他作为一位诗人具有深深的爱尔兰性。文化民族主义超越议会政治,为复活节起义和独立战争做好准备。叶芝自己将这一时期描写为一个"爱尔兰现代文学"。为盎格鲁—爱尔兰战争做好准备的思想在帕内尔1891年倒台后已经开始。叶芝在获诺贝尔奖而为瑞典皇家学院所做的演讲中回忆道:"一个幻灭和苦痛的爱尔兰从议会政治中转来;一个事件被孕育。"③它更说明了叶芝改变了自我,在其文学生涯中,有一系列明显的自我改变。无论帕内尔之死给叶芝的发展施加了多大的压力,1900年后的关键政治事件使它更激化并需要不同的策略。《西部世界的花花公子》、都柏林市艺术博物馆的争议、大罢工和1913年大封锁要求文学对真实世界的事件有更多的描写,一种后来使叶芝见证复活节起义到内战的许多事件的姿态。相应地,叶芝抛弃了早期的唯美主义,在此时使其早期诗作显得有些避世。他在1906年给友人佛罗伦斯·发·艾米莉的信中写道:"我自己开始了一项朝向生活的运动,而不是高高地远离生活。"④

---

① Peter Allt and Russell K. Alspach, eds., *The Variorum Edition of the Poems of W. B. Yeats*, New York: Macmillan, 1957, p. 842.

② Ibid., p. 138.

③ William H. O'Donnell and Douglas N. Archibald, eds., *Autobiographies*, New York: Scribner, 1999, p. 410.

④ Allan Wade, *The Letters of W. B. Yeats*, New York: Macmillan, 1955, p. 469.

　　叶芝将其早期诗学定义为雪莱式的，但很快，雪莱在叶芝心中的偶像地位被布莱克取代。叶芝回忆道："发现我的诗作中充满了雪莱在意大利集中使用的红和黄时，我要用两天来纠正……通过少吃和睡在一块板上。"① 但睡在板上毫无效果，叶芝于是进一步批判，而且将自己早期诗作中的缺点归咎到雪莱身上。这种对雪莱的批判性反思在他讨论雪莱剧作的论文《被救的普罗米修斯》（1852）中达到高峰，对雪莱充满敌意。就像他在早期论文中指出雪莱已经意识到未来在文学艺术中占主导地位的不仅仅是政治革命，而是智性美。作家对生活应有广泛而综合的视域，并应该将政治观点排除出自己的作品。相比之下，叶芝在晚期散文中写道："作为政治革命者雪莱期待奇迹，眨眼间上帝王国……像个维多利亚的孩子一样被最后一日吓呆"，并不能参与"人生的整个戏剧"。② 《在布尔本山下》中他完全仰慕雪莱的时期已经结束了。

　　叶芝一生一直比较崇拜布莱克。虽然和对雪莱一样，对布莱克的崇拜最鼎盛的时期在19世纪晚期，在那时叶芝写下了论布莱克的两篇论文——《威廉·布莱克和想象力》和《威廉·布莱克和他的〈神曲〉插图》。他后来将两文收入《善与恶的思想》中。也是那时，他和爱德温·艾利斯协作详细编订了三卷本《威廉·布莱克作品集：诗作、象征和批评》，其中许多内容基于原始手稿并包含许多首次打印的作品，包括《月亮上的岛》。那些手稿中的许多属于画家约翰·里纳尔的继承人，而约翰·里纳尔原来是布莱克圈子里的。叶芝在其自传中回忆道："一位老人总是坐在我旁边，表面看来是为我们削铅笔，但或许实际上看着我们不偷手稿，中餐时给我们很老的葡萄酒，在我饭厅的墙上有他们赠送的布莱克所做的但丁雕像。"③ 叶芝自己在该书中作了大部分评论。这为他们的时代产生了一些非凡的洞见，但也产生了另一些并不需要伟大诗人找出的洞见，如指令"任何神秘主义的学习者都应特别关注布莱克将黑色与黑暗联

---

① W. B. Yeats, *Essays and Introductions*, London and New York：Macmillan, 1961, p. 5.

② Ibid. , pp. 419 – 423.

③ W. B. Yeats, *Autobiographies*, ed. William H. O'Donnell and Douglas N. Archibald, New York：Scribner, 1999, p. 145.

系起来的做法"。①

　　或许叶芝受布莱克影响的最主要方式是接受其对立理论。叶芝晚年写成的神秘哲学著作《幻象》中叶芝回忆道,"我的脑海中从孩提时代起就充满了布莱克,在我眼里,世界就是冲突"②。"相反即肯定",布莱克写道,"否定不是相反"。那些对立面在叶芝朝向生活发展中对他助益颇大。相互对立的元素充满了叶芝的诗作:理想和现实、艺术和自然、善与恶、年轻之国和其中的拜占庭。疯女简妮的观点"美与丑是近亲/美需要丑"③背后闪现的是布莱克对立统一的辩证法。同样的概念在叶芝的政治中亦有体现,在理想和现实爱尔兰的取与舍中,在英格兰和爱尔兰之间,在现实和正义之间。不同于其崇拜雪莱的青年时代,现在他并不期待善会战胜恶。当他在回忆欧李尔瑞"关于爱尔兰民族的浪漫概念"时,他宣布自己对"理想爱尔兰的忠诚,或许从中产生的是一个想象的爱尔兰,我将为其服务"。④

　　一对令叶芝尤其着迷的对立面是艺术和自然。与那些热爱自然的浪漫主义诗人不同,布莱克将物质自然看作想象的对立面,并时刻会将想象引入歧途。"伟大事物依赖的是精神世界而不是自然世界",他于1802年在一封信中写道,25年后,他充满渴望地提起"离开幻觉的自然女神"。叶芝采纳了布莱克将自然和艺术或智性看作对立面的思想。如在《库勒庄园,1929年》中,他在《庆祝伟大作品在自然恶意中建成》中的韵词"spite"暗示"in spite of"和"in order to spite"的自然。类似地,在《驶向拜占庭》的手稿中,说话人欢呼"我从自然飞向拜占庭"。如同布莱克的发言人,叶芝想象的发言人寻求超越自然进入更永恒的精神世界或智性或艺术世界。晚期诗作《一亩草地》中,他呼唤布莱克以及莎士比亚作品中最激情的两个人物一道努力超越物质世界:

----

① W. B. Yeats, *The Works of William Blake: Poetic, Symbolic, and Critical*, ed. Edwin John Ellis and William Butler Yeats, 3 Vols. (London: Bernard Quaritch, 1893), Vol. i, p. 313.

② W. B. Yeats, *A Vision*, London: Macmillan, 1962, p. 72.

③ W. B. Yeats, *The Variorum Edition of the Poems of W. B. Yeats*, ed. Peter Allt and Russell K. Alspach. New York: Macmillan, 1957, p. 513.

④ W. B. Yeats, *Essays and Introductions*, London and New York: Macmillan, 1961, p. 246.

请赐给我老年人的狂热。

我必须为自己重铸

······

一颗老年人雄鹰似的心灵，

直到我成为泰门和李尔

或那位击打墙壁，

直到真理听从召唤的

威廉·布雷克

否则就会被人类忘却。①

然而，雪莱的世界主义一开始使他不安：

然而我无法忍受一种世界性的艺术，随心所欲地选择故事和象征。有健康和好运引导我，我无法创造出一些新的《被救的普罗米修斯》，派屈克或克伦姆塞尔、乌辛或代替普罗米修斯的芬，不是高加索，而是克罗·派屈克或本·布尔本？难道一切民族不是从将它们与岩石和山丘联系在一起的神话中获得首次统一吗？②

这种杂糅的艺术成为他的目标。他当然继续写乌辛而不是普罗米修斯，最著名的本·布尔本而不是高加索，一直宣称自己是"最后的浪漫派"。浪漫主义姿态和爱尔兰内容的糅合使他不仅纠正了雪莱而且纠正了布莱克的缺点，他认为布莱克本可以有更深的根子，更少一些含糊。"他是一位渴望神话的人，由于手边没有，他努力创造一个。"③ 叶芝希望布莱克"曾去过爱尔兰并选择那些圣山为其象征"。叶芝甚至试图为他自己的玫瑰象征索求部分爱尔兰背景，引用了詹姆士·克拉伦斯·蒙根的《我黑色的罗斯林》和奥伯里·德·维尔的《小黑玫瑰》为其先例。

---

① 叶芝：《叶芝诗集》，傅浩译，河北教育出版社2003年版，第734页。
② W. B. Yeats, *Autobiographies*, New York: Scribner, 1999, pp. 166 – 167.
③ W. B. Yeats, *Essays and Introductions*, London and New York: Macmillan, 1961, p. 114.

　　叶芝从青少年期的世界主义向其更熟悉的民族主义转向中的关键人物
当然是约翰·欧李尔瑞。"从这些争辩中,从与欧李尔瑞的谈话中,从他
借或赠给我的爱尔兰书中我获得了那时开始着手的事情"①,叶芝在《自
传》中回忆道。欧李尔瑞不仅引导叶芝使其心胸更宽阔,而且将浪漫主义
和爱尔兰性结合起来,进入一种崭新的合成。这便是"浪漫的爱尔兰"的
另外一层意思。因此,这首诗的措辞亦是如此,该诗是第一首我们听到叶
芝真正现代声音的一首诗。19 世纪末期,叶芝确实希望将爱尔兰性和浪
漫主义结合,但他依然以英国浪漫主义诗人的方式写着爱尔兰题材。我们
在《1913 年 9 月》的首节中听到了不同的语调:

> 清醒过来之后,你们需要什么,
> 除了在一个油腻的钱柜里摸索,
> 给一个便士再加上半个便士,
> 给颤声的祷告再加上祷告,直到
> 你们把骨头里的精髓耗干;
> 因为人们生来就是为祈祷和攒钱:
> 浪漫的爱尔兰已死亡消逝,
> 与欧李尔瑞一起在坟墓中。②

　　叶芝对爱尔兰天主教中产阶级进行了无情的批评,如"在油腻的抽屉
中摸索"和"因为人类一出生就要祷告和储蓄"。该诗不再呼应英国浪漫
派的措辞和节奏,而且属于文学现代主义的韵律,尤其是其爱尔兰转向。
正如华莱士·斯蒂文斯诗中的说话者明显是美国人。此处的借用(爱尔
兰、欧李尔瑞和韵律)明显是爱尔兰的。随着诗行的继续,该诗语言和节
奏的外在意义和隐含姿态暗示其顿呼的讽刺意义。愤怒的语气和语言材料
及词语外在意义的混合暗示浪漫爱尔兰并没死:相反,它在该诗非凡的声

---

①　W. B. Yeats, *Autobiographies*, New York: Scribner, 1999, p. 104.
②　叶芝:《叶芝诗集》,傅浩译,河北教育出版社 2003 年版,第 250 页。

音中继续，这是欧李尔瑞的得意门生叶芝的声音，充满了糅合和激情。它是叶芝成熟诗歌的标志性基调。

我们可以通过叶芝最优美的一首诗《血和月》看到浪漫主义对成熟期叶芝的影响。当然，该作品并未展现任何特别的塔楼，而是中世纪晚期建于巴利里的一座古堡，叶芝于 1917 年购置，经过全面装修之后，其家庭自 1919 年始于此消暑。该塔楼因此不仅是一个比喻，而且是在爱尔兰本身的一个物质结构。的确，它的名字就包含了叶芝的民族主义工程的一部分。当他买下该塔楼时，人们称为"巴利里城堡"，叶芝使用盖尔语重新将它命名为"巴利里塔"（Thoor Ballylee），其中"Thoor"为爱尔兰词"Tor"的变体。叶芝在其主要诗集《纪念罗伯特·格利高里上校》、《库勒和巴利里，1931 年》中描写了塔楼，具体可见诗歌《内战时沉思》、《月相》和《血和月》。它也启示了这时期的两个主要诗集《塔楼》和《盘旋的阶梯》的命名。其意义向外延伸但总是保持与实际塔楼的联系，并与叶芝对英国浪漫主义的去盎格鲁化工程相连。叶芝利用塔楼在不同的传统下的外表，然而一直强调浪漫主义和爱尔兰特色，有时两者出现在同一诗句中。在 1937 年《盘旋的阶梯及其他》的注释中，他宣称：

> 在这本书及别的地方，我使用了塔楼，尤其是一座塔，作为象征，将其盘旋的阶梯与哲学上的螺旋比较。但几乎不必要解释其思想和表达。雪莱不断使用塔楼作为象征。《血和月》中的部分象征主义可以从巴利里塔的顶部有一个杂物间的事实中得到启发。①

他并没有将这些意义藏起来，相反，他甚至在诗歌中明显地将它们展示出来。《血和月》在继续引用雪莱的《被救的普罗米修斯》之中引用古亚历山大城和巴比伦王国中的塔楼。"雪莱有他的塔楼，他曾将他们称作戴着王冠思想的权利。"同样，在《月相》中，他将他的塔楼的

---

① Peter Allt and Russell K. Alspach, eds., *The Variorum Edition of the Poems of W. B. Yeats*, New York: Macmillan, 1957, p.29.

选择归因于"弥尔顿的柏拉图主义者或雪莱的幻觉王子久久端坐的远方塔楼之回忆。"① 雪莱的亚萨纳斯在其塔上研究炼金哲学，对叶芝在他的塔楼中研究神秘哲学有直接启发。

将浪漫主义和爱尔兰本土联系起来再创造，在《塔楼》第二部分的抒情诗中有所体现。第一节如下：

> 我漫步在雉堞之上，凝视
>
> 一座房子的基础，或者那里：
>
> 树木象一根熏黑的手指从地里伸出；
>
> 在白昼渐渐衰弱的光线下
>
> 把想像力派出，把形象
>
> 和记忆从废墟
>
> 或古老的树木中唤出，
>
> 因为我要向它们提一个问题。②

浪漫主义诗人发明了伟大的浪漫主义抒情诗格式，其中一个说话人在特定的环境中面临自然景观，心境与环境互动构成全诗。这样的诗通常表现为三部分结构，第一部分说话人开始与自然景观远离；第二部分通过想象和记忆与自然景观互动，通常在地点和时间上变化；第三部分带着新的看法和理解回头。华兹华斯在这里这么做了，当他"将想象送去"面对激情的意象，所有这些意象都与巴利里附近的景色相关。法国小姐和其仆人、诗人拉夫特利和美女玛丽·海恩斯、叶芝自己的人物红发汉拉罕和"古代房子里的堕落主人"均住在塔楼附近的戈尔韦景色中。当然，诗中的主人公在其非诗学生活中是爱尔兰议会的一员。这些民族材料使叶芝采取一种和英国浪漫主义一样的形式并将其转化成自己的爱尔兰目标。

叶芝为该诗的注释解释道"其中提到的人与巴利里塔楼或巴利里城堡

---

① W. B. Yeats, *The Variorum Edition of the Poems of W. B. Yeats*, ed. Peter Allt and Russell K. Alspach, New York: Macmillan, 1957, p. 373.

② 叶芝：《叶芝诗集》，傅浩译，河北教育出版社 2003 年版，第 468 页。

周围的传奇、故事或传统有关，该诗创作于那里"。①

叶芝给为诗集设计封面的穆尔的信中写道："我同时也寄给你一些该塔楼的照片，我不必提供任何建议。但有一点，这塔楼不应与实物相距甚远，或者说，它应能让人想起实物。我打算将这个建筑物作为人们看到我的工作的永久象征。你知道，所有我的艺术理论都基于此：将神话扎根于土壤之中。"② 最后，穆尔设计了一个了不起的设计，塔楼在绿色的背景上呈现金色（绿色为爱尔兰国旗色）。他将两旁的房子也包含进来（它们是仅次于贵族城堡的民间传统的象征）。令叶芝高兴的是，塔楼在下面的河流（象征存在）中还有倒影。"我认为这塔楼一眼可以看出是你的塔而非别人的"，穆尔写道。

在思考从其塔楼中获取浪漫主义灵感时，叶芝并不只局限于英国浪漫主义，而是想着如何将博大的心胸和政治上的约翰·欧李尔瑞和文学上的格雷戈里女士联系起来，如《1913 年 9 月》和《1931 年库勒庄园和巴利里》。更早些时候他亦在作为浪漫主义先驱的但丁和斯宾塞身上找到了伟大。他回忆其早期对但丁的崇拜："当我 15 岁或 16 岁时，父亲告诉我罗塞蒂和布莱克并将他们的诗读给我听。一次在利物浦去斯莱戈的路上，我在那里的画廊里看到《但丁之梦》……它的色彩，其中的人物，浪漫主义的建筑使其他所有的画都相形见绌。"③ 早期的崇拜没持续多久。后来，尤其在其写作《我掌控着你》和《幻象》的十年里，他认为但丁是一种完美的浪漫派，没有济慈和雪莱的缺点。在《幻象》中，他将但丁与雪莱自己一起置于第十七月相，将但丁和雪莱如此对比，"但丁，作为诗人，已经达到了存在的统一，作为诗人使所有事物处于秩序中……乐意看到善与恶……遭受不公正和失去比阿特丽斯的但丁找到了神圣的正义和天堂的比阿特丽斯，但被释放的普罗米修斯的正义是模糊的宣传性的感情，等待

① W. B. Yeats, *The Variorum Edition of the Poems of W. B. Yeats*, ed. Peter Allt and Russell K. Alspach, New York: Macmillan, 1957, p. 373.

② W. B. Yeats, *W. B. Yeats and T. Sturge Moore: Their Correspondence 1901—1937*, ed. Ursula Bridge, London: Routledge & Kegan Paul, 1953, p. 114.

③ W. B. Yeats, *A Vision*, London: Macmillan, 1962, p. 114.

其到来的女人的只不过是一些云彩"①。

叶芝也是用浪漫主义眼光来阅读斯宾塞,在他十几岁时,尤其喜欢将斯宾塞和雪莱归为一类,以斯宾塞式的诗节写一首叙事诗和一系列"模仿雪莱和埃德蒙·斯宾塞"的戏剧。他自己 1906 年对斯宾塞作品的笔记和旁注不断指向布莱克、雪莱和济慈。斯宾塞在《鉴于爱尔兰目前的局势》中所表现出来的一位殖民官员的残酷使叶芝颇感为难,但他回避该话题而将斯宾塞分为一个正面的、象征主义诗学,贵族式的盎格鲁、法国式的感性快乐和负面、寓言式的散文,中产阶级的盎格鲁—撒克逊式和对正在形成的国家的忠诚。以这种方式,他试图避免卡尔·马克思将斯宾塞斥为"亲吻伊丽莎白王后屁股"的诗人这样的责骂。

叶芝的散文稿写道:"莎士比亚的激情是大海中的大鱼,但从歌德到浪漫主义运动的尾声时为止,这条鱼都在网中。很快就会死在海滩。"这种概念使叶芝认识到他归属到浪漫主义时期诗人的博大胸怀和激情在斯宾塞或莎士比亚这样的作家身上更完全地流动着,而激情在当前面临枯萎的危险。如他在诗作《盘旋的阶梯及其他》中写道:莎士比亚的鱼在海中游,远离大陆/浪漫主义的鱼在收向手中的网中游;/那些在海滨喘气的鱼是什么?②

第二节　凯尔特式的现代主义:叶芝的现代性

叶芝是一位现代主义诗人吗? 学术界一直存在不同声音。一般而言,现代主义指随着 19 世纪政治、社会、心理生活在第一次世界大战和弗洛伊德心理学理论出现的压力下崩溃,西方艺术家进行的实验形式和态度。典型的现代主义作品包括毕加索的立体主义,T. S. 艾略特旁征博引,拼贴画似的诗歌,乔伊斯和伍尔夫的"意识流"小说,那些认为叶芝不是现代主义诗人的学者认为他使用了传统形式,对欧洲宗教和艺术传统的质疑

① W. B. Yeats, *A Vision*, London: Macmillan, 1962, p. 144.

② W. B. Yeats, *The Variorum Edition of the Poems of W. B. Yeats*, ed. Peter Allt and Russell K. Alspach, New York: Macmillan, 1957, p. 485.

从来没有艾略特那么深刻。况且叶芝并非将自己归类为艾略特一派，他蔑视地称后者为"非个性化的哲学诗"①，而那些认为叶芝是现代主义诗人的学者则认为他对 19 世纪晚期诗歌华丽语言的革新归功于庞德著名的"直接处理事物"的诗学观。他们还将叶芝晚期诗作中的快速跳跃和浓缩典故拿来与其他现代主义诗人诗歌中的突兀并列和堆积的用典比较。霍尔德曼（David Holdeman）将叶芝戴面具的自我理论与现代主义对浪漫主义的反叛（非个性化理论）、叶芝运用神话来理解现代生活的棱镜的做法与乔伊斯和艾略特的神话式写作一一对照，认为叶芝是一位现代主义诗人。②史特德（C. K. Stead）认为叶芝始为先拉菲尔派，逐渐变成一位象征主义者，最终自我超越成了"现代"诗人，但他从来都不是一位"现代主义"诗人，如果我们用"现代主义"来指以艾略特和庞德作品为代表的英语诗歌那场革命。③ 他们质疑叶芝是"最后的浪漫派"或第一位现代主义诗人。有些批评家不愿意给叶芝贴上现代主义的标签。还有些批评家认为叶芝在运用那些诗体和形式时所体现的创造性漠不关心，甚至亵渎使他远离浪漫主义和维多利亚时代的写作方式，而使他成为英语写作中的首位离经叛道的现代主义者。④ 国内研究方面，何宁从叶芝与现代主义的交锋、叶芝的诗学观和叶芝诗歌的现代性方面讨论，认为叶芝是现代主义诗人，但提供的证据尚有不足。⑤

要准确做出判断，首先要明确标准。因此，首先要对"现代主义"有一个明确的定义，那么何为"现代主义"？"现代主义"的标准是什么？

袁可嘉认为西方现代主义文学是指 1890—1950 年在西方英、美、法、德、意五个主要资本主义国家中一般称为象征主义、未来主义、意象主义、表现主义、意识流和超现实主义的文学，它在思想内容上以表

① W. B. Yeats, *Later Essays*, William H. O'Donnell ed. , New York: Scribner, 1994, p. 100.

② David Holderman, *The Cambridge Introduction to W. B. Yeats*, Shanghai Foreign Language Education Press, 2008, pp. 80 – 81.

③ C. K. Stead, *The New Poetic*, New York: Harper Torchbooks, 1964, p. 10.

④ Helen Vendler, *Our Secret Discipline: Yeats and Lyric Form*, Cambridge: Belknap Press of Harvard University Press, 2007, p. 79.

⑤ 何宁：《叶芝的现代性》，《外国文学评论》2000 年第 3 期。

现危机意识和变革意识为主，在艺术上以非写实主义手法为特征，强调
主观想象和形式实验；在纵向上，它与古典主义、浪漫主义、现实主义
相对而言，构成近代资产阶级文学中第四个大思潮；在横向上，它与唯
美主义、象征主义、先锋主义、颓废主义和后现代主义都有联系，也有
区别①。现代派作品在思想内容方面的典型特征是它所表现的对现代西方
资本主义文化和文明深切的危机意识和紧迫的变革意识。在人与社会的关
系方面，现代派表现出从个人角度全面反对社会的倾向，从个人角度，以
精神贵族（艺术家）、流亡者身份，向中产阶级价值体系进行全面攻击。
现代派在人与自然的关系上表现出深刻怀疑和全面否定的态度；在思维方
式、感觉方式和表达方式上，现代派进行了不少革新的尝试；抛弃了"纯
客观"的概念，强调主体对客体的影响；放弃理性主宰一切的想法，重视
非理性因素的作用。②艾布拉姆斯认为，现代主义的特征因使用者不同
而各异，但是在一点上众多批评家是持有共识的，那就是现代主义不仅
跟西方艺术的传统，而且跟整个西方文化的传统实行有意的和彻底的决
裂。在这个意义上，现代主义的重要思想先驱都是思想家，他们质疑那
些被认为是无可怀疑的传统观念，而这些传统观念长期支撑着社会组
织、宗教以及伦理道德。同时他们也质疑人们对于人类本身的传统思想
方法。他把叶芝也列入以艾略特、庞德和乔伊斯为代表的现代主义主流
（High modernism）作家之中。③贾瑞尔则将现代主义诗歌的特点描写为:
暴力、无组织、晦涩。④

一 叶芝与现代主义代表人物的交流

1. 叶芝与艾略特

叶芝和艾略特有一个共同的朋友和同事——庞德。从 1914 年年末或

---

① 袁可嘉:《现代主义文学研究》，广西师范大学出版社 2003 年版，第 32 页。

② 同上书，第 11—12 页。

③ M. H. Abrams, *A Glossary of Literary Terms*, Foreign Language Teaching and Research Press, 2004, p. 168.

④ Michael Levenson, *The Cambridge Companion to Modernism*, Shanghai Foreign Language Education Press, 2000, p. 101.

1915 年年初开始，两人偶尔单独会面。① 按埃尔曼的说法，庞德有两三次带艾略特去见叶芝，艾略特感到叶芝很乏味，后来抱怨叶芝那时谈话的唯一话题就是"乔治·摩尔和鬼怪"。② 两人的关系虽然不亲密，但保持真诚，互相尊重，又有所保留。1922 年 10 月艾略特在给庞德的信中写道："叶芝并不特别喜欢我。"但是后来他告诉叶芝和他另一个共同的朋友莫拉尔（Ottoline Morrell），他和叶芝在伦敦的萨维尔俱乐部（Savile Club）愉快地共进午餐。艾略特写道："我极大地享受与他的见面。六七年没有见到他，这实际上是第一次单独和他交谈。他实际上是可以给人启发地谈论诗歌的极少数人之一。我发觉他简直让人振奋。"③ 叶芝则将艾略特称为反对维多利亚诗歌传统"最典型的人物"。④ 他对艾略特个性中的潜藏的一些特征做了区分，并对他的诗歌中一些浪漫主义冲动做了一些重新评估，认为是空洞的姿态或受挫的希望。在给多萝西·威勒斯莉（Dorothy Wellesley）的信中，叶芝写道："最糟糕的语言是艾略特早期诗歌中语言——平淡无味的韵律。"⑤

尽管心存疑虑，叶芝在他编辑的《牛津现代诗歌选》中还是收录了艾略特的七首诗。在前言中，叶芝写道："艾略特对同时代人产生了巨大的影响，因为他描写了仅仅出于习惯起床或上床的男人和女人，并且在描写这种失去了心灵的生活中，他自己的艺术也似乎变得灰暗、冷漠和干枯。他是一位亚历山大·蒲柏，不带明显的想象，不用任何更流行的浪漫诗人所用过的韵律和暗喻而是用自己找到的，这种选择使他的作品有着毫不夸张的平易，却又有着新奇的效果。"叶芝还说他认为艾略特更多的是一位讽刺家，而不是一位诗人。

---

① T. S. Eliot, *The Letters of T. S. Eliot*, Edited by Calerie Eliot, San Diego: Harcourt Brace Jovanocich, 1988, pp. 58 - 59.

② Richard Ellmann, *Eminent Domain*, New York: Oxford Unviersity Press, 1967, p. 90.

③ T. S. Eliot, *The Letters of T. S. Eliot*, Edited by Calerie Eliot, San Diego: Harcourt Brace Jovanocich, 1988, *Letters of T. S. Eliot*, p. 585, p. 611.

④ W. B. Yeats, *The Letters of W. B. Yeats*, Edited by Allan Wade, New York: Macmillan Company, 1955, p. 792.

⑤ Ibid. , p. 846.

艾略特于 1940 年在都柏林的艾贝剧院给爱尔兰学院的特邀院士们做纪念叶芝周年的演讲,演讲稿后来成为发表在《目的》(*Purpose*)上的《论诗歌与诗人》。这篇文章巧妙地包含了对叶芝的批评和赞赏。艾略特温和地批评叶芝早期诗作为"不过是工匠的作品",讽刺其中残留的先拉斐尔派风格。但他承认在《七片树林》中"某些东西正在出现,并开始作为一个具体的人说话的同时开始为人类说话"。① 艾略特甚至在该文中结合叶芝的个案对自己著名的"非个人化"理论进行了补充和修正。在文章结尾,艾略特称叶芝为"少数几个人之一,他的历史便是他们自己时代的历史,他们是一个时代意识的一部分,不理解他们便无法理解他们的时代。"② 艾略特在其评论集《诗歌的用途和批评的功能》中的《现代心灵》中也对叶芝进行了评论,指责叶芝早期诗作:"他对自我引诱的入梦状态、精确的象征体系、附体、神秘学说、晶体凝视、民间传说和妖怪故事非常痴迷。金苹果、射手、黑猪和这样的东西充斥着这些诗作。他的诗歌通常有一种神秘的魅力,但你不能通过魔法获得天堂,尤其是如果你还是个理智的人,像叶芝先生。"然而,通过"不断发展,终于获得伟大的胜利",叶芝开始用这门语言写并继续写"最美丽的诗歌,其中有些最清晰、最简朴和最直接"。③ 埃尔曼认为艾略特的《小吉丁》中的如鬼魂般的说话者——"某个已故大师"——实际上是叶芝。最终,艾略特和叶芝达成了和解。④

> 我突然看见某个已故的大师
>
> 我曾认识他,但早已遗忘,只依稀记得
>
> 他既是一个人又是许多人,烘焦的脸上
>
> 是我熟识的复合灵魂的眼睛

---

① T. S Eliot, Yeats, *On Poetry and Poets*, New York: Moonday Press, 1957, p. 300.

② Ibid. , p. 308.

③ T. S. Eliot, *The Use of Poets and The Use of Criticism*, London: Faber and Faber Limited, 1932, p. 133.

④ Richard Ellmann, *Eminent Domain*, New York: Oxford University Press, 1967, p. 94.

　　既很亲切又难辨认。
　　于是我充当了双重角色，一面大叫
　　一面又听见另一个人高声叫道："啊！
　　你在这里？"①

　　叶芝对艾略特的影响体现在 1942 年 8 月，艾略特写作《小吉丁》的第二部分：

　　　然后，改变了脸庞和口音，他
　　　用另一个声音宣布：
　　　这些事件使我回到
　　　儿时我学习说话的街道
　　　我也曾忙于语言之战
　　　我的异乡人民
　　　用一门我不懂的语言
　　　我努力拯救了他们，
　　　用我的例子救了你，然而
　　　我与黑暗斗争，也与光斗争
　　　与那些用非诅咒不可的人斗争
　　　从此知晓，所以当你被暴风
　　　卷起来时，会了解
　　　在那里你必须学会游泳。②

　　接着，艾略特说"离开南海岸的精灵"，而叶芝死于法国南部。虽然叶芝的名字在该诗中始终未出现，这些细节均暗指叶芝和爱尔兰：叶芝不懂盖尔语。叶芝死后，奥登做了挽诗《悼念叶芝》：

---

① T. S. 艾略特：《艾略特诗选》，赵萝蕤、张子清等译，燕山出版社 2006 年版，第 172 页。
② 同上。

你如同我们一样愚蠢

（时间）崇拜语言并谅解

它所依存的每一个人

原谅胆怯、自负

将荣誉置于其足下

带着这一奇怪的接口，时间

原谅了吉卜林和他的观念

将会原谅保罗·克劳德

原谅他们因为他们写得很好①

奥登并未直接称叶芝为一位胆怯而虚荣的、口出狂言的法西斯主义者，而是列出一些平行例子。奥登和艾略特似乎视自己正沿着叶芝的道路前行。叶芝死后，像幽灵一样缠绕着现代主义诗人。②

2. 叶芝与乔伊斯

乔伊斯（1882—1941）比叶芝（1865—1939）小 17 岁。乔伊斯承认叶芝是一位有着极高天赋的作家，他将叶芝看作少有的几个有能力将自己追求艺术独立的斗争复杂化或模糊化的作家之一。乔伊斯的弟弟斯坦尼斯劳斯·乔伊斯（Stanislaus Joyce）回忆他的哥哥年轻时阅读了"所有可以找到的叶芝的散文、诗歌，并将叶芝和克拉伦斯·曼根（Clarence Mangan）一起看作唯一名副其实的诗人"。确实，正如埃尔曼（Richard Ellmann）所言，乔伊斯正是看到叶芝在诗歌方面具有不可战胜的优势，因此自己转而从事小说创作。③

叶芝和乔伊斯的联系因叶芝颇具争议的剧作《女伯爵凯瑟琳》始。1899 年 5 月 8 日，乔伊斯观看了该剧的首场演出。接下来的几天里，在皇

---

① T. S. 艾略特：《艾略特诗选》，赵萝蕤、张子清等译，燕山出版社 2006 年版，第 172 页。

② Marjorie Howes & John Kelly, *The Cambridge Companion to William Butler Yeats*, Cambridge University Press, 2006, p. 59.

③ Richard Ellmann, *James Joyce*, New York: Oxford University Press, 1982, p. 83.

家大学的同学们中间传递着一封抗议该剧将爱尔兰人再现为"一群令人憎恨的叛教者"的签名信。乔伊斯对该剧非常欣赏，因而拒绝签字。该信最后在 5 月 10 日《自由人杂志》（*Freeman's Journal*）上发表。尤其打动乔伊斯的是剧中的抒情诗《谁和弗哥斯同去？》，剧中由弗洛伦斯·法尔（Florence Farr）饰演爱丽儿，吟诵该诗。乔伊斯将该诗谱上曲子，让《尤利西斯》中的斯蒂芬·达德勒斯（Stephen Dedalus）为临终的母亲吟唱。斯坦尼斯劳斯记得在现实生活中乔伊斯在其 14 岁弟弟乔吉（Georgie）临终时也为他唱过该曲。

到了 1901 年的时候，乔伊斯开始疏远叶芝。在其《暴动那天》（The Day of the Rabblement）一文中，乔伊斯措辞严厉地批评叶芝甘愿带头引导爱尔兰文学剧院来迎合都柏林平庸的口味，说叶芝有着一种"奸诈的适应本能"。他尤其反感的是该剧院已经完全抛弃了其最初要上演欧洲杰作（易卜生、托尔斯泰或豪普德曼的剧作）的承诺，用爱尔兰题材讨好"暴动"人群。

乔伊斯在 1902 年夏天的一个晚上出现在叶芝老友拉塞尔家中。拉塞尔对乔伊斯的才华印象深刻，同时感觉到了他身上尖刻的独立性。拉塞尔 8 月 15 日写给艺术家萨拉·普赛尔（Sarah Purser）的信中说道："就是为了一亿英镑我也不愿意当乔伊斯的弥赛亚，他会总是批判他所信奉的神灵的糟糕口味。"① 拉塞尔安排叶芝和乔伊斯于 1902 年 11 月上旬见面。拉塞尔告诉叶芝，乔伊斯离叶芝更近，但很独立。两位作家在国家图书馆见面。在一家附近的咖啡馆，乔伊斯朗读了他的《顿悟》。如叶芝在其《善与恶的观念》导论中所讲，这次谈话突然一转，"我夸奖了他的作品，但他说'我其实并不在乎你是否喜欢我正在做的事情。这对我来说不会有一丝一毫的影响。实际上我不知道我为什么要读给你听'。然后，他放下他的书，开始解释他对我所做的一切的反对意见。为什么我关心政治、民间传说、许多事件的历史背景等等？最重要的是，我为什么要写思想？为什么要自甘堕落地做一般性的概括？这些事情都是热铁在冷却下来的表现，灵感在逐渐减弱的迹象"。在要离开的时候，乔伊斯叹了一口气，说出了

---

① Richard Ellmann, *James Joyce*, New York: Oxford University Press, 1982, p. 100.

那句著名的话: "我遇见你太晚了, 你太老了。" 斯坦尼斯劳斯说他哥哥
"一直否认这件事", 他自己则基本相信这是真事。可以确定的是, 乔伊斯
告诉叶芝自己是多么喜欢后者的两篇故事《铜表法》(The Tables of the
Law)和《麦吉的崇拜》(The Adorations of Magi), 希望他快些再次出版。
叶芝1904年再次出版了这两篇故事, 在简短的序言注释中说明他遇到一
位年轻人敦促他这么做, 这位年轻人 "非常喜欢这两篇故事, 而对我写的
其他作品一点也不喜欢"。

在《自传》中叶芝回忆乔伊斯是一位 "写作极佳但极没礼貌的" 年
轻诗人。[1] 尽管被比自己小17岁的无名作家怠慢, 叶芝还是鼓励乔伊斯坚
定自己的文学志向, 把他介绍给自己的朋友, 如西蒙斯和格雷戈里夫人,
并帮助他找到一份文学评论的工作。多年来, 叶芝一直在帮助乔伊斯。
1915年, 叶芝促成皇家文学基金支付75英镑给 "一战" 期间窘困的乔伊
斯。1932年, 他提名乔伊斯担任爱尔兰艺术学院院士。1932年11月5
日, 乔伊斯用他惯有的尖刻回复叶芝慷慨的邀请: "我希望你们在组建的
爱尔兰艺术学院(如果这是那个学院的名称)取得它所要取得的成功。然
而, 至于我, 过去是, 将来可能还是, 没有找到理由让我的名字和这样一
个学院出现在一起; 而且我非常清楚地知道我没有任何权力提名自己担任
其中的一员。"[2] 然而, 叶芝未能帮助乔伊斯实现他要成为一位剧作家的
志向。1904年, 他拒绝在艾贝剧院上演乔伊斯翻译的豪普特曼的剧作
《黎明前》和《迈克尔·克拉默》。他告诉乔伊斯, 他已经将这些译本交
给一位德国学者审阅, 后者给出了不好的评价, 而且剧院在任何情况下都
要 "使用爱尔兰作品" 来建立一个自己的观众群。1917年, 他又拒绝了
乔伊斯的剧作《流亡》, 理由是该剧离艾贝剧院专门上演的民间传说的剧
作太远。[3]

---

[1] W. B. Yeats, *Autobiographies*, Edited by William H. O'Donnell and Douglas N. Archibald, New York: Scribner, 1999, p. 148.

[2] James Joyce, *Letters*, Vol. I, Edited by Stuart Gilbert, New York: Viking Press, 1966, p. 325.

[3] Richard Ellmann, *James Joyce*, New York: Oxford University Press, 1982, p. 401.

　　乔伊斯的《一位年轻艺术家的画像》（1916）和《尤利西斯》（1922）
里面充满了对叶芝崇敬和不敬的暗指。而叶芝充分地赞赏两本小说的优点
和重要性。在1917年给庞德的一封信中，叶芝称赞《一位年轻艺术家的
画像》为"一部非常伟大的书"。但他对《尤利西斯》的反应则比较模
糊。叶芝在1918年7月23日写给约翰·奎因（John Quinn）的信中说，
"他（乔伊斯）发表在《小评论》中的新小说看上去是他最好的作品。这
是个全新的事物，既不是眼睛所看到的，也不是耳朵所听到的，而是漫游
的思绪从一瞬间到另一瞬间所想到和想象的。无疑他在强度上已经超过了
我们时代任何一位小说家"。1922年春天，叶芝在挣扎着阅读乔伊斯的巨
著。3月8日，他在给奥利维亚·莎士比亚（Olivia Shakespeare）的信中
写道："当我跳着读时我很厌恶它，但当我按照顺序去读时我获得了深刻
的印象。但我只读了约30页。它有着我们爱尔兰人的残酷，也有我们的
那种力量。马特楼塔那几页充满了美。一个残暴而又调皮的思想者，像一
只巨大温顺的虎猫。我阅读时听到1898年那个反叛的军官报告：'噢，他
是个好小伙，一个好小伙。枪杀他是一种快乐'。"① 第二年夏天，他写信
给奥利维亚·莎士比亚说他已经邀请乔伊斯来都柏林见他，并"不得不用
最大的小心掩盖他还没读完《尤利西斯》的事实"。② 1927年在议院就版
权问题演讲时，叶芝坦言他不知道《尤利西斯》是否是"一部伟大的文
学作品"，但他可以确定这至少是"一位英雄主义思想家的作品"。对于
《芬尼根的苏醒》，叶芝在给何恩和罗西的《贝克莱主教》（1931）作介绍时
写道："浪漫主义运动已经和它狂乱的英雄主义和自信一起结束了，取而代
之的是一种新的自然主义，使人们在面对自己思绪的内容时不知所措。我
们把乔伊斯的《安娜·利维亚·普鲁拉贝拉》和庞德的《华章》看作英
雄而真诚之作。作者的才能活跃但被悬置，一只手指敲打着时间之钟，从
他自己心灵深处发出声音和回响。"叶芝充分利用活跃的才能，即浪漫主
义充满激情的自信，排斥这种"新自然主义"。

----

① W. B. Yeats, *The Letters of W. B. Yeats*, New York：Macmillan, 1954, p. 679.
② Ibid., p. 698.

　　叶芝 1939 年去世后，乔伊斯将一束花圈送至法国南部的罗克布吕纳的叶芝墓前，表示对叶芝的敬意。

　　爱尔兰文学运动中两大主将叶芝和乔伊斯扮演着复杂的角色。叶芝是这一运动的建立者（founder），然而随着运动的开展，他越来越心有旁骛。乔伊斯不认同叶芝等人搞的这个爱尔兰文学运动。叶芝组建文学社团和剧院，其诗作使用当地民族主题。乔伊斯则自我流放至欧洲，只以都柏林为自己的创作题材。

　　青少年时期的乔伊斯就认识到自己最终必然与叶芝竞争。19 世纪 90 年代晚期，乔伊斯在都柏林大学上学时，叶芝已经是当时被称为文学复兴运动的公认领袖。

　　叶芝常常将爱尔兰女性化。乔伊斯 1904 年写了一首仿拟诗《致未来的爱尔兰》强调凯尔特主义的女性化特征，强调它与真正的民族主义者的不可兼容性。乔伊斯将叶芝描画成一个哀号的女性化傻瓜，听命于一群女人，格雷戈里夫人、毛特·冈和安妮·霍尼曼。

> 　　但是我千万别被算入
> 　　那个戴着面具化装的一群
> 　　其中有他，让他快去抚慰
> 　　他的那些轻佻的已婚妇女们的轻浮举止
> 　　同时当他哭诉时她们又安慰他
> 　　以绣着金线的凯尔特穗饰。①

　　这首诗将凯尔特运动代表人物描写为一群女里女气的过于拘谨的人，"姐妹伶人"和"羞答答和紧张兮兮的少女"。②

　　3. 叶芝与庞德

　　庞德对于叶芝来说扮演着许多角色：现代主义的文学战友；一起学习

---

　　① Ellsworth Mason and Richard Ellmann, eds., *The Critical Writings of James Joyce*, London: Faber and Faber, 1959, p. 150.

　　② Ibid., p. 151.

亚洲文化的室友；击剑伙伴。甚至还差点成了亲戚。庞德之岳母大人即奥利维亚·莎士比亚差点嫁给叶芝。叶芝比庞德年长 20 岁。庞德于 1908 年 8 月 14 日抵达伦敦。当时他决定要见叶芝，将叶芝看作"尚健在的最伟大的诗人"。① 当时庞德除了自信心之外没有什么可以自荐的。但作为诗人俱乐部和爱尔兰文学协会的常客，他很快在伦敦文学圈子里赢得了一席之地。叶芝当时在都柏林，但庞德主要在伦敦圈子里活动，认识了弗洛伦斯·费尔（Florence Farr）、斯特奇·穆尔（T. Sturge Moore）和许多韵客俱乐部（the Rhymers' Club）的老朋友。②

1909 年 1 月，叶芝长期的情人和在伦敦最亲密的朋友奥利维亚·莎士比亚邀请庞德去她在肯星顿的住所饮茶。庞德由此成为莎士比亚和其女多萝西的宠儿。庞德于 1914 年娶多萝西为妻。5 月，莎士比亚带庞德去沃本大厦（Woburn Buildings）见叶芝，从此庞德成为叶芝"周一晚会"中不可或缺的中坚分子。叶芝在 1909 年 12 月给格雷戈里夫人的信中提道："这个古怪的尤物埃兹拉·庞德已经成为行吟诗歌的权威，我认为，他比艾默里夫人（Mrs. Emery，即弗洛伦斯·费尔）更懂诗歌中应该使用的音乐。这种音乐有鲜明的时间标记，更加明确，然而却是有效的语言。可是他不会唱歌，因为他没有好嗓子，就像很糟糕的留声机上的某种东西。"③

叶芝和庞德很快形成一种合作关系，互相引导，朝着一种更加简练、更加具体的诗风发展，简言之，更加现代。从某种意义上说，庞德驱除了叶芝 19 世纪 90 年代诗歌中徘徊的迷雾，将叶芝从朦胧和含糊的诗风中拯救出来，进入 20 世纪。叶芝对此也颇为赞赏和感激，多次承认他对庞德的现代主义直觉的依赖。叶芝喜欢住在阁楼中的年轻人们超过他们的前辈，即使自己代表前辈。叶芝在 1914 年《诗歌》杂志为自己举办的宴会

① Ezra Pound, *The Selected Letters of Ezra Pound*, New York：New Directions, 1971, pp. 7 – 8.
② James Longenbach, *Stone Cottage：Pound, Yeats, and Modernism*, New York：Oxford University Press, 1988, p. 11.
③ W. B. Yeats, The *Letters of W. B. Yeats*, Edited by Allan Wade, New York：Macmillan Company, 1955, p. 543.

上对庞德的现代主义大肆吹捧。当时庞德担任这家芝加哥杂志的"国外通讯记者"。叶芝在餐后演讲中说道:"我们反对修辞。现在有一群年轻诗人说我们的作品过于修辞化。当我从爱尔兰回到伦敦时,有一个年轻人和我一起重读我所有的作品以删掉那些抽象的成分。这便是美国诗人庞德。"① 1924 年叶芝在散文《威廉·布莱克及其给〈神曲〉配画》(1896)的附言中写道:"大约七八年前我让朋友庞德指出我诗歌语言的所有他认为抽象的部分。从他那儿我了解到这场运动已经离抽象比我们这代诗人所能想象的还要远。"② 他告诉格雷戈里夫人:"庞德充满了中世纪风格,帮我回到明确和具体诗风,远离现代抽象。和他谈论一首诗就像使你将句子变成方言。一切都变得清晰、自然。"然而,庞德他自己的作品"非常不确定,通常非常糟糕,尽管有时非常有趣。他用太多的实验毁了自己,完美的原则要多于品味。"③

庞德将叶芝变成现代诗人这种看法和 1912 年一件事有关。叶芝给庞德的 5 首诗在《诗歌》杂志 12 月那一期上发表。庞德自己对其中的三首做了修改。它们是《亡国之君》、《山墓》、《风中跳舞的孩子》。

庞德记得 1913 年到 1914 年冬天有一次,他和叶芝在苏塞克斯的房子里工作,叶芝正在大声朗读其诗作《孔雀》,以验证其节奏。庞德对叶芝的回忆似乎浓缩成一种"灵视"。

> 我回想起烟囱里的噪音
> 似乎是烟囱里的风声
> 但实际上是威廉叔叔
> 在楼下作诗
> 做成了伟大的《孔雀》
> 在他眼神的自豪里

---

① W. B. Yeats, *Uncolledted Prose by W. B. Yeats*, Vol. 2, Edited by John P. Frayne, New York: Columbia University Press, 1976, p. 414.

② W. B. Yeats, *Essays and Introductions*, New York: Macmillan Company, 1961, p. 145.

③ A. Norman Jaffares, *W. B. Yeats: Man and Poet*, New York: Barnes & Noble, 1966, p. 167.

> 已成为一只大大的孔雀在……
>
> 成了一只大大的孔雀
>
> 在他眼神的自豪里
>
> 眼神的自豪
>
> 是的，他有
>
> 一只大大的孔雀是长久的①

文学史家普遍认为庞德帮助叶芝实现了"现代化"。从一定程度上说，叶芝对庞德的影响远远大于庞德对叶芝的影响，庞德最初是布朗宁和叶芝诗歌的崇拜者，理解其意象主义美学的一种方法是他使自己远离布朗宁的好修辞而拥抱叶芝句法和措辞的纯洁。在某种意义上，庞德的意象主义宣言（有影响力的"几个不"）似乎与文学象征主义的有些方面相对，但叶芝在《诗歌的象征主义》中认为"完全象征主义"的彭斯的两行诗"白色的月亮正在白浪后沉落，／而时光正和我一起沉落，啊！"运用了一种预示《在巴黎地铁站》的清新措辞，这是庞德最著名的意象主义诗歌："人群中这些脸闪现／湿黑树枝上，花瓣点点。"② 因此，庞德1913年在总结"伦敦的几个情况"时说道，"我认为叶芝是唯一值得严肃研究的诗人"。③

4. 叶芝对现代主义的态度

庞德和叶芝第一次见面于1909年，他们间的友谊于1913—1914年、1915年、1916年早期达到最佳。叶芝在英格兰南部租了一间石屋，并邀请庞德作他的秘书。在这里，他们一起写作和研究，庞德促使叶芝继续其10年前开始的文风革新。虽然庞德的影响被批评家过于夸张，但他私下和公开地评价叶芝影响了叶芝作品的内容和读者接受，并非所有人同意《责任》中的"硬朗"风格比90年代的缥缈风格更耀眼。部

---

① Ezra Pound, *The Cantos of Ezra Pound*, New York：New Directions, 1995, pp. 533 – 534.

② Michael Levenson, *The Cambridge Companion to Modernism*, Shanghai Foreign Language Education Press, 2000, p. 106.

③ *Poetry*, I, 4, Chicago, Jan, 1913, pp. 123 – 127.

分地通过庞德的努力,读者对叶芝诗风的兴趣出现了自《苇间风》以来的久违了的高涨。①

叶芝曾以现代主义的敌人的身份出现。如果艾略特将浪漫主义斥为"支离破碎、不成熟、混乱",② 叶芝则声称"我们是最后的浪漫派"。③ 一次又一次,叶芝严厉地批判现代主义诗人,认为他们在结构方面马虎("从头到脚全不成样子")、措辞方面平淡。④

在《牛津现代诗选》(1936)的序言中,老年叶芝总结其对当代诗歌的印象时说所看到的是痛苦、激动、颓废的"一团混乱":"自然在 19 世纪由钢铁链接或石头建造,在人们溺水或游泳之处成为焊剂;此刻使一些诗人喊道:焊剂在我的脑海中",⑤ 而叶芝最鄙视的便是最近诗歌中暗喻的缺失、死气沉沉的诗行。他甚至为现代主义诗歌画了一幅讽刺画:"最近几年似乎诗人通过记录偶然情景或思绪随时可以作诗,或许只要用时髦的节奏表达就足够了""我坐在椅子上,天花板的一角有三只死苍蝇。"⑥叶芝在另一篇文章中认为,这种对想象力的排斥使他想起奥古斯都时代冷静的理性诗歌。"技巧上我们似乎处于一个与德莱顿时代相当的时代,我们正在发展一种陈述式诗歌以反对旧的暗喻。明天的诗歌将会是优美地讲述的事实。艾略特使我们着迷全是由于他比任何其他作家朝这一完美状态更进一步。"⑦ 似乎现代主义诗歌将最糟糕的乏味和晦涩结合到了一块。⑧

叶芝认为现代主义诗人在某种程度上是失败的,由于他们的作品体现

---

① David Holderman, *The Cambridge Introduction to W. B. Yeats*, Shanghai Foreign Language Education Press, 2008, p. 58.

② T. S. Eliot, *Selected Essays*, New York: Harcourt Brace, 1960, p. 15.

③ Marjorie Howes & John Kelly, eds., *The Cambridge Companion to William Butler Yeats*, Cambridge University Press, 2006, p. 63.

④ Ibid.

⑤ William H. O'Donnell and Douglas N. Archibald, eds., *Autobiographies*, New York: Scribner, 1999, p. 100.

⑥ Ibid., pp. 194 – 195.

⑦ E. H. Mikhail, ed., *W. B. Yeats: Interviews and Recollections*, Vol. Ⅱ, New York: Barnes & Noble, 1977, p. 200.

⑧ Marjorie Howes & John Kelly, eds., *The Cambridge Companion to William Butler Yeats*, Cambridge University Press, 2006, p. 63.

出现实和神话（幻觉的）因素之间的混乱和不对应，"庞德、艾略特、乔伊斯，……要么从暗喻中除掉作者的幻觉，要么将它们塞满联想的观念或词语，这些似乎偶然浮入脑海，破坏了思想的逻辑过程；或者将物质属性（疯子、石油工厂后的渔者、延伸为 700 页的都柏林一日之低俗生活）和精神属性（神志失常、渔王、尤利西斯漂泊）并列，如在《亨利四世》、《荒原》、《尤利西斯》中，似乎神话和现实现在相距甚远"。①

二 叶芝诗歌的现代性

然而，叶芝认为现代主义诗歌所具有的特征在他自己的诗作中亦可见到。20 世纪 30 年代，低俗的措辞开始在叶芝的诗作中凸显，"他的棍棒和它撞地的那头/像只虫子一瘸一拐"；"腹部、肩膀、屁股/像条鱼闪动"更早时候，与庞德在苏塞克斯的几个冬天，叶芝便进行过几个类似自由诗的实验。②

至于现代主义诗歌中的"偶然"性，即依赖于随机的观察，我们甚至可以在叶芝的诗中找到类似"我坐在椅子上，天花板的一角有三只死苍蝇"的例子。

> 蜜蜂在日益松散的石工缝隙中造窝
> 在那里，鸟妈妈带来幼虫和苍蝇
> 我的墙正在松散③

叶芝总是更愿意从传统的象征库中借用象征，而不乐意从现实生活中提取象征。然而，叶芝的作品，如同其他象征主义者，亦充满了最新生活的例子，如那些技术词。叶芝不喜欢马瑞纳蒂喜欢的东西，他排斥那些技

---

① Marjorie Howes & John Kelly, eds., *The Cambridge Companion to William Butler Yeats*, Cambridge University Press, 2006, p. 66.

② Ibid., p. 64.

③ Peter Allt and Russell K. Alspach, eds., *The Variorum Edition of the Poems of W. B. Yeats*, New York: Macmillan, 1957, p. 424.

术词,如他对伍尔夫所言,词语如"蒸汽滚轮"对他的耳朵而言是死的,
"他说锹已经被3000年的联想涂上了香油,而蒸汽滚轮没有,诗歌的伟大
时代——莎士比亚时代是主观的;我们的时代是客观的,当文明变得客观
化时,它就结束了,诗人只有当他有象征时才能写作,蒸汽滚轮未被象征
主义包括,或许经30年代诗人使用后可能被包括进来"。① 对叶芝来说,
象征意义只有通过年代和长久使用获得,除非你的曾祖父曾用过它,否则
不适合诗歌。

然而,叶芝的诗中或隐晦、或直接地出现技术词汇,尤其是关于空中战
事的词汇,从象征主义的"声音响亮的鹰"到"飞机和齐柏林飞艇将会出
现/像比利王那样扔下炸弹"。《本布尔本山下》一段被叶芝删去的诗行也是
关于空中轰炸主题的。工业词汇,如纺纱机,亦出现在叶芝的诗中。如诗作:

> 洛基沉入
> 花园死去
> 上帝从他旁边拿走纺纱机②

叶芝不仅在纺纱机中看到了机械属性,在《荒原》里的打字员那儿也
找到了机械属性。艾略特的诗歌运动似乎是机械的,如她用"自动之手"
打开唱声机:"在《荒原》中有的音韵颇为单调。"

不少论者认为叶芝的诗中缺少城市意象,而许多现代主义诗人均住在
祖国的城市中。关于诗人的城市生活经历,叶芝对灰色的人行道是充满蔑
视的,"当我在昏暗的灯光下站在奥康纳尔桥上注意到那不和谐的建筑物、
那些闪亮的标牌时,现代的异质性物质表象,一种难以名状的厌恨从我的
内心油然而生"。③

---

① Peter Allt and Russell K. Alspach, eds., *The Variorum Edition of the Poems of W. B. Yeats*, New York: Macmillan, 1957, p. 424.

② Ibid., p. 439.

③ Marjorie Howes & John Kelly, eds., *The Cambridge Companion to William Butler Yeats*, Cambridge University Press, 2006, p. 65.

　　在现代主义实验极端的方面，超现实主义与叶芝最近。20 世纪 20 年代早期达达的分裂力量到了自我分裂的程度，从它的碎片中，布雷顿（Andre Breton）拼凑了一项运动，他借用阿波利奈尔（Apollinaire）1917 年造的一个词，超现实主义。超现实主义可以看作达达的心理化过程，它从外在宇宙随机进入人类心灵：布雷顿在《超现实主义》中定义为："超现实主义，名词，纯粹的心理自动化……在完全没有理性控制的情况下思想的誊写。"① 布雷顿运用各种方法试验听到幽灵的声音、无意识的听写，培养昏睡状态，等待，最后将神秘的词和意象写出，布雷顿举了一个著名的例子：他心灵"敲打着窗子"，"窗户旁有个人被砍成两半；它伴随着一个正走着的人被垂直于他脊椎的一个窗户切分为两半的虚弱的视觉表象"。②

　　叶芝的神秘研究亦有类似惊人的自动化。叶芝在自传中记下其与梅瑟斯的实验，其中有一个不切实际的、好战的幻觉，当叶芝闭上眼，梅瑟斯拿着一个纸箱象征地对着他的头："在我的脑海里出现一个我无法控制的意象：一片沙漠和一个黑提坦从一堆古代的废墟中间靠两只手举起自己。"梅瑟斯解释道，"我已看到了火精的世界，因为他已向我展示了它们的象征"。③

　　叶芝的《幻象》可以看作最伟大的超现实主义实验。基于叶芝灵视的多年实践，以自动书写和他睡眠时记下的呓语抄写形式，《幻象》从来没有放弃过使非理性的东西理性化：来自无意识或死亡之外的信息，似乎都是神秘的，因为它们几乎不可解释。《幻象》中的几何图形、螺旋图案、锥体及半夜景象并未减少它的混乱性。

　　叶芝对立体主义绘画的随意形式颇为厌恶："我感到温戴姆·刘易斯的立体主义图画，有一种类似于混淆了抽象和节奏而产生的修辞。节奏暗示着活生生的生命、上下起伏的胸脯或舞动的四肢，而抽象与生命是不相宜的。"然而他不断地描述《幻象》在本质上是一本立体主义的书："整个哲学体系通过一系列碎片说明，这些碎片只展示它们的意义，如果将它

　　① Marjorie Howes & John Kelly, eds., *The Cambridge Companion to William Butler Yeats*, Cambridge University Press, 2006, p. 65.

　　② Ibid.

　　③ Ibid., p. 73.

们放在一起，就如孩子们的由分离的立体组成的图画一样。"① 这种孩子气不是笨拙或不成熟的东西，而是高级现代主义的高度孩子气本身。"现在该系统清晰地站在我的想象力之中，我将那螺旋体看作是经验的风格化安排，它可以与温戴姆·刘易斯绘画的立体和布兰库西（Brancusi）雕刻中的卵形一样。"②

叶芝极力与现代主义抗争，结果发现自己骨子里透着现代主义。叶芝的现代主义不同于艾略特的现代主义，其现代主义是其诗艺从浪漫主义发展到象征主义，再结合爱尔兰及欧洲历史传统和政治现实的自然过渡，无疑具有现代性。正如王佐良所言："他又在重要方面不同于这些美国来人：他的爱尔兰根子，他与农村民俗文化的联系，他与民族解放运动的错综关系，他的高傲而又肯内省的气质等等都是他们所没有的。他们是现代城市诗人，而叶芝则来自更古老的文明。"③ 因此，我们可以将叶芝的现代性看成凯尔特式的现代主义。

第三节　叶芝的爱尔兰英语写作

叶芝是现代爱尔兰文学的先驱，现代爱尔兰文学被一些历史学家称为盎格鲁—爱尔兰文学（Anglo-Irish literature）。叶芝用英语写作，而英语是殖民者的语言，也是一种殖民工具。叶芝不会用爱尔兰语说话或阅读，因此他对它的看法充满了浪漫色彩：它是一种生动、富有激情、顽皮、异教和体质强壮生活的一部分。尽管他有时渴望获得这个已经消失的世界所失去的能量，他并没有感觉到说英语是在用一种外来的语言说话。如乔伊斯笔下的斯蒂芬·达德拉斯一样，他没有痛苦地遭受精神上的不安，把"如此熟悉而又如此陌生"的英语看作一种"习得语言"。乔伊斯对英语的厌恶主要是由对那些巧取豪夺的殖民父辈们的抵制引起的。而叶芝则心安理

---

① Marjorie Howes & John Kelly, eds., *The Cambridge Companion to William Butler Yeats*, Cambridge University Press, 2006, p. 75.

② Ibid.

③ 王佐良:《英国诗史》，译林出版社 1997 年版，第 415—416 页。

得地将英语接受为"母语"①。叶芝并不支持道格拉斯·海德（Douglas Hyde）和盖尔联盟（Gaelic League）关于在爱尔兰人民中复兴和鼓励使用爱尔兰语的策略，因为他正确地预见到爱尔兰语将"很快不再被人们所听到，除了偶尔在偏僻的村庄和康诺特（Connaught）被狂风吹打的岸边"。他认为海德复兴这一"正在消亡的语言"的措施是极端不现实的，然而他支持海德对爱尔兰的"去盎格鲁化"②的号召："难道我们不可以建立一个民族传统，一种民族文学，在精神上是爱尔兰的而在语言上是英语的文学吗？"③ 对叶芝而言，爱尔兰人和英国人之间有本质的区别，叶芝认为爱尔兰人有"狂野的凯尔特血脉，是天底下所有事物中最不英国化的人群"④。对血脉的坚持贯穿着叶芝的整个创作生涯。把凯尔特因素隔离开来的做法衍生自一种种族或少数民族分类的倾向，这种倾向可以回溯到雷南和马修·阿诺德，它在民族意识的形成过程中扮演着主要角色。尽管叶芝并没有坚持把爱尔兰语作为民族身份的中心表达方式，他区分爱尔兰人和英国人时的那种夸张程度（"天底下所有事物中最不英国的"）显示了他在情感上对凯尔特狂野特性的偏向。

在叶芝的生活和作品的中心存在着一个悖论（paradox）。他和英国文化与文明的关系处于一种矛盾状态（ambivalence）。作为精神分析中的一个术语，矛盾状态常被用以描述在想要某物和想要其对立面之间的一种持续摇摆的状态或态度，也指某个物体、人或行为同时产生的一种吸引和排拒。它后来被霍米·巴巴借用到后殖民理论中，用以描述殖民者和被殖民

---

① "Gaelic is my national language, but it is not my mother tongue", *Essays and Introductions*, London：1961，p. 520. See also："I might have found more of Ireland if I had written in Irish, but I have found a little, and I have found all myself", *Essays and Introduction*, p. 208.

② "The De-Anglicizing of Ireland" dated 17 December 1892 was a response to Hyde's lecture delivered to the Irish Society on 2 December; See *Uncollected Prose by W. B. Yeats*, ed. John P. Frayne and Colton Johnson. 2 Vols. 1970—1975, I, p. 255. Yeats conceded："Let us by all means prevent the decay of that tongue where we can, and preserve it always among us as a learned language to be a fountain of nationality in our midst, but do not let us base upon it our hopes of nationhood".

③ W. B. Yeats, *Yeats's Poetry, Drama, and Prose；Authoritative Texts, Contexts, Criticism*. New York：W. W. Norton, 2000, p. 261.

④ Ibid.

者相互关系中那种既吸引又排拒的复杂状态。① 晚年，叶芝充满激情地在
《我的作品简介》中对这种分裂感进行了阐述。他引用盎格鲁—爱尔兰历
史学家莱基（Lecky）的一段话开篇，后者声称世界上没有哪个民族所遭
受的迫害更甚于爱尔兰人。叶芝接着写道：

> 没有哪个民族像我们这样厌恨自己，由于我们的过去一直活着。
> 有时这种恨毒害着我的生活，于是我怪罪自己无能，因为我没有充分
> 地表达出这种恨。通过一个游荡的农民诗人之口表达出来是不够的：
>
> 你问我找到了什么，我去过很远的地方：
> 除了克伦威尔的房子和他杀人不眨眼的手下之外什么也没有，
> 恋人和舞者们都被打成泥土，
> 还有那些高个子、剑客和骑手，他们在哪里？
> 有一个老乞丐骄傲地四处漂泊——
> 他的父辈们伺候他们的父辈们于基督被钉死之前。
> 噢 那个什么，噢 那个什么，
> 还有什么好说？

> 然后我提醒自己尽管我的婚姻是我所知道的直系亲属中第一桩与
> 英国人的婚姻，我的所有家族名字都是英国式的；我的灵魂归功于莎
> 士比亚、斯宾塞和布莱克，或许还有威廉·莫里斯和英语语言，这门
> 我用来思考、说话和写作的语言；我所爱的一切都通过英语获得。我
> 的恨用爱折磨着我，我的爱用恨折磨着我。我就如同一个西藏的僧侣
> 梦见在他入定之时被一只野兽吃掉而醒来时发现自己既是吃人者又是
> 被吃者。②

---

① 生安峰：《霍米·巴巴的后殖民理论研究》，北京大学出版社 2011 年版，第 100 页。
② "A General Introduction for My Work", cited from *Yeats on Yeats: The Last Introductions and the* "*Dublin Edition*", New Yeats Papers XX, ed. Edward Callan, Portlaoise and Atlantic Highlands, NJ, 1981, p.63.

　　叶芝曾说我们在和别人的争辩中获得修辞，和自己的争辩中获得诗歌。① 1934 年他不无妒忌地告诉伍尔夫，英国人因为富有和强大而受益："你们不带着仇恨创作。"② 同时他也认识到文学创作需要一种悲剧冲动。他的家族名字是英国的，但他对英国人和爱尔兰人间的分歧和敌意的思索并没有以萧伯纳式的悖论形式表达出来。萧伯纳说："我是一个真正典型的处于丹麦、诺曼、克伦威尔和苏格兰殖民统治之下的爱尔兰人"，③ 这是通过揭示逻辑谬误或解构先在定义来瓦解民族或种族身份。叶芝则说："爱尔兰尽管在宗教和政治上是分裂的，但和任何一个现代国家一样是一个民族。"④ 叶芝声称 19 世纪伟大的盎格鲁—爱尔兰作家们如贝克莱（Berkeley）、斯威夫特（Swift）、歌德斯密斯（Goldsmith）和伯克（Burke）"被这种从英格兰找到的对立物刺激从而清晰地表达出自己的思想"。但是仇恨也可以使自我毁灭、封闭和瘫痪。在叶芝身上，我们可以看到一种作家在殖民影响的阴影下开始创作，为创造一个文化和知识上独立于英国的文学而不懈斗争，同时伴随着政治上的独立抗争。叶芝阅读英国文学不仅是从后者吸收营养而且含有外人对英国文明和英国特性的批判性细究的意味。叶芝的爱尔兰文学作品如果没有他毕生对英国性的集中解读不可能出现。叶芝既是英帝国的子民也是一个维多利亚时期作家（直到 1900 年他 36 岁）。尽管叶芝无法逃避英国文化的影响，他对女王"使用她自己的榜样和影响"导致艺术上的平庸进行严厉批判，致力于建立一种反殖民文化、一种纯粹的爱尔兰文化与英国文化抗衡。其中包括捍卫爱尔兰戏剧自由。在 18 世纪的英格兰，由于有人写剧本攻击贿选，沃尔波里（Walpole）建立了严厉的剧院审查制度，后来的清教主义变本加厉。这导致《奥狄浦斯王》剧本不能在伦敦剧院上演，但却可以上演有着强奸暗示的闹剧或有着性暗示和庸俗生活观的音乐剧。英国剧院堕落且远离生活。英

　　① "Per Amica Silentia Lunae", *Mythologies*, London, 1959, p. 331.

　　② *The Dairy of Virginia Woolf*, 5 Vols. London, 1977—1984, Vol. IV, ed. Anne Olivier Bell assisted by Andrew McNeillie, p. 256.

　　③ Preface for Politicians, *John Bull's Other Island*. Rev. ed. London, 1947, p. 15.

　　④ W. B. Yeats, *Explorations*, London: Macmillan & Co., 1962, p. 347.

国剧院的影响在都柏林无处不在，都柏林在许多方面是一座维多利亚城市或"蹩脚的英国"。乔伊斯的《尤利西斯》细腻地描述了 1904 年都柏林的这种文化的印象：到处是英国报纸、英国音乐厅里的歌曲、英国广告、英国赛马结果。

叶芝对英国文化在爱尔兰的影响充满反感和对立情绪。然而叶芝一生大部分时间在英国度过，主要在伦敦，他从爱尔兰视角对英国文化的攻击是在相对安全的英国做出的。肯纳（Hugh Kenner）曾统计叶芝一生 26891 天中的约三分之一在爱尔兰度过，估计一半在英国度过。[①] 在父亲、拉斯金和威廉·莫里斯的影响下，叶芝展开了对英国文明的批判，简言之，就是表达一种对金钱崇拜和丧失想象力的反感。具有讽刺意味的是，尽管叶芝对英国文化批判有加，他还是选择居住在伦敦。这部分地因为伦敦是"刺激他表达思想"的对立物，把伦敦看作与理想化的爱尔兰所代表的田园价值对立的城市，伦敦对爱尔兰也是一种警告：下流英格兰的例子已经足以说明爱尔兰很容易被叶芝所鄙视的现代英国文明所吞没和同化。在像伦敦这样的城市中，每个人都似乎被夺去了想象力。个人身份被分解，消失在人群之中。这也暗示着英国人已经逐渐失去了过去"个人的、富有诗性的生活"。

说到《约翰·舍曼》，叶芝写道："我有志被看作一位爱尔兰小说家，而不是一位选择爱尔兰为背景的英国或世界主义作家。"[②] 然而，经济上他又不得不在伦敦而不是在都柏林当作家谋生。他必须依赖英国出版商、编辑和评论家们，直到爱尔兰可以在经济上和知识上支撑自己的文学。1894 年他写道："只要爱尔兰公众对文学一无所知，爱尔兰作家们就必须心甘情愿地为那些对爱尔兰一无所知的国家写作。"[③] 20 年里他从不将自己的书送去为爱尔兰报纸写评论。

面对英国文学和文化的强势影响，叶芝极力地保持政治和知识上的独

---

① Huge Kenner, *A Colder Eye: The Modern Irish Writer*, London, 1983, p. 25.

② W. B. Yeats, *The Collected Letters of W. B. Yeats.* Oxford: Clarendon Press, 1986, pp. 274 - 275.

③ Ibid., p. 276.

立性。他的努力程度和担心被英国文明影响融化的焦虑感可从他的通信、散文和评论中看出，尤其是19世纪80—90年代他文学事业的起步阶段。他不断阅读爱尔兰小说，想从中"寻找一个爱尔兰意象"，以便"不会忘掉那些他想成为他的艺术基础的东西"。①"1897年，我过着一种积极的爱尔兰生活，将我从身边所看见的和在高尔韦农舍中所听到的进行比较，这时，我才摆脱了许多错误的观念。"② 这种情形可从其诗歌《茵尼斯弗利岛》、小说《约翰·舍曼》和《自传》中看出。该小说的题材是"对伦敦的恨"。小说中，叶芝将这种后来成为他写诗的灵感的顿悟经验放在激发主人公通过英国城市生活的单调表象看到另一个更狂野的、怀旧所回忆的或想象的世界的一系列印象中：

> 这会儿舍曼的脑海里不断地胡思乱想着，不断地想起巴拉。在奇普赛特下着斜雨的那片云层灰暗一角使他遥遥地想起巴拉北部的一座山，朝海的陡崖劈开海浪，云雾忽上忽下。某个街角使他想起巴拉一角的卖鱼市场。晚上标识道路维修地点的灯笼使他想起修鞋匠的小推车，吊着装有燃着煤块的小罐子，摇摇晃晃，过去常常开市时走到巴拉的皮特小路角落停下。③

叶芝还细致地描述了舍曼年轻时梦见茵尼斯弗里小岛。诗歌《茵尼斯弗利岛》中伦敦和田园两者形成了鲜明的对比。伦敦是现代英国文明流行的价值观所创造的城市生活原型代表。茵尼斯弗里小岛则是叶芝度过童年时光的地方，叶芝对其有着深厚的感情，并寄希望爱尔兰能面对工业主义和物质主义的蚕食时保留"古代的生活理想"。

① W. B. Yeats, *Explorations*, London: Macmillan & Co., 1962, 235, his compilation of selections from the Irish novelists and from Irish fairy stories was directed by a similar motive: "Though I went to Sligo every summer, I was compelled to live out of Ireland the greater part of every year, and was but keeping my mind upon what I knew must be the subject-matter of my poetry", *Autobiographies*, pp. 149 - 150.

② W. B. Yeats, *Explorations*, London: Macmillan & Co., 1962, p. 235.

③ Joseph McMinn, *The Internationalism of Irish Literature and Drama*, Colin Smythe Limited, 1992, p. 246.

　　叶芝的作品中从来不描写伦敦和英格兰。然而，这种表征的缺失或许从反面也说明了它们的重要性。不提英国既是一种规避，也是一种文化独立宣言。这是一种"地理意识"的表达。叶芝对文化和诗学独立的斗争本质也可从他对第一次世界大战的复杂态度上看出。唯一一首提到第一次世界大战的诗歌是纪念格雷戈里夫人之子罗伯特的诗歌《一位爱尔兰飞行员遇见自己的死》，"我对所抗击者并不仇恨，/我对所保卫者也不爱慕"。其中的"所保卫者"就指的是英国人，所抗击者则是德国人。

小　结

　　叶芝对殖民者英国的文学和文化既爱又恨。为了创立爱尔兰现代文学，叶芝务实地向英国浪漫主义文学学习，但不仅仅是模仿，而是取材爱尔兰本土题材并用英语写作，这是一种后殖民的杂糅式写作，也是处于弱势国家（文化）的作家反抗强势国家（文化）不得已而采取的策略。叶芝的例子证明，借鉴殖民国（强势文化）优秀文学传统，以宗主国语言（强势语言）写作、以本民族为题材的后殖民书写策略是有效的。

第四章 译以反殖:叶芝的反殖民翻译

第一节 后殖民理论与爱尔兰文学翻译传统

翻译跨越两种不同语言,是基于语言差异的活动。两种语言,就是两种文化。这种跨越行为便是构建文化身份差异的行为。因此,如果翻译在殖民者和被殖民者的语言文化之间进行,这种翻译活动本身便不再透明、单纯,而是有着强烈的政治意义。如罗宾逊所言,在后殖民理论背景下,翻译要么是帝国殖民的工具,要么是殖民地进行反殖民的武器。① 语言文化上的暴力并不是单方面的,强势语言文化可以打压翻译,翻译也可以通过反打压的策略来抵抗强势语言文化的入侵,因而所呈现的情况常常是一种后殖民式的相互作用和相互渗透。②

爱尔兰是英国的第一个殖民地,在发现新大陆之前就被英国以吞并的方式殖民,因此,英国和爱尔兰之间的历史关系与英国和英联邦国家之间的关系多少有些不同。然而,殖民的方式不同并没有改变本质上的殖民与被殖民关系。爱尔兰照样要经受掠夺财产、种族灭绝、经济压迫、政治操控等被殖民遭遇。1845—1850 年的爱尔兰大饥荒导致超过200 万人口死亡或移民,而这是整个爱尔兰人口的四分之一,此时粮食

---

① Douglas Robinson, *Translation and Empire*: *Postcolonial Theories Explained*, Beijing: Foreign Languages Teaching and Research Press, 2007, p. 6.

② 王宁:《解构、后殖民和文化翻译——韦努蒂的翻译理论研究》,《外语与外语教学》2009 年第 4 期。

正从爱尔兰运往英格兰。爱尔兰人民遭受种族主义压迫，被嘲笑和被视为劣等民族。1366 年《基尔肯尼法案》（*Kilkenny*）变本加厉，禁止爱尔兰语言和习俗。17 世纪的《刑惩法》将爱尔兰占人口多数的天主教教徒置于"永久臣服"的地位。19 世纪，英帝国将爱尔兰人、文学和文化刻板化、模式化和丑化。

在数百年的被征服和被压迫中，爱尔兰的主权、资源和土地均落入英国殖民者手中。作为一种殖民手段的翻译从都铎王朝开始就呈现出置换、迁移、传输和转化：爱尔兰控制和标准下的政府、权力和法律被置换为英语语言传统和英国控制；大清洗和大饥荒期间爱尔兰人民的迁移；土地从爱尔兰地主手中转移到英国地主手中；从爱尔兰语的文化和教育内容转化为英语；同时爱尔兰的物质财富沦为英格兰的收益。这样一来，爱尔兰的文化按英国标准被转化，结果英国的法律、礼节、风俗习惯及英语和英国文学在爱尔兰越来越处于主导地位。英文名称强加于风景名胜之上，甚至用于爱尔兰人的名字上。阿米尔卡·卡布拉尔（Amilcar Cabral）评论道："拿起武器去统治一个民族，最重要的是拿起武器去摧毁其文化生活，至少要使其文化生活中性化或使其处于瘫痪状态。原因在于，只要本民族的文化生活有很强的生命力，外国统治就不会持久。"① 爱尔兰早期文学英译主要有两种传统：文学性翻译和学术性翻译。19 世纪和 20 世纪《偷袭牛群》译入英语的历史呈现出三阶段性：第一阶段为英国殖民者思想意识起主导作用的阶段，以斯坦迪什·奥格拉迪（Standish O'Grady）为代表；第二阶段为爱尔兰民族主义影响阶段，以格雷戈里夫人为代表；第三阶段为反映后殖民思想的翻译阶段，以金塞拉为代表。提莫志科将奥格拉迪、格雷戈里夫人和金塞拉的三种翻译方法归纳为同化式、对抗式和彰显式翻译策略。②

---

① Maria Tymoczko, *Translation in a Postcolonial Context*, Shanghai: Shanghai Foreign Languages Education Press, 2004, p. 19.

② 吴文安：《后殖民翻译研究：翻译和权力关系》，外语教学与研究出版社 2008 年版，第 187—195 页。

第二节　叶芝的后殖民翻译实践

一　选择希腊戏剧为翻译题材

20 世纪初爱尔兰经过英国 800 多年的殖民统治之后，会说爱尔兰语即盖尔语的人微乎其微，而英语已经成为大多数人的语言。要构建爱尔兰文学传统和文化身份，恢复盖尔语已经变得不太现实。面对这种尴尬的境地，务实的选择便是用英语构建爱尔兰文化身份，对于爱尔兰古代文学，只有靠翻译。对翻译在爱尔兰文学传统构建中所发挥的重要作用，叶芝有着充分的认识：

> 我们应该用英语翻译或复述那些有着难以定义的爱尔兰特点的韵律和风格的东西和所有古代文学中最好的部分。①

叶芝曾和格雷戈里夫人一起去爱尔兰西部搜集民间故事并用英语编写故事集。显然，他们心中的读者包括英国读者、爱尔兰读者和欧洲其他国家具有英语阅读能力的人。他们希望将爱尔兰古代传说和民间故事从少数会说爱尔兰语的农民口中译出，供不懂爱尔兰语的爱尔兰读者阅读，让更多的爱尔兰人了解自己的民族文化，以确立自己的爱尔兰文化身份。面向英国读者，是为了"更好地保存古代文化"，以便与英国的商业文化对比和对抗，似乎要告诉英国人，你们英国人用军事征服了爱尔兰人，但现在我们爱尔兰文化却可以征服你们的英国文化，如同希腊文化征服了罗马文化。这种编译行为，即用英语［殖民者的语言及已经成为爱尔兰通用语（langua franca）的语言］翻译爱尔兰语故事，具有鲜明的反殖民色彩。其中也有一种面对现实的务实意味，毕竟，恢复爱尔兰语难度很大。正如叶芝在与道格拉斯·海德（Douglas Hyde）辩论中所说的那样，爱尔兰务实

---

① W. B. Yeats, *Yeats's Poetry*, *Drama*, *and Prose*: *Authoritative Texts*, *Contexts*, *Criticism*, New York: W. W. Norton, 2000, p. 261.

的选择便是用英语描写爱尔兰事物，从而使英语成为爱尔兰性的载体。从后殖民理论的角度，我们甚至可以说，叶芝的这种做法有点巴西食人族的意味，即将殖民者的语言——英语拿来，消化成爱尔兰英语，从而为我所用，照样可以形成区别于英国的爱尔兰英语文学。

叶芝直接的翻译活动则是他对《俄底浦斯王》和《俄底浦斯在克罗诺斯》两剧本的翻译。

对于深度参与艾贝剧院事务并创作了超过 25 本剧作的叶芝来说，关注希腊剧作在所难免。1939 年 1 月他在去世前还在关注希腊戏剧。"希腊戏剧达到完美境界。从那以后绝无仅有。我们要再次达到那种完美或许还需要几千年。莎士比亚仅仅是把宏伟的碎片堆集起来而已。"①

叶芝非常关注希腊戏剧的技巧。他积极参与英国的希腊戏剧运动。英国的希腊戏剧运动最有影响的成就是马克思·瑞恩哈德（Max Reinhardt）的剧作《俄底浦斯王》。叶芝 1912 年在伦敦的科文特花园剧院（Covent Garden Theatre）观看了此剧。该运动的重要思想是主张采用希腊戏剧舞台设计模式。和现代舞台不同，希腊剧院前面凸出的两翼，可以确保观众和演员相连，既给观众一个较好的观看点以看清演员的每一个肢体动作，又能使合唱团接近观众。叶芝在排演两部俄底浦斯剧本和《复活》时把这些思想体现出来。在《俄底浦斯王》中，合唱团放在艾贝剧院的正厅后排乐队中间。在《复活》中实验孔雀剧院的小型观众与舞台紧紧相连。

但叶芝为什么选择索福克勒斯的俄底浦斯剧本呢？

首先，叶芝认为《俄底浦斯王》是"希腊戏剧中最伟大的杰作"。②叶芝把索福克勒斯看作主要西方经典的代名词，反复把他和荷马与莎士比亚相提并论。叶芝高度评价索福克勒斯，将他与荷马和莎士比亚一起写进诗歌与戏剧。叶芝将莎士比亚看作现代最伟大的剧作家、一位里程碑式的人物。然而，他同时也认为如果索福克勒斯的所有作品能幸存下来，他将超越莎士比亚。1925 年出版的《幻象》中，叶芝对索福克勒斯着以重墨，

① Joseph McMinn, ed., *The Internationalism of Irish Literature and Drama*, Buckinghamshire: Colin Smythe Limited, 1992, p. 16.
② Ibid., p. 17.

断言"要是索福克勒斯的全体作品幸存下来，我们或许不会认为莎士比亚是最伟大的"。同时他坦陈观看《俄底浦斯王》对自己如何产生深刻的影响："在排练中我有一种强烈情感，一种亲自置身于神祇可怕的圣事现场之感。但我总是从希腊戏剧中获得这种感觉，虽然从未如此强烈过。"①在《幻象》中，叶芝将索福克勒斯列为莎士比亚唯一的对手，甚至高于后者："或许世俗智慧在和宗教斗争了五百年后获得自由发挥，使莎士比亚成为最伟大的戏剧家。然而因为仅仅一个辩证的年代可以给予他的艺术以绘画或庙墙般的整一性。我们或许已经使索福克勒斯所有的作品幸存下来却没有意识到他才是最伟大的。"

叶芝在索福克勒斯作品中找到了来自普通生活和"天界之魂"（*ANIMA MUNDI*）的象征性语言和总是追求悲剧性快感的民间传说。叶芝在《论锅炉》中写道："悲剧如果不能让英雄人物最终抵达快乐之境，便失去了存在的合理性。波洛纽斯或许悲惨地走出去，但我可以从台词'请您从幸福中缺席一会儿'中，从哈姆雷特对死去的欧菲利亚所说的话、克利奥帕特拉的最后告别、李尔在闪电中的怒火、俄底浦斯在故事结尾时坠入被爱'分裂'的地球中听到的舞蹈音乐中感受到这种悲剧性快乐。"②索福克勒斯是叶芝现代舞台改革的典范之一。叶芝在《人民剧院》中对格雷戈里夫人写道："您、我和辛格，着手把莎士比亚或索福克勒斯的戏剧带回舞台。"③

其次，索福克勒斯的剧本正好符合当时叶芝对戏剧的要求。叶芝希望爱尔兰戏剧拥有基于非凡想象力的民间传说色彩，观众相对没那么复杂。索福克勒斯剧作中神话人物拥有这种想象色彩，当时雅典的观众与在爱尔兰小木屋中听着爱尔兰语故事的人比较类似。叶芝后来痴迷日本的反现实主义和贵族式的能剧，索福克勒斯又成为非自然主义剧院的典

---

① Joseph McMinn, ed., *The Internationalism of Irish Literature and Drama*, Buckinghamshire: Colin Smythe Limited, 1992, p. 17.

② David A. Ross, *Critical Companion to William Butler Yeats: a Literary Reference to His Life and Work*, New York: Facts On File, 2009, p. 552.

③ W. B. Yeats, *The letters of W. B. Yeats*, New York: Macmillan, 1954, p. 610.

范。索福克勒斯相信灵魂不朽。叶芝喜欢索福克勒斯的剧作的一个重要
原因是其中含有超自然因素:"当我准备在艾贝上演《俄底浦斯在克罗
诺斯》时,我看到开场那一幕中的复仇女神森林和爱尔兰精灵出没的森
林一模一样。"①

最后,索福克勒斯的英雄人物符合叶芝对代表民族身份人物的政治和
审美需求。叶芝将索福克勒斯和莎士比亚与种族意识的瓦解、个体意识的
诞生联系在一起。在《民族性和文学》(1893)中,他写到荷马描写"伟
大的种族或民族运动和事件,为希腊民族而不是其中的哪一个人而歌唱",
埃斯库罗斯和索福克勒斯"将这些伟大的运动和事件分摊到其中的人物身
上。特洛伊城的陷落不再是主题,因为阿伽门农、克吕泰涅斯特拉和俄底
浦斯占据着舞台"。在修订版《幻象》中,俄底浦斯成为希腊神话、叶芝
喜爱的荷马式异教世界中心人物,他的死亡确实具有超自然色彩。叶芝尤
其强调俄底浦斯的悲剧英雄色彩和对知识的追寻:解开了斯芬克斯之谜;
不懈地追求自己灾难性身份的真相;弑父娶母;找到真相后刺瞎自己双
眼。因为知识、英雄主义和超自然死亡,俄底浦斯是西方人内心矛盾的原
型。叶芝对所谓的俄底浦斯情结并不感兴趣,因为他自己并没有这种情
结。俄底浦斯的身份令叶芝尤其感兴趣,一个善于解谜之人却连自己的身
份之谜都解不开。先为国王,后沦为乞丐;先为救世主,后沦为替罪羊;
先为侦探,后沦为罪犯;先为明眼人,后沦为盲人。在知识和无知、好运
和厄运、杀人犯和圣人之间摇摆。

艾贝剧院历史学家罗伯特·威尔奇(Robert Welch)认为俄底浦斯的
故事在艾贝剧院观众中产生了共鸣,因为它"带着一种深深的意识,有针
对性地对独立后爱尔兰社会性质问题发表议论……俄底浦斯解答了受压迫
的狮身人面像的谜语,却发现自己完全陷落一种无法逃避的命运。该剧似
乎想说,爱尔兰人从英格兰的统治中找到了某种解脱,却也意识到所获得
的自由是一种折磨,一种无力做出选择、昔日战友背信弃义、互揭道德丑

① Joseph McMinn, ed., *The Internationalism of Irish Literature and Drama*, Buckinghamshire:
Colin Smythe Limited, 1992, p. 21.

闻和谋杀横行的折磨。叶芝此处提出了从暴力行径中产生何种后果的问题，即使这些行径是带着虔诚信仰或出于可以理解的冲动做出的"。①

二　叶芝的反殖民翻译策略

叶芝对索福克勒斯这两个剧本的兴趣持续了超过 25 年，使两剧成为艾贝剧院的节目。叶芝把杰布（Sir Richard Jebb）的散文译本看作最佳版本，1912 年自己的译本对它有所借鉴。

> 我正在制作自己的《俄底浦斯王》版本，已经完成了 350 行。我拿来杰布的版本并将它转换成简单的口语。昨天林德（Rynd）带来希腊文本并为我查阅许多段落的原文意思。我正在把合唱转化成不押韵的诗句。当然，我正在简化它，实际上，在把它变成一个艾贝剧本。②

叶芝 1912 年实质性地完成了这项工作，但阿贝剧院的《俄底浦斯王》演出剧本尚未制作完毕。叶芝的两个俄底浦斯剧本先后在艾贝剧院上演。首先上演的是《俄底浦斯王》，时间是 1926 年 12 月 7 日，取得了"巨大的成功"③。叶芝把两部剧本改写成了"适合现代舞台演出的版本"，而不仅仅是翻译。

叶芝将杰布的直译版本看作最佳译本并大致基于此进行改写式翻译。因此，叶芝的译写基本上是忠实于原文的。但叶芝译本与杰布译本也有些差异。这种差异一部分来自叶芝对杰布版本的"一半拉丁、一半维多利亚典雅风格"不以为然。他完成自己的版本后，和格雷戈里夫人使用马斯克雷（Paul Masqueray）的法语译本"对照通读了全稿，修改了每一个在爱

① Robert Welch, *The Abbey Theatre, 1899—1999*, Oxford: Oxford University Press, 1999, p. 101.
② Joseph McMinn, ed., *The Internationalism of Irish Literature and Drama*, Buckinghamshire: Colin Smythe Limited, 1992, p. 19.
③ Ibid., p. 18.

尔兰岛上不能理解的句子"。这就使一个原始的荷马式社会产生的内容,
活跃在爱尔兰西南海岸的偏僻小岛上。除了比杰布的版本更直接、更具体
之外,叶芝还有两种方式使他调整原文:把索福克勒斯的 1530 行的剧本
压缩为较短的剧本,以便达到《叶芝戏剧选集》的标准,《俄底浦斯王》
仅有 43 页;大幅度地改写剧本中的合唱歌曲。

以提瑞西阿斯在第一幕结尾时最后的台词为例,我们可以看出叶芝的
措辞风格。

杰布版本:

I will go when I have done mine errand, fearless of thy frown: for *thou*
canst never destroy me. And I tell *thee*-the man of whom *thou* hast this long while
been in quest, uttering threats, and proclaiming a search into the murder of La-
ius-that man is here, -in seeming, an alien sojourner, but *anon*he shall be
found a native Theban, and shall not be glad of his fortune. A blind man, he
who now *hath* sight, a beggar who now is rich, he shall make his way to a
strange land, feeling the ground before him with his staff. And he shall be found
at once brother and father of the children with whom he consorts; son and hus-
band of the woman who bore him; heir to his father's bed, shedder of his
father's blood. [①]

叶芝的版本:

I will go: but first I will do my errand. For frown though you may you can-
not destroy me. The man for whom you look, the man you have been cannot de-
stroy me. The man for whom you look, the man you have been threatening in all
the proclamations about the death of Laius, that man is threatening in all the
proclamations about the death of Laius, that man is here. He seems, so far as
looks go, an alien yet he shall be found a native Theban and shall nowise be
glad of that fortune. A blind man, though now he has his sight; a beggar,
though now he is most rich; he shall go forth feeling the ground before him with

---

① Moses Hadas, ed. , *Greek Drama*, New York: Bantam Books, 1965, p. 124.

his stick; so you go in and think on that, and if you find I am in fault say that I have no skill in prophecy. ①

叶芝删掉了所有古英语词汇，如 thou、anon、hath。另外一个有说服力的例子来自两个剧本中信使对乔卡斯特自杀的描述和俄底浦斯刺瞎自己双眼时做的部分演讲。

杰布版本：

There *beheld* we the woman hanging by the neck in a twisted noose of swinging cords. But he, when he saw her, with a dread, deep cry of misery, loosed the halter *whereby* she hung. And when the hapless woman was stretched upon the ground, then was the sequel dread to see. For he tore from her raiment the golden brooches *wherewith* she was decked, and lifted them, and smote full on his own eye-balls, uttering words like these: "No more shall *yebehold* such horrors as I was suffering and working! Long enough have ye looked on those whom ye ought never to have seen, failed in knowledge of those whom I yearned to know-*henceforthye* shall be dark!" To such dire refrain, not once alone but of the struck he his eyes with lifted hand; and at each blow the *ensanguined*eyeballs reddened his beard, nor sent sluggish drops of gore, but all at one a dark shower of blood cam down like hail. ②

叶芝版本：

There we saw the woman hanging in a swinging halter, and with a terrible cry he loosened the halter from her neck. When that unhappiest woman lay stretched upon the ground, we saw another dreadful sight. He dragged the golden brooches from her dress and lifting them struck them upon his eyeballs, crying out, "You have looked enough upon those you ought never to have looked upon, failed long enough to know those that you should have known; henceforth you shall be dark". He struck his eyes, not once, but many times, lifting his

① W. B. Yeats, *The Collected Plays of W. B. Yeats*, London: Macmillan and Co., Limited, 1934, pp. 487 - 488.

② Moses Hadas, ed., *Greek Drama*. New York: Bantam Books, 1965, p. 143.

hands and speaking such of like words. The blood poured down and not with a few slow drops, but all at once over his beard in a dark shower as if it were hail. ①

古词如"beheld we"、"raiment"、"smote full on"、"ye"、"ensanguined"都在叶芝的版本中被简练的现代英语代替了。如叶芝所言，"我认为我对语言的锤炼将在舞台上展现力量，因为我使其中的台词像传奇一样简洁、硬朗而自然"。② 这种硬朗的散文风格和索福克勒斯更加诗化、有时甚至花哨的诗句相比，强调情节中侦探故事的因素，更能被现代观众接受和理解。

另外，牧师开篇演讲共有 54 行诗句被缩减至 22 行散文，其中的神话引用、道德评论和华丽描述要么被完全删除，要么大大地削减。这强调了迪拜受旱灾所困时的情形。剧本结尾 234 行诗句中的三分之一，不少于 82 行，被省略。俄底浦斯在第 1369—1415 行的演讲的长度尤其引起叶芝的担心。他给奥利维亚·莎士比亚（Olivia Shakespeare）的信中说："您提到《俄底浦斯王》中冗长的演讲无法表演出来。在我们的舞台上确实如此，所以我将它缩减为几句。"③ 叶芝事实上将索福克勒斯的 47 行诗句削减为 21 行散文，大大删去了失明后俄底浦斯王的自怜。在叶芝眼里，英雄应该带着微笑面对死亡。悲剧应该有一种"悲剧性快感"。叶芝的英雄观影响着他对俄底浦斯王剧本的翻译。

细读叶芝译本，我们可看出叶芝的戏剧翻译对表演效果的重视。为了突出戏剧表演的强烈性，叶芝译本中着重运用了戏剧性反讽。叶芝保留了俄底浦斯对自己身份真相的不懈追问，更好地描写了俄底浦斯的双重性：既是强大的国王又是弱小的乞丐；目明却无知，双目失明却洞察真相；解开谜语者自身便是一个自己不能解开的谜；弑父娶母者，既是母亲的儿子

---

① W. B. Yeats, *The Collected Plays of W. B. Yeats*, London: Macmillan and Co., Limited, 1934, p. 512.

② Joseph McMinn, ed., *The Internationalism of Irish Literature and Drama*, Buckinghamshire: Colin Smythe Limited, 1992, p. 20.

③ W. B. Yeats, *The letters of W. B. Yeats*, New York: Macmillan, 1954, p. 721.

又是母亲的丈夫，既是孩子的兄弟又是孩子的父亲。俄底浦斯在诅咒拉俄俄斯（Laius）的谋杀者时其实就是在诅咒自己；光和暗的意象分别代表着俄底浦斯的无知和失明的提瑞西阿斯（Tiresias）的知识。

三　小结

综上所述，叶芝在翻译《俄底浦斯王》和《俄底浦斯在克罗诺斯》两个剧本时，在译本的选择和戏剧翻译策略方面，有深刻的反殖民政治文化背景，绝非简单的语言活动。

首先，翻译的背景耐人寻味。英国伦敦对戏剧的审查使得《俄底浦斯王》不能在英国上演，理由是该剧涉及乱伦情节。叶芝为了显示爱尔兰比英国自由，特将其翻译过来，并做了一些改写，以更适合爱尔兰的观众。该剧最终成功在爱尔兰上演，因此爱尔兰可以因为比英国更加自由而感到骄傲，同时也对英国虚伪的维多利亚道德进行了讽刺和批判。其次，叶芝有意将希腊和爱尔兰做类比，希腊和爱尔兰的古老神话传说似乎都说明了两个国家有同样灿烂的文化，而两个国家却不幸在政治和军事上分别被罗马和英国殖民，最终两国又在文化上优于宗主国。"希腊文学，如古爱尔兰文学，建立在信仰之上，而不像拉丁文学，建立在文献之上。"[1] 连英国文化领袖阿诺德都认为爱尔兰的凯尔特文化可以为英国病态的工业文化疗伤，挽救日益庸俗的英国文化。一种文化优越感和认同感促使叶芝翻译这两个剧本。叶芝有意抬高索福克勒斯，压低英国的莎士比亚，有鲜明的反殖民文化意图。叶芝还特意将希腊剧作翻译成爱尔兰英语，所用的英语是爱尔兰人的英语，即一种模拟（mimic）和杂糅（hybrid）的英语，明确提出所面向的读者和观众是爱尔兰人。

后殖民翻译理论认为翻译是一种不平等文化间的关系。叶芝利用翻译作为有效的反殖民工具，从一个古代被殖民民族的剧本翻译成自己的殖民者语言，但加以爱尔兰化，进行模拟和杂糅，实现了文化上的反讽，嘲弄了英国殖民者，借古代的题材，发挥了当代的意义。

---

[1]　W. B. Yeats, *The letters of W. B. Yeats*, New York: Macmillan, 1954, p. 537.

霍米·巴巴指出,有两种文化翻译,一种是指作为殖民者同化手段的文化翻译,另一种是指后殖民批评家所提倡的作为文化存活策略的文化翻译。[①] 这两种文化翻译主要针对殖民者和殖民地两国文化之间的翻译。而叶芝从第三国(曾经沦为罗马殖民地的希腊)翻译索福克勒斯的悲剧《俄底浦斯王》,并译为宗主国语言——英语,心中所想的观众却是爱尔兰人。笔者认为,叶芝所进行的翻译可以称为第三种文化翻译。叶芝将翻译的戏剧在爱尔兰舞台上表演出来又是一种跨符际翻译,即从文本符号到舞台符号的翻译。这是爱尔兰的后殖民翻译实践的重要组成部分。

---

① 生安锋:《霍米·巴巴的后殖民理论研究》,北京大学出版社 2011 年版,第 87 页。

第五章 以田园对抗荒原:叶芝作品中的生态反殖民

第一节 叶芝的生态反殖民

爱尔兰位于欧洲大陆的最西北端,在北纬 51.5°—55.5° 之间。全岛 84421 平方公里,南北最长处 486 公里,东西最长处 275 公里。岛的东面隔爱尔兰海与英国相邻,最狭处仅 17.6 公里。爱尔兰沿海四周几乎被 1000 米以下的群山环抱,中央平原覆盖着众多的沼泽和湖泊。爱尔兰岛虽然纬度与中国黑龙江省北部相当,但因受墨西哥湾暖流的影响,加上岛上任何一个地方离海洋都不超过 115 公里,气温受到海洋调节,所以全岛终年气候温和,1—2 月平均气温 4℃—7℃,7—8 月平均气温 14℃—16℃。

数千年以前,岛上森林茂密。沼泽地区和低地的植被主要是各种蓟类、石南和薹类植物。特别是各种石南属植物,旷野中到处都是。这是一种十分低矮的常绿灌木,开淡紫色或白色的铃状小花。在爱尔兰发现的鸟类有 380 种。各种鹅类自远古时代就在爱尔兰岛栖息,而且每年冬天成群的白胸鹅自格陵兰岛和冰岛飞来越冬,使沼泽湖泊地区更加热闹。哺乳类动物中,牛、马、羊、狗、鹿、兔等在这个一度草木浓密的土地上极易繁殖;岛上没有虎、豹等天敌,更为这类动物的生存提供了天然的有利条件。

在叶芝的诗歌中我们经常感受到的是人与自然的和谐共处,自然界中的动物、植物、精灵和孩子、老人、英雄、女人等快乐地舞蹈、歌唱、交谈。这里的自然基本上都是爱尔兰的自然，这是一个充满美感与和谐的世界。英国文化对爱尔兰的妖魔化除了对凯尔特人种的丑化，还包括对爱尔兰自然的丑化。生态批评经历三波高潮之后，逐渐形成与后殖民、全球化等思想互相补充、互相融合的趋势，即所谓生态批评的"后殖民转向"。英格兰/爱尔兰、工业化/农业化、现代化喧嚣/自然宁静在这里形成了鲜明的对照。叶芝正是通过这种对爱尔兰自然的美丽描写对抗英国的妖魔化和丑化，即以生态写作为手段，反抗英国的殖民，因此可以称为生态反殖民。

一　叶芝对英国工业文明的批判

虽然叶芝在英国度过很长时间，但一直对英国很反感。叶芝厌恶物质的现代城市化世界，认为工业文明虽然使英国在物质上进步，但却导致精神上的空虚。而爱尔兰有着悠久的文学和文明传统。作为工业文明的对立面，农业文明才具有叶芝所崇尚的未被破坏、原始的贵族特质。古代爱尔兰就具有这样的文明。因此，叶芝认为"精神的"爱尔兰要比"物质的"英国优越，就如同当年希腊文化征服了罗马，爱尔兰文化也同样可以征服英国，所谓"被殖民者在文化上征服殖民者"，实现文化对政治的反制，从文化上实现反殖民。叶芝对爱尔兰的国家定位是:

> 首先，我们爱尔兰人不愿像英国人那样建立一个有着非常富有的阶级和非常贫穷的阶级的国家。爱尔兰将总体上是一个农业国家。我们可以有工业，但我们不会像英国那样有一个非常富有的阶级，也不会有整个被烟熏黑的地区，如在英国人们所谓的"黑色乡村"。[①]

首先，叶芝厌恶维多利亚时期的科学理性。他对科学"逐渐形成一种僧侣般的恨"，将科学与文学上的自然主义联系在一起进行批判。[②] 叶芝

① Richard Ellmann, *Yeats: The Man and the Mask*, 1948, pp. 116-117.
② Marjorie Howes & John Kelly, eds., *The Cambridge Companion to William Butler Yeats*, Cambridge University Press, 2006, p. 37.

曾言对科学有着"僧侣般的厌恨"，为自己创造了一种新的宗教：

> （这一新宗教）几乎是诗歌传统永不衰弱的教堂，充满了故事、人物和情感，与它们最开始的表达不可分离，经由诗人和画家在哲学家和神学家们的帮助下代代相传……我甚至创造了一种学说：因为那些想象的人民是从人类最深层次的本能中创造出来，作为人类的标准和规范，我能想象的那些人所说的一切都是我所获得的离真理最近的东西。①

1908 年 9 月 4 日，阿贝剧院为英国协会以科学进步为主题表演一个午场，叶芝发表演讲，讲述了剧院的历史、学术追求和戏剧表演的目的。

> 那天当我从戈尔韦开来的火车起身的时候，我开始思考你们的工作与我的工作有多不同，后来突然我想起它们又一样。一个画面在我脑海里升起：我看到亚当在计算伊甸园的生物。温柔的和吓人的，丑的和美的，都在他面前出现。我想这就是搞科学的人，为了我们能理解而命名和计算世界上的一切事物。然后我又想，我们作家难道不也是数数和描述吗？尽管有些不同。你们忙于外部世界，而我们忙于内部世界。科学认为我们眼睛所看到的一切都应该为人类所认知，没有任何事物太模糊、太普通或太粗鄙而不能成为知识的主题。当一位科学之士发现一个新的种类或一条新的规律，在你们向他致敬之前不会问这一规律的价值或这个种类的价值，你们将所有这些留给后代进行判断。你们骄傲地认为人类带着如此纯粹、如此中立的眼光可以理解一切事物，以至于忘记了自己的需要和虚弱、忘记了所有的希望和恐惧，为了真理而追求真理，为了现实而追求现实。
>
> 而我们是一个不同的伊甸园的亚当。或许这个伊甸园更加恐怖，

① A. Norman Jeffares, *A Commentary on the Collected Poems of W. B. Yeats*, Stanford：Stanford University Press, 1968, p. 4.

因为我们必须对人类的情感和动机进行命名和计算。在那里,一切事物也必须为我们所知、理解并表达出来。在那里,也没有太平庸或太不清洁的东西。每一个动机必须通过其模糊而又神秘的逻辑进行追踪。我们必须观察和理解处在每一种可能情况和每一种可以想象的条件之下的人。没有太苦涩的大笑、没有过于刺耳的反讽不能启齿,没有过于恐怖的激情不能展示在人类心灵之前。希腊人了解这点。只有通过这种方式人类才能被认知,只有当我们将自己放在生活中所有可能出现的位置上,从最悲惨的到那些高贵得使我们只能用象征和神秘言说的位置,我们才可能获得完全的智慧。所有明智的政府对这种知识的依赖丝毫不亚于你们所提供的知识。我们和你们以战斗为快乐,在剑的碰击声中找到了最甜美的音乐。①

叶芝编撰的《爱尔兰童话和民间故事》于1888年出版。针对某位评论家认为这本童话集"不科学"的批评,叶芝回应道,"仅仅科学"的民俗学家难免"缺乏必要的细腻想象,而不能很好地讲故事"。"搞科学的人通常为了获得一个公式而出卖灵魂。当他获得一个民间故事,经过他一折腾除了一点可怜的毫无生命的东西之外别无所有。"②

《快乐的牧人之歌》中叶芝将科学所揭示的真理称为"灰色真理",而崇尚精神世界的"真理",即"心中的真理"。

> 阿卡狄的森林已经死了,
> 其中的古朴的欢乐也已结束;
> 这世界靠梦想往昔过活;
> 灰色真理如今是她的彩绘玩物③

---

① W. B. Yeats, *Yeats's Poetry, Drama, and Prose*: *Authoritative Texts, Contexts, Criticism*, New York: W. W. Norton, 2000, p. 284.

② W. B. Yeats, *Uncollected Prose by W. B. Yeats*, John P. Frayne and Colton Johnson, eds., London: Macmillan, 1975, p. 189.

③ 叶芝:《叶芝诗集》,傅浩译,河北教育出版社2003年版,第3页。

　　诗中对古代君王的文治武功进行了嘲笑，"黩武的君王如今安在？"，只不过是儿童们口中纠缠不清的故事和结结巴巴说出的废话罢了，所谓的不朽之"光荣"早就荡然无存，因此"崇拜尘封的遗迹""并不聪明"。接着，诗人又对那些"用天文镜追踪流行旋转的路"的占星家所发现的真理进行了否定，因为"冰冷的星毒已经劈开和分裂了他们的心灵"，因此，"他们关于人的真理已经死尽"。诗中的"我"最后选择"取悦于不幸的牧神"，牧神所埋葬的地方充满着大自然的美丽，"在一座坟上，百合和黄水仙飘荡"，"他行走草地，在露水间幽魂般游荡"①，最后一句用自然界的美（鲜花的美丽）号召读者"做梦"，因为这也是真理。

　　其次，工业文明的特征就是为了获取最大化利润不断生产，为此就必须刺激消费，因此直接导致拜金主义，叶芝对维多利亚时期消费主义充满了批评。

　　马修·阿诺德死于 1888 年，那时叶芝正好 23 岁。他仔细而广泛地阅读了阿诺德的著作。尽管叶芝对阿诺德的"文学是对生活的批评"这一功利色彩浓厚的文学观颇有微词，他对后者的文化责任感深为敬佩。阿诺德死后的一年，即 1889 年，叶芝甚至去牛津"朝圣"，并在 1901 年论《巫术》的散文中充满赞许和喜爱地引用《吉普赛学者》中的内容。阿诺德在《吉普赛学者》中写着现代生活的"怪病"，"病态的匆忙、目标的多样化"。叶芝则希望通过爱尔兰神话研究将爱尔兰人从"现代的麻风病——不冷不热的情感和多样化的目标"中拯救过来。

　　如同阿诺德，叶芝视建立一个爱尔兰独立的文化为己任，并对爱尔兰中产阶级的文化进行了尖锐的批判。作为一名文化批评家，叶芝和阿诺德分别在各自的社会中批判着阿诺德所说的"非利士主义"（Phlilistinism）。1892 年 7 月一篇发表在《联合爱尔兰》上的文章表明叶芝曾仔细地阅读过阿诺德。他熟练地将阿诺德的术语借用来讨论爱尔兰的"非利士主义"。叶芝首先描述了他在国家图书馆见到的情景：

---

　　① 叶芝：《叶芝诗集》，傅浩译，河北教育出版社 2003 年版，第 3 页。

　　这间图书馆里没有人在进行着非功利的阅读,没有任何人是为了文字之美、思想之辉而全神贯注地读书,所有人都是为了通过考试而读书。(三一学院)已经完完全全走向了经院哲学,而经院哲学只是非利士人的大衮(《圣经·旧约》中非利士人的主神,上半身是人,下半身是鱼)的一个方面。马修·阿诺德曾如是评价牛津:"她正献身于许多事业,虽不是我的事业,但从来不是非利士人的事业。"哎,当我们说起我们自己的大学时,我们可以将这几句话倒过来,"从来不属于任何事业,但总是属于非利士人的事业"。[①]

　　叶芝在诗歌中对深受英国商业文化腐蚀的爱尔兰天主教中产阶级进行了讽刺,如《亚当所受的诅咒》中"聒噪的钱商、教员和牧师之辈"、《在戈尔韦赛马会上》中"呼出怯懦的气息"的商贾和职员、《1913年9月》中"在油腻的抽屉里摸索,给一个便士再加上一个便士"的"你们"。

二　叶芝生活过的乡村与都市:斯莱戈、都柏林

1. 斯莱戈

　　在叶芝的个人神话中,斯莱戈无疑是家的代名词:叶芝祖先的墓地在此,叶芝成长过程中颠沛流离唯一固定的住所在此,另外这里有可以追溯凯尔特历史的民间传说和神话故事。斯莱戈的地名、人物、故事和诗人在此成长的童年经历贯穿于诗人的所有诗歌和散文。叶芝在《童年和青年时期的回忆》(1916)中明确地说明自己的根子在斯莱戈,那里对自己的养育之恩和赋予自己的写作灵感。在叶芝父亲和妹妹们的信件、评论、回忆录和家庭逸事和叶芝弟弟杰克的绘画中,我们都可看到斯莱戈在叶芝家族生活的重要影响。

　　斯莱戈不仅是叶芝祖先的定居地,也是其童年和青年时期的固定居住地。他共在此地度过了7年光阴。当然,后来叶芝基本上可算作定居在伦

① Marjorie Howes & John Kelly, eds., *The Cambridge Companion to William Butler Yeats*, Cambridge University Press, 2006, pp. 44 – 45.

敦的人。尽管生于都柏林，叶芝两岁的时候就跟着父亲去了伦敦。除了1881—1887 年叶芝在都柏林租房子住之外，叶芝主要住在伦敦，直至 50多岁。尽管如此，他定期而短暂的回乡之旅，通常是去斯莱戈，并且对其写作产生了重要影响。对叶芝产生影响尤其深刻的是其外婆家的人。"我曾经以为我外公就是上帝或李尔王。"① 外婆家的人的习惯和个性都被叶芝加以褒扬，并成为叶芝作品中的主题。罗西角（Rosses Point）住着叶芝小时候经常去玩的一个家庭——米德尔顿一家人（Middletons）。"或许是米德尔顿一家人使我对乡村故事着迷的。"叶芝的母亲则使斯莱戈在叶芝心目中成为一个圣洁之地，充满了神秘和神圣："她会用几个小时讲故事，或讲述关于罗西角那里渔民的故事以及她自己在斯莱戈的童年回忆。"②

1894 年 11 月至 1895 年夏天，叶芝逗留在荆棘山（Thornhill）的时候"开始把他的房子看作自己的家。从某种意义上说，斯莱戈永远都是我的家"。"家"首先是一个心中的地方，其物质特征比其他地方更加亲切和记忆深刻。叶芝九岁或十岁的时候居住在肯辛顿大街（Kensington High Street），他感到"对斯莱戈的田野和道路充满了爱——这对一个孩子来说是一种奇怪的情感仪式——我曾渴望有一些来自斯莱戈道路上的土，或许会亲吻这些道路"③。1887 年 8 月 13 日，叶芝 22 岁，他在给凯瑟琳·悌南的信中写道："斯莱戈熟悉的土壤味道让是我精神灼烁。我总是想在这里生活，更多是因为这里的土壤，而不是因为喜欢这里的人。"④

叶芝在斯莱戈的经历为其 20 多年里所写的诗歌、至少四部戏剧、一部小说和许多传说和传奇故事提供了明晰的意象和材料。小说有《约翰·舍曼》，戏剧有《乌辛的漫游》，散文有《凯尔特的薄暮》，诗歌有《茵尼

① William H. O'Donnel and Douglas N. Archibald, *The Collected Works of W. B. Yeats*：*Autobiographies*, Scribner, 1999, p. 108.

② David A. Ross, *Critical Companion to W. B. Yeats*, Facts on File, Inc. 2009, p. 551.

③ Ibid.

④ Ibid.

斯弗利岛》、《经柳园而下》、《都尼的提琴手》。

2. 都柏林

叶芝于 1865 年 6 月 13 日出生于都柏林的乔治威尔（Georgeville）镇桑地蒙特大街（Sandymount Avenue）。不到两岁的时候随父亲去了伦敦，然而 1881 年叶芝 16 岁时又回到都柏林，在基尔戴尔（Kildare）大街的城市艺术学校学习。1888 年，叶芝又去了伦敦，住在贝德福德公园（Bedford Park），一住就是几年。在伦敦，叶芝作为一个外乡人，经常感受到一种思乡之苦。他心中最想念的地方不是父亲的都柏林，而是母亲和外公外婆家所在的斯莱戈。在《茵尼斯弗利岛》中可以感受到这种对爱尔兰西部的思念。该诗中描述了伦敦和都柏林的城市景象，"灰色的人行道"。"我正从霍兰德公园附近的一个喷泉走过。我和妹妹曾在此一起说起我们对斯莱戈的想念和对伦敦的厌恶……我渴望有一块我熟悉的田野的土壤，某种来自斯莱戈的东西，握在手心里。这是某种古老的种族本能，就像野蛮人一样。"① 一位斯莱戈的姨娘在为叶芝准备去伦敦的行李时说道："你要去伦敦了。在这里，你是个人物。到了那儿，你什么都不是了。"②

叶芝似乎一生都在试图否定这一判断，来回往返于伦敦、都柏林和爱尔兰西部，试图使自己功成名就。在伦敦，叶芝作为一位爱尔兰诗人，模仿王尔德，同时可以发展自己广泛的文化和神秘主义兴趣，使自己免于狭隘的地方主义。斯莱戈则是叶芝的心愿之乡，心灵归宿，一个充满自然景观、民间传说和淳朴农民的爱尔兰典型地点，是叶芝对爱尔兰身份想象的源泉。都柏林则是叶芝与各种力量论战和交锋的地点。在此，他参与了关于爱尔兰文学与政治无休止的辩论，共同组建了爱尔兰国家剧院并在新建立的自由邦担任了六年的议员。在此，他希望通过在首都帮助爱尔兰建立文化体制以确保未来爱尔兰就像软蜡一样可以重塑其文化模式。在伦敦，他毫无疑问会被看作"一位爱尔兰诗人"；在斯莱戈，他总是通过家族的

① W. B. Yeats, *The Collected Works of W. B. Yeats*: Volume III, *Autobiographies*, ed. William H. O'Donnell and Douglas N. Archibald, Scribner, 1999, p. 58.

② Ibid., p. 56.

纽带确立自己的身份；而在都柏林，他要面对的却总是对立，尤其是关于他的爱尔兰身份的质疑。这一点，从其自传《童年和青年时期的回忆》中可以看出。叶芝最早的回忆被分裂为"爱尔兰窗口"和"伦敦窗口"两个不同视角，"都柏林窗口"则成为前两者交锋和交织的一个视角，充满着"第三空间"所特有的矛盾和妥协。

从 1910 年至 1916 年的诗歌中，叶芝直接就都柏林发生的事件进行诗歌创作：《听闻我们新成立大学的学生参与反对不道德文学的抗议有感》、《致一位富人，他曾承诺在此向都柏林城市艺术馆捐画，如果证明人民有此需要》等。

关于都柏林的诗歌代表作是《1916 年复活节》。复活节起义使叶芝与爱尔兰的关系更进一步。他不再在英国的石屋（Stone Cottage）中进行海外流散式写作。此后，他购买了人生中第一幢正式的爱尔兰住宅：巴利里塔楼。另外，他与乔芝·海德·丽斯（Georgie Hyde Lees）于 1917 年完婚，并生下一女安妮和一子迈克。叶芝一家在爱尔兰爆发内战后最困难和最危险时期均住在爱尔兰，如诗《内战时期的沉思》中所述。当 1922 年爱尔兰自由邦成立议会之时，叶芝接受了议员任命并担任了两届，每届 3 年。这段时间他们一家人住在其购置的位于都柏林梅里恩（Merrion）广场的一栋房屋中。

1922 年进入议会后，叶芝曾想将自己的活动限制在与艺术相关的事务中。然而，他的广泛兴趣拓展到了所有文化事务中：从伦敦追回休·雷恩画作、保留纪念碑、领导新版爱尔兰硬币设计、促使学校课程改革和改善校舍。而他最广为人知的议会演讲是最具政治色彩的：反对禁止离婚的法案提议。他在议会中发出的最振聋发聩的口号是他认为爱尔兰是一个宽容的国度，希望这个国家的宽容在新政治体制下得以延续。

与此同时，叶芝对 18 世纪的爱尔兰进行美化。他将 18 世纪的爱尔兰看作"远离黑暗和混乱的一个爱尔兰的世纪"，而 18 世纪的都柏林也是唯一一个没有受到他批评的时期。对叶芝来说，这个世纪的所有优良传统都集中在了斯威夫特身上。

第二节　叶芝诗歌的生态批评

一　梭罗对叶芝的影响

王诺将梭罗一生的生活概括为两个方面：一方面是"追求简朴，不仅在生活上、经济上，而且是整个物质生活的简单化"，尽可能"过原始人，特别是古希腊人那样的质朴生活"；另一方面是"全身心地体验田园风光"，"认识自然史"，"认识自然美学，发掘大自然的奇妙神秘的美"。① 在梭罗看来，人的发展绝不是物质财富越来越多的占有，而是精神生活的充实和丰富，是人格的提升，是在于自然越来越和谐的同时人与人之间也越来越和谐。梭罗满怀深情地描写了瓦尔登湖："它是大地的眼睛；看透这幽深的眼睛，观察者便测量出他自己的天性的深度。长在湖边的树是细长的睫毛，四周林木葱郁的小山和山崖是明眸上的美眉。"②

叶芝曾梦想模仿梭罗，在茵尼斯弗利小岛居住，过着简朴的生活。

> 我仍有一个十几岁萌生于斯莱戈的凤愿，即模仿梭罗在茵尼斯弗利岛生活。那是吉尔的一个小岛。有一天我走在福利特街的时候，很想家，这时听到水的滴嗒声，看见在一个橱窗里的喷泉，其喷口平衡着一只小球。于是我开始想起茵尼斯弗利的湖水。我的诗《茵尼斯弗利岛》从这回忆中突然跃出，那是我第一首带着自己音乐节奏的抒情诗。我开始放缓节奏，作为对修辞及其给人们带来感情的逃避。但我只模糊和偶尔地懂得，为了特殊目的，我必须只能用常见句法。如若多年后写作，我就不会在第一行用传统的古语了——"Arise and go"（来自圣经）——也不会在最后一节中用倒装。③

叶芝曾指出梭罗影响自己，使自己喜欢孤独的生活：

---

① 王诺：《欧美生态文学》，北京大学出版社 2005 年版，第 107 页。
② 同上书，第 108 页。
③ W. B. Yeats, *Autobiography*, London：Macmillan, 1965, p. 103.

父亲给我读过《瓦尔登湖》的某些篇章。我曾打算在茵尼斯弗利小岛上的一间小屋中住些日子，那个小岛在斯利士森林对面……我想克服了自己对女人和爱情的欲望和渴望之后，我应该像梭罗那样生活，追求智慧。①

与梭罗对都市生活的排斥类似，尽管叶芝人生的一半时间都在伦敦度过，他对伦敦所代表的都市生活深恶痛绝。1890年叶芝在给凯瑟琳·悌南（Katherine Tynan）的信中写道："伦敦对我来说总是很可怕。但我在这里可以比在其他地方更好地学到许多我所喜欢的东西，这一点是唯一的补偿。更多文化人的存在本身就是一种收获，然而世上没有什么可以弥补失去绿色田野和山坡以及自己国家乡下宁静时光的损失。当一个人疲倦了或心情很糟糕时，在这里生活显得尤其不幸——就像有许多岁月从生命中被吸走一样。"② 叶芝对乡村生活酷爱有加。即使在伦敦，叶芝也总要寻找一种乡间野趣："我从来都不喜欢伦敦，但天黑后在安静空旷的地方散步，或周日早上如在乡间般独自坐在喷泉边上，伦敦似乎没那么令人讨厌。"③ 1913年的一封信中，他写道："我们在艾什顿森林的边上，在房子的另一面有一个很大的荒野。这是最完美和最寂寞的地方，离伦敦仅一个半小时的路程。"④ 牛津和伦敦之间形成了鲜明的对照："（1918年2月）本周我去了伦敦一天，离开后希望再也不要去那里了。回来后在这些安静和庄严的街道上散步是一种极大的愉快。"⑤

二 叶芝的生态整体论（Unity of Being）

新柏拉图主义的代表人物普罗提诺把自然视为有生命的整体，"呈现

---

① W. B. Yeats, *Autobiography*, London：Macmillan, 1965, p. 47.

② W. B. Yeats, *The Collected letters of W. B. Yeats*. Oxford：Clarendon Press; New York：Oxford University Press, 1986, p. 231.

③ W. B. Yeats, *Autobiography*, Macmillan, 1965, p. 322.

④ Donald T. Torchiana and Glenn O'Malley, "Some New Letters from W. B. Yeats to Lady Gregory", *Review of English Literature*, 4, 1963, p. 39.

⑤ W. B. Yeats, The *Lettersof W. B. Yeats*, Edited by Allan Wade. New York：Macmillan Company, 1955, p. 647.

为生命的这一宇宙'全体'并不是一种形体无常的组织——像它里面的那些不分昼夜地由它繁富的生命力里所生出来的种种较小的形式那样,——整个宇宙是一个有组织、有作用的、复杂的、无所不包、显示着深沉莫测的智慧的生命"。① "伟大生命链"(the Great Chain of Being)在 18 世纪成为十分重要的术语。诗人蒲柏在其诗体评论《人论》中集中讨论了生命链。英国哲学家詹恩斯在《对自然和邪恶起源的自由追问》里提出,邪恶之所以产生,主要是因为对至关重要的整体系统的忽视。在 18 世纪思想家那里,自然和文明相对,自然与人工相对,自然人和城市人相对。"自然的状态"是淳朴、美好和健康的状态,与之相对的则是腐败、人工和机械的社会。只有遵循自然和回归自然,人类才能得到疗救和新生。②

叶芝的生态整体论(Unity of Being)认为自然界、超自然界和人类精神世界存在统一性,三界相通。叶芝将自然人性化,认为自然本身是有记忆和灵性的:

> 我们记忆的边界也是游移不定的,而且我们的记忆是一个大记忆——自然本身之记忆的一部分。
> 我们的记忆可以通过象征召唤出来。③

因此,自然界的事物和人的心灵相通,自然和心灵之间相通的渠道是象征。叶芝作品中的自然界事物都象征着人类精神世界。叶芝诗歌中出现的自然意象有大海、溪水、山峦、榛树、玫瑰、水仙、百合、羊群、罂粟花、苹果花、独角兽、天鹅、鳟鱼、海豚、白鸟、麋鹿、白鹭、鲱鱼、老鹰、猪猡、晨鸡、松鼠、花猫、蝴蝶、美人鱼、生殖蜜、公驴、海鸥等。一般而言,水的意象象征着人类心态的平和以及沉思,如《渔夫》;玫瑰、罂粟花、苹果花、水仙、百合等则代表美女或女性;鸟类则象征人类的灵

---

① 王诺:《欧美生态文学》,北京大学出版社 2005 年版,第 26 页。
② 同上书,第 30 页。
③ W. B. Yeats, *Yeats's Poetry*, *Drama and Prose*, New York: W. W. Norton & Company, 2000, p. 275.

魂；猪猡象征人的肉欲；独角兽象征神秘的超自然力量。

三　叶芝诗歌的生态解读

《被盗的孩子》描绘了一个远离世界的烦恼、无忧无虑、万物和谐、自由欢腾的自然世界。这个"世外桃源"就是爱尔兰西部斯莱戈县境内的斯硫斯丛林中的一个小岛。在这里存在着三个世界：超自然界、自然界、人类，三者和谐相处。动物们则被拟人化，如"苍鹭拍打着翅膀，把瞌睡的小鼠惊醒"。在斯莱戈附近一个海滨渔村罗西斯海滨，仙子盗来的孩子们在月光下彻夜舞蹈、追逐浪花。在斯莱戈的格伦卡山头上喷涌而形成、长满芦苇的水潭中，孩子们寻找睡眠中的鳟鱼，"向它们耳边诉说，给它们不安的梦"，而看到正在"垂泪的蕨类"，我们悄悄侧身而出。被盗来的孩子来到了湖滨和旷野，手拉着手，和仙子们一道，远离了"充满泪水的"世界。显然，这是叶芝早期充满幻想的世外桃源，颇具乌托邦色彩。该故事受爱尔兰西部民间传说启发。

《去那水中一小岛》中诗人和自己羞答答的心上人来到水中的一个小岛，过着远离俗世的两人世界。该诗有着明显的梭罗式风格。

《经柳园而下》中"我的爱人"劝"我"从容地看待爱情与人生，"如树头生绿叶""如堰上长青草"，遵从自然规律，男女之间的爱情和人生都要遵守自然规律，顺其自然，不可强求。作为诗人的"我"因为没有听从恋人的好意相劝，一味强求、执意相恋，"年少无知，不愿听从她的劝诫"，结果青春丧失，处于老年的我"如今悔泪滔滔"，受到自然的无情惩罚。该诗把男女之间的爱情也纳入自然法则之中，违背了自然法则的"我"经过多年失恋之苦后，悔恨不已。

诗集《玫瑰》以玫瑰为主体象征，象征爱情。该诗集中许多诗歌对爱尔兰西部自然风光进行象征式抒情，将超自然界、自然界和人类世界有机地联系在一起。其中《茵纳斯弗利岛》（袁可嘉先生译名）最广为人知。该诗延续了《去那水中一小岛》的情调，不过描写得更为细腻。

　　　我就要动身了，去茵纳斯弗利岛，

搭起一个小屋子，筑起泥巴房；
支起九行云豆架，一排蜜蜂巢，
独自儿住着，荫阴下听蜂群歌唱。

我就会得到安宁，它徐徐下降，
从朝露落到蟋蟀歌唱的地方；
午夜是一片闪亮，正午是一片紫光，
傍晚到处飞舞着红雀的翅膀。

我就要动身走了，因为我听到
那水声日日夜夜轻拍着湖滨；
不管我站在车行道或灰暗的人行道，
都在我心灵的深处听见这声音。①

　　有论者曾将此诗与陶渊明的《饮酒》和《归园田居》进行比较。两者意境颇有相似之处，然而，两位诗人的人生观却有着较大区别，创作该诗的背景完全不同。叶芝写这首诗是因为在伦敦街道散步看到橱窗中的喷泉展品而萌发思乡之情，陶渊明则是辞官后归园田居所作。叶芝一生积极投入爱尔兰的文学和政治生活中，致力于爱尔兰的"文化民族主义"和反英殖民斗争，并未真正地"归隐"，只是一时感触罢了。

　　《白鸟》则是叶芝将自己和心爱之人（毛特·冈）想象为飞翔于海波上的白鸟。爱尔兰是个岛国，叶芝所熟悉的爱尔兰西部面朝大西洋，更是海阔天空、风景优美。诗人劝导"亲爱的"爱人"快快离开百合和玫瑰"和"愁人的星光"，"飞翔于海波之上"，因为"无数的岛屿和优美的海岸使我陶醉"，只有这样"时间会忘却我们，痛苦也不会再来"。

　　《两棵树》中叶芝劝导所爱之人要多看看自己心中的"神圣之树"，而不要看邪恶之镜中的树，即"邪恶之树"。叶芝这里借用了卡巴拉神秘

---

① 叶芝:《叶芝诗选》第 I 卷，袁可嘉译，湖南文艺出版社 2012 年版，第 45—46 页。

主义中的生命之树的意象。生命之树有两面，一面代表着善，另一面代表着恶。卡巴拉教义认为人是一个小宇宙，善恶树是宇宙和人类精神世界的象征。著名批评家克莫德（Kermode）认为布莱克对卡巴拉的兴趣影响了叶芝。布莱克曾言"艺术是生命之树，科学是死亡之树"。① 叶芝在《散文和介绍》中写道："布莱克认为，消失的王国是知识之树的王国，正在到来的王国是生命之树的王国。从知识之树中获得食物的人在愤怒中耗费时日，以大网互相陷害，而从生命之树的树叶中寻找食物的人只诅咒那些毫无想象力和游手好闲的人以及那些忘记了爱情、死亡和年老甚至都是一种想象艺术的人。"②

《柯勒的野天鹅》对象征柯尔贵族生活的柯尔庄园的优美景色进行了描写。

> 树木披上了美丽的秋装，
> 林间的小径已变干，
> 在十月的暮霭笼罩下，湖水
> 反映着一片宁静的天；
> 在乱石间那流溢的溪水上
> 有五十九只天鹅。③

另外，叶芝的诗中或隐晦、或直接地出现科学技术词汇，尤其是关于空中战事的词汇，从象征主义的"声音响亮的鹰"到"飞机和齐柏林飞艇将会出现/像比利王那样扔下炸弹"。《布尔本山下》一段被叶芝删去的诗行也是关于空中轰炸主题的。工业词汇，如纺纱机，亦出现在叶芝的诗中。如诗作《断章》：

---

① David A. Ross, *Critical Companion to W. B. Yeats*, Facts on File, Inc. 2009, p. 263.

② A. Norman Jeffares, *A New Commentary on the Poems of W. B. Yeats*, Stanford：Stanford University Press, 1984, pp. 38 – 39.

③ 叶芝：《叶芝诗集》，傅浩译，河北教育出版社 2003 年版，第 305 页。

> 洛克晕倒过去；
>
> 乐园死去；
>
> 上帝从他的胁下
>
> 取出珍妮纺纱机。①

叶芝厌恶英国经验哲学家约翰·洛基的思想。这一点他可能受布莱克的影响。在日记中，叶芝写道："笛卡尔、洛基和牛顿带走了世界，给我们留下了它的粪便。"② 这首诗是对圣经《创世记》第18—23 句上帝取亚当肋骨创造夏娃的戏仿。珍妮纺纱机象征着洛基机械哲学之后产生的工业革命。

小　结

叶芝的生态整体观是其自创的神秘哲学的一部分。叶芝所自创的融东西方哲学为一炉的神秘哲学，其核心观点是一种世界循环论，这正是要与英国的线性发展与进步哲学思想相对抗。按照叶芝的哲学，人类社会的发展并不是线性发展的，科学与工业并不能把人类带向更加幸福的乐园。相反，农业比工业更为优越，更有生态性，而工业只会把英国变成一个"满地烟囱"的可怕国家。叶芝的生态思想在生态环境遭到严重破坏、世界开始对工业化进行反思的今天看来，有着惊人的预见性。

叶芝以诗歌赞美爱尔兰美丽的自然风景，以美化爱尔兰对抗英国对爱尔兰的丑化，以爱尔兰田园风光对抗英国工业肆虐的"荒原"，将爱尔兰描绘为一个无工业污染的农业国家，以农业化对抗英国的工业化。正如叶芝所设想的那样，历史上，爱尔兰是个以农牧业为主的国家，有"欧洲庄园"之称。自20 世纪80 年代以来，爱尔兰以软件、生物工程等高科技产业带动国民经济发展，因为投资环境优越，大量海外投资蜂拥而至，爱尔兰实现了农牧经济向知识经济的跨越式发展。自1995 年起，爱尔兰国民

---

① 叶芝：《叶芝诗集》，傅浩译，河北教育出版社 2003 年版，第 513 页。

② W. B. Yeats, *Explorations*, New York：Macmillan, 1961, p. 325.

经济持续高速增长，成为经济合作与发展组织中经济发展最快的国家，被誉为"欧洲小虎"。爱尔兰人均收入在世界上名列前茅。从爱尔兰的发展历程来看，生态保护和经济发展两者的矛盾完全可以调和。正是爱尔兰以生态保护为中心的发展模式，以高科技产业和服务业为国民经济的支柱，才使其保持平稳较快的可持续发展。相比之下，英国则由工业时代进入后工业时代，污染严重，资源耗尽，海外殖民地相继独立，国际地位大大下降。

第六章 反本质主义：叶芝作品中的女性形象

第一节 后殖民与女性主义

许多社会中的女性被降格为"他者"，被边缘化，从隐喻的角度上说，也是被"殖民化"。她们和被殖民的种族和民族一样，有着被压迫和被压制的切身政治体验，又不得不使用其压迫者的语言表达自己的感受。女性主义理论与后殖民理论两者都试图颠覆这种压迫体制和话语。斯皮瓦克对"底层"妇女的话语权进行了研究，"底层妇女没有空间可以发言"。① 底层妇女失语的现象在整个殖民地是普遍性的。

女性被男性压制的机制与殖民地被宗主国压制的机制具有同质性。而殖民地的女性往往要遭受双重压制，即同时被宗主国和男性压制。殖民地的男性往往将从宗主国所受到的委屈和压抑发泄到殖民地女性身上，并试图从殖民地女性身上寻求一种"男性气概"的树立。这从美国黑人女性的命运中可见一斑。又如毛特·冈的丈夫麦克布莱特是一名英国在爱尔兰统治的代理人、军人。麦克布莱特酗酒，并对毛特·冈的表妹和女儿图有不轨，对毛特·冈更是动不动拳脚相加。② 叶芝在毛特·冈的离婚案中扮演了重要角色，他积极支持毛特·冈离婚，并在给格雷戈里夫人的信中提

---

① Gayatri Chakaravorty Spivak, "Can the Subaltern Speak? Speculations on Widow Sacrifice", *Wedge* 7. 8, 1985, p. 122.

② R. F. Forster, *W. B. Yeats: A Life*, Oxford and New York: Oxford University Press, 1997, p. 331.

出，希望毛特·冈成为爱尔兰女性解放运动的领袖人物。①

对殖民地女性而言，反抗男性霸权和反抗殖民统治有着相同的性质，可以同时进行。这一点在毛特·冈身上得到了最佳体现。

英国文化在对爱尔兰的妖魔化工程中相当大的一部分便是女性化，即爱尔兰的凯尔特民族是一个女性化、酸情、怯弱、爱酗酒和说大话的民族，缺乏理性和效率，缺乏自我管理能力。因此，英国对爱尔兰的殖民统治理所应当、名正言顺，同父权社会中男人对女人的控制和占有一样，光明正大、理直气壮，且会给被征服者（女人）带来文明"种子"（精子）。叶芝的《丽达与天鹅》中所说的强奸暴力所带来是毁灭还是文明和智慧，叶芝的态度甚至也一度变得暧昧。

用女性来隐喻爱尔兰的文学手法可以上溯到 18 世纪流行的以盖尔语为主要创作语言的"艾斯林"（Aisling）诗歌，甚至还能进一步上溯到爱尔兰古代有关"主权女神"（Goddess Sovereignty）的神话传说。作为爱尔兰政治隐喻的凯瑟琳人物形象并非叶芝独创，而是具有极深的爱尔兰文学渊源。在爱尔兰历史上还有许多类似"胡里汉之女凯瑟琳"的本土化女性名字有着同样的政治隐喻意义。"可怜的老妇人"（Sean-Bhean Bhocht，即 Poor Old Woman）、"黑暗之女凯特"（Cáit Ní Dhuibhir，即 Kate of Darkness）和"黑玫瑰"（Róisín Dubh，即 Dark Rose）等便是经常出现的几个例子。②

英国殖民话语在对待爱尔兰问题上的两极建构就是将英国与男性特质（阳刚、健康、理性、负责、高效）、爱尔兰与女性特质（阴柔、病态、任性、放纵、低效）联系起来，将爱尔兰塑造成英国的对立面和"他者"。迈克尔·德尼在其发人深省的文章《不列颠的病妹妹：爱尔兰性与英国新闻媒体，1798—1882》中的分析可以提供一个有力的佐证。据德尼的分析，在 1798—1882 年，英国的媒体致力于将性别话语与政治话语交

---

① R. F. Forster, *W. B. Yeats: A Life*, Oxford and New York: Oxford University Press, 1997, p. 332.

② 陈丽：《〈胡里汉之女凯瑟琳〉与爱尔兰的女性化政治隐喻》，《外国文学评论》2012年第 1 期。

织起来,形成了男性/女性、医生/病人两极对立的主题话语。这个建构的一方是爱尔兰——不列颠的病妹妹。她终年遭受疾病或疯狂的折磨,具有十足的阴柔、疯狂的女性特质,需要不断地治疗。而另一方则是约翰牛医生,他用适当的改革措施,有时则是高压强制手段,来治疗这个棘手的病妹妹,此外,他还将自己的道德和政治树为榜样,试图通过榜样的力量引导爱尔兰踏上康复之路。爱尔兰性就这样被塑造,成为英国性的对立面。[①]

叶芝最终摒弃将凯尔特主义定型为女性化、模糊不清和伤感。叶芝作品中的女性形象一方面沿袭了英国对爱尔兰的女性化描写传统,但从本质上对这种病态的、柔弱的"病妹妹"形象进行了"内部"颠覆。凯瑟琳代表女性英雄形象,为了拯救农民的灵魂而出卖自己的灵魂,是高贵、负责任、牺牲的象征。后殖民主义和女权主义在叶芝这里找到了一个最佳结合点。

剑桥大学人类学家珍妮·哈里森曾提出一个至今依然发人深思的问题。她问道:"女人从未想要将男人作为一种性别写进诗歌中,而为什么在诗歌中女人是男人的梦想和恐惧而不是反其道而行之呢?"叶芝一生和整个诗歌作品中充满了对一位可望而不可即的女性毛特·冈绝望的痴情,对他来说女人常常更多是一个梦想。女权主义诗人瑞池(Adrienne Rich)将叶芝看作男性主体和女性客体之间不对称的权势关系的典型代表:

> 所有关于女人的诗歌,被男人所写:似乎男人写诗而女人总是存在其中天经地义。这些女人几乎总是美丽的,但受到失去美丽、青春的威胁,这是比死亡还要糟糕的命运。或者,她们美丽无比,但英年早逝,像露西和勒诺尔(Lenore)。又或是像毛特·冈那样残酷而又灾难性地犯错的女人,而诗歌指责她是因为她拒绝成为诗人的一件奢侈品。[②]

---

① 陈丽:《〈胡里汉之女凯瑟琳〉与爱尔兰的女性化政治隐喻》,《外国文学评论》2012 年第 1 期。

② Marjorie Howes and John Kelly, eds., *The Cambridge Companion to William Butler Yeats*, New York: Cambridge University Press, 2006, p. 167.

　　瑞池描述了三种不同的诗歌模式：及时行乐型，这种诗人往往用年老色衰的凄凉晚景威胁情妇以迫使她上床；无情情妇型，诗人因为情人拒绝就范而伤感；但丁和皮特拉克所倡导的理想情人型，这种类型的情人往往已经死去。这三种模式为哈里森所注意到的男人写诗而女人被抒写的诗歌传统提供了例证。

　　尽管已经发现了许多曾经被遗忘的女诗人，上述这种传统直到现在依然是诗歌中的主导模式。不管喜欢与否，男性诗人占据了历史上经典之作的大部分。女权主义对叶芝和他的许多同时代诗人看作"自然的"对性属的社会所形成的态度进行批判性的细究，使他们的诗歌对于现代读者来说不可思议，或至少令人不悦。尽管其美学和修辞魅力无限，叶芝的一些诗歌仍说出了一些让当代读者听上去很刺耳的东西：

　　　　但生为女人就理应知晓：
　　　　力求美好我们必须辛劳。① （《亚当所受的诅咒》）

　　　　但愿她象月桂那样长青
　　　　植根在一个可爱的永恒之处。② （《为我女儿祈祷》）

　　　　那些惊恐不定的柔指如何能推开
　　　　她渐渐松弛的大腿上荣幸的羽绒？③ （《丽达与天鹅》）

　　如果我们将男人对女人的再现仅仅作为社会化的男性控制在语言或视觉上的表现，这些诗句就没有生命力。这几句诗行解释起来就是，叶芝说女人是装饰性目标，她们应该精心打扮，安静地与丈夫和孩子们待在一起，除了一些特殊的、紧急的场合，她们被要求顺从，甚至享受神灵们的色欲。大多数当代女人不会愿意和有这种想法的男人待哪怕一个晚上，无

① 叶芝：《叶芝诗集》，傅浩译，河北教育出版社 1994 年版，第 183 页。
② 同上书，第 456 页。
③ 同上书，第 515 页。

论他多么善于言谈。

叶芝经历了爱尔兰脱离英国殖民统治的解放斗争和第一波女性解放运动。尽管这两个运动不同,偶尔互相矛盾,但对叶芝来说,通过一些历史人物的交汇和将爱尔兰定位为女人的传统做法,这两个运动又紧密相连。19世纪80年代叶芝开始写作的时候,女性已经在法律上取得了一些地位,更幸运的女人们开始获得高等教育和避孕的权利。直到1918年女人才获得选举权。但1905—1914年女性选举权的请求开始日益高涨。"女人问题"和对性别身份的探索是叶芝时代的主要文化问题。因此,女人日益成为一些不安的男人的恐惧,而不是梦幻。伍尔芙写道:

> 没有任何年代像我们的年代那样对性别这一话题咄咄逼人。大英博物馆那些男人们写的关于女人的无数书籍就是一个证明。女性选举权运动无疑有责任。该运动一定已经在男人中引发了一种对自我权力主张的强烈愿望……当受到挑战,即使这种挑战来自几个穿着黑罩衫的女人,人们也会疯狂地报复。[1]

然而叶芝并不是压制女性的男人之一,相反,他最主要的灵感来源、合作伙伴和友谊几乎都是来自女性。叶芝本人一直认为自己是一个"被动"、缺乏行动能力的人,具有一定的女人气质,和这些具有男性气质的女性正好形成互补。

第二节 叶芝作品中的女性形象及其反殖民象征意义

叶芝作品中的女性形象往往是"女强人",解构了女性阴柔和虚弱的刻板形象。叶芝作品中的女性人物一般是积极主动地投身到自己的事业中,为了爱尔兰,甚至不惜牺牲自己的生命。叶芝所交往的女性如凯瑟琳·悌南(Katharine Tynan)、奥利维亚·莎士比亚(Olivia Shakespeare)、

---

[1] Virginia Woolf, *A Room of One's Own*, Harmondswroth: Penguin, 1945, pp. 97–98.

弗洛伦斯·法尔（Florence Farr）、格雷戈里夫人（Lady Gregory）、叶芝之妻乔芝·叶芝（Georgie Yeats）和他痴恋的毛特·冈（Maud Gonne）都是典型的"新女性"。她们都在叶芝的诗歌中留下了积极而阳刚的一面。这些女性形象往往是爱尔兰反殖民斗争的先锋。在叶芝眼中，爱尔兰的女性首先要面对的是爱尔兰的殖民现实，而女性在反殖民斗争中所表现出的果敢和英勇，与反对男权在本质上是一样的。

一　毛特·冈：无望的情人、爱尔兰的象征、积极反抗殖民统治的女性代表

叶芝一些最好的朋友都是女权主义者。通过早年与威廉·莫里斯（William Morris）周围的社会主义者接触及与女演员诸如弗洛伦斯·费尔等的友谊，他遇到了许多"新女性"。尽管毛特·冈将爱尔兰民族主义置于首位，她还是依照女权主义原则行事，创办了女性协会，代表着"所有像我自己一样厌恶作为女性被排斥在民族组织之外的女孩"。

毛特·冈的自传一开始就以自己的象征形象出现："充满美感的凯瑟琳·尼·胡里汉，黑发在风中吹动。"① 自 18 世纪，爱尔兰一般被表征为"一无所有和心神错乱的女仆"。哀挽爱尔兰失去政治上独立的爱尔兰诗人在他们的艾斯林（Aisling）或灵视诗歌中确立了这种身份意象。对此，叶芝颇为认同，认为因为政治，灵视诗人们被"有权势和富裕的人厌恨，但被穷人们喜爱"。他注意到他们通常将意思隐藏在爱情诗歌的体裁中：黎明时分，诗人遇见了一位漂亮的正在哭泣的女人，而这个女人便是爱尔兰。"或者他通过将自己煽动反叛的言论乔装成情歌来逃避法律当局的迫害。于是爱尔兰便成为他的凯瑟琳·尼·胡里汉，或他的罗伊欣·都柏（Roisin Dubh），或一些其他盖尔语中亲切的名字。"② 叶芝选取詹姆斯·克拉伦斯·曼根火药味十足的《黑皮肤罗瑟琳》作为例证。该诗结尾预言"爱尔兰将变成红色/流了太多的血"，峡谷中回荡着"清脆的枪声和高喊

---

① Marjorie Howes & John Kelly, eds., *The Cambridge Companion to William Butler Yeats*, Cambridge University Press, 2006, p. 170.

② Ibid., p. 171.

的口号",保卫着他的黑皮肤罗瑟琳。在这种爱尔兰表征传统中,年轻的叶芝将对毛特·冈的爱和对祖国的爱联系在一起。玫瑰成为爱尔兰和毛特·冈的象征。

政治、欲望和鲜血的有力结合将他早期诗歌中的玫瑰转化为一位民族缪斯,她长期渴望的自由隐秘相当于世界末日的善恶大战、死亡或爱情行为。在《隐秘的玫瑰》中,世界末日出现,星星"在天空中被吹散,如同锻铁炉中吹出的火星,然后死去",暗指革命:"无疑你的时刻已经来到,你的大风吹来,来自远方、最为神秘和狂暴的玫瑰?"①

玫瑰是叶芝早期诗歌中无所不在的象征,既是个人欲望又是爱国情绪的焦点:渴望自由国家的欲望被表现为一位漂亮女人。通过她,诗人将祖国的文化遗产传递下去:在《致时间十字架上的玫瑰》中,他召唤她来听自己对爱尔兰过去的缅怀,讲述库胡林、弗格斯和德鲁伊德等爱尔兰英雄人物的故事:"红玫瑰,骄傲的玫瑰,我一生的悲哀的玫瑰!/请来到我近前,听我歌唱那些古代的故事。"在叶芝的《漫游的安格斯之歌》中,刚抓到的鲑鳟鱼本来要成为说话人的美味早餐,却魔幻般地变成了一位少女:"它变成一位晶莹少女,鬓边簪插着苹果花儿;她叫我名字然后跑开,消失在渐亮的空气里。"该诗使人想起叶芝第一次遇见毛特·冈,他注意到她脸部"像苹果花瓣"。艾斯林(Aisling)习惯上将灵视中所见到的少女比作苹果花瓣。叶芝将冈看作得不到的爱人和爱尔兰意象的统一体。《漫游的安格斯之歌》既是一首爱情诗,也是一首民族寓言。

叶芝和格雷戈里夫人的剧作《凯瑟琳·尼·胡里汉》中,毛特·冈扮演老妇人,在一位年轻人为了爱尔兰的自由献身后,她最终转变为一位"跛着王后步伐"的年轻女孩。这种比喻对像皮尔斯这样的理想主义革命者尤其熟悉:"当我是一个孩子的时候,我相信实际上有一个女人名叫爱尔琳(Erin)。要是叶芝先生的《凯瑟琳·尼·胡里汉》那个时候写出,我读后肯定不会把它当做是寓言,而看作是在任何一间房子里任何一天都

---

① Marjorie Howes & John Kelly, eds., *The Cambridge Companion to William Butler Yeats*, Cambridge University Press, 2006, p.171.

可能发生的一件事情。"

毛特·冈尤其喜欢他的《红发罕拉汉关于爱尔兰的歌》，其中凯瑟琳达到了类似宗教性象征地位。"我们的勇气像一棵老树在黑风中折断而死/但我们把从那双眼中喷出的火焰藏在我们心里/那是胡里汉的女儿凯瑟琳的双眼。"毛特·冈把叶芝的诗歌，尤其是那些关于她的诗歌，看作叶芝对民族斗争最有价值的贡献。

综合叶芝诗歌中毛特·冈的形象，狂暴、充满勇气、高贵、脾气暴躁、孤独和严厉，她超越了所有女性化的刻板形象。她的美是一种武器——"一张紧绷的弓"。

> 她怎么会安分，有了那心肠，崇高
>
> 使她单纯得像火一样，
>
> 又像拉紧了的弓那样美貌，
>
> 这个时代罕见的景象；
>
> 孤独，庄严，高贵，
>
> 哦，她能干啥，生就这个样，
>
> 还有第二个特洛伊等她去焚毁？① （《没有第二个特洛伊》）

总之，毛特·冈在个人层面是叶芝痴恋的对象、无望的情人，在诗歌象征主义系统中是代表爱情和爱尔兰的玫瑰，在戏剧中则是爱尔兰反殖民象征的"可怜老妇人"和"女伯爵"。

二 女儿形象：对女性身份的解构

在《为吾女祈祷》中，叶芝对其女儿的性别身份和在婚姻中的传统角色进行了父亲式的描述，他将理想化的妇人比作一棵根深叶茂的大树，上面栖息着没有头脑但很快乐的云雀。这些都直接和女权主义活动家所主张的女性自治背道而驰。但叶芝也解构了对女性身体和美德的男性建构。

---

① 叶芝：《叶芝诗选》第Ⅰ卷，袁可嘉译，湖南文艺出版社 2012 年版，第 119—120 页。

诗歌开头将象征着即将到来的狂暴时代与风暴中安睡的女儿之纯真无邪进行对照,将塔楼外动荡之时局与塔楼内安宁的家庭生活对比。叶芝在这首诗中表示希望女人"天生丽质",但不至于"美得令陌生人眼神迷乱",因为生得过于美丽,"就会视美为自足的目标/失却天性的善良,⋯⋯而永远找不到一个朋友"。

> 但愿她长得俊,但不要那么美。
> 陌生人一见就目迷心醉,
> 或望着明镜,由于这原因,
> 由于长得太美太俊,
> 以为有美貌就一切足够,
> 从此失去慈爱的天性
> 和流露真心的亲切之情,
> 选不准,永远交不上朋友。
> ⋯⋯
> 祝愿她新郎带她到家里,
> 一切合乎习俗、礼仪;
> 这些货色,狂傲和怨仇
> 都只在大街广场出售;
> 纯真和美岂不靠寄生
> 于习俗和礼仪而蔚然长成?
> 礼仪乃丰饶角的好名称,
> 习俗乃繁茂桂树的美名。①

该诗中叶芝对女儿未来的希望是:深明礼仪、自我欢娱、自我惊惧和自我安抚。叶芝解构了传统的女人以美貌侍人、感性任性、依附于男人的传统形象,代之以自立自足、理性、知礼的"新女性"形象。

---

① 叶芝:《叶芝诗选》第Ⅰ卷,袁可嘉译,湖南文艺出版社 2012 年版,第 241—245 页。

三　丽达产女：被殖民者对殖民者的颠覆

基伯德（Kiberd）用后殖民理论分析了《丽达与天鹅》，将该诗与《英爱条约》将南北爱尔兰分离和由此爆发的爱尔兰内战及其影响联系起来，认为诗中天鹅的离去代表爱尔兰内战时从爱尔兰突然撤退的英国军队，而被天鹅强奸了的丽达则是被英国"强奸"的爱尔兰的象征，爱尔兰已经习惯了被殖民的地位，因为它愿意由他人主宰自己的生活。①

这首诗正是用丽达这个形象说明爱尔兰与英国之间的关系。丽达是弱者，具有柔弱的女性特质，处于属下、被征服的位置，而另一方是强有力的强者，拥有强大的男性特质，代表权力和知识、帝国和文明。弱者被强者征服，客观上汲取强者在文化上的精髓，并结合自己的历史文化，产生新的杂糅的后殖民文化。殖民地文化最初对宗主国文化是一种被动的接受，但殖民地在对宗主国文化进行"模拟"之后，往往从内部瓦解宗主国文化，正如宙斯化身的天鹅，怎么也想不到丽达所生的两个女儿后来给世界带来了毁灭。

> 猛然一击，那摇晃的女子身上
> 巨翅仍在拍打，黑羽压上
> 她的大腿，他的喙咬住她脐心
> 他用胸顶住她无助的乳房。②

这一节以动态的画面描写宙斯化成的天鹅强奸斯巴达王后丽达的场面，一个孔武有力，另一个柔弱无助。

> 这些受惊的无措的指头怎能
> 从她松开的大腿退走茂盛的羽毛？

---

① 李静：《叶芝诗歌：灵魂之舞》，东方出版中心 2010 年版，第 286 页。
② 叶芝：《叶芝诗选》第 II 卷，袁可嘉译，湖南文艺出版社 2012 年版，第 40 页。

那肉体，躺在一片洁白中

怎能不感到奇异心脏的博跳？

腰股间的一阵颤栗带来

墙坍，房顶和塔楼燃烧，

阿伽门农死了。如此被抓获，

被空中飞来的野种所制伏？

在无情的喙放开她之前

她是否从他的力量获得了知识？①

这首诗的最后一句用设问的形式告诉读者，面对天神，无助虚弱的丽达，虽然被宙斯化身的天鹅强奸，但最终从这一强奸中获得了来自宙斯的力量，从而产下两个摧毁世界的女子：海伦和克吕泰涅斯特拉（Clytemnestra）。由此暗示，爱尔兰虽然沦为英国的殖民地，但爱尔兰却可以从宗主国汲取知识和力量，从而产生摧毁殖民秩序的力量，获得政治和文化上的独立。

四 疯女珍妮：对天主教会和爱尔兰纯粹文化的嘲讽

1922 年爱尔兰自由邦成立后，天主教会和政府合作将纯洁的性爱建构为爱尔兰性的本质性标志。这意味着拒绝离婚和节育，实行严格的审查制度，强化本已经浓厚的天主教对女性贞操和妇女守节的气氛。叶芝对这种性压制文化充满敌意：发表演讲公开支持离婚，理由是新教徒身份与这些天主教式的政府政策格格不入。

我认为，这个国家建立才三年时间天主教会就在这一最重要的事务上对少数人强行制定这个法律（禁止离婚），而这少数人认为该法是压迫性质的。然而，这些是有补救的余地。我很骄傲地把自己看作

---

① 叶芝：《叶芝诗选》第Ⅱ卷，袁可嘉译，湖南文艺出版社 2012 年版，第 40—41 页。

这些少数人中的典型代表。①

在叶芝的《年轻和年老的女人》和疯女珍妮诗歌中，女性的性纯洁和民族的共存被讽刺和批评。珍妮既不是处女也不是母亲，居无定所，是被天主教国家忽视的农村穷人，被剥夺了公民权利。她在绝经后欲望直率的表达中，打破了今天依然存在的禁忌。尽管她的乳房"已经平坦、下垂"，她拒绝了对手资产阶级和清教徒主教的邀请，为了"天国的宅邸"经受世俗的欲望。她更喜欢人类性经验"肮脏的猪圈"，从不拒绝将天堂和地狱、灵魂和肉体分离，因为"美和丑是近亲/美需要丑"。

疯女珍妮组诗中的第一首《疯女珍妮和主教》中疯女珍妮和雇工杰克相爱，但杰克遭到主教的驱逐，并咒骂两人的情欲生活像牲畜。而疯女珍妮不但没有屈服于主教，相反对主教进行反唇相讥。

> 那主教生就一张皮，天知道，
> 皱巴巴就好像鹅的蹼脚，
> 他也无法用神圣的黑衣遮住
> 他那驼背，就好似苍鹭，
> 可我的杰克挺拔像白桦树。②（《一、疯女珍妮和主教》）

疯女珍妮认为肉体和灵魂的完整交融才是完美的爱情：

> 那样的爱情
> 不令人满足，
> 如果不能得到完整
> 肉体和灵魂；③（《三、疯女珍妮在最后审判日》）

---

① W. B. Yeats, *Later Articles and Reviews*, New York：Scribner, 2000, p. 190.
② 叶芝：《叶芝诗集》，傅浩译，河北教育出版社 2003 年版，第 624 页。
③ 同上书，第 626 页。

疯女珍妮对天主教的性禁忌充满了敌意和愤怒，并且坚信，随着时间的推移，自己的话是真理。

> 如果你接受我，
> 我能够冷嘲、怒斥、
> 责骂，长达一个小时。
> ……
> "什么能被披露？
> 什么是真正的爱呢？
> 只要时光逝去，
> 一切都能被知道或披露。"① （《三、疯女珍妮在最后审判日》）

> 我有情郎野杰克；
> 虽然像条道路
> 任男人们经过，
> 我的身体不呻吟，
> 而是继续歌吟：
> 万物仍归于上帝。② （《五、疯女珍妮论上帝》）

这首诗对性爱进行了大胆的歌颂，并暗指上帝造出男人和女人，暗示男女之爱在基督教上的合法性。

最后疯女珍妮和主教正面交锋，主教试图劝导年老色衰的疯女珍妮告别情欲生活，而疯女珍妮不仅没有接受，反而以说教的口吻向主教揭示自己所发现的"真理"。

> 我在路上遇见主教，

---

① 叶芝:《叶芝诗集》，傅浩译，河北教育出版社 2003 年版，第 626—627 页。
② 同上书，第 631 页。

他和我滔滔地交谈。

"这对乳房如今干瘪下垂，

那些血管很快也必定枯干；

去住一幢豪华的宅院，

别待在丑陋的猪圈。"

"美和丑是近亲，

美好需要丑陋，"我呵斥。

"我的朋友们已逝去，但这是

坟墓或床铺都不否认的真理，

是在肉体的低贱

和心灵的高傲之中获知。

"当热衷于恋爱之时，

一个女人会骄傲而矜持；

但是爱神已把他的宅院

抛进了沤粪的土地；

因为未经分裂过的东西

都不会是完整或唯一。"①（《六、疯珍妮与主教交谈》）

　　疯女珍妮完全摈弃了教会对肉体欲望的压抑，而公开宣称自己的情欲，从男人的欲望客体成为自己欲望的主体。有评论家认为叶芝晚期有"肉体转向"，而这种"肉体转向"是因为叶芝自己做了"回春"手术和与演员曼宁的婚外情。而其实这种"肉体转向"与爱尔兰独立后爱尔兰令人窒息的天主教会对民众生活的控制有着密切关系。叶芝在《刺激》中坦言除了情欲与愤怒，"还有什么刺激我歌唱"②。

小　结

　　综上所述，叶芝继承了爱尔兰被女性化的传统，然而却在继承这一传

---

① 叶芝：《叶芝诗集》，傅浩译，河北教育出版社 2003 年版，第 632—633 页。

② 同上书，第 764 页。

统的同时,将男权社会所赋予女性的被动、消极、被压迫、顺从等所谓女性的"本质"完全解构,而建构起主动、积极、抗争、反殖民的女性形象,从而有机地将个人经验、文学传统、女性解放和爱尔兰去殖民化斗争结合起来,形成一种诗学的张力。不过,从叶芝作品中的女性形象来看,叶芝对女性的认识依然没有完全摆脱他的贵族模式,不可能达到欧美女性主义运动的高度,这是由爱尔兰迫切的反殖民运动和落后的经济条件所决定的。随着爱尔兰 1949 年完全独立后,爱尔兰经济飞速发展,迅速成为欧洲人均 GDP 之首,成为"凯尔特之虎"。而女性的地位也不断提升,玛丽·罗宾逊(Mary Robinson)于 1990 年成为爱尔兰首位女总统。

第七章　后殖民文化认同:叶芝与东方文化

第一节　爱尔兰文化与东方文化

爱尔兰与东方相隔遥远,两者在文化上有联系吗?

首先,凯尔特文化被妖魔化的命运和东方文化类似,凯尔特主义和东方主义都是西方丑化"他者"并为其殖民合法化寻找的文化借口。

爱尔兰的凯尔特复兴运动中文化民族主义者强调爱尔兰的历史和神话在唤醒民族记忆中的重要性,将英国殖民统治之前的爱尔兰文化视作"真正的"爱尔兰文化。[1] 许多被重新挖掘的意象、体裁、思想和故事实际上不是来自爱尔兰凯尔特传统,而是来自东方。爱尔兰作家和文化民族主义者,如叶芝,从亚洲文化中借用许多内容。爱尔兰文学中借用东方题材的传统可以回溯到 19 世纪的德维尔(Aubery de Vere)、曼根(James Clarence Mangan)和莫尔(Thomas Moore),18 世纪的谢丽丹(Frances Sheridan)、高尔德斯密斯(Oliver Goldsmith)和佩里(Edmund Pery)。自中世纪以来,凯尔特文化和东方文化的神话联系就存在于爱尔兰和盖尔文化中。

19 世纪,东方成为爱尔兰作家和知识分子重要的想象空间。到了凯尔特复兴时期,已经形成了一个爱尔兰东方主义审美和神学学派。

---

① Joseph Lennon, *Irish Orientalism: An Overview*, Clare Carroll and Patricia King, eds., *Ireland and Postcolonial Theory*, University of Notre Dame Press, 2003, p. 129.

基于对中世纪和古典的关于凯尔特人史料的不同解读或误读,欧洲的东方主义和凯尔特研究甚至认为凯尔特人有东方血统。此派认为,凯尔特人首先通过西班牙和埃及殖民爱尔兰,和许多古代东方人的文化有联系,包括埃及人、迦太基人、伊特鲁亚人、腓尼基人、阿米尼亚人、犹太人、中国人、印度人等。但这种观点在英伦三岛并未被广泛接受。[①]

19 世纪两篇论述凯尔特人的文章,雷南的《凯尔特人的诗歌》(1854) 和马修·阿诺德的《论凯尔特文学的研究》(1893) 将凯尔特人描写为本性上是女性化的,和阳刚的日耳曼人和条顿人(强调撒克逊人在英国社会中的影响力) 正好形成互补。对阿诺德来说,盎格鲁—撒克逊人和凯尔特人形成一种家庭,盎格鲁—撒克逊人是这个家庭中严厉的、务实的父母,凯尔特人则是不务实、难以管教和爱幻想的孩子,"总想着和事实的统治造反"。重要的是,两篇文章都以东方为参照来描述凯尔特人特性。

在反抗英国殖民统治的运动中,东方是爱尔兰人心中的同盟。如土地联盟 1879 年的一个海报上写道:"从北京的中国式塔楼到爱尔兰的圆塔,从康内马拉的小木屋到卡弗兰德的牛栏,从波利尼西亚小岛上的泥土房到北美洲的棚屋,高喊着'打倒侵略者! 打倒暴君!'每一个人都应有自己的土地,每一个人都应有自己的家园。"19 世纪末,叶芝等人自觉地将爱尔兰的凯尔特和东方的文化"他者"联合起来,形成文化上和英国殖民主义对抗的策略,就像他们认同凯尔特人一样,他们认同东方。[②] 赛义德在《文化与帝国主义》中说,印度、北非、加勒比、中南美洲、非洲的许多地方、中国和日本、太平洋群岛、马来西亚、澳大利亚、新西兰、北美,当然还有爱尔兰,属于一个群体,虽然大多数时候它们被分别对待。[③]由此看来,爱尔兰与东方在文化反殖民上结成同盟是自然而然的了。

---

① Joseph Lennon, *Irish Orientalism*: *An Overview*, Clare Carroll and Patricia King, eds., *Ireland and Postcolonial Theory*, University of Notre Dame Press, 2003, p. 130.

② Ibid., p. 138.

③ 萨义德:《文化与帝国主义》,李琨译,生活·读书·新知三联书店 2003 年版,第 314 页。

第二节　叶芝与东方文化

一　叶芝对东方文化的认识和态度

从叶芝的作品和信件中我们可以看出，他认为东方文化是主观的、模糊的和重感觉的，这显然与代表着客观、明晰、理性的西方文化形成对比。叶芝对东方的认识受到了西方的东方主义模式化的影响。

然而叶芝的立场却不同于西方学者的东方主义立场，并没有将东方看得低于西方。恰恰相反，叶芝在《幻象》和《二次圣临》中预测西方基督教文明的衰落，东方文明将在第二个千年之后兴起。叶芝延续着爱尔兰学术界认同东方的传统，认为凯尔特因素和东方元素中对精神和神秘主义的关注恰恰可以拯救处于危机中的重物质和功利主义的西方文化。这一点正好呼应了马修·阿诺德在《凯尔特文学研究》和《吉普赛学者》中希望借助凯尔特文化和吉普赛文化拯救庸俗中产阶级情调弥漫的英格兰。

对叶芝来说，东方和西方、亚洲和欧洲是一种平等互动的关系。叶芝认为"伟大年份"的革命象征欧洲和亚洲的婚姻，互相生发。当它从三月满月开始，基督或基督教以西方为父、东方为母。之后便是亚洲在精神上占优势。随后必然出现一个时代，东方为父，西方为母。叶芝在象征千年的满月之后的许多点上具体谈到了文明的趋势：菲迪亚斯时期的希腊是"向西运动"。之前是亚历山大时期的希腊文明，形式化、法典化，输给了东方。拜占廷是"向东运动"。欧洲文艺复兴是"向西运动"。叶芝的诗作中，《雕像》清晰地阐述了东西方交替占主导的模式。[①]

希腊人于公元前480年在萨拉米斯战役中击败了波斯人，那时欧洲尚未诞生。公元前326年马其顿国王亚历山大大帝征服印度西北部，给传统的佛像雕塑艺术带去了希腊影响。起点是"有一半亚洲特性的"希腊，产生了两幅巨大的画面：西方客观文化，以文艺复兴为代表，对叶芝来说，

---

① David A. Ross, *Critical Companion to W. B. Yeats*, Facts on File, Inc., 2009, p. 425.

其象征是西斯廷教堂，特别是米开朗基罗所画的亚当画像，以文艺复兴时期哈姆雷特王子为顶峰。受希腊影响的佛祖的形象从印度传到中国后，变得更加主观。这些对立面之间是叶芝的螺旋体旋转的空间，而且这些对立面永远不断交替、转化。①

在叶芝的心目中，欧洲文化和亚洲文化不同，亚洲文化有一些正面价值，简朴、自然、恪尽职守、传统，其负面价值则是没有形式、模糊、巨大、抽象、禁欲和顺从。欧洲文化则代表历史、测量、肌肉、暗喻、具体和进攻性。基督教基本上是亚洲式的；希腊和罗马文明、文艺复兴文明则基本上是欧洲式的。叶芝预测一个亚洲的时代将要到来。叶芝曾告诉格雷戈里夫人，新时代的神将是佛祖或斯芬克斯，两者都是亚洲的象征。叶芝从黑格尔那里了解到，欧洲文明直到俄底浦斯毁灭亚洲的斯芬克斯才开始，斯芬克斯束缚了人性。现在历史将会倒过来，俄底浦斯将要毁灭自己。

叶芝继承了对古代文化的恢复和与东方文化的联合这一传统反殖民文化策略。叶芝为了与英国维多利亚时期的现实主义、中产阶级价值观对抗，兼容并收所有可能的古代文化元素：日本的、拜占廷的、中国的文化。东方文化的杂糅也增添了叶芝诗歌的陌生化效果。

叶芝的作品中较多的东方文化来自印度，这是因为印度作为英国的殖民地，在爱尔兰更加有认同度。叶芝还与印度诗人泰戈尔交往密切，大力推介其诗作在英国和爱尔兰发行。与此同时，叶芝对日本文化艺术，尤其是能剧，非常痴迷。中国元素在叶芝的作品包括其所构建的哲学体系中有重要的意义。这些中国元素有别于西方思想，对叶芝的创作起到了独特的启发作用。

二 叶芝作品中的中国文化

叶芝作品中出现中国元素的次数虽然不多，却是画龙点睛式的，往往寓意深刻。直接或间接涉及中国文化的诗作有《天青石雕》、《责任》、

① David A. Ross, *Critical Companion to W. B. Yeats*, Facts on File, Inc. 2009, pp. 234 – 235.

《踌躇》和《须弥山》等，结合其书信、自传，我们可以看出叶芝涉及的
中国文化门类包括绘画、雕塑、哲学（孔子、老子）、宗教（禅宗）和历
史人物（周公）。叶芝从未到过中国，也不懂汉语，他接触中国的方式主
要是通过自己的阅读和欣赏译作，通过朋友的介绍，其中最重要的渠道是
庞德。

　　庞德于1913—1916年担任叶芝的秘书，两人一起在英国西塞克斯
的一间小木屋中度过了三个冬天。他们在各大博物馆观赏的东方绘画以
及他们之间的交流都对两人后来写作有影响。庞德当时所阅读的书中就
有翟理斯的《中国文学史》。① 1915年庞德在《诗刊》上发表文章，评论
叶芝新出版的诗集《责任》，认为中国诗"是一个宝库，今后一个世纪将
从中寻找推动力，正如文艺复兴从希腊人那里寻求推动力"。"一个文艺复
兴……第一步是输入印刷、雕塑或写作的范本……很可能本世纪会在中国
找到新的希腊。目前我们已找到一整套新的价值。"② 庞德翻译的费诺罗
萨的手稿丰富了叶芝对中国古典诗歌的了解。在写给泰戈尔的信中，叶芝
说道："起初是你的书籍，随后某些中国诗歌和日本散文作家的作品激起
了我对亚洲形式的兴趣。"叶芝1936年编撰的《牛津现代诗选》中收集了
庞德《契丹集》（Cathay）中三首关于中国的译诗以及阿瑟威利的《庙
宇》一诗，其中的注解包括对褚遂良、吴道子等人的介绍。

　　叶芝的诗《天青石雕》是一首直接以中国雕塑为题材的作品。1935
年7月4日，70岁的叶芝收到一份生日礼物，一块中国乾隆年间的天青石
雕。他在给多萝西·威尔斯利的信中说："有人给我一大块天青石雕作礼
物，上面有中国雕刻家雕刻的山峦、庙宇、树木、小径和正要登山的隐士
和弟子。隐士、弟子、顽石等是重感觉的东方的永恒主题。绝望中的英雄
的呼喊。不，我错了，东方永远有自己的解决办法，因此对悲剧一无所
知。是我们，而不是东方，必须发出英雄的呼喊。"③ 比较他收到礼物后

---

① David A. Ross, *Critical Companion to W. B. Yeats*, Facts on File, Inc., 2009, p. 522.
② 张跃军、周丹：《叶芝"天青石雕"对中国山水画及道家美学思想的表现》，《外国文学
研究》2011年第6期。
③ 叶芝：《叶芝诗集》，傅浩译，河北教育出版社2003年版，第713页。

给两位朋友信中的描述,诗中所绘的石雕与原物略有不同。这尊乾隆时期的石雕长约 26.7 厘米,高约 30.7 厘米,以镶嵌的方式与木质底座完美融合。石雕正面是三个人正沿着一条山路爬上一座庙宇模样的房子,为首的是一位蓄须长者,正扭头转向紧随其后的年轻弟子。身后的随从和他们相隔一段距离,身上背着类似笛子的中国传统乐器。山上到处是峭壁、瀑布、松树。石雕的背面则刻有更多的松树,还有一只仙鹤。①

　　叶芝最初的构思侧重于东西方对悲剧的不同态度,但一年后完成诗作时主题更加丰满厚重。叶芝认为这几乎是他近年来所写得最好的作品。②这首诗的主题是,尽管人类文明在兴衰更替之交,不可避免会有毁灭的悲剧,但艺术会不断重建再生,永恒不朽,因此,从事文化建设的艺术家们面对悲剧场景时是乐观而英勇的。

　　叶芝相信历史循环说,认为人类文明两千年一交替。基督教文明之前是古希腊文明。基督教文明从耶稣降生至 20 世纪,将近两千年,接近下一个循环的终点。20 世纪 30 年代,法西斯主义在德国和意大利上台,1936 年西班牙内战爆发,爱尔兰右翼分子蓝衫军领袖奥达菲对墨索里尼仰慕有加,试图在爱尔兰也实行法西斯专政。战争危机笼罩着整个欧洲,艺术面临毁灭威胁。

　　该诗中叶芝举出调色板、提琴弓和诗人,代表视觉艺术、音乐和文学,即艺术各门类。这些被世俗的女人们(如热衷政治的毛特·冈)视为无用而遭到厌弃。面对降临的灾难,诗人们"总是快乐的",因为他们知道,毁灭之后,必有重建。政权是暂时的,终免不了倾覆,而艺术是永恒的。

　　叶芝曾说:"悲剧对于死者来说必是一种快乐。"③叶芝在这首诗中说:"快乐改变着一切恐惧的人们"。因为他们找到又失去人们所追求的所有东西。这是艺术家的虚构英雄面对悲剧时的心情,英雄的精神不死,毁

---

　　① 张跃军、周丹:《叶芝"天青石雕"对中国山水画及道家美学思想的表现》,《外国文学研究》2011 年第 6 期。

　　② 傅浩:《叶芝评传》,浙江文艺出版社 1999 年版,第 196 页。

　　③ David A. Ross, *Critical Companion to W. B. Yeats*, Facts on File, Inc., 2009, p. 552.

灭之时也就是其完善之时,意识到这一点必然是快乐的,因此"悲剧被表演到极致"。亚里士多德的悲剧观是"怜悯"和"恐怖",叶芝的悲剧观则是"快乐"与"激情"。

天青石雕

天青石雕上雕刻着两个中国佬,
身后跟着第三人,
他们头顶上飞着一只长腿鸟,
那是长生不老的象征;
第三位无疑是仆人,
随身携带一件乐器。

石上每一片褪色的斑痕,
每一处偶然的凹窝或裂隙
都像是一道河流或一场雪崩,
或依然积雪的高坡峻岭,
虽然杏花或樱枝很可能
熏香了半山腰上那小小凉亭——
那些中国人正朝它攀登;我乐于
想象他们在那里坐定;
在那里,他们凝望山峦和天宇,
注视着一切悲剧的场景。
有一位请奏悲悼的曲子;
娴熟的手指便开始弹拨。
他们的眼边布满皱纹,他们的眼里,
他们古老的、炯炯的眼里,充满快乐。①

---

① 叶芝:《叶芝诗集》,傅浩译,河北教育出版社 2003 年版,第 716—717 页。

　　诗歌最后一节点题，客观地描写了天青石雕的形貌、造型，从西方的视觉艺术过渡到东方的视觉艺术。

　　诗人开头以亚洲的方式为欢乐辩护。通过石雕上的三位中国人的眼光，他改变了视角：我们不再注视着一个闪亮的舞台，而是站在高山上俯视着世界和舞台。在此各种文明的起伏不再引起伤感或女性化的歇斯底里，而似乎是场景必备的一部分。这三位中国人，如尼采一样，在永恒的循环中找到了快乐，这种快乐顽强地产生于对痛苦的全面认识之中。①

　　中国绘画也给叶芝带来艺术启迪，这种启迪从绘画艺术延伸到文学艺术和哲学思考。

　　　当我们看着那些古老的悲剧绘画中的脸庞时，无论是由提香或某位中世纪中国画家所画，我们会发现悲伤和沉重，甚至某种空虚，如同等待最高危机的心灵所感受的那样（不同于诗歌对危机本身的歌唱，绘画艺术似乎有时在庆祝着这种对危机的等待）。②

　　　当我们从画着在山间小路上静思的老人的中国画中获得审美的时候，我们在分享着这种静思冥想，没有遗忘那些漂亮而复杂的线条，如同我们睡着时从我们眼皮中看到的那样。③

　　至于其他艺术，叶芝在《1919 年》中谈到了中国舞蹈，但其实他所看到的是日本舞蹈。

　　　当洛伊·富勒的中国舞者缠绕出
　　　一张闪光的网，一条飘扬的绸带时，
　　　就好像一条飞龙自云间

　　① Richard Ellmann, *The Identity of Yeats*, New York：Oxford University Press, 1954, p. 186.
　　② W. B. Yeats, The Tragic Theatre, *Essays and Introductions*, London：Macmillan Company, 1961, p. 244.
　　③ Ibid. , Art and Ideas, p. 355.

堕入舞蹈者中间，把她们卷起旋舞

或把她们赶上它自己的狂暴的路子。①

洛伊·富勒是美国舞蹈家，以擅长蛇舞著称，她的舞蹈团其实是由日本人组成的。但从侧面可看出叶芝对中国舞蹈的异域想象和认可。

叶芝另一个涉及中国文化的例子是诗集《责任》，作于1914年。

叶芝在诗集《责任》的开篇引用孔子的话作题记。埃尔曼（Ellmann）认为，是庞德帮他找的引文，引文来自理雅各翻译的《论语》。② 龙根巴奇（Longenbach）认为引文转译自 Pauthier 译的《论语》法文版。③

"How can I fallen from myself, for a long time now

I have not seen the Prince of Change in my dreams"

Khoung-Fou-Tseu

这句话的原文应该是："甚矣吾衰也！久矣吾不复梦见周公。"来自《论语·述而》。叶芝在1914年由夸拉出版社出版的诗集《责任》的开篇引用这句孔子的话做题记，用意颇深。

周公，姓姬，名旦，文王之子、武王之弟、成王之叔、鲁国国君的始祖，传说是西周典章制度的制定者，他是孔子所崇拜的"圣人"之一。孔子自称他继承了自尧舜禹汤文武周公以来的道统，肩负着光大古代文明的重任。自周朝建国以来的人文文化，都是由周公一手整理而付诸实施的，可以说是之前人文文化的集大成者。孔子梦见周公，其意为与先圣心意相通，梦里常能相见，醒则传扬其道。这可能是孔子晚年所说的话。叶芝备感爱尔兰政治形势不容乐观，自己肩上担子的沉重，而更可忧的是自己年事已高，天年不多。另外，周公也是中国祖宗崇拜仪式的创立者。叶芝借周公表达自己对祖先的追忆。

1914年叶芝49岁了，"请原谅，老先辈们，……/请原谅为了一场无果的情欲之故，/尽管我已将近四十九岁，/我还没有孩子，而只有一本书，/

---

① 叶芝：《叶芝诗集》，傅浩译，河北教育出版社2003年版，第497页。

② Richard Ellmann, *The Man and the Masks*, London：Penguin Books, 1979, p.195.

③ James Longenbach, *Stone Cottage：Pound, Yeats and Modernism*, Oxford, 1988, p.160.

只有它可以证明你们和我的血脉"。① 叶芝对爱尔兰国内的文化形势深感忧思,被英国商业文化腐化的爱尔兰中产阶级日益成为"非利士人"。

1903 年 1 月,叶芝痴恋多年的毛特·冈信仰天主教并嫁给了麦克布莱特上校。叶芝收到毛特·冈的电报时,正在都柏林发表一个演讲《爱尔兰戏剧的未来》,他硬撑着完成了演讲,结束后,观众祝贺他演讲成功,但他几乎不记得自己所说的任何一个字了。②对叶芝来说,这确实是一场"无果的情欲"。

对于爱尔兰国家和民族,叶芝也感到责任重大。

叶芝曾言自己有三大兴趣,文学、哲学和民族。三大兴趣紧密相连,相互促进,相得益彰。爱尔兰长期被英国殖民统治,19 世纪晚期反殖民运动刚刚有点起色,在民族运动领袖帕内尔于 1891 年因性丑闻倒台后一盘散沙,而新教徒和天主教徒因为宗教信仰而互相猜忌,人心不一。面对英国的殖民统治,叶芝的痴恋对象毛特·冈主张通过暴力革命实现爱尔兰的民族独立,而叶芝则认为爱尔兰首先要实现文化民族主义(cultural nationalism)。因此,叶芝积极地投身到爱尔兰文学运动中,于 1891 年的 12 月与罗勒斯坦(T. W. Rolleston)建立伦敦文学协会,并在五个月后,在欧李尔瑞(John O'Leary)的帮助下在都柏林成立全国文学协会,宗旨是宣传爱尔兰的文学、民间传说和传奇故事。

1914 年诗集《责任》出版,叶芝深感自己快要到了"知天命"的年纪,于个人,已经 49 岁了,尚未娶妻生子,未能传承家族血脉,于民族,叶芝自比孔子,肩负复兴凯尔特文化的历史重任,一种对爱尔兰的"文化责任"感让叶芝感觉到了类似周公当年对年老体衰而依然壮志未酬的怅然。

叶芝第三首涉及中国文化的诗作是《踌躇》的第六节,作于 1931—1932 年:

> 一片河流纵横的原野在下面铺展,

---

① 叶芝:《叶芝诗全集》,傅浩译,河北教育出版社 1994 年版,第 236—237 页。
② David A. Ross, *Critical Companion to W. B. Yeats*, Facts on File, Inc., 2009, p. 470.

一股新刈的麦草的气味

飘入他的鼻孔，那伟大的周公

抖落高山的积雪，高喊：

"让万物全都消逝。"

由乳白的驴子拖住巴比伦

或尼尼微崛起之地的

车轮；某个征服者捉着缰绳

对厌战的士兵们高喊：

"让万物全都消逝。"

从人类被血浸透的心中萌发

那些夜与昼的繁枝，

俗艳的月亮在那里悬挂。

什么是全部歌曲的意义？

"让万物全都消逝。"①

　　该节以另一种方式描绘了第三节的悲剧性尊严和欢乐。在中国古代刚被割草的田野和巴比伦与尼尼微倒塌的塔楼上，叶芝找到了欢乐而又转瞬即逝的意象。"我们将骄傲地、独眼地和大笑着走向坟墓。"叶芝当时可能正在阅读卫礼贤（Richard Wilhelm）翻译的《太乙金华宗旨》（*The Secret of the Golden Flower*），里面介绍了周公。② 周公参透了世界万物运行的规律。带着这种智慧的欢乐，周公高喊："让万物全都消逝。"这和《幻象》中伊秀厄特所说的"上帝啊，让一些事物保留下来吧！"恰恰相反。

　　与圣人一样，征服者也完全在历史循环中抛弃了自我，而顺应历史运行的轨迹。驴子之所以是乳白色的，因为未被英雄主义的暴力革命玷污。

---

① 叶芝：《叶芝诗集》，傅浩译，河北教育出版社2003年版，第611—612页。

② A. Norman Jeffares and A. S. Knowland, *A Commentary on the Colledted Plays of W. B. Yeats*, Stanford：Stanford University Press，1975，p.302.

英雄主义暴力革命按照《血与月》中的句子"血腥而又傲慢的力量"是伟大文明升起和陨落的动力。最后一节则喻指人类创造力的动力深深植根于人们心中的激情。①

第四首涉及中国的诗作是组诗《超自然的歌》中的第十二首诗《须弥山》，作于 1934 年 7 月:

> 文明被箍起，由多重幻想
>
> 置于一条规则，置于和平的幌子
>
> 之下;但人生即思想;
>
> 他，尽管恐惧，却无法停止
>
> 劫掠，经过一个又一个世纪
>
> 劫掠，狂暴，灭绝，以便他
>
> 可以进入现实的荒凉里:
>
> 埃及和希腊，别了，别了，罗马!
>
> 在须弥山或埃菲尔士山中，
>
> 在积雪之下的洞穴里过夜，
>
> 或在那大雪和严冬的厉风
>
> 抽打其裸体之处的隐士们了解
>
> 白昼周而复始带来黑夜，黎明前
>
> 他的荣耀和碑铭都消逝不见。②

该诗鲜明的喜马拉雅背景来自叶芝对印度宗教文学的阅读。须弥山，是印度教神话中的神山，是西藏境内冈底斯山脉主峰冈仁波齐峰，藏语义为"宝贝雪山"。埃菲尔士山即喜马拉雅山之珠穆朗玛峰。1885 年英国人主持的印度测量局以其前局长埃菲尔士（S. G. Everest）的姓氏命名该峰;1952 年中国政府将其更名为珠穆朗玛峰;尼泊尔则称之为萨迦—玛塔。③

---

① David A. Ross, *Critical Companion to W. B. Yeats*, Facts on File, Inc., 2009, p. 276.

② 叶芝:《叶芝诗集》，傅浩译，河北教育出版社 2003 年版，第 706—707 页。

③ 同上。

叶芝在他对汉摩萨（Bhagwan Shri Hamsa）所著《圣山》的介绍中解释印度人、中国人和蒙古人自古以来就把喜马拉雅山想象为他们的神居住的地方："成千上万的印度、西藏和中国朝圣者、吠檀多或佛教或其他更古老的信仰曾围绕着它，有些人每走一步就鞠个躬，俯身而拜，用他们的身体丈量着土地。所有人都可进入外围，那些受更严戒律的人可进入更内侧也更危险的圈子，而人类不能进入更高的圈子，只有神仙可以在人们的敬仰中活动。"①须弥山据说是位于宇宙中心的金山，是世界之轴。诸天之神都在此山或附近有各自的乐园，信奉者死后在那里与他们一起等待转世再生。在剧作《大钟楼之王》的前言中，叶芝写道："一首关于须弥山的诗自发的来临，但哲学是诗歌危险的主题。"此诗寓意为人类是其自己的创造物的毁灭者，即文明不断更替。②

叶芝通过通灵学学者波拉瓦茨基夫人了解《大藏经》③。在《阿娜舒雅与维嘉亚》中叶芝用诗句来赞美西藏神灵。

　　　　阿娜舒雅：
　　　　凭着万神始祖的名义，
　　　　发个重誓！在神圣的喜马拉雅山上，
　　　　在那个遥远的金峰顶，居住着万神的始祖，
　　　　硕大的身形；当大海年轻时，他们久已苍老；
　　　　他们宽广的面庞带着神秘和梦幻；
　　　　他们滚滚的发浪奔泻在群山之间，
　　　　无畏的鸟雀一年年在其中修筑起
　　　　无数巢穴；他们凝立的脚畔
　　　　环聚着一群群欢快的鹿和羊，
　　　　它们从未听见过无情的犬吠。起誓吧！④

---

① 叶芝：《叶芝诗集》，傅浩译，河北教育出版社 2003 年版，第 706—707 页。
② 同上。
③ Richard Ellmann, *The Man and the Masks*, London：Penguin Books, 1979, p. 71.
④ 叶芝：《叶芝诗集》，傅浩译，河北教育出版社 2003 年版，第 16 页。

周公、孔子、《天青石雕》中三个用快乐的眼神注视着"所有悲剧场景"的中国人和《须弥山》上在不断循环的月食中参透"白天带来黑夜"的"隐士们",先后在叶芝的诗作中出现,代表中国的"圣人"形象。

随着老年将至,叶芝日益追求自我的不断完善,对东西方的"圣人"形象颇为关注,诗作《航向拜占廷》代表着这种心愿。

> 呵,伫立在上帝的圣火之中
> 一如在嵌金壁画中的圣贤们
> 请走出圣火来,在螺旋中转动,
> 来教导我的灵魂学习歌吟。①

叶芝在诗剧《复活》(1931)的序言中写道:"在我的剧作中,处处有那样的两个原则或'心灵的基本形式'之间的冲突,彼此'生彼之生,死彼之死'。我有一幅中国画,画上三个圣人坐在一起,其一身边有一头鹿,其一手执一展开的卷轴,上有阴阳的象征,那两个形象永远旋转,化生再化生着万物。"傅浩推测,此画画题可能是《三教同源图》,画的是释迦牟尼、老子和孔子。老子手执一卷轴,上画阴阳鱼太极图;孔子身边的则应该是麒麟。② 叶芝在《幻象》中构建了一个融东西方哲学于一炉的哲学体系。其中的几何图形有28种月相的变化和两个相互转化的圆锥体。其中蕴含的对立统一思想和我国的阴阳太极思想有着惊人的相似。荷恩(T. R. Henn)也认为叶芝的螺旋形象(gyre)主要来源于柏拉图,然而也有中国元素。③

叶芝有时用基督教中的形象和东方佛像和神仙形象进行类比往往能得出自己比较满意的答案。

---

① 叶芝:《叶芝诗集》,傅浩译,河北教育出版社2003年版,第464页。
② 傅浩:《叶芝评传》,浙江文艺出版社1999年版,第195页。
③ T. R. Henn, *The Lonely Tower*, London:Methuen & Co. Ltd. , 1950, p. 209.

　　某些印度、中国和日本的佛像和其他神仙的前额中间有一个小小的圆形的隆起部分，神秘学说有时把这个看作类似于上帝的记号。①

　　"圣人"形象是叶芝晚期对自我的形象定位。肉体的衰老使叶芝渴望通过艺术和智慧达到不朽，成为类似东方"神仙"或"圣人"的人物。

　　叶芝对禅宗也有接触。他从禅宗所领悟到的哲理是所有事物都是作为"经验的一部分"存在于心灵之中。②叶芝认为禅宗强调"心"对"物"的先在，即先有空灵纯净的"心"，再去观"物"。这样所观察的世界，所绘画出的作品则显然不同于西方着重写诗的绘画艺术传统。这一点与叶芝作诗的理念也颇为相通。

　　1926年1月5日的一封信中，叶芝写道：

　　本周的《文学增刊》第27页第2栏，将关于外部世界的本质的信念作如下区分：

　　(1) 所有一切都是我们所感觉到的，包括存在于外部世界的所谓错觉。

　　(2) 没有任何事物可以不作为"经验的元素"存在于心灵之中。

　　(3) 独立于我们心灵之外存在一个物质世界——"现实"——但我们只有通过我们心灵的一部分且与之迥异的"再现"来认识它。

　　(1) 这一点总是令我着迷，因为我十八岁时从婆罗门（摩希尼·查特吉）那了解这点，并一直深信不疑，直到布莱克把它从我的思想中赶走。早期佛教和印度依然存在的信仰认为一切都是流动于人类控制之外的溪流——一个行动或思想导致另一个行动或思想。我们自己不过是一面镜子，解脱的办法是把镜子转过去以便它不能反射任何东西。这溪流会继续，但我们不知。

　　(2) 这是禅宗。神秀说（威利的《中国绘画研究介绍》第221

① W. B. Yeats, An Indian Monk, *Essays and Introducitons*, The Macmillan Company, 1961, p. 437.

② Richard Ellmann, *The Identity of Yeats*, New York: Oxford University Press, 1954, p. 217.

页)"心为明镜台。时时勤拂拭,勿使惹尘埃"。(我简化了句子)但慧能答道"本来无异物,何处惹尘埃"。禅宗艺术是将所有发生看作是一种单一心灵活动而沉思的结果。

(3)这对我来说似乎最简单,把我们从所有抽象的方式中解脱出来并立即创造一种快乐的艺术性的生活。①

叶芝由此认识到心灵是自主自在的,同时又不是孤立存在的。他之所以喜欢禅宗,是出于实用的考虑,因为这可以证明哲学和诗歌的相通,哲学可以使心灵从抽象思维中获得自由。禅宗的学说可以使诗人的心灵获得自由,那些最不可思议的直觉和幻想与直接的感官感受一样可以入诗。这一点与我国诗话中的"以禅入诗""以禅喻诗""诗禅相通"在哲理上相通。

三 小结

叶芝对以中国文化为代表的东方文化的态度区别于西方中心主义的"妖魔化",采取的是一种中立的、客观的态度。

叶芝对东方文化的认同有着后殖民的含义,受英国殖民统治的爱尔兰文化和同样受到西方中心主义妖魔化的东方文化似乎有同病相怜的味道,而且,叶芝对东方文化的借鉴也增添了诗作的异域风情和陌生化效果。

从叶芝的作品中,我们可以看到,中国文化,从雕塑、绘画到哲学和宗教,如老子、孔子和禅宗、大藏经,都对叶芝的诗歌创作带来了灵感。叶芝虽然对中国文化的印象依然难以逾越东西方二元对立的模式和"他者"的视角,然而,在他眼里,这种差别是不代表着先进和落后、优等和低劣之分的,而是以一种平等、宽容、欣赏的眼光。晚期叶芝,实际上已经超脱了民族主义,成为一个世界主义的诗人,以博大的胸怀吸纳东西方文化,摆脱了西方中心主义的思维模式,以一种世界主义的胸怀欣赏包括中国文化在内的东方文化。

___

① Richard Ellmann, *The Identity of Yeats*, New York：Oxford University Press, 1954, p. 218.

第八章　超越民族主义:叶芝晚期
作品中的世界主义

第一节　世界主义文学批评理论

何为世界主义？世界主义是一种性格倾向，特征是自我意识、对自己身边的环境之外世界的切身敏感性、对处于自己本土或国家群体之外的个人和群体广泛的道德和政治责任感。同时，它也包括与这种广泛道德和政治责任感相应的经济结构和政治体制。

世界主义不同于全球化。全球化寻求由上而下从经济和文化方面使全球同质化，而世界主义并不寻求剥削或文化的普遍化，而是寻求一种民主、权力和法治："全球化是一套管理世界的方案，而世界主义是为了实现全球福祉的一套项目。"[①] 20 世纪帝国主义和当今的新自由主义是全球化的例子。伊拉克战争开战前的抗议是世界主义倾向的例子。王宁认为全球化是一种实践，目前正在变成现实；而世界主义是一种理论话语，尚未变成现实，其基本意思为：所有的人类种族群体，不管其政治隶属关系如何，都属于某个大的单一社群，他们彼此分享一种基本的跨越了民族和国家界限的共同伦理道德和权利义务。王宁提出对世界主义的不同形式进行新的建构：

---

① Robert Spencer, *Cosmopolitan Criticism and Postcolonial Literature*, Palgrave Macmillan, 2011, p. 19.

（1）作为一种超越民族主义形式的世界主义。

（2）作为一种追求道德正义的世界主义。

（3）作为一种普世人文关怀的世界主义。

（4）作为一种以四海为家，甚至处于流散状态的世界主义。

（5）作为一种消解中心意识、主张多元文化认同的世界主义。

（6）作为一种追求全人类幸福和世界大同境界的世界主义。

（7）作为一种政治和宗教信仰的世界主义。

（8）作为一种实现全球治理的世界主义。

（9）作为一种艺术和审美追求的世界主义。

（10）作为一种可据以评价文学和文化产品的批评视角。[①]

谢永平认为世界主义是一种不受疆土边界限制按照民主原则团结一致的广泛形式。[②]

为何世界主义在当今时代有必要研究？

当今世界的问题不仅需要全球性民主机构的努力，如联合国、世界卫生组织等，为了使这些机构合法化和运转有效，更需要全球拥护和团结。这些问题包括民族主义、欠发达和剥削（由生产再分配和分包到低工资经济体更加加剧和具有全球性）、日益恶化的环境和日益变化的气候给人类在地球上的生存造成的威胁、人权的践踏、资源的不平均分配、致命武器的扩散、美国在政治和军事上的霸权主义和一些军事主义组织和国家的威胁等。所有这些问题都需要全球性努力与合作。

世界主义将会呈现何种特征？

政治理论家如佛克（Richard Falk）和施特劳斯（Andrew Strauss）（2002，2003）设想建立"全球人民集会"（Global People's Assembly）。[③]巴里巴（Balibar，2003）、卡尔霍恩（Calhoun，2002）、哈贝马斯（Haber-

---

[①] 王宁：《世界主义与世界文学》，《文学理论前沿》，北京大学出版社2012年版，第12页。

[②] Robert Spencer, *Cosmopolitan Criticism and Postcolonial Literature*, Palgrave Macmillan, 2011, p. 19.

[③] Ibid. , p. 5.

mas，2006）主张国际组织的民主化，如联合国和欧盟。① 桑德斯（Sands，2005）主张强化国际法的约束力。② 梅尔特（Mertes，2004）、蒙比尔特（Monbiot，2004）主张免除贸易赤字，防止债务的累积，实施可持续发展工程。③ 沃勒斯坦（Immanuel Wallerstein）提出"反体制化运动"，建立世界社会论坛（World Social Forum）。在罗伯特·杨（2001）和罗伯特·斯宾塞（Robert Spencer）看来，世界主义是"二战"后反殖民和社会主义运动追求政治和经济整合努力失败之后一种新的尝试。④ 斯宾塞认为，与强大的帝国主义的对抗首先在民族国家的层面上进行，而最终是否取得胜利取决于建国后体制和民众拥护的培育。后殖民文学所主张的存在方式有世界主义倾向。世界主义批评（cosmopolitan criticism）用世界主义视角对后殖民文学重新审视，以超越民族主义/帝国主义的二元模式，对殖民暴力和后殖民的发展方向进行考察。世界主义批评的视角是一种立于正义的超然姿态对自我与他者进行批判。世界主义同时对民族、种族、性别、国家、宗教、历史等采取一种超然的姿态，立足于普遍价值如正义、公平、民主、人道、自由等之上的一种对自我与他者的批判。从后殖民文学批评走向世界主义文学批评是全球化发展中文学批评的必然趋势。文学批评作为文化建制的重要部分，对世界各文化的交流应该做出自己独特的贡献，增进不同文化之间的相互融通，调解文化差异造成的冲突和碰撞。通过世界主义文学批评对普遍价值弘扬、对各种文化差异和利益壁垒的存在的尊重，亨廷顿所指出的文化冲突一定能够避免和减少。

民族主义在殖民时期是用来对抗帝国主义的有效武器，然而帝国主义是民族主义的最高发展形势，民族主义最终会走向帝国主义，民族主义和帝国主义是同质的。显然，在后殖民和全球化的今天，追求一种普遍价值的世界主义将代表积极的发展方向。叶芝在晚期诗作中已经预见了这一

---

① Robert Spencer, *Cosmopolitan Criticism and Postcolonial Literature*, Palgrave Macmillan, 2011, p. 5.

② Ibid.

③ Ibid.

④ Ibid.

点。建立爱尔兰自由邦之后,叶芝对爱尔兰社会的批判和他对狭隘的民族主义的超越使我们看到了他对一种普世的世界主义真理的追求。①

第二节 晚期叶芝的世界主义倾向

叶芝晚期表现出一种与自我、爱尔兰现实和政治完全对抗的直率:以情欲对抗天主教禁止离婚、以愤怒激发诗歌灵感、以极端政治和优生学对抗暴民政治、以东方文化对抗狭隘的民族文化观,这种表现有世界主义的追求。

"世界的"(cosmopolitan)一词在叶芝的书信中出现过。不过是叶芝早期对"世界主义"写作持反对意见。在 1891 年 12 月写给悌南(Katharine Tynan)的一封信中,叶芝说自己的小说《约翰·舍曼》是一个精心刻画的"爱尔兰典型",并申明自己立志要成为一位爱尔兰小说家,而不是一位英国或世界的(cosmopolitan)小说家,要选择爱尔兰为背景。②

1899 年,爱尔兰文坛产生了关于"爱尔兰文学理想"的争论。文集《爱尔兰文学理想》共收录了叶芝的三篇文章,埃格林顿的(John Eglinton)三篇文章,拉塞尔(George Russel)的两篇文章和拉敏尼(Larminie)的一篇文章,目录如下:

埃格林顿:《民族戏剧的主题应该是什么?》(What Should Be the Subjects of a National Drama?)

叶芝:《民族戏剧札记》(A Note on National Drama)

埃格林顿:《民族戏剧和当代生活》(National Drama and Contemporary Life)

叶芝:《埃格林顿和精神艺术》(John Eglinton and Spiritual Art)

埃格林顿:《叶芝先生和流行诗歌》(Mr. Yeats and Popular Poetry)

拉塞尔:《爱尔兰文学理想》(Literary Ideals in Ireland)

拉敏尼:《传奇作为文学素材》(Legends as Material for Literature)

叶芝:《肉体之秋》(The Autumn of the Flesh)

拉塞尔:《文学中的民族性和世界主义》(Nationality and Cosmopolitanism in Literature)

---

① Robert Spencer, *Cosmopolitan Criticism and Postcolonial Literature*, Palgrave Macmillan, 2011, p. 6.

② David A. Ross, *Critical Companion to W. B. Yeats*, Facts on File Inc., 2009, p. 391.

文集中最后一篇文章是拉塞尔（George Russel）的《文学中的民族性和世界主义》。拉塞尔在文中否定了现代欧洲文学中的世界主义（歌德、巴尔扎克和托尔斯泰），赞赏真正代表民族传统的文学，以古埃及和古希腊艺术为代表，认为这些文学创造了民族的灵魂。①

在 1937 年版的《叶芝全集》序言中，叶芝表达了他对国家（State）和民族（Nation）的看法：

> 我不是一个民族主义者，除了在爱尔兰因为过去的理由；国家和民族都是知识的作品，当你考虑它们出现之前和之后的情况的时候，它们的价值还不如上帝赐给红雀用来筑巢的草叶。②

叶芝对"民族"这一概念的形成机制有着清醒的认识，可与霍米·巴巴所说的"民族本身便是一种叙事"相呼应，这比安德森提出"民族是想象的共同体"要早 46 年。

一 叶芝晚期风格

关于晚期风格这一概念，理论家们也有一系列集中阐述。如阿多诺认为，晚期作品的风格既是客观的，也是主观的：

> 客观在于那断裂的景象，主观在于其中的那种光明——在其中——仅在其中——它照亮了生命。他并没有使它们形成和谐的综合体。由于分裂的力量，他使它们即刻分离了，也许是为了把它们永远保留下来。在艺术史上，晚期作品都是灾难性的。③

---

① David A. Ross, *Critical Companion to W. B. Yeats*, Facts on File Inc., 2009, p. 395.

② W. B. Yeats, *Yeats's Poetry, Drama, and Prose: Authoritative Texts, Contexts, Criticism*, New York: W. W. Norton, 2000, p. 300.

③ 萨义德：《论晚期风格——反本质的音乐与文学》，阎嘉译，生活·读书·新知三联书店 2009 年版，第 10 页。

赛义德（又译萨义德）则在《论晚期风格》中认为晚期作品中人们常常可以发现一种"非尘世的宁静"，这使艺术家美学上努力的一生达到了圆满，但同时在艺术上也意味着不妥协、艰难和无法解读的矛盾，最重要的是，它包含了一种蓄意、非创造性、反对性的创造性。

风格不同于形式。斯皮泽（Michael Spitzer）在论阿多诺和贝多芬的著作中将风格定义为"思想和语言的融合"：作品内容和表达内容的方式之结合。简而言之，思想和形式之和等于风格。因此，叶芝的晚期风格是他清醒的政治思想和晚期诗作强烈的挑衅形式的融合。正是通过叶芝晚期诗歌的对抗性和刺激性风格，叶芝对独立后爱尔兰的批评与愤怒得以表达出来。

著名批评家布莱克默尔（R. P. Blackmur）、艾略特、埃尔曼、保罗·德·曼和汤玛斯·帕金森都曾经对叶芝晚期诗歌独特的风格和技巧进行研究。他们认为，叶芝晚期诗歌中充满暴力、色情和对爱尔兰的刻骨批判。这些都是因为叶芝对 1922 年爱尔兰自由邦成立后爱尔兰未能完全彻底实现去殖民化的失望和沮丧。

叶芝晚期对爱尔兰新体制日益疏远。他的独特晚期风格表达了诗人对正统民族主义的绝望。尽管叶芝支持爱尔兰独立运动，但从 1907 年的《西部浪子》事件、复活节起义、内战和爱尔兰独立初期的诸多事件中他也看到了爱尔兰民族主义的狭隘和偏执。晚期诗作中他充满了对爱尔兰会成为第二个英格兰的担心。新独立的爱尔兰在思想和艺术表达的自由上受到各种威胁：狂热、心胸狭窄、市侩和严格审查、笃信天主教、婚姻不自由、资产阶级的平庸、文化民族主义令人难以忍受的自满和恐怖主义。叶芝对自己所处的政治环境有着尖锐的感受力，此时他逐渐意识到自己作为诗人并不像过去那样对民族主义运动起到积极作用，而是起到帮凶和挑唆作用。于是叶芝晚期积极参与了爱尔兰的政治生活。他担任爱尔兰议员，与许多政治名流交往密切，如毛特·冈、皮尔斯、希金斯、奥达菲，甚至艾斯奎斯（英国首相之子）。在爱尔兰的公共事务中，如反对禁止离婚和审查制度，叶芝发挥了积极作用。

叶芝在议会发表措辞严厉的演讲，对禁止离婚立法进行抨击。

　　盲信已经取得了胜利……它将使其他计划凌驾于少数人（指新教徒）的自由之上。我想要这部分人抵制它。这种抵制或许为这个国家做出最重要的服务。他们或许会成为我国创造性才智的中心和国家统一的栋梁。过去几百年里，爱尔兰民族主义必须和英格兰做斗争。这种斗争助长了盲信，因为我们不得不欢迎那些能给予爱尔兰情感能量却对广大人民来说在智力上没什么用处的一切事物，因为我们不得不拉它们来抵抗外国势力。爱尔兰民族主义基础现在已经发生了转变。许多过去曾帮助过我们的东西现在对我们有害，因为我们不再通过斗争做任何事情，我们必须劝导，劝导我国人民必须成为一个现代、包容而自由的民族。我想一切事物都要经过讨论，我想除掉陈旧的夸张的投机取巧和谨小慎微。①

　　在这场演讲中，叶芝将爱尔兰南部的新教徒称作"欧洲伟大人种之一"。他清楚地认识到赢得独立只不过是解放的第一步。

　　为了对审查制度进行回击，表明爱尔兰比英格兰更加自由，叶芝特意将埃斯库罗斯的《俄底浦斯王》翻译成英语，以便爱尔兰人民可以欣赏。

　　在叶芝晚期作品中，他主要关心民族和国家独立后的事务。民族主义实现了其初期目标之后应该朝何种方向发展呢？由于对爱尔兰现实颇感失望，叶芝更多地关注"理想的爱尔兰"。②尽管叶芝并未成功地描绘出一幅真正的后殖民或后民族主义的爱尔兰蓝图，他的晚期作品却直面体制化的民族主义所犯的错误并考虑了其他的政治选择。他晚期发表的诗集中大部分诗歌，如自1938年开始发表的《新诗》和自1939年发表的《最后的诗》，让读者看到了政治上全面自由的情景。晚期诗歌意思明晰、措辞直率，对传统宗教虔诚进行彻底抨击，甚至充满了情欲。对晚期叶芝来说，没有什么比自由和正义更重要。叶芝晚期的世界主义体现在他对民

---

　　① W. B. Yeats, *The Senate Speeches of W. B. Yeats*, ed. Donald R. Pearce, London：Faber & Faber, 1960, pp. 159 – 160.

　　② W. B. Yeats, *Essays and Introductions*. London：Macmillan, 1961, p. 246.

族主义的超越和对东方文化的痴迷，在文学形式上则是东西方诗歌形式的兼收并蓄。这些晚期诗歌提供了一个远远超越民族主义信念的世界意象和征兆。

　　叶芝的晚期作品体现了一种老年期的清醒。日益衰老的诗人敏锐地意识到时间和"所有孕育、出生和死亡的一切事物"的短暂。如叶芝在《随时间而来的智慧》中所言，他自己也逐渐"枯萎进入真理"，对那些虚伪、懦弱和虚假能看得更清楚，"我们老年人聚集起来反对世界"①。因此，叶芝对"多年前所说过的话和所做的事"都充满了悔恨。"悲剧性快乐"的超然胸怀常常是叶芝对即将到来的死亡的机敏回答。他就像《她的勇气》中居住在天堂的人物，"曾经在快乐中生活，大笑着朝死亡走去"。②

　　布莱克默尔、艾略特、埃尔曼和盖拉伯（Arra M. Garab）都认为叶芝在晚期作品中与无法逃避的现实和时间局限之间进行了一场令人兴奋但又不可避免失败的战斗。赛义德在《文化和帝国主义》中将叶芝的作品归类为后殖民，原因是叶芝曾参与反抗殖民的民族主义斗争。他的早期作品在赛义德看来，与艾米·西赛尔（Aimé Césaire）、达沃什（Mahmud Darwish）和聂鲁达（Pablo Nerude）这样的反殖民诗人的作品有共同之处。赛义德将叶芝看作"一个无可争辩的伟大的民族诗人。他在反帝抵抗运动期间阐述了遭受海外统治的人民的经历、愿望和恢复历史的瞻望"。③ 然而，这一阐释没有强调的恰恰是赛义德自己描述的"叶芝的无政府主义、令人不安的晚期诗歌中的愤怒和肉欲"。因为，正是在其晚期，叶芝对民族主义意识的不足进行了回应。因此，我们不仅要将叶芝放在反殖民的民族主义语境中也应将他放在反殖民民族主义运动取得初步胜利、欧洲殖民帝国日益瓦解的更大时代背景中研究。正如德波拉·弗莱明所编的论文集《叶芝和后殖民》中的一些撰稿人所认为的那样，叶芝的作品值得后殖民理论家的关注有几个原因，其中包括叶芝作品对殖民权力的文化抵抗及其

---

① W. B. Yeats, *Essays and Introductions.* London：Macmillan，1961，p. 246.

② Ibid.

③ 萨义德：《文化与帝国主义》，李琨译，生活·读书·新知三联书店2003年版，第313页。

对其他文化经验和价值的痴迷。[①] 罗伯特·斯宾塞认为，还有一个原因，那便是他的晚期作品警告我们很快成为普遍现象的一个历史阶段的到来：殖民主义时代并没有成功地向真正的后殖民时代转变。[②]

赛义德认为，对殖民主义的民族主义抵抗有两个不同阶段。第一阶段产生对殖民控制这一令人反感事实的意识和随之产生在政治上、文化上抵制殖民主义的决心。这时，被殖民民族被殖民者通过政治和军事组织进行控制，但前者通过象征和叙事在想象的空间团结起来，这些象征和叙事将丑化本民族的刻板化形象转化成警醒民族统一、民族价值观和民族理想的意象。叶芝的早期诗歌和戏剧以及他在凯尔特复兴运动的领导活动属于这一阶段。第二阶段的抵抗产生于第一阶段，但超越第一阶段。此时前殖民地已经获得政治独立。一旦殖民者被赶走，说大话和文化统一还有什么用呢？这时，民族主义有堕落成狭隘沙文主义的危险。赛义德谴责那些在去殖民化之后上台的非洲和亚洲国家政府的无能：这些政府未能从抵抗的第一阶段过渡到第二阶段，未能从民族意识向社会和政治意识乃至国际意识转变。

抵抗的第二阶段应该摒弃民族主义反抗阶段的统一和牺牲话语，代之以应对社会不公、压迫女性、优先发展教育和鼓励民主参与等问题的意愿。这便是叶芝晚期诗歌写作的语境。爱尔兰已经获得独立，爱尔兰反抗殖民主义的民族主义统一斗争基本上变得没有必要。此时，叶芝希望将"民族主义运动的负面激情"转化成"正面欲望"。民族主义志士的英雄主义已经变成了民族主义功臣们的妥协和搪塞。驱逐外国殖民者期间积压的其他形式的不公正现象现在必须得到处理。叶芝对不断强化的自治充满信心，1914 年他宣称，"过去想为爱尔兰献身的男人们现在愤怒了，因为克莱尔郡的药房医生是通过欺诈被选上的。爱尔兰不再是心肝宝贝，而是一间秩序需要整理的房子"。[③]

---

① Deborah Felming, ed., *W. B. Yeats and Postcolonialism*, West Cornwall, CT: Locut Hill Press, 2001.

② Robert Spencer, *Cosmopolitan Criticism and Postcolonial Literature*, Palgrave Macmillan, 2011, p. 61.

③ R. F. Forster, *W. B. Yeats: A Life*, Oxford and New York: Oxford University Press, 1997, p. 513.

反抗殖民主义后遗症的斗争还包括培育一种更博大的后民族主义胸怀。反殖民主义斗争的初始目标绝不是分裂或建立某种纯粹身份。去殖民化在法侬看来是"要改变世界"。赛义德认为叶芝晚期无政府主义诗歌及其对民族主义的不满表明他"部分地属于第二阶段"。

叶芝晚期经常问的一个问题是后殖民时期爱尔兰的发展方向问题。在其关于离婚的议会演讲中,他曾辩论道,如果爱尔兰"仅仅被天主教思想统治",那么爱尔兰的分裂问题永远得不到解决。要想最终超越人为设立的疆界和分裂,只有靠劝和,而不是暴力。《一亩青草》直接对爱尔兰自由邦的沙文主义和自大进行了批判。

> 请赐予我老年人的狂热。
> 我必须为自己重铸
> 一颗为米开朗琪罗所熟知,
> 能够穿透重重云雾,
> 或受了狂热的激动,
> 能够把僵尸撼醒的心灵,
>
> 一颗老年人雄鹰似的心灵,
> 直到我称为泰门和李尔
> 或那位击打墙壁,
> 直到真理听从召唤的
> 威廉·布雷克
> 否则就会被人类忘却。①

老年叶芝对爱尔兰自由邦独立后的政治和教会充满了愤怒。叶芝在1936年所作的《刺激》中明确提出,只有情欲和愤怒才能赐予自己灵感创作诗歌。1936年12月11日,叶芝将此诗寄给艾瑟尔·曼宁(Ethel

---

① 叶芝:《叶芝诗集》,傅浩译,河北教育出版社2003年版,第734页。

Mannin），题为《某些事情逼得我发疯，我的舌头失去了控制》。① 叶芝号召以愤怒和狂热击碎所有狭隘的束缚，追求真理和不朽。

> 你认为可怕的是情欲和愤怒
> 竟然向我的暮年殷勤献舞；
> 我年轻时它们不算什么祸殃；
> 现在还有什么刺激我歌唱？②

二 叶芝晚期世界主义诸方面

（一）对东方主义的超越

晚期叶芝有三首关于雕塑的诗歌：《天青石雕》、《雕像》和《铜铸头像》。《天青石雕》颠覆西方中心主义对东方及其艺术的刻板化文化印象。

《雕像》是对欧洲雕刻家将理想形式和模范形式用于雕塑的反思。这种关于美感的标准是一种以西方为中心、以贬低东方为前提的标准。"摧毁亚洲所有模糊的庞然大物"的不是"那些在萨拉米斯划动于／万头涌动的浪涛之上的战船排桨"，而是"那些用锤子或凿子把这些算数／塑造得就像天然肌肤一样的工匠"。在欧洲的审美视角中，东方被看作庞然大物和一盘散沙。雕刻家们不仅创造了欧洲人体美模型，也制定了欧洲女人们梦中情人的标准。欧洲强加给亚洲的艺术形式决定了亚洲艺术必然不如欧洲艺术。叶芝认识到文化对树立一个民族形象的重要性，雕像可以使一个民族不朽，也可以使一个民族永远处于劣等地位。因此，爱尔兰人也应该"摸索一张用锤规测量的面孔轮廓"。

叶芝对亚洲文化和传统的推崇还体现在对印度诗人泰戈尔的崇拜、与Shri Purohit Swami 的友谊并一起翻译《奥义书》、对日本能剧的痴迷及对中国文化的兴趣。

《驶向拜占廷》对拜占廷王朝所代表的贵族文化进行了描写，以表达

---

① 叶芝：《叶芝诗集》，傅浩译，河北教育出版社 2003 年版，第 764 页。
② 同上。

崇尚精神与物质、文艺与政教，个人与社会的和谐统一，对情欲、现代物
质文明的厌恶和对理性、古代贵族文明的向往。

> 一旦超脱尘凡，我决不再采用
> 任何天然之物做我的身体躯壳，
> 而只要那种造型，一如古希腊手工
> 艺人运用鎏金和镀金的方法制作，
> 以使睡意昏沉的皇帝保持清醒；
> 或安置于一根金色的枝上唱歌，
> 把过去，现在，或未来的事情，
> 唱给拜占廷的诸侯和贵妇们听。①

（二）对狭隘民族主义、天主教会和爱尔兰政治的批判

1. 对狭隘民族主义的批判

1891 年，叶芝在给俤南的信中写道："我有志向成为一位爱尔兰小说
家，而不是一位仅将爱尔兰作为背景写作的英国或世界主义的作家。"②
他曾说："所有的文学和所有的艺术都是民族的。"贾法尔（Jeffare）认
为，对叶芝来说，世界最终就意味着爱尔兰。叶芝虽然否认自己是一位世
界主义作家，但从他对各种文化传统的兼收并蓄及其对狭隘民族主义的批
评中可以鲜明地感受到其世界主义情怀。

叶芝早期的文化民族主义是一种为了反殖民需要的民族主义。当这种
反殖民的需要退却之时，叶芝晚期很快敏锐地看到民族主义的缺憾和不
足。叶芝对民族主义的态度取决于他认识到政治机制永远都是根据时势逐
渐形成并存在寿命的，应该让位于人的全面发展。民族主义在宗教、社会
和文化等级方面无非是帝国主义的模仿和翻版。"英国的地方主义在爱尔
兰爱国分子口中大声叫喊。"③

---

① 叶芝:《叶芝诗集》，傅浩译，河北教育出版社 2003 年版，第 465 页。
② W. B. Yeats, *The Collected Letters of W. B. Yeats*, Oxford: Clarendon Press, 1986, pp. 274 –275.
③ W. B. Yeats, *Explorations*, London: Macmillan & Co. , 1962, p. 232.

2. 对爱尔兰教会的批判

《教会与国家》作于 1934 年,原题为"突然的希望",是晚期叶芝直接批评教会与国家的诗歌。

> 这里是新鲜的题材,诗人,
> 适合老年的题材;
> 教会与国家的权力
> 被它们的暴民扔在脚下踩。
> 呵,可是心的酒浆将变纯,
> 智的面包将变甜。
>
> 那要是一首怯懦的歌,
> 就不要再在梦中留连;
> 假如教会和国家是
> 在门口咆哮的暴民怎么办!
> 酒浆至终将变稠,
> 面包将变酸。①

如同艾略特的《麦基的旅程》(1927),戏剧《卡尔弗里》是对基督教信仰所带来的信仰负担的反讽。在叶芝看来,基督教为世界的自由和自足带来冲击,世界自然要摆脱这种负担。拉扎鲁斯和犹大背叛基督不是因为他们怀疑其神圣性,正是由于他们相信其神圣性。他们反对任何秩序,神圣的或其他的所有外在于他们自身动机的所有秩序。罗马守卫们则在由机会掌控的宇宙的变化无常中找到一种反讽式满足。在《四部舞剧》(1921)中,叶芝评论道,拉扎鲁斯和犹大是"知识绝望的典型",处于基督怜悯之外,而罗马士兵则代表着"处于基督帮助之外的客

---

① 叶芝:《叶芝诗集》,傅浩译,河北教育出版社 2003 年版,第 690 页。

观形式"。①

　　然而，拉扎鲁斯和犹大代表相反的两极:一极是主观，另一极是客观。拉扎鲁斯反对基督，忠实于自己梦中的智慧。他的意象是鹭，对自己的"野蛮心灵"满足，迷恋于自己在水中的意象，到了满月的时候会发狂，音乐师为之吟唱。叶芝在该剧的注解中解释了这个鸟的象征，并预示了《幻象》中的原理:"这种孤独的鸟，如鹭、鹰、老鹰和天鹅，都是主观的自然象征，尤其当它们在风中孤独地飞翔或在某个水塘或小河上漂浮的时候。而那些在地上跑的禽兽，尤其是那些成群奔跑的野兽，是主观人的自然象征。主观的人，无论个性上多么孤独，在思想上永远都不是孤独的，他的思想总是和其他人的思想一致或冲突中发展，总是追求某种视野或体制的福祉。他总是寻求独特或个性化的东西。我在这些歌曲中使用了鸟的象征，通过将它和另一种孤独进行对比，增加基督的客观孤独。这种孤独不像基督的孤独，无论快乐还是忧伤，都可以自足。我用那些基督不能拯救的意象环绕着他，不仅有鸟类，它们既不侍奉上帝也不侍奉恺撒。只等着一个不同的救世主。而且有拉扎鲁斯、犹大和罗马士兵，基督为了他们毫无意义地死去。"②

　　拉扎鲁斯属于第 26 个月相，即"驼背"月相的人格类型。如叶芝在《幻象》中所假定，这个月相的人的畸形"或许是任何一种，伟大或渺小，因为它以驼背象征，挫败恺撒或阿喀琉斯的野心"。这样的人"进行犯罪，不是因为他想犯罪，而是因为他想确定他能犯罪。他充满了恶意，因为他在自己的心中找不到野心冲动，于是妒忌别人的野心冲动"。

　　该剧按照日本能剧传统，运用面具和极其简单的舞台设计，使其适合"客厅或画室"表演。叶芝在其 1916 年散文《日本的一些高贵戏剧》中吹嘘道:"我已经发明了一种戏剧形式，与众不同、间接并具象征性，无需暴民或新闻界买单——一种贵族形式。"③

---

① David A. Ross, *Critical Companion to W. B. Yeats*, Facts on File Inc., 2009, p. 310.
② Ibid.
③ W. B. Yeats, *Essays and Introductions*, New York: Macmillan Company, 1961, p. 221.

　　三个乐师唱着《为月亮疯狂的鹭》，一边折叠又一边打开仪式性的布料。其中一个乐师被自己在溪水中的倒影迷住，反复吟唱："上帝没有为了白鹭而死。"另一个乐师讲旁白。这时基督拿着十字架入场。这天是耶稣受难日，基督梦见自己的激情。基督升临到卡尔弗里，作为一位梦幻者爬上来，梦境中十字架依然存在。不友好的人群取笑他假装神圣。拉扎鲁斯入场，人群从他那里退却，被他"死神"般的脸吓坏。拉扎鲁斯宣称自己就是死后被基督救活的人。从死亡的舒适中被唤醒，如野兔从洞穴中被拖出，拉扎鲁斯指责基督用光明将死亡所造成的孤独遮蔽。他催促基督去卡尔弗里，在狂风和孤鸟停留的沙漠中寻找一块墓地。马耳他和基督身边的"三个玛丽"用眼泪给他淋浴，用头发清洗他的双脚。犹大进场的时候，所有人都惊恐而逃。犹大毫无廉耻地宣告自己是基督的叛徒。基督看到犹大亲眼目睹自己创造的奇迹还怀疑圣灵因而感到困惑。犹大回答道，他一开始便认识到基督的神性。他的背叛是试图使自己逃离基督的神圣力量。"我无法忍受你只要吹口哨子我就必须做事的想法。"犹大犯下了最终罪行之后，在其存在主义的自我解放中揭示道："现在，还有秘密我不知道吗？知道了如果一个人背叛上帝，他是两人中更强的人。"基督回应道他的背叛在世界的基础被奠定时已经注定了。犹大说，他的背叛或许是命中注定的，但由犹大来当背叛者或许不是命中注定的，他也不应该为了"恰恰30块金币"干了这事，"既不是通过一个点头，也不是送一个暗号，而是在您的额头上一吻"。基督站立着，似乎正被钉在十字架上，犹大手中紧紧拽着十字架。三个罗马士兵入场。他们是机会主义的信徒，笑嘻嘻地使自己处于上帝秩序之外的老赌棍。他们只想在基督死后通过掷色子决定他的披风归谁来娱乐一下而已。第二个士兵告诉基督："无论发生什么都是最好的，我们说/以便有点惊喜"。第一个士兵告诉他，"他们说你是好人，你创造了世界/但那不重要"。士兵们跳起"掷色子的舞蹈"，其间他们争吵，并通过掷色子解决争端，"手拉着手，围着十字架转圈"。罗马士兵说基督如果是"色子的上帝"，他应该知道这个舞蹈，但他不是。出于恐惧，基督喊道："吾父，您为何抛弃我？"音乐师唱着海鸟、老鹰和幼天鹅，一边折叠一边又打开那块布。重复那句"上帝没有在鸟儿面前出现"。该剧完全颠覆了《圣经》中的人物形象，基督成了懦夫、犹大反而成了勇敢的反叛者，暗讽爱尔兰当时教会的禁锢。

3. 对后殖民时期爱尔兰政治的批判

《伟大的日子》对爱尔兰后殖民时期的阶级差别进行了揭露。"骑马的乞丐"和"步行的乞丐"只不过是交换了位置，而阶级之间的剥削依然继续。

《帕内尔》以爱尔兰独立运动领袖帕内尔的口吻告诉自己的追随者，爱尔兰获得独立后，国内的阶级差别如果保持不变，并不能真正地改善爱尔兰农民阶层的生活现状。

> 帕内尔沿路走来，他对一个欢呼的人说：
> "爱尔兰将获得自由，而你将仍旧砸石块。"①

为了超越爱尔兰的政治，叶芝寻找着理想的政治思想。戏剧《窗格上的字》中，叶芝推崇 18 世纪爱尔兰和斯威夫特的思想：

> "爱尔兰、我们性格中、依然存在于我们建筑的一切伟大的东西都来自那个时代……我们将它的标志保留得比英格兰还要长久。"②

叶芝在为爱尔兰议会做的关于离婚的演讲中对 18 世纪盎格鲁—爱尔兰人的骄傲达到了顶峰，他骄傲地宣称：

> 你们所做的这件事针对的我们不是渺小的人民。我们是欧洲伟大的一群人。我们是伯克的人民。我们是格拉坦的人民。我们是斯威夫特的人民、艾米特的人民、帕内尔的人民。我们创造了这个国家的最

---

① 叶芝：《叶芝诗集》，傅浩译，河北教育出版社 2003 年版，第 762 页。

② A. Norman Jeffares and A. S. Knowland, *A Commentary on the Colledted Plays of W. B. Yeats*, Stanford: Stanford University Press, 1975, p. 228.

伟大的现代文学。我们创造了最好的政治智慧。①

叶芝颇为认同斯威夫特关于国家的形成（自我纪律、自我约束）的思想。叶芝牢记斯威夫特在《竞争和争吵》（Contests and Disensions）中的警告：

> 帝国的命运正在变得普通：所有形式的政府均由人组建，一定会像它们的创立者一样消失。②

《窗格上的字》这出独幕剧是对斯威夫特的生活和性格进行的思考。叶芝作品中另外涉及斯威夫特的还有《血与月》、《帕内尔的葬礼》、《七位圣贤》和《斯威夫特的墓志铭》。叶芝于 1930 年 9 月和 10 月沉浸在斯威夫特的作品中并完成了该剧本。罗马被美国、贝尔法斯特和伦敦代替，知识分子治国被民主政治代替，激情被小肚鸡肠代替。斯威夫特最担心的一幕成为现实。

> 斯威夫特或许可以教育现代爱尔兰，他曾教育史黛拉，教育她如何通过辨别是非、听从内心的召唤、延长自己的青春，却没教育 18 世纪的爱尔兰。③

叶芝在《斯威夫特墓志铭》中鲜明表达自己对斯威夫特为"人类的自由献身"精神的景仰。

> 斯威夫特进入了安息；
> 在那里，凶猛的愤怒

---

① A. Norman Jeffares and A. S. Knowland, *A Commentary on the Colledted Plays of W. B. Yeats*, Stanford：Stanford University Press, 1975, p. 228.

② Ibid., p. 229.

③ Ibid.

再不能折磨他的心。

仿效他，如你敢，

俗务纠缠的旅人，

他为人类的自由献身。①

小　结

综上所述，叶芝的世界主义倾向主要体现在其对民族主义的超越、多元文化认同和世界主义审美。在全球化的今天，世界日益走向多元共存。亨廷顿所预言的基督教文明、伊斯兰文明、中华文明、印度文明和日本文明之间的"文明冲突"至今不能说完全消失了，但更主流的趋势是这些文明的相互融通与和谐共存。任何伟大的文学经典都是民族性和世界性的有机统一，叶芝作品正是由于其对民族主义的超越，融东西方文化于一炉，但又始终立足于爱尔兰文化，才能在全世界范围内广泛传播，成为世界文学经典的一部分。

---

① A. Norman Jeffares and A. S. Knowland, *A Commentary on the Colledted Plays of W. B. Yeats*, Stanford: Stanford University Press, 1975, p. 87.

第九章　后殖民戏剧运动的东方回响：
叶芝领导的爱尔兰戏剧运动
对 20 世纪 20 年代中国
"国剧运动"的影响

叶芝、格雷戈里夫人和辛额等人领导的爱尔兰戏剧运动在爱尔兰的文化民族主义事业中取得了杰出成就。叶芝领导的戏剧运动直接启发了余上沅、闻一多、熊佛来等人 20 世纪 20 年代在中国进行"国剧运动"。显然，两者都有鲜明的后殖民政治含义。叶芝时代的爱尔兰与 20 世纪初沦为半殖民地、文化上处于萎靡状态的中国颇为相似。在美国留学的爱国文学青年余上沅、闻一多、熊佛西等都是为了在文化上振兴民族文化，抵御外来文化殖民。

第一节　爱尔兰戏剧运动对国剧运动的启发

20 世纪 20 年代"国剧"运动的产生受爱尔兰戏剧运动启发。余上沅始终将爱尔兰戏剧运动作为自己模仿的榜样，他在给张嘉铸的信中写道：

> 《杨贵妃》公演完了，成绩超过了我们的预料。我们发狂了，三更时分了，又喝了一个半醉。第二天收拾好舞台；第三天太侔和我变成了辛额，你和一多变成了叶芝，彼此告语，决定回国。"国剧运动！"这是我们回国的口号。禹九，记住，这是我们四个人在我厨房

里围着灶烤火时所定的口号。①

在理论方面，爱尔兰戏剧运动的经验对国剧运动也有启发。叶崇智（叶公超）在《辛额》中对爱尔兰戏剧运动进行了介绍：

> 但是近三十年的戏剧中，有一个新而奇的运动。这个运动是根据于"爱尔兰"的（或色勒特克的 Celtic）文艺复兴；这个复兴运动是根据于"爱尔兰"的歌，小说，论文，但是最显著的那方面还是戏剧。……简单的说起来，这复兴运动是原于民族觉悟，而同时又受大陆上反动写实派趋潮的影响。
>
> "爱尔兰"的人大半是农民，加以这一百多年来又受了英国政府无限的压制；但是他们民族的本性终未消灭，一般有国家思想的青年的反英奋斗，我们在现代历史上都读过的。到了十九世纪末年，有几位艺术家，内中最有功劳的当推叶芝（Yeats）、葛雷古瑞夫人（Lady Gregory）、海德博士（Dr. Hyde）和爱伊（A. E. 或 George Russell）等数人。这般人觉得国家主义的运动还不是根本的办法，最先要的是使得人民知道自己民族的稗史，并尊爱先民的信仰，使他们自己发生一种民族文化的觉悟。于是海德和葛夫人就着手研究"结儿"民族的方言（Gaelic），把"爱尔兰"的先民稗史、生活，重写了出来。同时叶芝又找到了几个人来办一个小戏院，这戏院就是现在爱比（Abbey）戏院的鼻祖。
>
> 为便利起见，我们可以把"爱尔兰"的文艺的题材分作三类：（一）先民稗史，（二）现在农民的简单生活，（三）神秘与讽刺的剧本。这三类剧本确实完全"爱尔兰"的，又都是写实派的艺术眼光所没有看到的。②
>
> 辛额确是"爱尔兰"文艺复兴运动中的特出人物，因为他的剧

----

① 余上沅编：《国剧运动》，新月书店1927年版，上海书店1992年重印，第274页。
② 同上书，第183—184页。

本，除了一篇之外，都是写个人人格及民族风俗的。叶芝是个诗人，他的戏曲多以神秘为剧材。葛夫人可算是写实家，她的剧本多是根据民族稗史的方面，她能把先民精神的好处描写出来。海德博士是位历史家，他专门收集"爱尔兰"的歌谣、传说等材料。其余的著作者，在精神形式两方上都与这三人的剧本相同。①

叶公超对爱尔兰戏剧运动的归纳非常准确和全面。爱尔兰戏剧运动正是因叶芝与格雷戈里夫人等人合办阿贝剧院并不断培育戏剧创作人才、推出爱尔兰题材的戏剧而成为爱尔兰文艺复兴运动的中心的。叶芝创作的《凯瑟琳伯爵》和《凯瑟琳·尼·胡里汉》具有鲜明的民族主义色彩，取得了巨大的成功，极大地鼓舞了爱尔兰民族主义精神。叶芝本人的戏剧主要是第三类神秘主义和象征主义，然而叶芝知道仅有这类题材戏剧很难获得爱尔兰观众的认可，所以他建议辛额到爱尔兰西部的爱兰岛上收集农民生活题材并就此创作反映农民生活现实的戏剧。辛额的《西部浪子》、《山谷的影子》等搬上了阿贝剧院后虽然引起了广泛的争议或骚乱，然而，另外也把阿贝剧院推向了爱尔兰文艺运动的旋涡中心，成为爱尔兰民众关注的焦点。

第二节　爱尔兰戏剧运动与国剧运动比较

国剧运动和爱尔兰戏剧运动有许多共同特点：强调戏剧的艺术性、民族性，具有鲜明的文化反殖民特征。两者都试图实现艺术性与民族性的有机结合，民族性保证戏剧能完成文化反殖民的现实政治需求，而艺术性又保证戏剧作为一门艺术相对的独立性。

首先，从国剧运动与爱尔兰戏剧运动领军人物对戏剧的定义可以看出两者的共同追求就是强调从民族题材出发。余上沅对国剧运动的定义：

---

① 余上沅编：《国剧运动》，新月书店 1927 年版，上海书店 1992 年重印，第 186 页。

中国人对于戏剧,根本上就要由中国人用中国材料去演给中国人看的中国戏。这样的戏剧,我们名之曰"国剧"。①

闻一多将文化问题与一个民族、一个国家的命运前途联系起来考虑,提出"文化国家主义"的概念,颇似叶芝所主张的"文化民族主义"。闻一多在一封信中写道:"我们的国家所面临的危险还不仅仅是政治、经济上的被打败征服,也面临着文化的被摧毁。而文化的被毁灭,比别的东西被打败要糟糕可怕一千倍。谁来担当这力挽狂澜的重任?舍我们其谁欤?!"②

爱尔兰戏剧运动对"国剧"运动代表人物的影响还体现在他们对剧本题材的选择和创作中:

熊佛西剧本的一个重要主题是宣扬民族意识和反帝爱国思想,如《当票》、《洋状元》、《卧薪尝胆》等。作于"九一八"事变之后不久有"国难史剧"之称的《卧薪尝胆》,则在历史故事中渗入现实内容,激励同胞面对民族危机发愤图强,以洗雪国耻,与叶芝当年作《女伯爵凯瑟琳》和《凯瑟琳·尼·胡里汉》以激发爱尔兰民族反抗英国殖民统治的情景有异曲同工之妙,都极大地鼓舞了民族主义精神。作于 1928 年的四幕剧《诗人的悲剧》,写诗人渴求登上"爱之园",但美好理想却为残酷现实所击碎,集中反映了作者当时思想的矛盾与苦闷。对诗人在乱世中的悲剧命运进行了表现,这使我们想起了表现诗人在爱尔兰古代王国中为了自己的尊严绝食而死的叶芝悲剧《国王的门槛》。

20 世纪 30 年代初,由于左翼文艺界的大力倡导,"一般从事戏剧运动者乃至关心者无不以戏剧应大众化为号召,无不主张戏剧应该以大众为对象"。③ 他认为,"在今日的中国,农民是最多数的大众"。于是他辞去戏剧系的教职,接受中国平民教育促进会的邀请,于 1932 年元旦赴河北

---

① 余上沅编:《国剧运动》,新月书店 1927 年版,上海书店 1992 年重印,"序"第 1 页。

② 吴戈:《中美戏剧交流的文化解读》,云南大学出版社 2006 年版,第 96 页;Kai-yu Hsu, *Wen I-To*, published in 1980 by Twayne Publishers, A Division of G. K. Hall & Co. USA, p. 76。

③ 熊佛西:《熊佛西戏剧文集》(下),上海文艺出版社 2001 年版,第 696 页。

省定县，从事农民戏剧的研究与实验。熊佛西创作了大量的"农民剧本"，不仅力求内容"扣合农民的生活"，技巧也要"以农民能读能演为原则"。这与辛额接受叶芝的建议，去爱尔兰西部的亚伦岛体验农民生活并以那里的农民方言创作戏剧颇为类似。

爱尔兰戏剧运动与国剧运动又有以下不同点，这些不同点也导致了两者最后所取得的影响和成绩不同：

（1）政治背景不同。爱尔兰长期处于英国殖民，长达 800 多年，爱尔兰人民有着强烈的民族复兴伟大愿望。中国当时处于半殖民地半封建状态，五四运动爆发不久。正如余上沅自己认识到的，"也不单为我们自己没有出息，国剧运动的成功之遥遥无期，除了目的不清，方法不良，经济不足之外，还有许多很复杂的原因。北京不是巴黎，中国总是中国，况且戏剧又不影响国计民生"。①

（2）文化背景不同。爱尔兰文化具有迫切恢复和复兴的需求，以唤醒爱尔兰民众，特别是农民阶层。而中国当时经过五四运动，对中国传统文化包括戏剧进行了彻底的否定和批判，主张向西方学习先进的科技文化。当时易卜生主义正处于戏剧的主流时期。余上沅认为易卜生主义在中国"迷入了歧途"，"我们只见他在小处下手，却不见他在大处着眼"，"艺术人生，因果倒置"，"他们不知道探讨人心的深邃，表现生活的原力，却要利用艺术去纠正人心，改善生活。结果是生活愈变愈复杂，戏剧愈变愈繁琐；问题不存在了，戏剧也随之而不存在。通性既失，这些戏剧便不成其为艺术（本来它就不是艺术）"。"我们所希望的是爱尔兰文艺复兴运动中的辛额，决不是和辛额辈先合后分的马丁。目的错误，这是近年来中国戏剧运动之失败的第一个理由。"②

（3）所采取的戏剧创作和表演策略也不同。爱尔兰戏剧运动中，叶芝借古代材料与爱尔兰现实相结合，并能吸收日本能剧和欧洲戏剧主流理论，尤其是与戈登·格雷合作，形成自己的一套小剧场理论。尤其成功的

---

① 余上沅编：《国剧运动》，新月书店 1927 年版，上海书店 1992 年重印，"序"第 7—8 页。
② 同上书，"序"第 3 页。

是《女伯爵凯瑟琳》和《凯瑟琳·尼·胡里汉》，号召爱尔兰人民反抗英国殖民统治。辛额结合亚伦岛收集的语言题材，描写农民生活，所用的语言也是农民的语言，贴合现实。

　　总之中国语言的特性，造成中国文学的特性，单音字易于调整对俪，写的语言，遂不受拘束的过度美术化，不能不与说的语言分离了。同时歌剧也不受拘束的过度美术化，对话戏反立于不利益的地位了。这并不是中国的语言不适于戏剧表情，实在是歌剧把表情动作为歌所掩，而对话戏又在初试，说的语言，内容不丰富，又太没有相当的训练了，将来能美丽说的语言，同时又对于对话戏有帮助的，一定是白话诗。白话诗成立了，中国的诗剧也就有望了。①

格雷戈里夫人则收集民间历史故事，同时也结合现实。因此，爱尔兰戏剧运动中，剧作家的策略是古为今用、深入民间、兼收并蓄。

国剧运动中，方法不明，缺乏对旧剧有效地保存和整理，对外国的东西也不能很好地吸收。所使用的戏剧语言不够贴近普通民众，影响甚微。

　　旧剧不可以保存，何尝不应该整理，凡是古物都该保存，都该整理，都该和钟鼎籍册一律看待。可是在方法上面便不是三言两语可以概括的了，这要有人竭平生之力去下死工夫的。至于新剧，一般人还不曾完全脱去"文明戏"的习气，剧本是剧本（有剧本已经是进步），演员是演员，布景是布景，服装是服装，光影是光影；既不明各个部分的应用方法，更不明整个有机体的融会贯通。彼此龃龉，互相争斗，台上的空气松懈，台下的空气破裂。外国已有的成绩，又不肯去（其实是不能去）详细的参考。这样的苍蝇碰天窗，戏剧那有出头的希望!②

---

① 杨振声：《中国语言与中国戏剧》，余上沅编《国剧运动》，新月书店1927年版，上海书店1992年重印，第116、117页。

② 余上沅编：《国剧运动》，新月书店1927年版，上海书店1992年重印，"序"第3—4页。

西洋各种文艺学术的发达，最得力处是他们的科学方法。譬如绘画或音乐，看看它们的历史，便不能不佩服技术之贡献的伟大。加之批评家督责之严，更促成了这些的成功。单就编剧一项说，像亚里士多德，雷兴，蒲戎纳蒂哀，弗雷塔格，沙西，他们给过多少暗示，指出过多少迷津。近来戈登克雷，来因哈特等，又做过多少实验，发表过多少理论。这些东西，我们采取过来，利用它们来使中国国剧丰富，只要明白权变，总是有益无损的。比较参详，早晚我们也理出几条方法来。有了基本的方法，融会贯通，神明变化，将来不愁没有簇新的作品出来。①

（4）经济背景不同：爱尔兰戏剧运动中有爱尔兰优势阶层和爱好戏剧的英国女士赞助，如格雷戈里夫人和霍尼曼女士。而老百姓也不是完全赤贫，因此阿贝剧院的商业化运营模式能获得成功。而中国当时老百姓更加喜欢看纯粹的旧剧和"文明戏"话剧。

戏剧和其他的艺术不同，不单是因为它独具的困难为最大，也因为它比其他的艺术更花钱。一座舞台，要在设备上稍为整齐点就够人踌躇的了。国家的经济，个人的经济，近年来是如何的枯窘，那里去找这一笔"闲钱"！——我们既没有莫斯科艺术剧院的垫款商人，又没有白让一座都柏林亚贝剧院的黄丽曼女士，更没有倾囊相助百折不回的巴黎自由剧院创办人安多恩。②

经济的帮助是决不可少的。史坦尼士拉夫斯基和但真珂做了一个竟夕之谈，莫斯科艺术剧院虽然成功，但是，没有市民愿意垫款，这个成功依然是写在纸上的。我们那里会有《海鸥》，《樱桃园》，《贫民窟》，这些好戏？那里会有克尼白，莫斯克芬这些好演员？更那里有影响现代舞台艺术的莫斯科艺术剧院？爱尔兰的亚贝剧院也是一样。夏芝，葛理各蕾，辛额等的努力，完成他们的最后胜利的，还是

---

① 余上沅编：《国剧运动》，新月书店 1927 年版，上海书店 1992 年重印，"序"第 6 页。
② 同上书，"序"第 4 页。

靠黄丽曼女士不取租金的那座剧院。或许,在中国,经济上的帮助也一样的不难,只等史坦尼士,夏芝,辛额出世。可是,舞台和作家是互为因果的,倒不必彼此客气,争后恐前。①

(5)领袖人物管理模式和能力不同:叶芝采用的模式是股份制经理管理模式。叶芝让剧作家入股,这样能激发剧作家的主人翁精神,并且使剧作家们有效地结合社会效益和市场效益。同时,为了保证剧院的发展方向不走偏,经理管理模式又可以保证剧院的艺术标准不打折扣,不至于堕落成纯商业化剧院。阿贝剧院上演了许多好评如潮的剧本,如叶芝的《女伯爵凯瑟琳》和《凯瑟琳·尼·胡里汉》、格雷戈里夫人的《骑马下海人》等,极大地振奋了爱尔兰民族主义精神,这样就使阿贝剧院成为爱尔兰文艺复兴的中心舞台。即使上演的戏剧如《西部浪子》和奥凯西的《犁与星》引起了骚乱和争议,也丝毫不会影响阿贝剧院的社会效益和市场效益,因为正是这些争议使爱尔兰人民在交锋中互相了解,同时从另一方面大大提升了阿贝剧院的知名度和影响力,使阿贝剧院始终处于爱尔兰文化运动的中心和焦点。

小　结

余上沅经历了国剧运动的失败后,对其原因有了清醒的认识,总结道:"认清目的,研究方法,巩固经济;这三件是国剧运动的第一步。"② 爱尔兰戏剧运动是爱尔兰文艺复兴的重要组成部分,极大地鼓舞了爱尔兰人民的文化自信,从精神文化层面宣布了爱尔兰的独立。它直接影响了中国20世纪20年代的"国剧"运动。然而由于政治、文化、经济和管理等方面的各种原因,"国剧"运动只是昙花一现。不过值得一提的是,"国剧"运动虽然最后以失败告终,但它在中国戏剧史上的影响是深远的,是中国处于半殖民地半封建时期民族文化复兴的伟大尝试,必将对处于21世纪全球化时代的中国文化伟大复兴有一定的借鉴意义。

① 余上沅编:《国剧运动》,新月书店1927年版,上海书店1992年重印,"序"第6—7页。
② 同上书,第5页。

第十章 凯尔特诗歌的中国私淑者:叶芝对九叶诗人穆旦的影响

穆旦是中国新诗界最重要的诗人之一。他的诗歌创作受到西方现代诗人,如艾略特、叶芝、奥登等人的影响。但国内尚缺乏对这些影响的深入研究,对影响的结果缺乏客观、清醒的认识。本章试图系统研究叶芝对穆旦的影响,从中管窥穆旦在面对西方诗歌时的借鉴与创新,以便客观公允地评估穆旦诗作的艺术价值。

第一节 穆旦对叶芝的借鉴

穆旦最直接地接触到叶芝是通过西南联大外文系的教师燕卜荪、卞之琳的介绍。穆旦1935年9月考入清华大学外文系。北大、清华、南开因日军侵华南迁,组成西南联合大学。据穆旦大学同学周珏良先生回忆,他们当时主要是通过西南联大外文系教师的介绍接触到叶芝。

> 在清华大学和西南联大我们(指周珏良和穆旦——笔者按)都在外国语文系,首先接触的是英国浪漫派诗人,然后在西南联大受到英国燕卜荪先生的教导,接触到现代派的诗人如叶芝、艾略特、奥登乃至更年轻的狄兰·托马斯等人的作品和近代西方的文论。记得我们两人都喜欢叶芝的诗,他当时的创作很受叶芝的影响。①

---

① 周珏良:《周珏良文集》,外语教学与研究出版社1994年版,第138—139页。

作为一名外文系的文学青年，正处于中国内忧外患的时代，穆旦面对这些西方现代诗人的作品时是敏感的。中国新诗尚处在摸索阶段，这批外文系的年轻人利用专业优势直接接触西方诗歌并试图借鉴西方现代诗的写法从事创作，为中国新诗的发展注入新鲜血液。对西方现代派诗歌的浓厚兴趣可从穆旦的诗友、同在西南联大外文系的另一位九叶派诗人、学者袁可嘉的自传中侧面了解。

> 1942 年是很重要的一年，我的兴趣从浪漫派文学转向了现代派文学。大一那年我主要沉浸于英国十九世纪的浪漫主义诗歌。我诵读拜伦、雪莱、济慈、华滋渥斯等人的作品，深受感染，以为天下诗歌至此为极，不必再作它想了。①

然而，袁可嘉的兴趣很快发生了变化。

> 也是在 1942 年，我先后读到卞之琳的《十年诗草》和冯至的《十四行集》，很受震动，惊喜地发现诗是可以有另外不同的写法的。与此同时，我读到美国意象派诗和艾略特、叶芝、奥登等人的作品，感觉这些诗比浪漫派要深沉含蓄些，更有现代味。当时校园内正刮着一股强劲的现代风，就这样，我的兴趣逐渐转向现代主义了。②

由此可见，当时的西南联大学生对追求新的写诗方法的迫切愿望。而叶芝正是通过这里的教师讲课、翻译进入穆旦等人的心田。穆旦对叶芝的借鉴主要体现在以下几个方面:

---

① Elizabeth Cullingford, ed., *Yeats: Poems, 1919—1935*, London: *Macmillan*, 1984, p. 37.
② W. B. Yeats, "Anima Hominis," Part *V* in *Essays and Introductions*, New York: *Macmillan*, 1924, p. 492.

① 袁可嘉:《半个世纪的脚印——袁可嘉诗文选》，人民文学出版社 1994 年版，第 573 页。
② 同上书，第 574 页。

一 重生主题的借鉴

1. 叶芝诗中的重生主题

叶芝曾说自己一生有三大兴趣:文学、哲学和民族信仰。[①] 他早期便开始对宗教产生怀疑,开始思考人生问题。叶芝又说,与别人争辩产生辩术,与自己争辩产生诗(we make out of quarrel with others, rhetoric, but of the quarrel with ourselves, poetry)[②]。诗人正是不断地在脑海中思考生与死、死后重生的问题,并通过诗歌将其以一种艺术的形式表达出来。因此,我们在读其诗歌作品时不断地遇到生死和重生主题。

叶芝的诗歌中有着丰富的主题,如爱情、艺术、人生、自然、政治、神秘主义等,而且这些主题在其诗中反复出现,不断被赋予新的意义。正如叶芝研究专家理查德·爱尔曼(Richard Ellamnn)所说,读叶芝的诗读得越多,我们就越感到其诗作在围绕着几个轨道旋转,一次又一次地我们不得不思考诗人曾思考过的同一问题。[③] 这些主题不是孤立的,而是有机地联系在一起,并与叶芝构建的个人神秘系统紧密相关,从该系统中不断丰富、拓展、更新自身的意义。叶芝本人为了让这些主题与其神秘系统之间互相发明可谓用心良苦。为了让读者正确理解自己的诗歌,让他们意识到这些主题对他的诗歌的重要性,叶芝颇费心思地让这些主题反复出现,每次出现时意义大体不变但又不乏创新。其中最常出现、意义最丰富的便是重生主题(theme of reincarnation or resurrection)。

然而,需说明的是,重生主题并非叶芝原创,这种灵魂死而复生的观念在爱尔兰民间传说、东方宗教和浪漫主义诗歌中都可找到根源。叶芝早期对布莱克诗作的阅读和编辑使他很早就有这一"死后重生"观念。[④] 浪漫主义诗歌张扬个性,强调个人丰富的想象力和无穷潜能。人的潜力常被

---

① Elizabeth Cullingford, ed., *Yeats: Poems, 1919—1935*, London: Macmillan, 1984, p. 37.

② W. B. Yeats, "Anima Hominis", Part V in *Essays and Introductions*, New York: Macmillan, 1924, p. 492.

③ Richard Ellmann, *The Identity of Yeats*, New York: Oxford University Press, 1954, p. 1.

④ Ibid., p. 46.

比作充满着各种可能性的一口井（well）或水库（reservoir）。叶芝曾自称为"最后的一个浪漫派（the last romantic）"。他同威廉·布莱克（William Blake）一样崇尚个人的想象力和个人主义，然而同时也意识到人的潜力和力量是有限的；正是这种"有限"使浪漫派渴望借助某种想象机制来实现无限、永恒。庞德（Ezra Pound）曾说过，"浪漫主义诗歌几乎需要重生的概念作为其机制的一部分"。①

叶芝使用重生主题并非他真正相信人死后能重生或毁灭后有重生的可能，而是因为他喜欢这种体现了丰富想象力的想法：一个人可以经历几次人生，灵魂每超脱一次，人生便变得更加丰富，智慧便更进一步。

叶芝最早对重生主题产生浓厚兴趣是在 1885 年，当时印度神秘学会（Theosophical Society）的一名代表摩希尼·查特基（Mohini Chatterjee）来都柏林做了一次演讲。叶芝听完演讲后非常感兴趣、激动，于是向查特基请教，问是否应该做祷告，查特基答曰："不必，一个人倒是应在睡觉前对自己说：'我活过很多次，我曾当过奴隶和王子，许多被爱的人曾坐在我的膝盖上，我也曾在许多被爱的人的膝盖上坐过，曾经发生过的将会再次发生。'"② 于是，叶芝有诗《摩希尼·查特基》（Mohini Chatterjee）云：

> 我问是否我应当祈祷，
> 可是那婆罗门却说：
> "什么也不要祈祷，
> 只是每夜在床上说：
> '我曾经是一个国王，
> 我曾经是一个奴隶，
> 傻瓜、无赖、流氓，
> 诸如此类的东西

① Richard Ellmann, *The Identity of Yeats*, New York: Oxford University Press, 1954, p. 43.
② Ibid., p. 44.

我无不曾经当过，

而且我胸膛上面

曾有上万美人枕过’”

为使一个少年的狂乱

日子平静下来，

摩希尼·查特基

说了这些，或类似的话。

我加以解说阐释

"年老的恋人还会拥有

时光所拒绝的一切——

坟墓堆积在坟墓上头，

他们或许得到慰藉——

在这变暗的大地之上，

那古老队伍行进的所在；

诞生堆积在诞生之上，

如此连番的轰炸

有可能把时光轰跑；

生与死的时刻相遇，

或者，如伟大圣哲所说，

人们以不死的双脚跳舞。"①

　　在这首诗中，死而再生，生而复死，生与死两者不断转换、时刻相遇的观念是显而易见的。"年老的恋人还会拥有/时光所拒绝的一切——"，通过重生，人生中失恋的痛苦也能得到补偿和安慰，"生与死相遇"，有生便有死，死而后能有生，循环往复、永不停息。人可以活很多次，灵魂也愈加丰富，"人们以不死的双脚跳舞"（Men dance on deathless feet）。真可谓美妙无比。

---

① 叶芝：《叶芝诗集》，傅浩译，河北教育出版社 2003 年版，第 599—600 页。

　　叶芝一旦有了某种思想，总是极力地试图将它用诗歌艺术地表达出来。有时，他毫不犹豫地进行创作实验。19 世纪 90 年代早期，令他颇感欣慰的是他在古爱尔兰的传说中发掘了"再生循环"的题材。于是，在诗《他想起前世作为天上星宿之一的伟大》（He Thinks of His Past Greatness When a Part of the Constellation of Heaven）中，主人公蒙根（Mongan）回忆自己的前生。

　　　　我曾经在青春之乡把仙酿畅饮，
　　　　如今却因洞知一切而涕泪涟涟：
　　　　在无法追忆的遥远年代，我曾经
　　　　是一棵榛树，他们在我的枝叶中间
　　　　悬挂着导航者之星和弯曲的犁铧：
　　　　我变成了马蹄践踏的小草一株：
　　　　我变成了一个人，一个恨风者，
　　　　知道一个人，在万物之中，惟独
　　　　他的头不会枕上他所爱女人的酥胸，
　　　　嘴唇也不会贴上那秀发，直到死去。
　　　　呵，荒野中的走兽，天空里的飞禽，
　　　　难道我必须忍受你们多情的鸣啼？①

　　在凯尔特古诗中，蒙根是著名的巫师兼国王，他记得他的前生。② 诗中榛树是爱尔兰的生命和知识之树，也是天堂之树。"青春之乡"是凯尔特诗歌中诸神及快乐的死者所居住的地方。普通人被带到那儿后，他们将享受神仙们所享有的青春。蒙根回忆起自己过去曾是一棵榛树，直到最后变成失恋者。整个诗歌情绪从神仙国的快乐发展到爱的忧伤。
　　表达类似主题的还有诗剧《女伯爵凯瑟琳》（Countess Catheleen）中

---

　　① 叶芝:《叶芝诗集》，傅浩译，河北教育出版社 2003 年版，第 166—167 页。
　　② 同上。

的夹诗《佛格斯与祭司》（Fergus and the Druid）。该诗讲述的是佛格斯在巫师的帮助下回忆起他过去曾经历的人生，表达了佛格斯为追求辉煌的知识所经历的痛苦和所损失的"所有那些精彩而伟大的东西"，表达了人生的痛苦。

带着诗人特有的敏感，叶芝对人生的痛苦感悟是深刻而独特的，尤其是生活在动乱的为争取爱尔兰独立而奋斗的时代。其早期的创作曾受唯美派和浪漫派的影响，梦想有一个可以沉溺其中的"仙境"或"世外桃源"，以《茵尼斯弗利岛》为代表。然而，爱尔兰独立运动的影响、个人爱情的挫折、哲学玄思的修养使叶芝对人生和历史有了更深刻、更系统的理解。

"重生"这一概念使叶芝对生与死的理解有了新的灵感。格雷戈里夫人（Lady Gregory）曾对他说"悲剧对将死之人必为快事"（Tragedy must be a joy to the man who dies），叶芝对此大为赞同。① 快乐的死亡预示着悲剧的升华，死亡预示着新生，悲剧便是对人生的升华。对于叶芝来说，人类灵魂正是通过这种悲剧式的升华而不断净化，直到达到他所崇奉的"贵族阶层"所应有的"高贵"（nobility）或"美"（beauty）。在叶芝的眼里，有三种人创造了美：贵族创造了美的礼仪，因为他们的社会地位使他们高于生活的畏惧；农夫创造了美的故事和信仰，因为他们没有什么可失去，故而亦无所畏惧；艺术家则创造了其余的一切，因为上帝让他们无所顾虑。②

随后，叶芝进一步将这种人类灵魂死而复生、不断发展的思想拓展到人类社会的历史发展领域。他认为，人类文明的千年轮回与某一"上帝"相呼应。此"上帝"非传统意义上的上帝，具有个人主义和英雄主义的色彩，神秘不可知且不完美，甚至是邪恶的。如在《再度降临》（The Sec-

① Richard Ellmann, *The Identity of Yeats*, New York: Oxford University Press, 1954, p. 34.
② 原文为："Three types of men have made all beautiful things, Aristocracies have made beautiful manners, because their place in the world puts them above the fear of life, and the countrymen have made beautiful stories and beliefs, because they have nothing to lose and so do not fear, and the artists have made all the rest, because Providence has filled them with recklessness." 参见 W. B. Yeats, "Poetry and Tradition", *Essays and Introductions*, London: Papermac, 1989, p. 251。

ond Coming）中，一个"伪基督"（Antichrist）即将来临，"纯真的礼俗"和"优秀的人们"所代表的高雅文明即将崩溃。① 而在此之后，又将轮回到另一个充满着"真"和"美"的贵族时代。

在诗《丽达与天鹅》（*Leda and Swan*）中，叶芝借用古希腊神话故事。故事讲的是众神之王宙斯（Zeus）爱上了人间美女丽达，于是化做一只天鹅与丽达行云雨之事。这是一个颇具神秘色彩和象征意义的故事，蕴藏着神秘的美。该诗的后六行预示了海伦的诞生、特洛伊城的毁灭和阿伽门农（Agamemnon）的被谋杀，最后导致了古希腊文明的分崩离析，同时也预示着下一个古希腊文明（荷马时代）的到来。

> 那些惊恐不定的柔指如何能推开
> 她渐渐松弛的大腿上荣幸的羽绒?
> 被置于那雪白的灯心草丛的弱体
> 又怎能不感触那陌生心房的悸动?②

该诗的最后一句是一个设问句，发人深思，好像在暗示读者，这一神秘而神圣的交媾是无所不在和全知全能的天神宙斯传递给人间关于人类历史的真理和预言，启示人类文明将沿着循环反复的轨道前进。

叶芝受其友阿瑟·西蒙（Arthur Symons）的《文学中的象征主义运动》启发、通过自己的神秘主义经验和对浪漫主义诗人作品的研习，在诗歌创作中运用了一系列的典型象征，如水象征存在、洞穴象征神秘力量和泉水象征生殖等，并试图使之成相互联系，形成了一套独特的象征体系（傅浩：《叶芝评传》，第48—53页）。而叶芝常用"螺旋"（gyre）意象来象征个人灵魂的不断净化和历史循环发展的轨迹。除了"螺旋"外，还有"塔楼""蜿蜒的阶梯""天鹅""老鹰""水"等。何恩（T. R. Henn）认为"塔楼"是"用得最广泛和最有效的象征"（Of them all the Tower is

---

① 王佐良:《英国诗史》，译林出版社1997年版，第415页。
② 叶芝:《叶芝诗集》，傅浩译，河北教育出版社2003年版，第515页。

perhaps the most widely and effectively used）。① 这些意象在叶芝的诗中频频出现，并相互发明。

> Turning and turning in the widening gyre （*The Second Coming*）②
> Come from the holy fire，perne in a gyre （*Sailing to Byzantium*）③
> Soul：I summon to the widening ancient stair （*A Dialogue of Self and Soul*）④
> For Hades' bobbin bound in mummy-cloth
> May unwind the winding path （*Byzantium*）⑤
> Gyres run on （*Under Ben Bulben*）⑥

正是基于对人类生命和历史发展的螺旋式发展轨迹的理解，叶芝经常思考生与死、瞬间与永恒等问题。然而，艺术的永恒才是他的终极追求，因此，他晚年曾作诗《在布尔本山下》（Under Ben Bulben），鼓励爱尔兰诗人，"把你们的本行学好"，对生与死，"抛以冷眼"。

> 抛以冷眼，
> 给生与死
> 骑者，向前！⑦

2. 穆旦诗中的重生主题
叶芝面临的现实是爱尔兰的独立运动，而穆旦面对的是国民党的腐朽

---

① T. R. Henn, *The Lonely Tower: Studies in the Poetry of W. B. Yeats*, London: Methuen & Co. Ltd. , 1950, p. 131.

② A. Norman Jeffares, *Poems of W. B. Yeats*, Macmillan, London: 1984, p. 246.

③ Ibid. , p. 249.

④ Ibid. , p. 97.

⑤ Ibid. , p. 52.

⑥ Ibid. , p. 284.

⑦ Ibid. , p. 578.

政治和日益严峻的抗日战争形势。与叶芝相似,穆旦也曾在诗歌中叩问生
与死的问题。他在《我为什么活着》中问自己"我活着吗?活着吗?活
着/为什么?"连续重复两次,后来肯定答复后,又突然来个最尖锐也最深
刻的问题?"为什么?"这三个连续的问句把当时人们麻木空虚的精神状态
刻画得入木三分。正是由于"生"的麻木,在《五月》中"我"才感到
了"死"的快乐。

> 勃朗宁,毛瑟,三号手提式
> 或是爆进人肉去的左轮,
> 它们能给我绝望后的快乐,
> 对着漆黑的枪口,你就会看见,
> 从历史的扭转的弹道里,
> 我是得到了二次的诞生。[①]

这首诗读起来是如此干脆、痛快。"死亡"在这里并不是"恐惧"和
"黑暗"的代名词,相反,本来让人望而生畏的杀人工具居然让"我"感
到了"绝望后的快乐"和新的希望,这个希望便是"从历史的扭转弹道
里"可以得到"二次的诞生"。若将它与叶芝诗《再度降临》(The Second
Coming)相比较,读者就会发现两者有着惊人的相似点。

> 确乎有某种启示近在眼前;
> 确乎"再度降临"近在眼前。
> ……
> 于是何等恶兽——它的时辰终于到来——
> 懒洋洋走向伯利恒去投生?[②]

[①] 穆旦:《穆旦诗集 1939—1945》,人民文学出版社 2001 年版,第 19 页。
[②] 穆旦:《蛇的诱惑》,珠海出版社 1997 年版,第 451—452 页。

《五月》至少有三点与叶芝的诗有相似之处。

（1）意象的相似性。"扭转的弹道"这一意象与叶芝诗中"螺旋"意象在本质上是一样的，不过是两个不同的变体罢了。两者的象征意义都是指历史发展的螺旋式、扭转式前进轨迹。与"螺旋"意象在叶芝诗中的意义相侔，穆旦诗中的"扭转的弹道"既象征着个人灵魂的死后重生，又象征着历史的"螺旋"式发展轨迹。出现"扭转""旋转""旋风"的如：

> 扭转又扭转，这一颗烙印
> 终于带着伤打上他全身。（《成熟》）①

> 新生的希望被压制，被扭转，
> 等粉碎了他才能安全。（《成熟》）②

> 当太阳，月亮，星星，伏在燃烧的窗外，
> 在无边的夜空等我们一块儿旋转。（《黄昏》）③

> O 旋转！虽然人类在毁灭
> 他们从腐烂得来的生命。（《神魔之争》）④

> 在一瞬间
> 我看到了遍野的白骨
> 旋动。（《从空虚到现实》）⑤

---

① 穆旦：《蛇的诱惑》，珠海出版社 1997 年版，第 65 页。
② 同上。
③ 同上书，第 45 页。
④ 同上书，第 107 页。
⑤ 同上书，第 12 页。

站在旋风的顶尖，我等待

你涌来的血的河流——沉落。(《神魔之争》)①

O 飞奔呵，旋转的星球，

叫光明流洗你苦痛的心胸，

叫远古在你的轮下片片飞扬。(《合唱》)②

我们的世界是在遗忘里旋转。(《在旷野上》)③

风的横扫，海的跳跃，旋转着

我们的神智。(《被围者》)④

是巨轮的一环他渐渐旋进了

一个奴隶制度附带一个理想。(《幻想的乘客》)⑤

    最后处的"巨轮"使人想起叶芝的"巨轮"(Great Wheel)。叶芝的巨轮分为东、西、南、北四方，轮的圆周上被划分为 28 个不同的月相。用来象征着人格的演变时，这四方分别代表着力量的崩溃、力量的发现、完全的主观、完全的客观。"北"位于第一月相，不同月相沿着逆时针方向演变。此轮的几何基础是两个"扩张的和对立的螺旋"。叶芝的《幻相》卷三专辟一章专门探讨"巨轮"和历史发展的启示关系。⑥ 穆旦对叶芝的神秘哲学有无系统研究，我们无从得知，但在《幻想的乘客》中，该"巨轮"无疑指的是历史发展的滚滚步伐，而"他"作为个人，融进了历史的发展的"巨轮"中。

---

① 穆旦：《蛇的诱惑》，珠海出版社 1997 年版，第 110 页。
② 同上书，第 3 页。
③ 同上书，第 19 页。
④ 同上书，第 49 页。
⑤ 同上书，第 46 页。
⑥ 叶芝著，王家新编选：《叶芝文集》卷三，东方出版社 1996 年版，第 230—304 页。

（2）面对死亡的态度。叶芝认为人类应带着快乐看待死亡，同样穆旦面对漆黑的象征着死亡的枪口，感到了绝望后的快乐。诗人正是理解了生死的真理和历史规律才能如此坦然地面对死亡。与其麻木不仁地"活着"，不如轰轰烈烈地走上战场，迎接那些杀人的工具，壮烈地倒下，成为历史进步的一份力量，在新的历史阶段获得"二次的诞生"。

（3）其中"二次的诞生"和叶芝的"second coming"是何等的相似。但两者又不完全相同，穆旦的"二次诞生"是毁灭后的诞生，充满毁灭后新升的希望。而叶芝的"second coming"则预示着"纯真的礼仪"和优雅文明的毁灭。不过，这也不是终点，此千年后，又将迎来新的"高贵文明"。

叶芝诗中重生主题的意义在穆旦那里得到了全面的呼应。首先，在穆旦诗中，这种死而复生，生死轮回是涉及个人的。

试看下面这首诗，

> 你把我轻轻的打开，一如春天
> 一瓣又一瓣的打开花朵，
> 你把我打开像幽暗的甬道
> 直达死的面前：在虚伪的日子的下面，
> 摇醒那被一切纠缠着的生命的根。（《发现》）①

人生首先经历生命的绽放，然后经历"幽暗的甬道"走向死亡，但"死亡"不是终点，终点是通过"死亡""摇醒"那被欲望"纠缠着"而麻木的沉睡的"生命的根"。其中的"重生"希望是相当强烈而有震撼力的，情绪是激烈而积极的。

然而，该主题的意义并不是一成不变。如：

> 一个平凡的人，里面蕴藏着

---

① 穆旦：《蛇的诱惑》，珠海出版社1997年版，第124页。

无数的暗杀,无数的诞生。(《控诉》)①

活下去,在这片危险的土地上,
活在成群死亡的降临中。(《活下去》)②

同一的陆沉的声音碎落在
我的耳岸:无数人活着,死了。(《漫漫长夜》)③

他们从腐烂得来的生命。(《神魔之争》)④

由于这种"重生"中,"生"与"死"的界限似乎模糊了,两个相对的概念互相转化、对立统一。在穆旦的诗句中,我们可以找到许多表达"生""死"并存的句子。

我们活着是死,死着是生。(《神魔之争》)⑤

我们已经有太多的战争,朝向别人和自己
太多的不满,太多的生中之死,死中之生。(《隐现》)⑥

虽然她生了又死,死了又生。(《神魔之争》)⑦

呵,那灵魂的颤抖——是死也是生!(《饥饿的中国》)⑧

---

① 穆旦:《蛇的诱惑》,珠海出版社 1997 年版,第 41 页。
② 同上书,第 67 页。
③ 同上书,第 30 页。
④ 同上书,第 107 页。
⑤ 同上。
⑥ 同上书,第 130 页。
⑦ 同上书,第 106 页。
⑧ 同上书,第 122 页。

过去是死,现在渴望再生。(《退伍》)①

这些句子的直接来源便是叶芝。

我称它为死中之生、生中之死。(《拜占廷》)②

与叶芝相似,穆旦的"重生"也涉及了历史的发展轨迹。

一世代的人们过去了,另一个世代来临,是在他们被毁的地方一个新的回转。(《隐现》)③

你们的灰尘安息了,你们的时代却复生。(《先导》)④

综上所述,叶芝诗中的"重生"主题与叶芝的人格哲学有深刻的联系,这种"轮回""交替"的思想进而被引申为历史发展轨迹。这种"螺旋式发展"的思想又以意象的形式出现在诗歌中。从而形成"思想+主题+意象"的有机结合,这正是叶芝诗歌的魅力。在叶芝的启发下,袁可嘉提出"现实、象征和玄学的综合"的新诗现代化诗学观,而穆旦则写出了最富现代性的诗篇,在汉语语境中表达了深刻而丰富的现代经验。

二 其他主题、意象、意境的化用和用词组句的借鉴

当我们进一步研读、比对穆旦和叶芝的诗句时,不难发现穆旦的许多诗句与叶芝的诗句在其他主题、意象和用词、造句方面亦有颇多相似之处。从叶芝的诗句译文可以看出,穆旦巧妙地化用了叶芝诗中意境,并借鉴了大量英语诗句表达方式。以下是笔者通过细读叶芝和穆旦的诗句而归

---

① 穆旦:《蛇的诱惑》,珠海出版社 1997 年版,第 74 页。
② 叶芝:《叶芝诗集》,傅浩译,河北教育出版社 2003 年版,第 602 页。
③ 同上书,第 131 页。
④ 中国现代文学馆编:《穆旦诗选》,华夏出版社 1999 年版,第 54 页。

纳的存在契合的主题、意象、意境和语句辩证法诗学。

1. 主题

（1）"血肉或血液的纷争"

　　从此我们一起，在空幻的世界游走，
　　空幻的是所有你血液里的纷争。（《森林之魅》)①

　　欢迎你来，把血肉脱尽。（《森林之魅》)②

　　O 他来了点起满天的火焰，
　　和刚刚平息的血肉的纷争。（《森林之魅》)③

　　我仅存的血正毒恶地澎湃。（《我向自己说》)④

　　一串错综而零乱的，枯干的幻象，
　　使我们哭，使我们笑，使我们忧心
　　用同样错综而零乱的，血液里的纷争。（《隐现》)⑤

　　在穆旦的诗中，"血肉""血液"大部分都是人类欲望的代名词，是罪恶产生的根源。这使人想起叶芝的诗《拜占廷》中的语句。

　　人类的一切，
　　不过是聚合的一切，
　　人类血脉的怒气和淤泥。⑥

----

① 穆旦：《蛇的诱惑》，珠海出版社 1997 年版，第 104 页。
② 同上书，第 103 页。
③ 同上书，第 113 页。
④ 同上书，第 47 页。
⑤ 同上书，第 130 页。
⑥ 同上书，第 601 页。

圣经中说人的尘世欲望"一切皆是虚空"。同样，在叶芝看来，人类的一切欲望不过是"血脉的怒气和淤泥"，虚空而无意义。只有有丰富精神的艺术世界才是最完美的，而拜占廷正是完美艺术世界的圣地。在《幻象》中，叶芝把人生分为 28 种月相，人格的最完美境界乃是代表着欲望的肉体的衰弱和代表着永恒的艺术和智慧的来临。①

（2）"神的降临"

穆旦的诗中常有"神"，而这"神"又非传统意义上的"神"，而是他自己"创造了一个上帝"。②

> 在幽明的天空下，
> 我引导了多少游牧民族，
> 从高原到海岸，从死到生，
> 无数帝国的吸力，千万个庙堂
> 因我的降临而欢乐。（《神魔之争》)③

这里，我们可以看到叶芝诗《再度圣临》中的"反基督"的"二次圣临"的影子。

（3）"中心突然分散"

> 中心突然分散：今天是脱线的风筝
> 在仰望中翻转，我们把握已经无用。（《饥饿的中国》)④

江弱水认为"中心忽然分散"等于叶芝《再度降临》中的名句"一切四散，中心无法把持"（Things fall apart；the centre cannot hold)。⑤ 虽然

---

① Richard Ellmann, *The Man and the Mask*, New York：W. W. Norton & Company, 1999, pp. 227 - 34.

② 王佐良：《一个中国诗人》，载穆旦《穆旦诗集》，人民文学出版社 2001 年版，第 124 页。

③ 穆旦：《蛇的诱惑》，珠海出版社 1997 年版，第 109 页。

④ 同上书，第 119 页。

⑤ 江弱水：《伪奥登风与非中国性：重估穆旦》，《外国文学评论》2002 年第 3 期。

借用得过于明显，但是穆旦用的是"放风筝人"和"风筝"，且后一句是用汉语改写，并不能完全等同。

　　　　因为我们生活着却没有中心
　　　　我们有很多中心
　　　　我们的很多中心不断地冲突。(《隐现》)①

　　这些句子实际上是对《再度降临》中的句子的转译和巧妙化用，神似而意不同也。

　　2. 意象

　　(1)"无+核心+的+本体"

　　穆旦诗中常有被剥去核心实体的本体意象，给读者以巨大的震撼，强烈地刺激着我们的神经和想象力。如:

　　　　美丽的将是你无目的眼，
　　　　一个梦去了，另一个梦代替，
　　　　无言的牙齿，它有更好听的声音。(《森林之魅》)②

　　这种组合方式构造的意象具有深刻的韵味，让读者觉得很"怪异"，但这一意象的灵感来自艾略特和叶芝。

　　　　一张没有水分也没有气息的嘴，
　　　　可能把众多没有气息的嘴召集。(《拜占廷》)③

　　(2)"神火燃烧"

---

① 穆旦:《蛇的诱惑》，珠海出版社1997年版，第139页。
② 同上书，第104页。
③ 叶芝:《叶芝诗集》，傅浩译，河北教育出版社2003年版，第602页。

不灭的光辉！虽然不断的讽笑在伴随，

因为你们只曾给与，呵，至高的欢欣！

你们唯一的遗嘱是我们，这醒来的一群，

穿着你们燃烧的衣服，向着地面降临。（《先导》）①

这一"燃烧"着的光辉意象与《航向拜占廷》（穆旦译为《驶向拜占庭》）中的"神火"极其相似。

哦，智者们！立于上帝的神火中，

好象是壁画上嵌金的雕饰，

从神火中走出来吧，旋转当空，

请为我的灵魂作歌唱的教师。②

3. 意境

"寂静的夜晚"是古今中外诗歌中常出现的意境，常给人一种"沉思""忧伤""思念"等感情联想。然而，在穆旦的笔下，关注的全是人类的灵魂，所拥有的是"宇宙意识"。

当夜神扑打古国的魂灵，

静静地，原野沉视着黑空，

O飞奔呵，旋转的星球，

叫光明流洗你苦痛的心胸，

叫远古在你的轮下片片飞扬。（《合唱》）③

这首诗中"夜神""古国""魂灵""原野""黑空"共同构成了一个"寂静的夜晚"意境。这意境把我们带到了叶芝的诗中：

---

① 穆旦：《蛇的诱惑》，珠海出版社1997年版，第93页。

② 叶芝：《驶向拜占庭》，查良铮译，《外国文艺》1982年第8期。

③ 穆旦：《蛇的诱惑》，珠海出版社1997年版，第3页。

The unpurged images of day recede;

The Emperor's drunken soldiery are abed;

Night resonance recedes, night-walkers' song

After great cathedral gong;

A starlit or a moonlit dome disdains（*Byzantium*）①

白天的种种不洁的形象隐退；

皇帝的酒醉的士兵们上床沉睡；

夜籁沉寂：大教堂的锣鸣，

接着是夜行者的歌声；

星辉或月光下的圆屋顶蔑视②

同样，"夜籁""星辉""歌声""白天"的"隐退"，勾勒出一幅寂静的夜图，而这时正是对灵魂"净化"的时候，象征着进入艺术圣界拜占廷的前奏。

4. 辩证法诗学

滥觞于多恩的英国玄学诗喜欢将"最不相干的观念被用暴力强拧在一起"③，西方现代派以艾略特为代表，将玄学主义又向前推进了一步。叶芝随着对哲学兴趣的日益浓厚，晚期也呈现出"玄学主义"特色。其诗中经常出现对立面的冲突。其"面具"理论中的"自我"（Self）和"反我"（anti-self）即反映了这种思想。④叶芝的诗歌中常可见此种对立统一的观念。

And cried，"Before I am old

---

① 王佐良主编：《英国诗选》，上海译文出版社1993年版，第695页。

② 穆旦：《蛇的诱惑》，珠海出版社1997年版，第602页。

③ 傅浩："译者序"，《英国玄学诗鼻祖约翰·但恩诗集》，北京十月文艺出版社2006年版，第3页。

④ Richard Ellmann, *Yeats: The Man and the Mask*, London: Penguin Books, 1979, p.201.

I shall have written him one

Poem maybe as cold

And passionate as the dawn" (*Fisherman*)[1]

并嚷道："在年老之前

我将为他赋诗一首

这诗如黎明般

冰冷又热情"

"冰冷"和"热情"两种完全相反的概念被统一在"黎明"这一意象中。这种将完全相反的观念放在一起，最终实现调和的做法正是西方现代派的一大特点。

> 他们（现代的批评家——笔者注）认为只有莎翁的悲剧、多恩的玄学诗及艾略特以来的现代诗才称得上是"包含的诗"；它们都包含冲突，矛盾，而像悲剧一样地终止于更高的调和。它们都有从矛盾求统一的辩证性格。[2]

这种相互对立、相互转化的矛盾统一的特点，袁可嘉称为辩证性（dialectic）。

> 戏剧化的诗既包括众多冲突矛盾的因素，在最终却都须消溶于一个模式之中，其间的辩证性是显而易见的。它表示两个性质。一是从一致中产生殊异，二是从矛盾中求得统一。诗的过程是螺旋形的、辩证的。[3]

---

① A. Norman Jeffares, *Poems of W. B. Yeats*, Macmillan, London：1984, p. 8.
② 袁可嘉：《半个世纪的脚印——袁可嘉诗文选》，人民文学出版社 1994 年版，第 78 页。
③ 同上书，第 81 页。

穆旦的诗中随处可见这样的表达：

希望，幻灭，希望，再活下去
在无尽的波涛的淹没中（《活下去》）①

即使我哭泣，变灰，变灰又新生，
姑娘，那只是上帝玩弄他自己。（《诗八章》）②

相同和相同溶为怠倦，
在差别间又凝固着陌生；（《诗八章》）③

你底秩序，求得了又必须背离。（《诗八章》）④

他是静止的生出动乱，
他是众力的一端生出他的违反。（《祈神二章》）⑤

正是通过"发现表面极其不相关而实质有类似的事物的意象或比喻才能准确、忠实地，且有效地表现自己，根据这个原则而产生的意象都有惊人的离奇"⑥，读者凝神而思方得"顿悟"。

---

① 穆旦:《穆旦诗集》，人民文学出版社 2001 年版，第 67 页。
② 同上书，第 49 页。
③ 同上书，第 51 页。
④ 同上。
⑤ 同上书，第 57 页。
⑥ 袁可嘉:《新诗现代化的再分析——技术诸平面的透视》，王圣思选编《"九叶诗人"评论资料选》，华东师范大学出版社 1995 年版，第 26 页。英文资料可参考 "the effect is due to a contrast of ideas, different in degree but the same in principle", T. S. Eliot, *The Metaphysical Poets*, in M. H. Abrams, *The Norton Anthology of English Literature* (New York: W. W. Norton & Company, 1962, p. 2178)。

第二节　穆旦的创新

穆旦诗风的形成是由其对中国古代经典和西方现代派作品的不同态度决定的，对前者他采取的是有意地"逃避"。王佐良是穆旦的同学、好友，他曾对穆旦做过如此评介：

> 但是穆旦的真正的谜却是：他一方面最善于表达中国知识分子的受折磨而又折磨人的心情，另一方面他的最好的品质却全然是非中国的。在别的中国诗人是模糊而像羽毛样轻的地方，他确实，而且几乎是拍着桌子说话，在普遍的单薄之中，他的组织和联想的丰富有点近乎冒犯别人了。这一点也许可以解释他为什么很少读者，而且无人赞誉。然而他的在这里的成就也是属于文字的。现代中国作家所遭遇的困难主要是表达方式的选择。旧的文体是废弃了，但是它的词藻却逃了过来压在新的作品之上。穆旦的胜利却在他对于古代经典的彻底的无知。①

然而，穆旦对于中国的经典是否真如王佐良先生所说的"彻底""无知"呢？穆旦早在 1934 年就在《南开高中学生》秋季第三期发表过《〈诗经〉六十篇之文学评鉴》，那时诗人还在上高中，可见其很年轻时就有着良好的中国古典文学修养，而并不是"彻底的无知"。从这篇穆旦所写的不多见的文学评论文章可看出，穆旦对中国古代经典所持的批判态度。

> 《诗经》是一部初民的文学作品，算来已有二千余年了，这自有其永久不能湮没的历史价值存在。然而，它的存在理由究竟在哪里？是很值得我们去探讨一下的。诚如孟先生所云："《诗经》之伟大，全在它的真纯和朴素。"这的确可以说是将整个《诗经》的灵魂一把

---

① 王佐良：《一个中国诗人》，《穆旦诗集》，人民文学出版社 2001 年版，第 122—123 页。

抓住了。像《诗经》这般纯朴的东西,在后来还算少见,所以《诗经》可以自居为文学遗产,我们说是不算脸红的。不过,可惜《诗经》的好点也就只于此,再也不能多出。①

在这篇文论中,穆旦首先认为"文学必须带有情感"和"没有情感的东西就不是文学"②,然后又补充说"其实文学的要素还不只是情感而已,思想也是很重要的一部分"。认为《诗经》"其所以能传诵至今者,则一部分不得不归功于这样的一贯思想"。而对《诗经》中的叙事诗,穆旦觉得"没有可以值得欣赏的东西",认为"这不能算是文学作品",说"拿它们研究研究历史,倒还可以说;欣赏,至少说,在我只是头痛罢了!"③ 对中国古典诗的态度,总体上讲,穆旦显然是排斥的。

> 旧诗不太近乎今日现实,你(郭保卫)的诗说是古代作品也可以。所以,以旧诗为一种锻炼则可,常此下去则是浪费。④

> 你提到温庭筠的一诗,我前些天似曾见大家研究传阅。你对旧诗有一定的熟习和写作能力,这是我所没有的。我有时想从旧诗获得点什么,抱着这个目的去读它,但总是失望而罢。它在使用文字上有魅力,可是隐在文言中,白话利用不上,或可能性不大。至于它的那些形象,我认为太陈旧了。⑤

从此处可看出,穆旦在学习写诗技巧时并不是无知地否定了"旧诗",而是也曾想师从"旧诗",但总是"失望而罢"。原因是虽然文言文字的形式有魅力,有其特有的美感,但要表达现代经验显然不那么有效、准

---

① 中国现代文学馆编:《穆旦代表作》,华夏出版社 1999 年版,第 146 页。
② 同上。
③ 同上书,第 147—155 页。
④ 穆旦:《蛇的诱惑》,珠海出版社 1997 年版,第 233 页。
⑤ 同上书,第 229—230 页。

确。"旧诗"中的形象，如"古道、西风、瘦马"，已经在中国几千年的文化传统中被用得太多了，而使现代人的经验迫切地需要寻找新的形象、意境来传达、暗示。

穆旦之所以对"旧诗"如此不留情面，因为他认为自己找到了更好的参照物，那就是外国现代派的作品。

> 现在流行的，是想以民歌和旧诗为其营养，也杂有一点西洋诗的形式。我觉得西洋诗里有许多东西还值得介绍进。还有一个主要的分歧点是：是否要以风花雪月为诗？现代生活能否成为诗歌形象的来源？西洋诗在二十世纪来一个大转变，就是使诗的形象现代生活化，这在中国诗里还是看不到的（即使写的是现代生活，也是奉风花雪月为诗之必有的色彩）。①

西方现代派，特别是英语诗歌的现代主义诗风在 20 世纪 40 年代已经比较成熟了。叶芝早期是个唯美派诗人，但社会实践和有庞德作为秘书修改的诗作，其诗风更加"坚实硬朗"，具有现代主义的特征了②。叶芝于 1923 年获得诺贝尔文学奖，达到了一个顶峰。虽然艾略特于 1922 年发表《荒原》时受到评论界质疑，但 1939 年叶芝去世后艾略特成为当时英国诗歌的领军人物，并于 1948 年获得诺贝尔文学奖。30—40 年代来清华大学、西南联大的英国诗人燕卜荪（William Empson，1906—1984）讲授《当代英诗》课程，系统深入地介绍现代派，重点介绍叶芝、艾略特等人的作品。这为穆旦形成自己的诗学观产生了重要的作用。穆旦到了 70 年代对自己大学期间模仿现代派的作品依然颇为自信：

---

① 穆旦：《穆旦诗文集》第 2 卷，人民文学出版社 2005 年版，第 183 页。

② 何宁：《叶芝的现代性》，《外国文学评论》2000 年第 3 期；袁可嘉：《半个世纪的脚印——袁可嘉诗文选》，人民文学出版社 1994 年版，第 393—395 页；C. K. Stead, *Pound, Yeats, Eliot and the Modernist Movement* (London：Macmillan, 1986), p. 21：Yeats had moved from Pre-Raphaelitism into Symbolism；Pound was able to help him move out of that Symbolism which had about it the trappings and airs of the 1890s and to become a poet of the twentieth century.

　　这首诗（穆旦作于 1940 年 11 月的《还原作用》）是仿外国现代派写成的，其中没有"风花雪月"不用陈旧的形象或浪漫而模糊的意境来写它，而是用了"非诗意的"辞句写成诗。这种诗的难处，就是它没有现成的材料使用，每一首诗的思想，都要作者去现找一种形象来表达；这样表达出的思想，比较新鲜而刺人。因为你必得对这里一些乱七八糟的字的组合加以认真的思索，否则你不会懂它。因为我们平常读诗，比如一首旧诗吧，不太费思索，很光滑地就溜过去了，从而得不到什么，或所得到的，总不外乎那么"一团诗意"而已。可是，现在我们要求诗要明白无误地表现较深的思想，而且还得用形象和感觉表现出来，使其不是论文，而是简短的诗，这就使现代派的诗技巧成为可贵的东西。①

　　穆旦所说的"得用形象和感觉""明白无误地表现较深的思想"让人想起其诗《春》：

　　　　蓝天下，为永远的迷惑着的
　　　　是我们二十岁的紧闭的肉体，
　　　　一如那泥土做成的鸟的歌，
　　　　你们被点燃，却无处归依。
　　　　呵，光，影，声，色，都已经赤裸，
　　　　痛苦着，等待伸入新的组合。②

　　这似乎有点象征主义的特点，如叶芝说过的：

　　　　所有声音，所有色彩，所有形状，无论因为它们注定的感染力还是因为它们久长的心理联系，将唤起难以定义然而又清晰不过的情感。③

――――――――――
　　① 穆旦：《蛇的诱惑》，珠海出版社 1997 年版，第 229 页。
　　② 同上书，第 48 页。
　　③ 叶芝著，王家新编选：《随时间而来的智慧：书信·随笔·文论》，东方出版社 1996 年版，第 151 页。

月亮、浪涛、白色、沉落的时光与最后那一声令人心碎的呼唤汇合，将唤起由任何其他色彩、声音和形状的组合所不能唤起的情感。①

但叶芝和穆旦都超越了象征主义，他们的诗中有"思想"，并能将这种思想有机地糅入诗感的机体中而不至于将诗写成"论文"。如查良铮（穆旦1949年后从事翻译时用本名）所翻译的叶芝晚期诗歌《驶向拜占庭》即是将"思想"和"意象"完美结合的杰作。

那么，穆旦对西方现代派仅仅停留在"模仿"的阶段而无所创新吗？如果仔细研读其全部作品，读者不难发现穆旦在接受西方影响的同时，凭着自己的敏感天分，结合汉语和中国当时的现实，做出了勇敢而富有成效的创新。我们认为，穆旦的创新有二：

（1）将西方现代派做诗法与中国现实题材有机结合，努力寻找中国现实经验的最佳表达

穆旦面对着当时中国黑暗的现实、国人的麻木、文化界的沉闷，发出了"走向异方"的渴望，对那些"旧"的意境，他毫不隐晦地表达自己的厌恶。穆旦在给郭保卫的信中说自己觉得中国古典诗歌已经不能表达出什么"现代味"，都是些"风花雪月"的老掉牙的意象。

叶芝的诗与爱尔兰的民族性紧密相连，艾略特的荒原意识是西方工业文明中人类"异化"的精神写照。叶芝、艾略特、奥登等正是用现代英语描写现代经验的最佳导师。他们吸引穆旦的，正是这种把现实经验最大量地"奇"地糅进文字的肌质的技巧和艺术。

奥登说他要写他那一代人的历史经验，就是前人所未遇到过的独特经验。……我由此引申一下，就是，诗应该写出"发现底惊异"。②

因为我是特别主张要写出有时代意义的内容。问题是，首先要把

---

① 叶芝：《诗歌的象征主义》，傅浩译，王家新编选《叶芝文集》第3卷，东方出版社1996年版，第150页。

② 穆旦：《蛇的诱惑》，珠海出版社1997年版，第223页。

自我扩充到时代那么大,然后在写自我,这样写出的作品就成了时代的作品。①

因为这实在和写散文不一样,要把普通的事奇奇怪怪地说出来,没有一点"奇"才是办不到的。②

写诗,重要的当然是内容,而内容又来自对生活的体会深刻(不一般化)。但深刻的生活体会,不能总用风花雪月这类形象表现出来。③

由此可归纳出穆旦的诗学观:首先要注意内容,写"有时代意义的内容",但又要写"前人所未遇到过的独特经验",要写出"发现底惊异",在运用形象上不用陈旧的形象,如"风花雪月",在效果上讲究"奇"。这些观点都是在综合西方传统和中国新诗实际的基础上的了不起的创新。

(2)语言表达上的创新

穆旦的语句是奇特的,甚至是"有点近乎冒犯别人了"。④ 而这种奇异的组合很大程度上借鉴了现代英语的句法和排列。

同他的师辈冯至、卞之琳相比,穆旦对于中国旧诗传统是取之最少的。他用的词、形象、句法都明显欧化……当穆旦偶然运用传统的词句、韵律的时候,他是有意拿两种意境来加以对照,既强调了现代社会的复杂和紧张,也嘲笑了旧的文学公式的无济于事……⑤

但是,该如何看待穆旦诗中大量存在的"欧化""非中国化"的奇异语词的组合呢?必须承认的事实是,在汉语文言文表达方式被彻底抛弃而白话

---

① 穆旦:《蛇的诱惑》,珠海出版社 1997 年版,第 227 页。
② 同上书,第 220 页。
③ 同上书,第 221 页。
④ 王佐良:《中国新诗中的现代主义——一个回顾》,《文学间的契合——王佐良比较文学论集》,外语教学与研究出版社 2005 年版,第 105 页。
⑤ 同上。

文尚未成熟之时，穆旦毫不犹豫地转向了现代英语。对此，江弱水认为：

> 在单纯的中文语境里，穆旦的诗句总是那么精警、挺拔、富于穿
> 透力。读者的反应是建立在一个通常的假定基础上的，即认为这些诗
> 属于首创。可是，穆旦的诗思经常不享有独立自主的知识产权。好多
> 在我们认为是原创的地方，他却是在移译，或者说，是在"用事"，
> 也就是化用他人的成句。①

他随后分析与比较了穆旦的诗《赠别》和叶芝的《当你老了》（*When You Are Old*），认为《赠别》（一）的第三节"完全是叶芝名诗《当你老了》的简缩版"。②

我们认为，正是穆旦的不断"化用"和"移译"英语诗句这一做法丰富了表达方式，给其诗句的语言赋予无穷的张力和内涵，也体现了其勇于借鉴、追求创新的精神和意识。

首先，化用他人题材而赋予其新鲜而独立的新意不仅不为过，倒是文学界之常事，这一点现代文论中的"互文"理论已做充分说明。要知道叶芝的《当你老了》也是化用了法国诗人彼埃尔·德·龙沙（Pierre De Ronsard）的《赠埃伦娜的十四行诗之第二卷第四十三首》③，而这丝毫没有减损叶芝早期作为一流抒情诗人的地位。近而言之，中国当代的流行乐队"水木年华"的《一生有你》歌词更是对《当你老了》亦步亦趋而不失其自身独特的艺术价值。

> 多少人曾爱慕你年轻时的容颜
> 可知谁愿承受岁月无情的变迁
> 多少人曾在你生命中来了又还

---

① 王佐良：《中国新诗中的现代主义——一个回顾》，《文学间的契合——王佐良比较文学论集》，外语教学与研究出版社 2005 年版，第 125 页。
② 江弱水：《伪奥登风与非中国性：重估穆旦》，《外国文学评论》2002 年第 3 期。
③ 傅浩：《〈当你年老时〉：五种读法》，《外国文学》2002 年第 5 期。

　　　可知一生有你我都陪在你身边①

　　其次,英语和汉语是两门完全不同的语言,准确而巧妙地移译需要译者对译入语有良好的驾驭能力,进而丰富译入语的表现力,其优秀成分将成为译入语的有机部分。翻译是一个不断选择词语的过程,而决定这些选择的恰恰是译者的主体创造性,故而有"诗人译诗为上"之说法。

　　穆旦先做诗人,后做翻译家。他在大量阅读现代派英语诗歌并深受启发的基础上,结合中国现实进行创作,这也很难避免不留下一些"欧化"痕迹。然而这绝不能把他贬低为仅仅移译英语现代诗的二道贩子。其诗中强烈的中国意识和汉语词汇的丰富意义使我们不得不肯定穆旦是有着强烈主体意识的中国现代主义诗人。

　　穆旦译诗与其创作两者互为补充,傅浩先生认为穆旦的译诗和创作应该被看作一个有机的整体。

　　　这些译诗在一定意义上也是他的创作,因为诗在本质上是以隐喻的方式表达世界,而翻译则是以一种语言隐喻地表达另一种语言的形式及其所表达的内容。所以,穆旦优秀精美的译诗也是他诗歌创作的重要组成部分。②

　　江弱水认为穆旦因为"长期浸淫于英语诗歌之中,且对奥登心摹手追,久而久之,思维与语言似乎也已经英语化了"③,并以"我制造自己在那上面旅行(I made myself travel on that)"为例加以证明。然而穆旦翻译水平的高超恰向我们说明:穆旦创作中的"欧化"句子是有意识的语言实验,而不是被英语"负迁移"而形成的欧式句子。

　　　相同和相同融为怠倦,

―――――――――――

① http：//blog. nona. name/20040688. html.
② 傅浩：《〈当你年老时〉：五种读法》,《外国文学》2002 年第 5 期。
③ 同上。

> 在差别间又凝固着陌生；
>
> 是一条多么危险的窄路里，
>
> 我制造自己在那上面旅行。（《诗八首》之六）①

试想，如果把"制造"换成日常中的"使"、"让"，就没这么有力量、主动性，表达的效果就差之千里。这首诗表达的是爱情中充满的"过于认同"的厌倦和"保持差别"的陌生之间的矛盾，因此把爱情比喻为"窄路"，但是"我"又很积极而主动地去"爱"，因此"制造"虽然表面上看来不太符合汉语日常表达习惯，但这里恰恰准确而有力地表达了这种"欲罢不能"的微妙意蕴。作为翻译家的查良铮（穆旦）所翻译的英语诗歌至今少有人居其右，应该不会糊涂到连汉语的基本语法都不明了，其诗中有些词语似乎让人费解，但诗人给了我们解释："因为你必得对这里一些乱七八糟的字的组合加以认真的思索，否则你不会懂它。"②

总之，穆旦在面临中国古代经典意象的陈腐和文言在表达现代经验的苍白无力时，把眼光投向了西方。正如有些评论家所言，穆旦可能"过分倾向"（王佐良）、"过度倚重"（江弱水）西方了，但是，在那个白话诗表达方式处在萌芽期而中国古典文学传统已经变得陈腐的时代，这种"竭力避开"古典而"过度倚重"西方的姿态是一个文化转型期勇敢的探险者的必然选择。或许也只有通过这种全面借鉴西方现代派成功经验，才能彻底冲破汉语经典的樊篱，解构传统，充分释放汉语词汇和语法的张力，为构建一个现代主义的汉语诗歌话语体系披荆斩棘、积累经验。

---

① 中国现代文学馆编：《穆旦代表作》，华夏出版社1999年版，第67页。
② 穆旦：《蛇的诱惑》，珠海出版社1997年版，第229页。

结语　从民族性走向世界性

——叶芝给我们的启示

　　本书从后殖民、世界主义和比较文学等多维视角，对叶芝的诗歌与戏剧及其翻译进行了研究，结合后殖民翻译理论、生态反殖民、女性反殖民、东方主义、世界主义、比较文学等视角进行了分析和阐释，分析了叶芝反殖民性的策略和丰富内涵。通过文本细读和理论阐释，我们发现叶芝作品具有深刻的反殖民性。然而这种反殖民性又巧妙地与其文学性保持着完美的张力，使其诗歌与戏剧成为反殖民性和文学性的完美结合。叶芝的例子也说明后殖民理论所关注的殖民与被殖民，与女性批评、生态批评所关注的男性和女性、人与自然，有着本质联系。女性批评的"后殖民"转向和生态批评的"后殖民"转向是理论发展的必然。世界主义文学理论批评则代表后殖民理论批评的最新趋势，是全球化时代超越民族主义和未来文学批评的远景。

　　叶芝既在英国殖民统治下又在爱尔兰自治领成立后（1922）生活和写作。在英国殖民统治下所从事的文学创作我们可以称为反殖民写作，爱尔兰自治领成立后，在政治上赢得独立，在文化上依然没有摆脱英国文化的殖民，因此直到1939年叶芝去世，这一段时间叶芝的写作可称为后殖民写作。叶芝作品中的唯美主义、象征主义、民间传说、东方文化、古希腊罗马神话、圣经典故以及叶芝的诗歌和戏剧理论直接或间接地都是与英国文学和文化的反殖民对话，颇具后殖民性。

　　过去的研究者往往从美学的角度来看叶芝的象征主义诗歌理论。然而，叶芝的象征主义诗歌理论的产生却是针对当时盛行于英国的科学理性主义和实用主义诗学的。叶芝在《诗歌的象征主义》首段便指出："这个科学的运动带来的文学作品，总是倾向沉湎于各种客观外在，见地，雄辩，形象的手法，生动的描述，或西蒙斯先生所谓的尝试'用砖头和泥巴在一本书的封面内进行建造'。而现在，作家们已经着手研究再现和暗示的元素，研究我们所谓的伟大作家中的象征主义。"①

戏剧在民族文化的发展中占有举足轻重的地位，而在后殖民研究中则关注得并不多。戏剧表演中涉及后殖民文化中许多重要的问题，如身份、语言、神话和历史、可译性、声音和观众、戏剧制作、设施和审查等。

叶芝充分认识到戏剧作为一种直接与大众接触的述行型话语，对于确立民族身份至关重要。叶芝非常重视戏剧在民族主义斗争中的重要作用。他在《自传》（1926）中说："我们人民中的一大部分习惯了冗长的修辞性演讲，却很少阅读，因此一开始我们便觉得我们必须有一家我们自己的剧院。"②

叶芝对亨利克·易卜生和萧伯纳等人建立的盛行于英国剧院的"现实主义"戏剧传统颇为反感，在他看来，这些戏剧过于强调物质世界。他所寻求的是将戏剧习惯上对动作和冲突的强调和为了产生灵视的戏剧经验而做的视觉与语言上的最小化模式综合起来。受欧洲大陆剧作家如梅特林克、费伊兄弟的表演方法和英国演员、剧作家和舞台设计师克拉格的影响，叶芝相信诗剧必须通过减少除了几个高度突出的特征的一切因素，以实现最大化的表现力，像一个棱镜聚光到燃点一样，它必须集中观众的注意力。只有如此，它才能创造和保持浓烈的转化瞬间，与抒情诗相类似。作为一名诗人，他希望将最强的注意力集中在口语上，虽然后来他对舞蹈有同样强烈的兴趣。这意味着简单的服装、模式化的背景，代替大多数当时舞台上的花哨设计。同时意味着演员们必须摆出高度程式化的姿势，做出表现本质特征的手势，而不是即兴的瞬间。总之，叶芝的诗学从本质上

---

① 叶芝著，王家新编选:《随时间而来的智慧:书信·随笔·文论》，东方出版社1996年版，第150页。

② W. B. Yeats, *Autobiographies*, Dublin: Gill and Macmillan, 1955, p. 560.

讲是去英国化的,即去殖民化的。

面对殖民者英国的语言、文学和文化,叶芝既爱之,又恨之;而爱尔兰本土语言,叶芝又不会说;对爱尔兰本土文化,叶芝深感振兴之必要。综合这些因素,如霍米·巴巴所论述的那样,被殖民者在文化上只好创造出既不同于本土文化又区别于殖民者文化的"第三空间",一种杂糅的文化,其中糅合了殖民者和被殖民者的文化,从内部颠覆殖民文化,形成一种新的后殖民文化。爱尔兰—英语文学正是这样的典型。叶芝的作品是爱尔兰英语文学的高峰。叶芝广泛地借鉴英国浪漫主义诗风,结合爱尔兰古代民间文化,用英语创造,创作了用殖民者语言写作又极具爱尔兰特色的爱尔兰—英语文学。叶芝正是在这样的"第三空间"中找到了自己的创作自由,确定了自己的文化身份,即讲英语的爱尔兰新教徒。

叶芝的作品不管是在文学体裁还是在语言特征方面都表现出对英国文学体裁和爱尔兰传统文学体裁、正统英国英语和爱尔兰语的杂糅和创新。文学体裁的杂糅表现在爱尔兰民谣体和十四行诗,语言的杂糅则表现在诗歌和戏剧中爱尔兰化的表达。

叶芝的文化翻译包括三个方面:翻译希腊剧作家索福克勒斯的"俄底浦斯"剧本两种;直接编译爱尔兰民间故事;利用爱尔兰古代神话和民间故事进行诗歌和戏剧创作。

叶芝之所以要翻译这两个剧本,翻译动机和目的以及翻译的文本和内容都有后殖民政治上的原因,而绝非纯粹的语言活动。

首先,这是由翻译的背景决定的。英国的审查制度禁止上演"俄底浦斯",因为该剧涉及乱伦主题。在爱尔兰上演,爱尔兰可以因此更加自由而自豪。也是对英国虚伪的维多利亚道德进行了讽刺和批判。

其次,叶芝也有意将希腊和爱尔兰做类比,希腊和爱尔兰古老的神话传说似乎都说明了两个国家灿烂的文化,两个国家不幸在政治和军事上被罗马和英国殖民,但在文化上都将殖民者征服。"希腊文学,如古爱尔兰文学,建立在信仰之上,而不像拉丁文学,建立在文献之上。"[1]爱尔兰

---

① W. B. Yeats, *The Letters of W. B. Yeats*, New York: Macmillan, 1954, p.537.

的凯尔特文化被阿诺德借鉴用以给英国病态的工业文化疗伤治病，用以挽救英国文明。一种文化优越感和认同感使叶芝要翻译这两个剧本。叶芝抬高索福克勒斯，认为要高于英国的莎士比亚，其中就有一种反殖民的意思在里面。

最后，叶芝将希腊剧本译为英语，但他心中所要的读者和观众是爱尔兰人，因此，所用的英语是爱尔兰人的英语，即一种模拟（mimic）和杂糅（hybrid）的英语。

后殖民翻译理论认为翻译是一种不平等文化间的关系。叶芝利用翻译作为有效的反殖民工具，从一个古代被殖民民族的剧本翻译成自己的被殖民者语言，但加以爱尔兰化，进行模拟和杂糅，实现了文化上的反讽，嘲弄了英国殖民者，借古代的题材，发挥了当代的意义。

叶芝所进行的翻译可以称为第三种文化翻译。霍米·巴巴指出，其实有两种文化翻译，一种是指作为殖民者同化手段的文化翻译，一种是指后殖民批评家所提倡的作为文化存活策略的文化翻译。① 这两种文化翻译主要针对殖民者和殖民地两国文化之间的翻译。而叶芝从第三国（曾经沦为罗马殖民地的希腊）翻译索福克勒斯的悲剧《俄底浦斯王》，并译为殖民国语言英语，心中所想的观众是爱尔兰人。同时也是一种跨符际翻译，即从文本符号到舞台符号的翻译，把翻译的戏剧在爱尔兰表演出来。这是对爱尔兰的后殖民翻译实践的有益补充。

叶芝也直接编译爱尔兰民间故事。叶芝曾编辑《爱尔兰农民神话和民间传说》、《卡勒顿故事集》和《爱尔兰代表性故事》。叶芝的戏剧大部分都是来源于爱尔兰古代神话和民间故事。这属于作为文化存活策略的文化翻译，后者还是跨符际文化翻译。

叶芝将爱尔兰描绘成为一个充满田园风光的自然胜地，而相比之下，工业化的英国和首都伦敦则显得丑恶而令人厌恶。英国文化对爱尔兰的妖魔化除了对凯尔特人种的丑化，还包括对爱尔兰自然的丑化。在英国文本中，爱尔兰的自然环境通常以贫瘠落后的荒野出现。具有讽刺意味的是工

---

① 生安锋：《霍米·巴巴的后殖民理论研究》，北京大学出版社 2011 年版，第 87 页。

业化的英国社会成为艾略特笔下典型的"荒原"意象。

在叶芝的诗歌中我们经常感受到的是人与自然的和谐共处，自然界中的动物、植物和精灵和孩子、老人、英雄、女人等快乐地舞蹈、歌唱、交谈。这里的自然基本上都是爱尔兰的自然，这是一个充满着美感与和谐的世界。英格兰/爱尔兰、工业化/农业化、现代化喧嚣/自然宁静在这里形成了鲜明的对照。

爱尔兰文学传统上将爱尔兰描绘成一位"可怜的老妇人"，受着英国和天主教的双重奴役。英国文化对爱尔兰的妖魔化工程中相当一部分是女性化，即爱尔兰的凯尔特民族是一个女性化的、酸情的、怯弱的、爱酗酒和说大话的民族，缺乏理性和效率，缺乏自我管理的能力。因此，英国对爱尔兰的殖民统治是理所应当的，就如同父权社会中男人对女人的控制和占有一样，光明正大，名正言顺，而且只会带来文明的"种子"（精子）。叶芝的《丽达与天鹅》中所描写的（帝国、男性）强奸（殖民地、女性）的暴力所带来是既有文明抑或知识与智慧也有毁灭。

叶芝所交往的女性往往都是"新女性"，具有女权主义思想，她们在反抗男权控制的同时积极参加到爱尔兰的反殖民斗争中，如毛特·冈、格雷戈里夫人等。叶芝的作品中的一些典型女性形象有着女性反殖民的象征意义，如女伯爵凯瑟琳，代表着奉献、勇敢和牺牲。叶芝继承了英格兰和爱尔兰将爱尔兰女性化的文化传统，但在颠覆本质主义女性化特质的同时颠覆了本质主义爱尔兰负面的刻板化形象（stereotyped image），一种阳刚、男性气质、英雄主义的新女性特质和爱尔兰民族特质得以确立。

叶芝对东方的认识受到了西方的东方主义模式化的影响。从他的作品和信件中我们可以看出，他认为东方主观、模糊、重感觉，与代表着客观、明晰、理性的西方形成对比。

然而叶芝的立场却不同于西方人的东方主义立场，并不认为东方低于西方。恰恰相反的是，根据叶芝的《幻象》和《二次圣临》，叶芝预测西方基督教文明的衰落，东方文明在第二个千年之后将兴起。叶芝延续着爱尔兰学术界把爱尔兰和东方认同的传统，认为凯尔特因素和东方元素中对精神和神秘主义的关注恰恰可以拯救处于危机中的重物质和功利主义的西方文化。这一点正好和马修·阿诺德在《凯尔特文学研究》和《吉普赛学者》中希望借助凯尔特文化和吉普赛文化拯救庸俗中产阶级情调弥漫的英格兰呼应。

在叶芝看来，东方和西方、亚洲和欧洲是一种平等互动的关系。叶芝认为"伟大年份"的革命一定是象征着欧洲和亚洲的婚姻互相生发。当它从三月的满月时开始，则基督或基督教由西方为父、东方为母。这种结合之后便是亚洲在精神上占优势。随后必然出现一个时代，东方为父，西方为母。叶芝在象征着千年的满月之后的许多点上具体谈到了文明的趋势：菲迪亚斯时期的希腊是"向西运动的"。之前是亚历山大时期的希腊文明，形式化、法典化，输给了东方。拜占廷是"向东运动"。欧洲文艺复兴是"向西运动"。叶芝的诗作中，《雕像》清晰地阐述了东西方交替的模式。

在叶芝的心目中，欧洲和亚洲截然不同，亚洲有一些正面价值，简朴、自然、恪尽职守、传统，负面价值则是没有形式、模糊、巨大、抽象、禁欲和顺从。欧洲则代表着历史、测量、肌肉、暗喻、具体和进攻性。基督教本质上属于亚洲；希腊和罗马文明，文艺复兴文明则属于欧洲。叶芝预测一个亚洲时代将要到来。叶芝曾告诉格雷戈里夫人，新时代的神将是佛祖或斯芬克斯，两者都是亚洲的象征。叶芝从黑格尔那里了解到，欧洲文明直到俄底浦斯毁灭亚洲的斯芬克斯才开始，斯芬克斯束缚了人性。现在历法将会倒过来，俄底浦斯将要毁灭自己。

叶芝继承了爱尔兰知识界对古代文化的恢复和与东方文化的联合这一反殖民文化策略传统。叶芝为了与英国维多利亚时期的现实主义、中产阶级价值观对抗，兼容并收所有可能的古代文化元素：日本、拜占廷、中国文化。东方文化的杂糅也增添了叶芝诗歌的陌生化效果。

叶芝的作品中较多的东方文化来自印度，因为印度作为英国的殖民地在爱尔兰更加有认同度。叶芝还与印度诗人泰戈尔交往密切，大力推介其诗作在英国和爱尔兰发行。与此同时，叶芝对日本文化，尤其是能剧，非常痴迷。中国元素在叶芝的作品，包括其所构建的哲学体系中有重要的意义。这些中国元素区别于西方思想，对叶芝的创作起到了独特的启发作用。

世界主义批评 (cosmopolitan criticism) 也即从世界主义视角对后殖民文学进行重新审视，以超越民族主义/帝国主义的二元模式，对殖民暴力和后殖民的发展方向进行考察。民族主义在殖民时期是用来对抗帝国主义的有效武器，然而帝国主义是民族主义的最高发展形势，民族主义最终会走向帝国主义，民族主义和帝国主义是同质的。显然，在后殖民和全球化的今天，追求一种普遍价值的世界主义将代表积极的发展方向。

叶芝在晚期诗作中已经预见了这一点。建立爱尔兰自由邦之后，叶芝对爱尔兰社会的批判和对狭隘的民族主义的超越使我们看到了他对一种普遍的世界主义真理的追求。著名批评家布莱克默尔 (R. P. Blackmur)、艾略特、埃尔曼、保罗·德曼和汤玛斯·帕金森都曾经对叶芝晚期诗歌独特的风格和技巧进行过研究。叶芝晚期的诗歌中充满了暴力、色情和对爱尔兰刻骨的批判。这些都是因为叶芝对爱尔兰1922年成立自治领后仅仅部分地实现了去殖民化的失望和沮丧。

叶芝晚期对爱尔兰的新体制日益疏远。他独特的晚期风格也是诗人对正统的民族主义的绝望表达。尽管叶芝支持爱尔兰的独立运动，但从1907年的《西部浪子》事件、复活节起义、内战和爱尔兰独立初期的诸多事件中叶芝看到了爱尔兰民族主义的狭隘和偏执。他晚期诗作中充满了对爱尔兰可能成为英格兰的复制品的担心。新独立的爱尔兰思想和艺术表达方面的自由受到各种威胁：狂热、心胸狭窄、市侩和严苛审查、笃信天主教、性压抑、资产阶级的平庸、令人难以忍受的文化民族主义自满和幽闭恐怖。叶芝对自己所处的政治环境总是有着尖锐的敏感，尤其是此时他逐渐意识到自己作为诗人和公众人物并不像过去那样对民族主义运动起到积极作用，而是起到帮凶和挑唆的作用。叶芝晚期积极参与了爱尔兰的政治生活。他担任爱尔兰议员，与许多政治名流交往密切，如毛特·冈、皮尔斯、希金斯、奥达菲，甚至艾斯奎斯（英国首相之子）。在爱尔兰的公共事务，如禁止离婚、审查制度中，叶芝发挥了积极的作用。叶芝晚期的诗歌和戏剧中表现出追求普遍价值与正义的世界主义倾向。

值得一提的是叶芝对中国文学的影响。叶芝所领导的爱尔兰戏剧运动对中国"国剧运动"有直接的启发和示范作用。叶芝的诗歌对中国诗坛影响深刻，尤其是对中国新诗中的"现代派"九叶诗人穆旦的影响。

纵观叶芝的文学人生，早期民族主义使他能生于斯长于斯、从民族素材中挖掘题材，经过长期不断的探索与实验，逐渐超越民族主义，在晚期对东西方文化兼收并蓄，走向世界主义。从叶芝的文学生涯，我们可以看出，民族性始终是作家的立身之本，没有民族性，任何作家都难以达到反映普遍人性的深度；同时，只有不断超越民族性，从民族性中发掘出世界性，作品才能具有经典性，成为世界文学。民族性与世界性的有机统一是世界文学的关键特征。

处在边缘地位的殖民地文学与处于中心地位的殖民宗主国文学之间的关系是一种互动的关系。在殖民宗主国向殖民地输入文化试图对其进行文化殖民的同时，殖民地国文学必然会产生一种强劲的反殖民文学潮流。叶芝的反殖民写作策略对处于边缘的弱势文化如何从边缘向中心运动提供了成功的范例。

在全球化的今天，中国文化依然处于以西方为中心的世界文化格局的边缘状态。随着中国经济的飞速发展，中国文化走出去的呼声也越来越高。随着莫言获得诺贝尔文学奖，中国文学在世界文学中的地位也得以提升。然而，我们必须看到，中国文学在世界文学界的影响和地位还远远没有达到应有的程度。至少与爱尔兰这样的小国相比也是难以望其项背的。叶芝、乔伊斯、王尔德、萧伯纳、贝克特、希尼等爱尔兰籍作家的作品在世界文学经典中占据了主流和中心地位。这与爱尔兰作家借鉴英国文学传统、自如地运用英语语言写作、被殖民的民族境遇和"流散"经历紧密相关。

参考文献

［英］T. S. 艾略特：《艾略特诗选》，赵萝蕤、张子清等译，燕山出版社
　　2006 年版。

步凡、柯树：《简论叶芝和中国现代诗的发展》，《北京科技大学学报》2006
　　年第 2 期。

穆旦：《蛇的诱惑》，曹元勇编，珠海出版社 1997 年版。

陈白尘、董健主编：《中国戏剧现代史稿》，中国戏剧出版社 1989 年版。

陈丽：《〈胡里汉之女凯瑟琳〉与爱尔兰的女性化政治隐喻》，《外国文学
　　评论》2012 年第 1 期。

陈永国编：《什么是少数文学》，《游牧思想——吉尔德勒兹、费利克斯瓜
　　塔里读本》，吉林人民出版社 2011 年版。

傅浩：《〈当你年老时〉：五种读法》，《外国文学》2002 年第 5 期。

傅浩：《叶芝评传》，浙江文艺出版社 1999 年版。

傅浩：《英国玄学诗鼻祖约翰·但恩诗集》，北京十月文艺出版社 2006 年版。

何宁：《叶芝的现代性》，《外国文学评论》2000 年第 3 期。

江弱水：《伪奥登风与非中国性：重估穆旦》，《外国文学评论》2002 年第
　　3 期。

李静：《叶芝诗歌：灵魂之舞》，东方出版中心 2010 年版。

穆旦：《穆旦诗集 1939—1945》，人民文学出版社 2001 年版。

［爱尔兰］乔伊斯：《青年艺术家画像》，朱世达译，上海译文出版社 2011
　　年版。

［美］萨义德：《论晚期风格——反本质的音乐与文学》，生活·读书·新知三联书店 2009 年版。

［美］萨义德：《文化与帝国主义》，李琨译，生活·读书·新知三联书店 2003 年版。

［英］莎士比亚：《亨利五世》，《莎士比亚全集》第四卷，孙法理、刘炳善译，译林出版社 2007 年版。

生安锋：《霍米·巴巴的后殖民理论研究》，北京大学出版社 2011 年版。

孙玉石：《中国现代主义诗潮史论》，北京大学出版社 1999 年版。

王建开：《五四以来我国英美文学作品译介史 1919—1949》，上海外语教育出版社 2003 年版。

王宁、生安锋、赵建红：《又见东方——后殖民主义理论与思潮》，重庆大学出版社 2011 年版。

王宁：《世界主义与世界文学》，载《文学理论前沿》，北京大学出版社 2012 年版。

王宁：《解构、后殖民和文化翻译——韦努蒂的翻译理论研究》，《外语与外语教学》2009 年第 4 期。

王诺：《欧美生态文学》，北京大学出版社 2005 年版。

王圣思选编：《“九叶诗人”评论资料选》，华东师范大学出版社 1995 年版。

王锡荣：《鲁迅涉猎的爱尔兰文学》，《文学报》2004 年 6 月 17 日。

王佐良：《一个中国诗人》，载穆旦《穆旦诗集》，人民文学出版社 2001 年版。

王佐良：《英国诗史》，译林出版社 1997 年版。

王佐良：《中国新诗中的现代主义——一个回顾》，《文学间的契合——王佐良比较文学论集》，外语教学与研究出版社 2005 年版。

王佐良：《英国诗史》，译林出版社 1997 年版。

王佐良主编：《英国诗选》，上海译文出版社 1993 年版。

吴戈：《中美戏剧交流的文化解读》，云南大学出版社 2006 年版。

吴文安：《后殖民翻译研究：翻译和权力关系》，外语教学与研究出版社 2008 年版。

谢天振、查明建主编：《中国现代翻译文学史》，上海外语教育出版社 2004 年版。

熊佛西：《戏剧大众化之实验》，正中书局 1937 年版。

［爱尔兰］叶芝：《凯尔特的薄暮》，殷杲译，江苏人民出版社 2007 年版。

［爱尔兰］叶芝：《叶芝诗集》，傅浩译，河北教育出版社 2003 年版。

［爱尔兰］叶芝：《叶芝诗选》，袁可嘉译，湖南文艺出版社 2012 年版。

［爱尔兰］叶芝：《叶芝抒情诗全集》，傅浩译，中国工人出版社 1994 年版。

［爱尔兰］叶芝：《叶芝文集》（三卷本），王家新编选，东方出版社 1996 年版。

余上沅编：《国剧运动》，新月书店 1927 年版，上海书店 1992 年重印。

袁可嘉：《半个世纪的脚印——袁可嘉诗文选》，人民文学出版社 1994 年版。

袁可嘉：《现代主义文学研究》，广西师范大学出版社 2003 年版。

［美］约翰·唐麦迪：《都柏林文学地图》，上海交通大学出版社 2011 年版。

张跃军、周丹：《叶芝〈天青石雕〉对中国山水画及道家美学思想的表现》，《外国文学研究》2011 年第 6 期。

中国现代文学馆编：《穆旦诗选》，华夏出版社 1999 年版。

周珏良：《周珏良文集》，外语教学与研究出版社 1994 年版。

A. Norman Jaffares, *W. B. Yeats: Man and Poet*, New York: Barnes & Noble, 1966.

A. Norman Jeffares, *A New Commentary on the Poems of W. B. Yeats*, Stanford University Press, 1984.

A. Norman Jeffares, *Poems of W. B. Yeats*, London: Macmillan, 1984.

A. Norman Jeffares and A. S. Knowland, *A Commentary on the Collected Plays of W. B. Yeats*, Stanford: Stanford University Press, 1975.

A. Norman Jeffares, *Poems of W. B. Yeats*, Macmillan, London: 1984.

Adrian Frazier, *Behind the Scenes: Yeats, Horniman, and the Struggle for the Abbey Theatre*, Berkeley, CA: University of California Press, 1990.

Allan Richard Grossman, *Poetic Knowledge in the Early Yeats: A Study of "The Wind Among the Reeds"*, Charlottesville: University Press of Virginia, 1969.

Allan Wade, *The Letters of W. B. Yeats*, New York: Macmillan, 1955.

Augusta Gregory, *Lady Gregory's Journals*, Vol. 2, Edited by Daniel J. Murphy, New York: Oxford University Press, 1987.

Augusta Gregory, *Seventy Years: Being the Autobiography of Lady Gregory*, Gerrards Cross, England: Colin Smythe, 1974.

C. K. Stead, *The New Poetic*, New York: Harper Torchbooks, 1964.

C. L. Innes, *The Cambridge Introduction to Postcolonial Literature in English*, Cambridge University Press, 2007.

Cairns Craig, *Yeats, Eliot, Pound and the Politics of Poetry: Richest to the Richest*, London: Croom Helm, 1981.

Colton Johnson, ed. , *W. B. Yeats: Later Articles and Reviews*, New York: Scribner, 2000.

Conor Cruise O'Brein, "Passion and Cunning: An Essay on the Politics of W. B. Yeats", in *Excited Reverie: A Centenary Tribute to William Butler Yeats 1865—1939*, eds. , A. Norman Jeffares and K. G. W. Cross, Longdon: Macmillan, 1965.

Curtis Bradford, *Yeats at Work*, Carbondale, IL: Southern Illinois University Press, 1965.

Daniel O'Hara, *Tragic Knowledge: Yeats's Autobiography and Hermeneutics*, New York: Columbia University Press, 1981.

David A. Ross, *Critical Companion to William Butler Yeats: a Literary Reference to His Life and Work*, New York: Facts On File, 2009.

David Holderman, *Much Labouring: The Texts and Authors of Yeats's First Modernist Books*, Ann Arbor: University of Michigan, 1997.

David Holderman, *The Cambridge Introduction to W. B. Yeats*, Shanghai Foreign Language Education Press, 2008.

David Lloyd, The Poetics of Politics: Yeats and the Founding of the New State, Anomalous States, *Irish Writing and the Post-Colonial Moment*, Durham, NC: Duke University Press, 1993.

David Pierce, *W. B. Yeats: Critical Assessments*, Helm Information Ltd., 2000.

David Pierce, *Yeats's Worlds: Ireland, England, and the Poetic Imagination*, New Haven and London: Yale University Press, 1995.

David R. Clark, *W. B. Yeats and the Theatre of Desolate Reality*, Dublin: Dolmen, 1965.

Deborah Felming, ed., *W. B. Yeats and Postcolonialism*, West Cornwall, CT: Locut Hill Press, 2001.

Declan Kiberd, *Inventing Ireland: The Literature of the Modern Nation*, London: Jonathan Cape, 1995.

Deirdre Toomey, ed., *Yeats and Women: Yeats Annual*, 9, 2nd edition, London: Macmillan, 1997.

Donald T. Torchiana and Glenn O'Malley, "Some New Letters from W. B. Yeats to Lady Gregory", *Review of English Literature*, 4, 1963.

Donale T. Trochiana, *W. B. Yeat and Georgian Ireland*, London: Oxford University Press, 1966.

Douglas Archibald, *Yeats*, Syracus University Press, 1983; Philip Marcus, *Yeats and Artistic Power*, New York: New York University Press, 1992; Michael J. Sidnell, *Yeats's Poetry and Poetics*, London: Macmillan, 1996.

Douglas Robinson. *Translation and Empire: Postcolonial Theories Explained.* Beijing: Foreign Languages Teaching and Research Press, 2007.

Dudley Young, *Troubled Mirror: A Study of Yeats's "The Tower"*, Iowa City: Iowa University Press, 1987.

E. H. Mikhail, ed., *W. B. Yeats: Interviews and Recollections*, Vol. II, New York: Barnes & Noble, 1977.

Edward Engelberg, *The Vast Design: Patterns in W. B. Yeats's Aesthetic*, Toronto: University of Toronto Press, 1965.

Edward Said, *Nationalism, Colonialism and Imperialism: Yeats and Decolonization*, Derry: A Field Day Pamphlet, 15, 1988.

Elizabeth Bergmann Loizeaux, *Yeats and the Visual Arts*, New Brunswick: Rutgers University Press, 1986.

Elizabeth Butler Cullingford, *Gender and History in Yeats's Love Poetry*, Cambridge: Cambridge University Press, 1993.

Elizabeth Butler Cullingford, *Yeats, Ireland and Fascism*, New York and London: New York University Press, 1981.

Elizabeth Cullingford ed. , *Yeats: Poems, 1919—1935*, London: Macmillan, 1984.

Ellsworth Mason and Richard Ellmann, eds. , *The Critical Writings of James Joyce*, London: Faber and Faber, 1959.

Ernest Renan, *The Poetry of the Celtic Races*, New York: Collier, 1910.

Ezra Pound, *The Selected Letters of Ezra Pound*, New York: New Directions, 1971.

F. A. C. Wilson, *Yeats and Tradition*, London: Gollancz, 1958; Helen Vendler, *Yeats's "Vision" and the Later Plays*, Cambridge, MA: Harvard University Press, 1963.

Frank Kermode, *Romantic Image*, New York: Macmillan, 1957; Ian Fletcher, *W. B. Yeats and His Contemporaries*, Brighton, Sussex: Harvester Press, 1987.

Frank Kinahan, *Yeats, Folklore, and Occultism: Contexts of the Early Work and Thought*, Boston: Unwin Hyman, 1988.

Gayatri Chakaravorty Spivak, "Can the Subaltern Speak? Speculations on Widow Sacrifice", *Wedge* 7. 8, 1985.

George Bernard Shaw, Preface for Politicians, *John Bull's Other Island*, Rev. ed. London, 1947.

George Bornstein and Hugh Witemeyer, eds. , *Letters to the New Island*, London and New York: Macmillan, 1989.

George Bornstein, *Material Modernism: The Politics of the Page*, Cambridge and New York: Cambridge University Press, 2001.

George Bornstein, *Transformations of Romanticism in Yeats, Eliot and Stevens*, Chicago: Chicago University Press, 1976.

George Bornstein, *Yeats and Shelley*, Chicago and London: Chicago University Press, 1970.

George Mills Harper ed. , *Yeats and the Occult*, Toronto: Macmillan, 1975.

George Mills Harper, *The Making of Yeats's "A Vision": A Study of the Automatic Script*, Carbondale and Edwardsville, IL: Southern Illinois University Press, 1987.

George Mills Harper, *Yeats's Golden Dawn: The Influence of the Hermetic Order of the Golden Dawn on the Life and Art of W. B. Yeats*, London: Macmillan, 1974.

Giorgio Melchiori, *The Whole Mystery of Art: Pattern into Poetry in the Work of W. B. Yeats*, London: Routledge & Kegan Paul, 1960.

Gloria Kline, *The Last Courtly Lover: Yeats and the Idea of Woman*, Ann Arbor: UMI Research Press, 1983.

Graham Hough, *The Last Romantics*, London: Duchworth, 1947.

Harold Bloom, *Yeats*, New York: Oxford University Press, 1970.

Hazard Adams, *Blake and Yeats: The Contrary Vision*, 1955; rptd. New York: Russel & Russel, 1968.

Hazard Adams, *The Book of Yeats's Poems*, Florida State University Press, 1990.

Helen Vendler, *Our Secret Discipline: Yeats and Lyric Form*, Cambridge: Belknap Press of Harvard University Press, 2007.

Huge Kenner, *A Colder Eye: The Modern Irish Writer*, London, 1983.

Hugh Kenner, "The Sacred Book of the Arts", *Irish Writing*, 31, Summer 1955.

Jahan Ramazani, *"Is Yeats a Postcolonial Poet?"*, Raritan, 17: 3, Winter 1998.

James Hall, ed. , *The Permanence of Yeats*, New York: Collier Books, 1961.

James Joyce, *Letters*, Vol. I, Edited by Stuart Gilbert, New York: Viking Press, 1966.

James Longenbach, *Stone Cottage: Pound, Yeats, and Modernism*, New York:

Oxford University Press, 1988.

James W. Flannery, *W. B. Yeats and the Idea of a Theatre: The Early Abbey Theatre in Theory and Practice*, New Haven and London: Yale University Press, 1976.

John Unerecker, *A Reader's Guide to the W. B. Yeats*, 1959; rptd. London: Thames and Hudson, 1975.

Jon Stallworthy, *Between the Lines: Yeats's Poetry in the Making*, Oxford: Clarendon Press, 1963; Jon Stallworthy, *Vision and Revision in Yeats's Last Poems*, Oxford: Clarendon Press, 1969.

Jonathan Allison, ed., *Yeats's Political Identities*, Ann Arbor: University of Michigan Press, 1996.

Joseph Lennon, *Irish Orientalism: An Overview*, Clare Carroll and Patricia King, eds., *Ireland and Postcolonial Theory*, University of Notre Dame Press, 2003.

Joseph McMinn, ed., *The Internationalism of Irish Literature and Drama*, Buckinghamshire: Colin Smythe Limited, 1992.

Katharine Worth, *The Irish Drama of Europe from Yeats to Beckett*, London: The Athlone Press, 1978.

Lady Augusta Gregory, *Our Irish Theatre*, New York: Capricon Books, 1965.

Liam Miller, ed., *The Noble Drama of W. B. Yeats*, Dublin: Dolmen, 1977.

M. H. Abrams, *A Glossary of Literary Terms*, Foreign Language Teaching and Research Press, 2004.

Maria Tymoczko, *Translation in a Postcolonial Context*, Shanghai: Shanghai Foreign Languages Education Press, 2004.

Marjorie Howes & John Kelly, eds., *The Cambridge Companion to William Butler Yeats*, Cambridge: Cambridge University Press, 2006.

Marjorie Howes, *Yeats's Nations: Gender, Class, and Irishness*, Cambridge: Cambridge University Press, 1996.

Mary Helen Thuente, *W. B. Yeats and Irish Folklore*, Dublin: Gill and Macmillan, 1980.

Michael Levenson, *The Cambridge Companion to Modernism*, Shanghai: Shanghai Foreign Language Education Press, 2000.

Michael Levenson, *The Cambridge Companion to Modernism*, Shanghai: Shanghai Foreign Language Education Press, 2000.

Michael North, *The Political Aesthetic of Yeats, Eliot, and Pound*, Cambridge: Cambridge University Press, 1991.

Moses Hadas, ed., *Greek Drama.* New York: Bantam Books, 1965.

Northrop Frye, "Yeats and the Language of Symbolism," *University of Toronto Quarterly* 17: 1, October 1947.

Paul De Man, *The Rhetoric of Romanticism*, New York: Columbia, 1984.

Paul Scott Stanfield, *Yeats and Politics in the* 1930s, London: Macmillan, 1988.

Peter Allt and Russell K. Alspach, eds., *The Variorum Edition of the Poems of W. B. Yeats*, New York: Macmillan, 1957.

Philip Marcus, *Yeats and the Beginning of the Irish Renaissance*, Ithaca, NY: Cornell University Press, 1970.

R. F. Forster, *W. B. Yeats: A Life*, Oxford and New York: Oxford University Press, 1997.

Richard Ellmann, *Eminent Domain*, New York: Oxford University Press, 1967.

Richard Ellmann, *The Identity of Yeats*, New York: Oxford University Press, 1954.

Richard Ellmann, *The Man and the Mask*, New York: W. W. Norton & Company, 1999.

Richard Ellmann, *James Joyce*, London and New York: Oxford University Press, 1984.

Richard Finneran, ed., *Anglo-Irish Literature: A Review of Research*, New York: Modern Language Association of America, 1976.

Richard Finneran, "*W. B. Yeats*" in *Resent Research on Anglo-Irish Writers*, New York: Modern Language Association of America, 1983.

Richard Taylor, *The Drama of W. B. Yeats: Irish Myth and the Japanese No*,

London: Yale University Press, 1976.

Robert Spencer, *Cosmopolitan Criticism and Postcolonial Literature*, Palgrave Macmillan, 2011.

Robert Welch, *The Abbey Theatre, 1899—1999*, Oxford: Oxford University Press, 1999.

Robert Young, *White Mythologies*, Routledge, 2005.

Seamus *Deane*, *Celtic Revivals: Essays in Modern Irish Literature 1880—1980*, London and Boston: Faber and Faber, 1985.

Stead, C. K. Pound, *Yeats, Eliot and the Modernist Movement*, London: Macmillan, 1986.

Stephen Gwynn, *Irish Literature and Drama*, London and New York: Thomas Nelson and Sons, 1974.

Stephen Putzel, *Recontructing Yeats: "The Secret Rose" and "The Wind Among the Reeds"*, Dublin: Gill and Macmilan, 1986.

Steven Matthews, *Yeats as Precursor: Reading in Irish, British and American Poetry*, London: Macmillan Press Ltd. , 2000.

T. R. Henn, *The Lonely Tower: Studies in the Poetry of W. B. Yeats*, London: Methuen & Co. Ltd. , 1950.

T. S. Eliot, *On Poetry and Poets*, New York: Farrar, Straus and Giroux.

T. S. Eliot, *Selected Essays*, New York: Harcourt Brace, 1960.

T. S. Eliot, *The Letters of T. S. Eliot*, Edited by Calerie Eliot, San Diego: Harcourt Brace Jovanocich, 1988.

T. S. Eliot, *The Use of Poets and The Use of Criticism*, London: Faber and Faber Limited, 1932.

T. S. Eliot. *The Metaphysical Poets*, in Abrams, M. H. *The Norton Anthology of English Literature*, New York: W. W. Norton & Company, 1962.

Terence Diggory, *Yeats and American Poetry: The Tradtion of the Self*, Princeton: Princeton University Press, 1983.

Thomas Parkinson, *W. B. Yeats Self-Critic: A Study of his Early Verse*, Berkeley & Los Angeles: University of California Press, 1951.

Thomas R. Whitaker, *Swan and Shadow: Yeats's Dialogue with History*, Chap-
el Hill: University of North Carolina Press, 1964.

Vicki Mahaffey, *States of Desire: Wilde, Yeats, Joyce, and the Irish Experi-
ment*, New York: Oxford University Press, 1998.

Virginia Woolf, *A Room of One's Own*, Harmondswroth: Penguin, 1945.

Virginia Woolf, *The Dairy of Virginia Woolf*, 5 Vols. London, 1977—1984,
Vol. Ⅳ, ed. Anne Olivier Bell assisted by Andrew McNeillie.

W. B. Yeats, *Explorations*, New York: Macmillan, 1961.

W. B. Yeats, *The Collected Plays of W. B. Yeats*, London: Macmillan and Co. ,
Limited, 1934.

W. B. Yeats, *The Letters of W. B. Yeats*, New York: Macmillan, 1954.

W. B. Yeats, *Yeats's Poetry, Drama, and Prose: Authoritative texts, Contexts,
Criticism.* New York: W. W. Norton, 2000.

W. B. Yeats, *Essays and Introductions*, New York: Macmillan, 1961.

W. B. Yeats, *The Collected Plays of W. B. Yeats*, London: Macmillan and Co. ,
Limited, 1934.

W. B. Yeats, *Yeats's Poetry, Drama, and Prose: Authoritative texts, Contexts,
Criticism*, New York: W. W. Norton, 2000.

W. B. Yeats, *Uncollected Prose by W. B. Yeats*, John P. Frayne and Colton John-
son, eds. , London: Macmillan, 1975.

W. B. Yeats, "Anima Hominis", Part V in *Essays*, New York: Macmillan,
1924.

W. B. Yeats, *A Vision*, London: Macmillan, 1962.

W. B. Yeats, *Autobiographies*, Dublin: Gill and Macmillan, 1955.

W. B. Yeats, *Explorations*, London: Macmillan & Co. , 1962.

W. B. Yeats, *Later Articles and Reviews*, New York: Scribner, 2000.

W. B. Yeats, *Later Essays*, William H. O'Donnell ed. , New York: Scribner,
1994.

W. B. Yeats, *Letters of Wallace Stevens*, ed. Holly Stevens, Oxford and New York: Alfred A. Knopf, 1970.

W. B. Yeats, *Letters to the New Island*, ed. George Bornstein and Hugh Witemeyer, London and New York: Macmillan, 1989.

W. B. Yeats, *Memoirs*, Transcribed and ed. Denis Donoghue, New York: Macmillan, 1972.

W. B. Yeats, *The Collected letters of W. B. Yeats*, Oxford: Clarendon Press; New York: Oxford University Press, 1986.

W. B. Yeats, *The Letters of W. B. Yeats*, Edited by Allan Wade, New York: Macmillan Company, 1955.

W. B. Yeats, *The Variorum Edition of the Poems of W. B. Yeats*, ed. Peter Allt and Russell K. Alspach, New York: Macmillan, 1957.

W. B. Yeats, *The Works of William Blake: Poetic, Symbolic, and Critical*, ed. Edwin John Ellis and William Butler Yeats, London: Bernard Quaritch, 1893.

W. B. Yeats, *W. B. Yeats and T. Sturge Moore: Their Correspondence 1901—1937*, ed. Ursula Bridge, London: Routledge & Kegan Paul, 1953.

W. B. Yeats, *Yeats on Yeats: The Last Introductions and the "Dublin Edition"*, New Yeats Papers XX, ed. Edward Callan, Portlaoise and Atlantic Highlands, NJ, 1981.

W. B. Yeats, *The Senate Speeches of W. B. Yeats*, ed. Donald R. Pearce, London: Faber & Faber, 1960.

W. B. Yeats, *Uncolledted Prose by W. B. Yeats*, Edited by John P. Frayne, New York: Columbia University Press, 1976.

W. B. Yeats, *Yeats's Poetry, Drama and Prose*, New York: W. W. Norton& Company, 2000.

Wayne Chapman, *Yeats and English Renaissance Literature*, New York: St. Martin's Press, 1991.

后 记

　　大学时代通过阅读王佐良先生编选的《英国诗选》接触到叶芝的诗歌，为诗人优美的英语词句所吸引，更为诗人不断追求艺术完美之境的精神所感动。读硕士期间决定以叶芝为题撰写学位论文，然而深感要真正理解叶芝的诗歌和戏剧并非易事。因此，必须继续深入研究，并且不能局限于文本内部研究。2011 年，工作 10 多年后有幸考取北京语言大学世界文学与比较文学专业博士研究生并师从比较文学界和外语界著名学者王宁教授。来北京求学的这几年，我听到了许多著名学者的讲座，甚至能当面向心目中仰慕已久的学者请教，在文学理论和研究方法上有所提高。结合多年的文本细读和理论积累，我决定再次以叶芝为研究对象撰写博士论文。2014 年 8 月至 2015 年 3 月曾去美国加州大学圣塔芭芭拉分校访学半年，查阅了国内未能获得的叶芝研究资料，拓宽了研究视野。

　　衷心感激导师王宁教授，他宽广的研究兴趣、精深的文论造诣、国际化的研究视野和平易近人的指导方式，令我在学术道路上充满鼓舞和信心。2016 年春节期间，王老师在百忙之中抽出宝贵时间专门为拙稿作序并谆谆教诲，令我感受到导师对我的无私关爱和殷切期望。中国社会科学院外文所的陆建德研究员、傅浩研究员都曾对我有过学术上的教导，在此特别致谢。感谢匿名评审专家和答辩专家对拙稿提出的修改意见。

　　感谢我的工作单位浙江工商大学外国语学院的许多领导和老师。中国外国文学教学研究会会长蒋承勇教授对青年教师的鼓励让我颇为感动。外语学院名誉院长刘法公教授、院长柴改英教授、副院长贾爱武教授、刘新民教授、邹颉教授、李美芹教授等都曾在我的工作和学习上给予许多无私的鼓励、指导和帮助，在此一并致谢。十年前，硕士毕业来到单位工作，当时一心扑在教学上。随着学校的发展步伐越来越快，我感觉自己的科研能力亟须提高，而这期间正好赶上房价飞涨。因此，我经常自嘲，背上有三座大山，房价、科研和教学。幸运的是，在杭州郊区总算安下了家，身心疲惫的我总算可以安安心心地搞点旁人看来"无用"、自己却感兴趣的英语文学研究。

感谢我的父母，是他们含辛茹苦地把我养大、供我上大学。感谢岳父母，他们任劳任怨，在我最困难的时候帮我照顾女儿，使我能腾出时间考博读博。感谢在江西老家照顾父母的两位姐姐，没有她们对父母悉心的照顾，我也很难安心在外地工作。感谢爱人，她和我是大学、研究生同学，在杭州某大学教英美文学课，全身心地投入到教学和科研中。虽然科研能力比较弱，但共同的学习经历、专业背景和学术兴趣，使我们互相理解、互相支持，共同面对困难与挑战，幸福美满，相亲相爱。感谢女儿雨萱，她天真可爱的笑容让我仿佛回到了童年。文学阅读和研究，使我深刻地理解了幸福的含义，给了我强大的内心和宝贵的精神财富，使我快乐地享受着知足感恩的人生。